DROEMER

*Über die Autorin:*
Vor ihrem Bestsellererfolg »Das Haus der Hildy Good« hat Ann Leary bereits ein sehr erfolgreiches Memoir und einen weiteren Roman geschrieben. Außerdem arbeitet sie als Radiomoderatorin und als Journalistin für verschiedene Magazine. Ann Leary lebt mit ihrem Mann und ihren Kindern in Connecticut.

ANN LEARY

# DAS HAUS DER HILDY GOOD

ROMAN

Aus dem Amerikanischen
von Sabine Thiele

DROEMER

Die amerikanische Originalausgabe erschien 2013 unter dem Titel
»The Good House« bei St. Martin's Press, New York.

**Besuchen Sie uns im Internet:**
**www.droemer.de**

FSC
www.fsc.org
MIX
Papier aus verantwortungsvollen Quellen
FSC® C083411

Vollständige Taschenbuchausgabe April 2018
Droemer Taschenbuch

Ein Imprint der Verlagsgruppe Droemer Knaur GmbH & Co. KG, München

Redaktion: Hannah Brosch
Covergestaltung: Sabine Kwauka
Coverabbildung: interfoto / imageBROKER / Oleksiy Maksymenko
Satz: Nadine Clemens, München
Druck und Bindung: CPI books GmbH, Leck
ISBN 978-3-426-30637-6

2 4 5 3 1

FÜR DENIS

# KAPITEL 1

Ich muss nur einmal durch ein Haus gehen und weiß danach mehr über seine Bewohner als ein Psychiater nach jahrelangen Therapiesitzungen. Ich erinnere mich, dass ich eines Abends mit Peter Newbold darüber scherzte, dem Therapeuten, an den ich das Büro über meinem vermietet habe.

»Wenn du das nächste Mal einen neuen Patienten annimmst«, sagte ich, »werde ich mich in sein Haus schleichen. Während du dir Notizen über seinen Hintergrund, seine Träume, Obsessionen oder was auch immer machst, werde ich mit einer Taschenlampe den Dachboden durchstöbern, ein paar Schränke öffnen und mir die Schlafzimmer ansehen. Wenn wir dann später unsere Beobachtungen vergleichen, werde ich garantiert ein deutlicheres Bild vom seelischen Zustand des Patienten haben als du.« Natürlich neckte ich den guten Doktor nur, aber ich habe schon Häuser verkauft, als er noch in die Grundschule ging, und ich stehe zu meiner Theorie.

Ich mag Häuser, denen man ansieht, dass darin jemand wohnt. Normale Abnutzungserscheinungen sind gesund; ein Haus, das zu aseptisch ist, wirkt auf mich genauso besorgniserregend wie ein völlig heruntergekommenes. Alkoholiker, Messies, zwanghafte Esser, Süchtige, spezielle sexuelle Neigungen, Schürzenjäger, Depressive – ich kann sie alle an den abgewohnten Winkeln ihres Nestes erkennen. Man riecht einfach den rauchigen Gestank von schalem Scotch und Zigarettenqualm, egal wie viele Kerzen mit Vanilleduft jemand angezündet hat. Tiergerüche steigen zwischen den Dielenbrettern auf, auch wenn die Katzenfrau und ihre Lieblinge schon vor Monaten aus dem Haus entfernt wurden. Das Schlafzimmer, das zu *seinem* wurde, und das Gästezimmer, in dem *sie* mittlerweile schläft. Ich könnte noch so viele andere Beispiele nennen.

Ich muss ein Haus nicht betreten, um eine Diagnose zu stellen, normalerweise reicht ein Blick vom Straßenrand. Das Haus der McAllisters ist dafür das beste Beispiel. Ich würde gerne meine ursprünglichen Beobachtungen hinsichtlich Rebecca McAllister mit Peter besprechen. Dass sie depressiv war, zum Beispiel. Eines Morgens Ende Mai fuhr ich bei den McAllisters vorbei, kurz nach ihrem Einzug, und sah, wie Rebecca im Morgennebel einjährige Pflanzen entlang des Gartenwegs einsetzte. Es war noch nicht mal sieben Uhr, doch sie war sicher schon einige Stunden bei der Arbeit. Sie trug ein fast durchsichtiges weißes Nachthemd, das schweißfeucht und voller Erde war. Der Verkehr nahm zu, doch Rebecca war so in ihre Gartenarbeit versunken, dass es ihr nicht in den Sinn gekommen war, ordentliche Kleidung anzuziehen.

Ich hielt an und begrüßte sie aus dem Autofenster. Wir unterhielten uns einige Minuten über das Wetter und darüber, wie es den Kindern in der neuen Schule gefiel, doch dabei bemerkte ich eine gewisse Traurigkeit, mit der Rebecca die Blumen pflanzte – als ob sie jeden Setzling in ein kleines Grab legte. Sie pflanzte leuchtend rote Impatiens. Es hat immer etwas Verzweifeltes, wenn man eine so kühne Farbe für die Vorderseite des Hauses wählt. Ich verabschiedete mich, und als ich im Rückspiegel zu Rebecca blickte, sah es aus der Entfernung so aus, als führte eine dünne Blutspur vom Haus bis zu dem Punkt, an dem sie im Gras kniete.

»Ich habe ihr gesagt, ich würde die Arbeit übernehmen, aber sie wollte es unbedingt selbst machen«, erzählte mir Linda Barlow, die Landschaftsgärtnerin der McAllisters, später auf der Post. »Ich glaube, sie ist einsam in dem Haus. Ihren Mann sehe ich fast nie.«

Linda wusste, dass ich der Familie das Haus verkauft hatte,

und sie schien andeuten zu wollen, dass ich es irgendwie versäumt hätte, dafür zu sorgen, dass sich Wendovers neueste Errungenschaft hier gut einlebt – die McAllisters. Die *wunderbaren McAllisters,* wie Wendy Heatherton sie gern nennt. Wir hatten zusammen den Hauskauf vermittelt. Ich hatte das Objekt – Wendy von Sotheby's hatte die wunderbaren McAllisters.

»Es dauert seine Zeit«, sagte ich zu Linda.

»Mag sein«, antwortete sie.

»Wendy Heatherton gibt nächstes Wochenende eine Party für sie. Da werden sie viele nette Leute treffen.«

»Oh ja, all die netten, schicken Menschen«, erwiderte Linda lachend. »Gehst du hin?«

»Ich muss.« Ich blätterte durch meine Post. Hauptsächlich Rechnungen. Rechnungen und Werbesendungen.

»Ist es schwer für dich, auf Partys zu gehen? Also … jetzt?« Linda berührte sanft mein Handgelenk und senkte die Stimme.

»Was meinst du mit *jetzt?*«, schnappte ich.

»Oh … nichts, Hildy«, stotterte sie.

»Nun, guten Abend, Linda«, sagte ich und drehte mich um, damit sie nicht sah, wie rot ich geworden war. Man stelle sich das vor – Linda Barlow machte sich Sorgen, ob es für *mich* schwer war, auf Partys zu gehen. Ich hatte die arme Linda seit der Highschool auf keiner Feier mehr gesehen.

*Und wie sie Rebecca McAllister bemitleidet hat.* Rebecca war mit einem der wohlhabendsten Männer New Englands verheiratet, hatte zwei entzückende Kinder und lebte auf einem Anwesen, das einst Richter Raymond Barlow gehört hatte – Lindas Großvater. Linda hatte als Kind in dem großen alten Haus gespielt, mit diesem herrlichen Blick auf den Hafen und die Inseln, aber dann war der Familie das Geld ausgegangen, das Grundstück hatte ein paar Mal den Besitzer gewechselt, und jetzt lebte Linda in einem Apartment über der Apotheke in Wendover Crossing. Rebecca bezahlte Linda für die Pflege der Pflanzen –

die üppigen Pfingstrosen, die duftenden Teerosen, die Flieder- und Geißblattbüsche und die leuchtenden Beete voller Lilien, Narzissen und Schwertlilien –, die ihre eigene Großmutter zum Teil vor über einem halben Jahrhundert gepflanzt hatte.

Es war schon lächerlich, dass sie sich Sorgen um mich machte, doch Rebecca zu bemitleiden war geradezu absurd. Ich zeige vielen wichtigen Leuten Häuser – Politikern, Ärzten, Anwälten, dem einen oder anderen Prominenten –, doch als ich Rebecca zum ersten Mal sah, an dem Tag, an dem ich ihr das Barlow-Anwesen zeigte, fehlten mir zugegebenermaßen die Worte. Mir kam eine Zeile aus einem Gedicht, das ich mit einer meiner Töchter zusammen für die Schule gelernt hatte, in den Sinn.

*Ich kannte eine Frau, so durch und durch zauberhaft.*

Rebecca war da etwa dreißig oder einunddreißig. Ich hatte Brian McAllister vor der Besichtigung gegoogelt und daher erwartet, einer älteren Frau zu begegnen. Die Leute mussten ihn für ihren Vater halten, dachte ich damals, obwohl sie ein sehr weises und kluges Gesicht hatte. Ein gewisser Gleichmut lag in ihren Zügen, den Frauen normalerweise erst bekommen, wenn ihre Kinder erwachsen sind. Rebeccas Haar ist dunkel, fast schwarz, und an diesem Morgen hatte sie es zu einem unordentlichen Pferdeschwanz zusammengebunden und einen bunten Schal darumgeschlungen. Doch man konnte sehen, dass es sehr lang und wellig sein musste. Sie schüttelte mir lächelnd die Hand. Sie gehört zu den Menschen, die hauptsächlich mit den Augen lächeln, und ihre Augen waren im einen Moment grau, im nächsten grün. Wahrscheinlich lag das am Licht.

Sie war damals etwas dünn, doch ihr gesamter Körperbau ist schmal, und sie war nicht so abgezehrt, wie sie später wirkte. Sie war eine grazile, kleine Frau und wunderschön. *Sie bewegte sich in Kreisen, und diese Kreise bewegten sich.* Dasselbe Gedicht, ich erinnere mich immer noch nicht an den Autor, aber sie war eine dieser von Natur aus anmutigen Frauen, neben denen man sich immer wie ein gestrandeter Wal vorkommt. Ich bin nicht dick, aber ein paar Kilo weniger könnten nicht schaden. Wendy Heatherton von Sotheby's ist schlank, aber sie hatte auch diverse Fettabsaugungen und Hautstraffungen. Keine Ahnung, wen sie damit täuschen wollte, als sie vor einigen Jahren die ganze Zeit über ihre Gallenblasenoperation redete.

Es ist allgemein bekannt, dass die McAllisters ein Vermögen in die ein Jahr dauernde Renovierung des alten Barlow-Anwesens gesteckt haben. Brian McAllister – für die, die ihn nicht kennen – ist einer der Begründer von R. E. Kerwin, einem der weltgrößten Hedgefonds. Er verbrachte seine Kindheit im Erdgeschoss eines der typischen mehrstöckigen Häuser in South Boston, mit vier Brüdern und einer Schwester, und hatte es noch vor seinem fünfzigsten Geburtstag zum Milliardär gebracht. Wenn er jemand anderen geheiratet hätte, würde er wahrscheinlich in einer Villa in Wellesley oder Weston mit massenhaft Personal leben, doch er hatte sich für Rebecca entschieden, die sich lieber selbst um alles kümmerte, da sie mit Bediensteten und dafür fast ohne Eltern aufgewachsen war.

Warum ich so viel über die McAllisters weiß? Ich kenne nicht nur ihr Haus, ich weiß fast alles, was in dieser Stadt passiert. Irgendwie erfahre ich es immer. Ich komme aus einer alteingesessenen Familie, ich bin eine direkte Nachfahrin von Sarah Good, einer der Frauen, die man in Salem als Hexe verurteilt und gehängt hat. Meine Klienten lieben es, wenn ich dieses Detail in unsere Unterhaltungen einfließen lasse. Dass ich von der Hexe abstamme, die man so entzückend und ironisch Goodwife Good nennt. (Ja, ich lache immer mit, als ob es mir noch nie in den Sinn gekommen sei, »gute alte Goody Good« zu sagen.) Das und die Tatsache, dass meine Familie seit dem siebzehnten Jahrhundert in Salem und hier im nahen Wendover, Massachusetts, lebt.

Mein Mann Scott sagte immer, dass man mich früher auch als

Hexe gehängt hätte. Er meinte es als eine Art Kompliment, man mag es kaum glauben, und er hat recht. Ich entspreche dem, was man sich landläufig unter einer Hexe vorstellt, ganz gut, vor allem seit ich mich auf der dunklen Seite der mittleren Jahre befinde. Ich heiße Hilda mit Vornamen, was laut meinen Kindern wie ein Hexenname klingt, aber alle nennen mich Hildy. Ich lebe allein; meine Töchter sind erwachsen, und mein Mann ist nicht länger mein Mann. Ich spreche mit Tieren. Das wäre sicher schon ein Warnzeichen gewesen. Manche Menschen denken, dass ich hellseherische Kräfte habe, was nicht stimmt. Ich kenne nur ein paar Tricks. Ich weiß einiges über Menschen an sich und, wie ich schon sagte, besonders viel über diejenigen in meiner Umgebung.

Nun, es gehört auch zu meinem Job, alles über alle zu wissen. Ich bin die Top-Immobilienmaklerin in einer Stadt, die sich auf Antiquitäten und Immobilien spezialisiert hat. Früher waren das Schiffsbau und Muscheln, doch die letzte Werft in Wendover hat vor über dreißig Jahren geschlossen. Diejenigen von uns, die nicht von brandneuem Risikofondsgeld leben, verkaufen nun überteuerte Grundstücke mit Meerblick an die mit dem Geld. Man kann hier immer noch Muscheln sammeln, die Gezeitenmarsch unten bei Getchell's Cove ist ein guter Ort dafür, aber man kann nicht mehr davon leben. Selbst die Muscheln bei Clem's Famous Fried Clams kommen tiefgefroren aus Nova Scotia. Nein, am ehesten kann man hier oben mittlerweile mit Immobilien Geld verdienen: dem Verkauf, der Verwaltung, Restaurierung und dem Unterhalt dieser unbezahlbaren Grundstücke am Wasser, die früher Marschland und Farmen waren, jetzt jedoch vom *Boston Magazine* als »Die neue Goldküste der North Shore« bezeichnet werden.

Zufällig besitzt Brian McAllister das *Boston Magazine*. An dem Tag, an dem wir uns kennenlernten, nachdem ich ihm sein zukünftiges Haus gezeigt hatte, deutete er auf eine Ausgabe der

Zeitschrift, die im Auto auf dem Sitz neben mir lag, und sagte: »Hey, Sie haben da meine Zeitschrift, Hildy.«

»Wirklich? Oh, dann nehmen Sie sie. Mein Exemplar muss dann hier irgendwo sein.«

»Nein.« Brian lachte. »Ich besitze es. Das Boston Mag. Ich bin der Verleger. Habe es letztes Jahr mit einem Freund zusammen gekauft.«

*Na, da ist aber einer wichtig, ein echter Teufelskerl,* dachte ich. Ich hasse reiche Leute. Nun, ich nage auch nicht gerade am Hungertuch, aber ich hasse alle anderen reichen Leute.

»Es ist eine meiner Lieblingszeitschriften«, erwiderte ich.

Ich hatte ihm schließlich ein Zwei-Millionen-Dollar-Haus gezeigt, ein Haus, das seine Frau in Gedanken bereits ausgeweidet und neu erbaut hatte; frisch gestrichen, möbliert, die Leitungen erneuert und dramatisch beleuchtet – alles in den wenigen Tagen, seit wir es zusammen besichtigt hatten.

»Wir können Ihnen sicher einen Werbeanzeigenrabatt auf den Immobilienseiten geben, wenn Sie wollen«, bot Brian an.

»Das wäre großartig, Brian, danke«, sagte ich.

Und hasste ihn ein bisschen weniger.

# KAPITEL 2

Wendy Heatherton veranstaltet immer gern Partys für ihre wunderbaren Klienten. Das ist ihre Art, sich für die gemeinsamen Geschäfte zu bedanken und ihre Klienten anderen Leuten vorzustellen, die Wendy auch ganz wundervoll findet. Ihr Sohn Alex und sein Partner Daniel kümmern sich immer um die Vorbereitungen. Daniel ist Raumausstatter, Alex sammelt Antiquitäten. Für die McAllister-Party sollte das Dinner im Garten stattfinden. Alex und Daniel stellten eine Reihe Bankettische unter einem blühenden Magnolienbaum auf und hängten Papierlaternen in die Äste. Sie breiteten Wendys antike weiße Leinentischdecken auf den Tischen aus und deckten sie mit ihrem besten Silber, Porzellan und Kristallgeschirr, was für ein Dinner unter freiem Himmel überraschend und überaus erfreulich war. Hohe Silbervasen quollen schier über vor duftendem Flieder. Zitronellafackeln säumten den Weg vom Haus zum Tisch und darum herum, um die Insekten abzuhalten. Es war »einfach magisch«, wie alle zu Wendy, Alex und Daniel sagten. Und das war es wirklich.

Die Feier begann abends um sieben, aber ich kam erst kurz vor acht, weil ich keine Cocktails mehr trinke. Ich bin »auf dem Weg der Besserung«. Ich besuche nicht viele Partys, doch wenn, dann versuche ich kurz vor dem Essen einzutreffen und mich gleich nach dem Dessert wieder zu verabschieden. Am Abend der McAllister-Party kam ich zur selben Zeit wie Peter und Elise Newbold. Peter, Elise und ihr Sohn Sam wohnen unter der Woche in Cambridge, weil Peter Psychiater am McLean Hospital im nahe gelegenen Belmont ist. Er hat eine kleine Praxis sowohl in Cambridge als auch hier in Wendover, wo er allerdings nur freitags und manchmal auch samstags Patienten empfängt.

Während wir die Eingangsstufen zum Haus der Heathertons hinaufgingen, klopfte Peter mir auf die Schulter und meinte: »Na, wenigstens kennen wir einen Menschen hier.« Dann sagte er zu seiner Frau: »Elise, du kennst Hildy Good, nicht wahr?«

Elise antwortete trocken: »Nein, Peter, ich habe noch nie von Hildy Good gehört.«

Peters Praxis befand sich seit Jahren in dem Haus, in dem die Räumlichkeiten von Good Realty untergebracht sind und das mir gehört, Elise hatte ich allerdings tatsächlich erst ein paar Mal getroffen. Sie unterrichtet Kreatives Schreiben in Cambridge, aber ich kann mich nicht erinnern, was sie selbst schreibt. Lyrik vielleicht. Seit Sam ein Teenager ist, verbringt er auch die Wochenenden in Cambridge bei seinen Freunden, und Elise zog es meiner Einschätzung nach sowieso nie besonders nach Wendover, weshalb Peter in den letzten Jahren viele Wochenenden allein hier verbracht hat. Er sagte mir allerdings, dass es ihn nicht störe und er so mehr Zeit für sein neues Buch hätte – *Die Psychologie von Gemeinschaften* hieß es, glaube ich.

Als wir das Haus betraten, führte uns eine junge Frau durch das Wohnzimmer hinaus auf die hintere Terrasse, wo die Cocktails serviert wurden. Sie fragte uns, was wir trinken wollten, und Peter bat um ein Bier. Elise fragte, welchen Weißwein es gab. Beide Alternativen entlockten ihr nur ein Naserümpfen, doch schließlich entschied sie sich für den Pinot Grigio.

Ich bestellte ein Mineralwasser mit Zitrone.

Meine Töchter, Tess und Emily, hatten mich im letzten Jahr mit meiner ganz persönlichen »Intervention« überrascht, die Lieben. Emily lebt in New York, Tess in Marblehead, das etwa zwanzig Minuten von hier entfernt liegt. Eines kalten Abends kurz nach Neujahr luden mich Tess und ihr Mann Michael zum Abendessen ein. Ihr Sohn Grady war da noch ein Säugling, und ich freute mich sehr auf den Besuch. Tess war seit der Geburt des

Babys ziemlich distanziert gewesen. Mir gegenüber zumindest – Michaels Mutter Nancy war die ganze Zeit bei ihnen.

»Ich passe liebend gern auf Grady auf, jederzeit«, sagte ich oft zu Tess. »Du und Michael solltet mal essen gehen und ins Kino. Lasst Grady bei mir.«

»Nancy wohnt doch hier in Marblehead. Es wäre mir unangenehm, dich den ganzen Weg herkommen zu lassen«, antwortete Tess regelmäßig. Ich erklärte ihr, dass es mir wirklich nichts ausmachte, aber sie fragte mich nie, wollte mich also vermutlich wirklich nicht beanspruchen.

An diesem speziellen Abend fuhr ich also nach Marblehead und sah überrascht zwei Autos in Tess' und Michaels Auffahrt, zusätzlich zu ihren eigenen Wagen.

»Hallo?«, rief ich fröhlich, als ich die Tür öffnete. Ich fühlte mich richtig gut. Am Nachmittag hatte ich einen Deal abgeschlossen und diesen mit meinen Klienten danach in der Warwick Tavern gefeiert. Ich hatte einen oder zwei Drinks gehabt. Drei, maximal. Ich spazierte in Tess' Wohnzimmer und sah mich schockiert Emily und ihrem Freund Adam gegenüber, die den ganzen Weg von New York hergekommen waren. Auch Sue Peterson war da. Meine Sekretärin Sue. Eine weitere Frau befand sich im Raum, stämmig, mit kurzem, messingfarbenem Haar (nun ja, tatsächlich war es orange). Alle erhoben sich von ihren Sitzplätzen. Alle lächelten mir mitfühlend zu, und meine erste Befürchtung war, dass Grady etwas zugestoßen war. Meine Knie wurden weich, ich hatte Mühe, mich aufrecht zu halten.

»Mom«, sagte Tess und blinzelte gegen ihre Tränen an. »Setz dich bitte.«

Sie führte mich zum Sofa, wo ich dann zwischen ihr und Emily saß. Ich machte mir immer noch große Sorgen wegen meines Enkels. Das hatten Tess und Emily noch nie verstanden und wertgeschätzt: dass alles, was ich je getan habe, immer nur für sie war. Dass meine größte Sorge immer *ihr* Wohlergehen ist. Ihres und jetzt Gradys.

Jeder weiß wahrscheinlich, wie so etwas abläuft. Die Mädchen trugen abwechselnd in quälenden Einzelheiten meine angeblichen Alkoholverbrechen vor. Wie ich bei Emilys Abschlussfeier zu viel getrunken hatte. Der Abend, als ich vor dem Thanksgiving-Essen »bewusstlos wurde« (ihre Worte, nicht meine – ich habe nur ein Nickerchen gemacht). Die Male, an denen ich aus meinem Auto »gestolpert« sei, und wie besorgt sie immer wären, wenn ich darauf bestand, selbst nach Hause zu fahren. Dann natürlich die Festnahme wegen Alkohols am Steuer. Man hatte mich im Sommer zuvor auf dem Heimweg von Mamie Lang erwischt. Mamie ist meine älteste Freundin, wir kennen uns seit der dritten Klasse, und eines Abends hatten wir einen über den Durst getrunken, und als ich nach Hause fuhr, betrachtete ich den Mond durch das Beifahrerfenster. Ich fuhr an den Salzwiesen vorbei, und der hellorangefarbene Mond schien über die Spitzen des feinen Seegrases zu tanzen, wie ein verspielter Ballon. Ich war auf der Atlantic Avenue, und als ich mich dem Stopp-Schild an der Route 122 näherte, sah ich das Auto. Ich hielt an. Doch ich schätzte wohl den Abstand falsch ein und fuhr ihm leicht hinten auf. Berührte ihn eigentlich kaum. Eine kleine Delle im Kotflügel, mehr nicht, aber bei meinem Glück war es ein State Trooper. Trooper Sprenger. Ausgerechnet. Unser anderer örtlicher Polizist war früher mal mit Emily zusammen und der einzige Polizist in unserer Stadt. Außerdem ist Sleepy Haskell der beste Freund meines Bruders Judd. Sprenger hatte ich noch nie getroffen, und er hatte keine Ahnung, wer ich war.

Bei meiner Inquisition – oh, Entschuldigung, Intervention – hörte ich also zu, wie die Mädchen meine verschiedenen peinlichen Ausrutscher aufzählten wie in Tränen aufgelöste kleine Richterinnen. Irgendwie hatten sie Sue überzeugt, sich ihnen anzuschließen, und diese stotterte etwas davon, dass auch unsere Klienten es schon bemerken würden. Alle anderen Makler wüssten es auch. Sie weinte ebenfalls, und wie meine Töchter stürzte sie sich schließlich auf mich und weinte an meinem Hals. Ich habe es nicht so mit dem Umarmen, aber ich legte meine Arme um sie alle und versuchte, angemessene Antworten zu geben.

»Oh«, flüsterte ich wohl, »das ist eine interessante Sichtweise.«

*Also wirklich, was sollte man auch sonst sagen?*

Ich wusste, argumentieren hatte keinen Sinn, ebenso wenig wie meine Sicht der Dinge schildern. Ich hatte die Autobiographie von Betty Ford gelesen. Man kann nicht beweisen, dass man kein Alkoholiker ist, wenn alle anderen die Sucht festgestellt und einem unter Tränen erklärt haben, welche Auswirkungen deine »Krankheit« auf sie hat. Je mehr man dagegenredet – »leugnet« –, desto mehr heizen sie die Flammen der Scham an, die um einen seit Beginn der Konfrontation herumtanzen.

Doch es gab Hoffnung. Jenny mit dem orangefarbenen Haar war aus Hazelden. Sie schlug eine Lösung vor: ein 28-Tage-Programm in Minnesota.

»Das geht nicht«, erwiderte ich. »Ich muss mich um mein Geschäft kümmern.«

»Ich habe schon alles organisiert«, flötete Sue. »Im Moment ist nicht viel los, Wendy wird deine Klienten übernehmen (Wendy Heatherton war zu dem Zeitpunkt meine Geschäftspartnerin). Es ist ja nur ein Monat. Wir werden sagen, du bist in Florida.«

Sue kümmerte sich um alles, und ich kümmerte mich einige Wochen nach meiner Rückkehr aus Minnesota um Sue. Ich feuerte sie.

Auf Wendys Party stand ich bei Peter und Elise und musterte die anderen Gäste auf der Suche nach bekannten Gesichtern, als sich uns Wendy anschloss. Wendy ist nicht nur dürr und geschwätzig, sondern auch eine große Händchenhalterin. Sie schüttelt einem nicht einfach nur die Hand, nein, sie packt sie mit beiden Händen und legt den Kopf so schief, dass sie lächelnd ihre Schokoladenseite zeigen kann – oder was sie dafür hält.

»Peter, Elise, Hildy«, rief sie und okkupierte unsere Hände, wobei sie den Kopf hierhin und dorthin drehte. »Ich freue mich so, dass ihr Zeit hattet. Ihr kommt gerade rechtzeitig. Das Dinner beginnt gleich, aber zuerst möchte ich euch unsere wundervollen Ehrengäste vorstellen, die McAllisters. Hildy, du kennst natürlich Brian und Rebecca schon.«

Wendy führte uns auf die andere Seite der Terrasse, auf der die Leute dichtgedrängt standen. Sie hielt immer noch Peters Hand, worauf er sich umdrehte und nach Elise' Hand griff. Als ich ihnen folgte, spielte ich einen kurzen Moment mit dem Gedanken, Elise' schmale Taille zu umfassen und eine Polonaise zu tanzen.

Linda Barlow gegenüber hatte ich es nicht zugeben können, aber ich hasse Partys mittlerweile aus tiefstem Herzen.

Endlich standen wir in einer Ecke der Terrasse, wo sich eine Runde um Brian McAllister gebildet hatte, der über die Boston Bruins sprach. Viele in der Gegend wussten, dass er stiller Teilhaber des Vereins war, zusammen mit Jeremy Jacobs und einigen anderen. Nun ja, wir sind hier in Massachusetts. Die meisten Menschen hier sind Eishockey-Fanatiker. Jeder hatte Fragen zu den Neueinkäufen und in welche Richtung sich das Team entwickeln würde. Mamies Ehemann Boatie, ein etwas anstrengender Republikaner aus einer alten Brahmanen-Familie, schaltete sich einige Male ein, um über Phil Esposito und Bobby Orr zu schwadronieren und die guten alten Bruins von damals.

»Warten Sie, bis die Saison anfängt«, versprach ihm Brian lächelnd und trank sein Bier in großen Schlucken. »Ich glaube, sie wird ganz großartig.«

Rebecca stand ein wenig abseits. Ich ging zu ihr, um sie zu

begrüßen. Die Newbolds taten es mir nach, und ich stellte sie vor. Sie schüttelten sich alle die Hände, und dann blickte Rebecca zu Peter auf, sie war ja so winzig und zart, und sagte: »Haben wir uns nicht schon mal getroffen? Sie kommen mir so bekannt vor …«

»Ich bin mir nicht sicher«, antwortete Peter und musterte sie sorgfältig. »Ich glaube nicht. Ich habe ein Allerweltsgesicht und werde oft verwechselt.«

Rebecca lächelte zu ihm auf und schien nicht überzeugt, während er sagte: »Ihr Mann hat sicher genug davon, dass jeder mit ihm über Eishockey reden möchte.«

»Nein, im Gegenteil, es macht ihn richtig an«, erwiderte sie.

Ich sah, wie Peter zu Brian blickte und Rebecca belustigt zulächelte.

»Was sind Sie von Beruf?«, fragte Elise Rebecca.

»Äh, nun, nichts«, antwortete diese nervös lachend.

Sie wirkte plötzlich befangen, und ich musste den Impuls unterdrücken, Rebecca dicht zu mir zu ziehen, wie eine Mutter ein schüchternes Kind vor einem Fremden schützen würde. Elise fragte Rebecca nur nach ihrer Arbeit, damit diese sie dann nach ihrer fragte und Elise endlos von ihrer Schriftstellerei erzählen konnte.

»Sie sind so hübsch«, bohrte Elise weiter nach. »Ich meine, irgendwo gelesen zu haben, dass Sie modeln oder so etwas?« Sie sagte dies in einem beinahe anklagenden Ton, worauf ein unangenehmes Schweigen folgte, bis Rebecca verwirrt stammelte: »Nein, ich, also, ich habe etwas geschauspielert, aber jetzt kümmere ich mich um meine Kinder.«

»Oh«, meinte Elise. »Aber davor …?«

»Nun, ich male«, entgegnete Rebecca. »Ich bin früher auf Turnieren geritten. Jetzt richte ich unsere Häuser ein und mache … nichts.«

Tatsächlich war Rebecca mit gerade mal neunzehn Jahren in

der Auswahl des US Equestrian Teams gewesen. Tatsächlich war sie die Tochter von Colonel Wesley Potter, Mitglied im Kabinett von Carter und früherer CIA-Agent, weshalb die Familie in Deutschland und Afrika gelebt hatte. Tatsächlich war sie mütterlicherseits die Ururenkelin von J. P. Morgan. Man eignet sich solches Wissen über seine Klienten an. Ihr Anwalt redete mit meinem, mein Anwalt mit mir. Und natürlich benutzen wir Makler heutzutage auch Google.

»Wie gefällt es den Kindern in Wendover?«, fragte ich Rebecca.

»Nun, sie lieben den Strand und das neue Haus …«

»Wie alt sind sie?«, fragte Elise.

Ich spürte Rebeccas Unbehagen. Warum ließ Elise sie nicht in Ruhe?

»Sie sind drei und sieben. Bitte entschuldigen Sie mich«, sagte Rebecca. »Ich muss mir kurz die Hände waschen. Ich war den ganzen Nachmittag im Garten«, erklärte sie, drehte sich um und drängte sich durch die ganzen wundervollen Gäste in das dunkle Haus. Ein paar Minuten später läutete Wendy eine kleine Silberglocke und verkündete, dass das Essen serviert würde, weshalb wir uns alle über den beleuchteten Weg zur Tafel begaben.

Mir gegenüber saß Brian, zu meiner Rechten Peter Newbold, zu meiner Linken meine Freundin Mamie. Mamie achtet sehr darauf, wie viel sie in meiner Gegenwart trinkt. Wir verstehen uns immer noch gut, wenn wir uns sehen, aber ich war schon lange nicht mehr bei ihr eingeladen oder sie bei mir. Wenn man vier Wochen verschwindet, weiß in einer Stadt wie dieser jeder, wo man war. Während meiner Zeit in Hazelden stellte ich mir den Klatsch vor. *Ja, sie hat wirklich immer gern einen gekippt. Erinnerst du dich an die Party der O'Donnells am Unabhängigkeitstag? Die Weihnachtsfeier der Langs? Wurde sie nicht mal wegen Alkohols am Steuer verhaftet?* In dieser Stadt gibt es viele Menschen, die mehr trinken, als ich je getrunken habe, aber mich hat man als Alkoholikerin abgestempelt. Wenn ich mir hier auf Wendys Party ein Glas Wein geben lassen würde, würden wahrscheinlich alle gleichzeitig nach Luft schnappen und dann gemeinsam versuchen, mir das Glas zu entreißen.

Rebecca saß am anderen Tischende, einige Plätze von Brian entfernt, zu dessen Rechten man Sharon Rice plaziert hatte. Sharon ist eine magere Frau in den Fünfzigern, die zu ihren weißen Haaren steht, die sie zu einem Bob geschnitten trägt. Sharon ist die Chefin des Wendover Land Trust, der all die schönen Wälder und Auen und Salzwiesen in und um die Stadt erhält. Sie sitzt außerdem in der Planungsbehörde und im Schulausschuss, ist Präsidentin eines Kunstprogrammes für unterprivilegierte Kinder in Lynn, organisiert wöchentliche Aktivitäten im Wendover-Seniorenzentrum und fährt an den Wahltagen die Alten und Gehbehinderten in die Wahllokale. Ihr Mann Lou ist im Versicherungswesen.

Nachdem er sich den Umsitzenden kurz vorgestellt hatte, stach Brian mit seiner Gabel auf den Salat ein. Statt die Serviette auf seinem Schoß auszubreiten, packte er sie wie einen kleinen Blumenstrauß aus Stoff mit der linken Faust, die auf der Tischkante ruhte.

Sharon räusperte sich schließlich und sagte: »Brian, Rebecca … ich freue mich, Sie endlich kennenzulernen, nachdem ich von Wendy schon so viel Gutes über Sie gehört habe.«

»Ja? Schön, Sie ebenfalls kennenzulernen«, murmelte Brian und blickte kaum von seinem Teller auf.

»Wie hat es Sie und Rebecca hier in die Gegend verschlagen?«

»Nun«, antwortete Brian, wischte sich den Mund mit der Serviette ab und sah zu Sharon. »Rebecca war hier auf dem Internat …«

»Oh, Rebecca, Sie waren in Wendover?«, rief Sharon über den Tisch zu Rebecca.

Diese blickte zu Sharon und wollte gerade etwas antworten, als Brian sagte: »Ja. Sie hat es geliebt, ebenso wie die Gegend hier.

Seit unserer Hochzeit hat sie davon geredet, hierherzuziehen. Wir haben in Boston gewohnt, während die Kinder noch klein waren, aber Rebecca hatte hier Pferde eingestellt, und sie ist auf dem Land aufgewachsen, weshalb sie das für die Kinder auch wollte.«

»Wie gefällt es Ihnen hier?«, fragte Boatie. »Sind Sie nicht ursprünglich aus South Boston?«

»Ja, ich bin ein Stadtkind. Mein Dad gehörte vierzig Jahre lang zur Bostoner Feuerwehr. Die meisten meiner Verwandten leben immer noch dort. Aber uns gefällt es hier sehr gut. Mir macht das Pendeln auch nicht so viel aus, wie ich zuerst dachte. Manchmal schlafe ich unter der Woche ein paar Nächte in der Stadt und arbeite dann Freitag und Montag von hier aus.«

»Ich würde bei Gelegenheit gern einmal mit Ihnen über den Wendover Land Trust sprechen. Bei der letzten Ausschusssitzung fiel Ihr Name«, sagte Sharon.

»Klar, erinnern Sie mich an meine Karte, bevor wir gehen. Ich liebe die Arbeit, die ihr Denkmalschützer hier oben leistet. So bleibt die Gegend so hübsch. Wir würden uns gern daran beteiligen.«

Sharon war geradezu überwältigt von Verzückung und stotterte etwas, wie großartig das doch wäre. Wie wundervoll.

Ach, diese wundervollen McAllisters!

Dann bewunderte Brian meine Uhr. Ich hatte im letzten Jahr nach einem großen Verkauf einer Gewerbeimmobilie etwas Geld auf den Kopf gehauen und mir eine wunderschöne Cartier-Uhr gegönnt. Ich hatte nie edlen Schmuck oder eine Luxusuhr besessen. Dann war mir dieses Schmuckstück in einer Zeitschrift aufgefallen, und ich hatte noch nie in meinem Leben etwas so Schönes gesehen. Also kaufte ich sie. Als Belohnung für mich selbst. Für meinen Erfolg. Für meine Nüchternheit. Ich trage sie nicht jeden Tag und war begeistert, dass jemand sie bemerkte.

»Schöne Uhr haben Sie da, Hilda«, sagte Brian. »Ich habe Rebecca vor einigen Jahren eine Cartier gekauft, aber sie hat sie kaputt gemacht. Sie kann einfach keine Uhren tragen. Irgendwas mit ihrer Körperchemie, irgendeine statische Elektrizität oder eine magnetische Anziehungskraft oder was auch immer, jedenfalls bleiben alle Uhren stehen, sobald sie sie trägt.«

»Davon habe ich schon mal gehört«, meinte Mamie.

»Ja«, erwiderte Brian. »Also, gebt meiner Frau bloß nicht eure Uhren. Sie stört auch die Autoelektronik, jedes Radio und jedes Navigationsgerät gibt den Geist auf, wenn sie fährt. Nicht wahr, Becky?«

Rebecca hatte sich gerade mit Lou Rice unterhalten, der neben ihr saß, und drehte sich mit fragendem Gesichtsausdruck zu Brian. Offensichtlich hatte sie nicht gehört, was er gesagt hatte.

»Ich würde sie nicht in meinem Auto mitnehmen«, sagte Brian.

»Oh, da geht es mir ähnlich«, antwortete ich lachend. »Bei mir gehen die Sachen auch immer kaputt.«

»Nein, das ist etwas anderes«, meinte Brian. »Wir haben jetzt bereits den zweiten Fernseher im Wohnzimmer, und wie lange wohnen wir in dem Haus, Becky? Drei Monate? Sie kommt ihm nicht zu nahe. Oh, und wir hatten noch nie einen Kühlschrank, bei dem die Eiswürfelmaschine funktioniert. In unserem Haus in Aspen, dem Apartment in Boston. Hier. Egal, wie teuer der Kühlschrank war, die Eiswürfelmaschine verweigert den Dienst, sobald Rebecca sie benutzen will.«

Auch Peter Newbold lachte. »Sie glauben doch nicht ernsthaft, dass das etwas mit Rebeccas Körperchemie zu tun haben könnte?«

Brian trank einen großen Schluck Bier und rief Rebecca zu: »Becky, Baby, erzähl ihm, wie das Kabel des neuen Toasters anfing zu rauchen, als du es eingesteckt hast. Das Ding war nigelnagelneu! Hey, Becky?«

Rebecca hatte gerade von ihrem Salat essen wollen, wandte

sich dann jedoch an Brian. Ganz offensichtlich fand sie die Anekdote nicht so amüsant wie ihr Mann. Nach einem angespannten Moment lachte sie und sagte: »Ich muss wohl eine Hexe sein.«

Alle lachten, aber ganz ehrlich – es war ein bisschen unangenehm. Dann machte Mamie alles noch schlimmer, als sie über den Tisch brüllte: »Stimmt es, dass Sie Sachen mit der Kraft Ihrer Gedanken kaputt machen können?«

Rebecca erwiderte: »Nicht mit meinen Gedanken. Aber bei mir bleiben Uhren stehen.« Dann wandte sie sich an ihre Sitznachbarn, deutete auf ihr Handgelenk und sagte schulterzuckend ein paar erklärende Worte.

Peter war belustigt. »Ich sage es Ihnen ungern«, meinte er zu Brian, »aber Ihre Frau hat einfach Pech mit Uhren und Elektronik.«

»Peter ist Arzt«, erklärte ich.

»Ach ja? Was für einer?«

»Ich bin Psychiater«, antwortete Peter. »Wenn es so etwas gäbe, hätten wir das an der Universität sicher behandelt.«

»Aber ich sage euch, ich habe schon mal davon gehört«, schaltete sich Mamie ein. »Das weiß ich genau. Wenn ich daheim bin, google ich das.«

Peter lachte nur leise und schüttelte den Kopf. Dann sah ich, wie er verstohlen über den Tisch zu Rebecca blickte. Sie spielte mit einem der Ringe an ihren schlanken Fingern, und als sie aufsah und seinen Blick bemerkte, wandte sie das Gesicht ab. Nach einem Moment sah sie wieder zu Peter, der sie immer noch eindringlich musterte.

»Entschuldigung«, sagte er lächelnd und leicht errötend. »Meine Frau wirft mir immer vor, dass ich die Leute anstarre. Das habe ich aus der Arbeit übernommen. Ich soll die Menschen beobachten, mit denen ich arbeite, weshalb ich schließlich jeden als Studienobjekt betrachte.«

»Das ist schon in Ordnung«, antwortete Rebecca.

»Ich wette, dass sie Sie zum Aufhören bringen könnte, mit der Kraft ihrer Gedanken!«, rief die betrunkene Mamie.

»Vielleicht«, sagte Rebecca und lächelte Peter zu. Dieses Mal wandte er nach einem kurzen Moment den Blick ab.

»Apropos Dinge, die man mit dem Geist tun kann«, rief Mamie. »Hildy ist ein Medium!«

»Ach ja?«, fragte Brian. »Sind Sie eine Gedankenleserin, Hildy?«

»Nein«, sagte ich.

»Das ist sie«, bestätigte Mamie. »Es liegt bei ihr in der Familie. Ihre Cousine, ihre Tante, alle haben übersinnliche Fähigkeiten.«

»Stimmt das, Hildy?«, fragte Sharon. »Das wusste ich gar nicht.«

»Nein, es stimmt nicht. Manchmal kann ich Menschen glauben machen, ich könne ihre Gedanken lesen. Aber das ist eine Art Taschenspielertrick, mehr nicht.«

Peg, die Schwester meines Vaters, war ein »Medium« und hat früher ihren Lebensunterhalt mit den Touristen in Salem verdient, die auf der Suche nach dem Okkulten waren. Sie veranstaltete auch daheim sogenannte Lesungen. Meine Cousine Jane und ich haben sie als Kinder immer genau beobachtet und einige Tricks gelernt, die uns zu den Königinnen der Pyjamapartys machten. Ab und zu veranstalte ich selbst zum Spaß so eine Lesung, nur für Skeptiker, aber dafür muss ich in der richtigen Stimmung sein.

»Na los, Hildy. Nimm dir Brian vor«, sagte Mamie.

»Ja, Hildy, zeigen Sie uns, was Sie draufhaben«, sagte Brian, und alle anderen Gäste, selbst Peter, schlossen sich ihm an.

»Oh, na gut«, erwiderte ich. Ich hätte nicht zugestimmt, wenn Brian sich nicht schon als leicht zu lesender Mensch herausgestellt hätte. Ich schwieg einen Moment und sagte dann: »Okay, Brian, bitte denken Sie an etwas aus Ihrer Vergangenheit. Eine

Erinnerung. Ich werde Ihnen einige Fragen präsentieren. Versuchen Sie bitte, nicht zu nicken oder mit den Augen zu reagieren. Hier, im Kerzenlicht, sollte das ja leicht sein. Leichter also für Sie, mir keine Hinweise zu geben. Wollen wir fortfahren?«

»In Ordnung«, antwortete Brian.

»Sie müssen mir Ihre Hand geben.«

Brian reichte mir seine Hand, als sollte ich sie schütteln, doch ich drehte sie und legte sie mit dem Handrücken flach auf den Tisch. Seine Finger krümmten sich leicht Richtung Handfläche, und ich strich sie sanft glatt, so dass auch sie flach auf dem Tisch lagen. Ich ließ meine Hand leicht auf seiner liegen, so dass unsere Finger den Puls des jeweils anderen berührten.

»Schauen Sie mich an, aber bleiben Sie passiv, damit Sie mir keine Hinweise geben. Manchmal verraten sich Menschen, indem sie blinzeln oder nicken. Tun Sie das nicht. Jetzt denken Sie an die betreffende Erinnerung. Denken Sie an … oh, es ist eine fröhliche Erinnerung«, begann ich.

Dass es so leicht werden würde, hätte ich nicht gedacht.

»Aus Ihrer Kindheit – nein, nicht nicken«, sagte ich.

»Ich habe nicht genickt«, erwiderte Brian lachend.

»Er hat nicht genickt«, bestätigte Sharon.

»Doch, ein klein wenig«, meinte Mamie.

»Pst«, sagte ich. »Es war kein gewöhnlicher Tag, sondern ein spezieller. Vielleicht war es Weihnachten … nein, es war nicht Weihnachten. War es … ja, es war Ihr Geburtstag.«

Brian grinste. »Sie sind gut.«

»Hören Sie auf, mir zu helfen«, entgegnete ich. »Sie waren noch ein Kind, aber nicht mehr ganz klein. Sie waren … neun oder, nein, warten Sie, Sie waren zehn Jahre alt, nicht wahr?«

Brian versuchte schnell ein Pokerface aufzusetzen. Zu spät.

»Es war etwas, das Sie bekommen haben. Ein Geschenk. Denken Sie daran, wo Sie waren, als Sie es gesehen haben. Sie waren nicht im Haus … nein, Sie waren draußen.«

Brian versuchte ein Lächeln zu unterdrücken.

»Draußen. Man hatte Sie ins Freie gebracht, und Sie sahen es, und Sie waren sehr glücklich. War es …«

Ich unterbrach mich. Das ist immer eine gute Stelle für eine Pause und um den anderen eindringlich zu mustern, ihm tief in die Augen zu sehen und ein wenig den Kopf zu neigen, als ob man auf etwas lauschte. In einer Gruppe, so wie heute Abend, kann man dann eine Stecknadel fallen hören. Die anderen sollen denken, dass man immer noch den Geist seines Gegenübers erforscht. Allzu leicht soll es nicht wirken.

»Ja, ich weiß es«, sagte ich. »Sie erinnern sich an Ihren zehnten Geburtstag, als Sie von Ihren Eltern ein Fahrrad bekommen haben.«

»Verdammt«, rief Brian. »Das war es! Das ist unglaublich.«

»Sie schafft es jedes Mal«, betonte Mamie.

»Du hast sie das schon öfter tun sehen?«, fragte Sharon. »Denkt der andere immer an seinen Geburtstag? Ist das der Trick?«

»Nein, es ist immer etwas anderes. Sie findet es jedes Mal heraus«, antwortete Mamie.

»Nicht immer«, meinte Boatie.

»Ich habe nicht immer recht«, stimmte ich ihm zu.

»Aber meistens«, räumte Boatie ein.

»Das ist verdammt abgefahren«, sagte Brian.

Ich gab seine Hand frei und nahm einen Schluck meines nichtalkoholischen Getränks. Ja, ich war mit mir zufrieden. Ich hatte schon oft den Nagel auf den Kopf getroffen, aber das hier war wirklich leicht gewesen. Wenn ich nicht halb betrunken bin, bin ich wirklich noch besser.

»Warum behauptest du, keine übersinnlichen Fähigkeiten zu haben, Hildy?«, fragte Sharon. »Ich hätte das nie gekonnt.«

»Das war wirklich kein Gedankenlesen«, versicherte ich ihr.

»Es ist nicht einmal eine wichtige Erinnerung. Ich habe seit

Jahren nicht an das Fahrrad gedacht«, sagte Brian. »Ich weiß nicht, warum gerade jetzt.«

»Hast du ihm gesagt, er soll an einen Geburtstag denken?«, fragte Boatie.

»Nein«, meinte Mamie, »hast du nicht zugehört? Es hätte alles sein können.«

Peter bemerkte: »Es hätte tatsächlich alles sein können, aber ich glaube, Hildy hat ihm gesagt, er solle an einen Geburtstag denken, habe ich recht?«

»Vielleicht«, erwiderte ich lächelnd.

»Erlaubst du, dass ich versuche, dein Vorgehen aufzulösen?«, fragte er.

»Natürlich, nur zu. Ich bin die Erste, die zugibt, dass es sich um einen Trick handelt. Sag mir, was ich getan habe, das wird lustig.«

»Nun, zuerst einmal habe ich bemerkt, dass du einige suggestive Wörter benutzt hast. Etwa, als du sagtest, du würdest einige Fragen ›präsentieren‹, und dann sagtest du ›Hinweise geben‹. ›Präsentieren‹ zusammen mit ›geben‹ hat dann also vielleicht eine Suggestion gebildet – dass er an eine Erinnerung an ein Präsent, ein Geschenk denken solle.«

»Nein, ich glaube nicht, dass sie das gesagt hat«, erwiderte Brian. »Ich habe genau zugehört, ob sie etwas Suggestives sagt.«

»Doch, sie hat es gesagt«, bekräftigte Peter.

»Habe ich das? Hm.« Ich lächelte. Das machte wirklich Spaß.

»Das hat dann schon mal die Möglichkeiten auf Weihnachten oder einen Geburtstag eingegrenzt. Ich glaube, du sagtest etwas wie ›im Kerzenlicht‹. Nicht wahr? Kerzen. Kerzenlicht.«

Mamie konnte sich nicht zurückhalten. »Ja, Peter, du hast recht. Wer würde da nicht an einen Geburtstag denken? Kerzen? Kerzenlicht?«

»Außerdem«, fuhr Peter fort, »hat Hildy das Wort ›fahren‹ eingebaut, in ›fortfahren‹, eine Assoziation zu einem Fahrrad.

Auch das Wort ›verraten‹, das sie verwendet hat, klingt ein wenig nach ›Fahrrad‹. Solche Assoziationen werden nur unterbewusst hervorgerufen, aber durch die Berührung seiner Hand warst du seinem Unterbewusstsein näher und konntest ihn beeinflussen.«

Ich lachte nur. »Wahrscheinlich ist alles möglich.«

»Danach war es eine klassische kalte Deutung«, sagte Peter zu Brian. »Sie hat Ihnen Fragen gestellt und die Antworten daran abgelesen, wie sich Ihre Augen bewegten. Ihre Finger lagen auf Ihrem Puls. Sie weiß ein bisschen was über NLP, ein paar Techniken aus dem neurolinguistischen Programmieren … weißt du, was das ist, Hildy?«

Bis dahin hatte ich noch nie davon gehört, weshalb ich den Kopf schüttelte.

»Das sind Techniken, mit denen man Signale deuten kann, die Menschen unbewusst mit ihren Augen oder anderer Körpersprache geben.«

»Oh, so nennt man das also?« Ich lachte. Man stelle sich das vor! Es gab doch tatsächlich eine wissenschaftliche Bezeichnung für etwas, das meine Cousine und ich uns selbst erschlossen hatten.

»Ja, und du bist wirklich gut darin.« Dann sagte Peter zu Brian: »Sie hat Ihnen hauptsächlich Ja-oder-nein-Fragen gestellt, die Sie dann mit Ihren unbewussten Reaktionen beantwortet haben.«

»Ich habe meine Augen nicht bewegt, das weiß ich. Sie hat mir gesagt, ich solle sie nicht bewegen«, erklärte Brian.

»Weshalb es für Sie nahezu unmöglich war, sie ruhig zu halten«, sagte Peter. »Nachdem Sie ihr verraten hatten, dass es kein Geschenk im Haus war, war es recht einfach. Für welches Geschenk würde ein Zehnjähriger schon nach draußen gehen müssen?«

»Das verstehe ich aber nicht«, meinte Mamie. »Es hätte doch auch ein Pony sein können. Irgendwas.«

»In South Boston?«, schnaufte Boatie.

»Alles stimmt«, gab ich zu.

Mamie sagte: »Aber da ist noch mehr dabei. Ich habe schon so oft gesehen, wie sie es getan hat, es war immer anders.«

»Bitte versteh mich nicht falsch, Hildy, ich bin beeindruckt«, sagte Peter.

»Oh, vielen Dank«, erwiderte ich.

Ich war wirklich geschmeichelt. Peter ist schließlich auch ein Menschenleser. Darauf basiert Psychiatrie, nehme ich an. Ich fragte mich, wie leicht ich ihn würde lesen können. Ich hatte mich noch nie an einem anderen guten Menschenleser versucht.

Wie immer verabschiedete ich mich direkt nach dem Dessert und ging zufrieden und stocknüchtern zu meinem Wagen. Dafür bin ich meinen Töchtern und ihrer Intervention wirklich dankbar. Früher bin ich in meinem Range Rover durch die Stadt geschwebt – betrunken natürlich. Jetzt kann ich das zugeben. Ich dachte, ich wäre sicher, war überzeugt, dass ich sogar besser fuhr als nüchtern. Ich kreuzte durch die Stadt, an Bäumen vorbei, an Häusern. Langsam. Sehr langsam. Blinkte und lächelte. Strahlte. Natürlich war es am nächsten Tag wie ein schlechter Traum, wenn ich mich leicht panisch an meinen Weg zu erinnern versuchte. Manchmal konnte ich mich überhaupt nicht erinnern, wie ich nach Hause gekommen war, und jetzt war ich dankbar, dass dieser Wahnsinn hinter mir lag. Kein Alkohol am Steuer mehr. Keine Vorwürfe am nächsten Morgen.

Als ich zu Hause ankam, war es noch nicht mal elf. Die Mädchen freuten sich sehr, mich zu sehen. Ich habe zwei Hündinnen – Babs und Molly –, beides Mischlinge. Babs ist ein Teil Terrier und kann ziemlich garstig werden. Man sollte sich ihr nicht mit ausgestreckter Hand nähern, wenn man sie nicht kennt. Am besten lässt man sie kommen, was sie irgendwann auch tut – mit gefletschten Zähnen. Molly ist ein Border-Collie-Mischling und ihr IQ ein klein wenig höher als meiner, was manchmal anstrengend ist. Sie lächelt einen an, wenn sie einen begrüßt – sie zieht die Lefzen zurück und verengt die Augen in einem lächerlichen Flehen, was genauso anstrengend ist, besonders wenn sie wie an jenem Abend auch noch winselt.

Ich öffnete die Haustür, und die Mädchen stürzten aus dem Haus und rannten vor mir her zur Garage. Unsere Garage ist ein alter Bootsschuppen. Ich sage »unsere«, auch wenn nur noch die Hunde und ich hier leben. Das Haus steht direkt am Anawam River, einem Salzwasserfluss, der etwa hundert Meter flussabwärts in den Atlantik fließt. Der alte MG meines Ex-Mannes Scott ist noch im Bootshaus. Ich habe ihm oft gesagt, er solle ihn mitnehmen. Irgendwann einmal erklärte Emily, er hätte ihn ihr geschenkt, doch sie lebt in New York, weshalb er immer noch in meiner Garage steht. Er ist seit Jahren nicht gefahren worden. Mäuse haben unter der Motorhaube genistet, und auf dem Vordersitz sieht man noch Spuren ihrer Nester.

Die Hunde winselten und kratzten an der alten Holztür des Bootshauses, bis ich sie aufschob. Sie schossen hinein und schnüffelten aufgeregt mit hoch erhobenen Schwänzen in den Ecken des schiefen Schuppens. Ich suchte in meiner Tasche nach den Schlüsseln. Babs hat im Bootshaus einmal eine Ratte erwischt, und daran erinnern sich die Mädchen noch immer. Sie sind immer auf der Jagd, wenn wir hier sind. Ich auch. Mein Herz schlägt schneller, wenn ich den Kofferraum des alten MG aufschließe. Dort bewahre ich meinen Wein auf. Etwas anderes trinke ich mittlerweile nicht mehr. Wein. Kein hartes Zeug mehr. Ich bestelle ihn im Internet bei einem Gut in Kalifornien. Kalifornischer Wein schmeckt hervorragend, und ich weiß gar nicht, warum ich ihn früher so selten getrunken habe. Ich hatte immer das Gefühl, von Wein einen stärkeren Kater zu bekommen als von Wodka. Jetzt versuche ich, es nicht zu übertreiben. Ich versuche es wirklich, doch an manchen Abenden weiß ich nicht mehr, dass ich ins Bett gegangen bin. Na und? Ich würde gerne nach Hazelden zurückfahren und das in der »Gruppe« vorbringen. Das könnte eine interessante Diskussion ergeben. Ist ein Filmriss ein Filmriss, wenn ihn niemand merkt? Nicht einmal man selbst? Ich würde sagen, nein. Als ob im Wald ein Baum umfällt – wen interessiert das schon?

An den meisten Abenden genehmige ich mir aber nur ein paar Gläser. Ich habe meine abendliche Party liebgewonnen. Ich muss nicht mit anderen ausgehen – den anstrengenden anderen –, mit ihren Urteilen und den hastig ausgetauschten Blicken. Heimliche Freuden sind immer aufregender als ehrliche. Das ist wahrscheinlich auch das Aufregende an Ehebruch, das Verruchte und Sündige unter dem Mäntelchen alltäglicher Tugendhaftigkeit. Aber ich bin ja nicht allein mit meinem Wein, die Mädchen sind auch immer hier, und in warmen, mondhellen Nächten ziehe ich mich manchmal auf der Terrasse aus und gehe mit den Hunden im Fluss schwimmen. Der Abend nach Wendys Party war so einer, auch wenn der Mond kaum zu sehen war. Es war nur eine ungewöhnlich warme Juninacht. Wendy hatte den ganzen Abend davon gesprochen, wie sie immer das beste Wetter für ihre Partys »herzaubert«. Jetzt saß ich auf der Terrasse mit meinem Wein und meinen Hunden und war nach dem zweiten oder dritten Glas endlich zu Hause.

In Hazelden kamen immer diese AA-Redner zu den abendlichen Treffen, um uns ihre Geschichten zu erzählen. Einige waren richtig lustig, während andere natürlich herzzerreißend waren. Eines Abends begann ein Mann seine Rede mit folgenden Worten: »Ich kam auf die Welt ohne die drei Drinks, nach denen es mir erst gutging …« An diesem Punkt fragte ich mich, ob meine Töchter nicht vielleicht recht hatten, dass ich zu viel trank. Bis dahin war ich davon überzeugt gewesen, nicht hierherzugehören. Ich wusste, ich war keine Alkoholikerin. Wenn meine Töchter einen richtigen Alkoholiker sehen wollten, hätten sie meine Mutter treffen müssen. Sie konnte wochenlang nichts trinken, aber wenn sie dann auf Sauftour ging, war sie tagelang betrunken. Mein Dad suchte sie in den örtlichen Bars. Manchmal fanden wir sie nach der Schule bewusstlos auf dem Küchenboden. Ich trank nie vor fünf Uhr nachmittags. Ich trank nie allein (vor dem Entzug). Aber ich wusste, was dieser Typ damit meinte, dass ihm von Geburt an drei Drinks fehlten. Ich musste an mein allererstes Bier denken, das ich in einer Sommernacht mit einigen Kids unten am North Beach trank. An die köstliche Erleichterung. An meinen Ex-Mann Scott, der immer gesagt hatte, ich solle nach dem dritten Drink aufhören. »Dann verlierst du die Kontrolle«, hatte er gesagt. Ich hatte keine Ahnung, wovon er redete. Nach ein paar Drinks habe ich überhaupt erst das Gefühl, die Kontrolle zu haben.

Aber jeder ist anders. Warum müssen wir alle gleich sein? Das würde ich meine Töchter gerne fragen. Wie sie an dem betreffenden Abend die ganze Zeit von dem Schaden sprachen, den ich angerichtet hätte. *Schaden.* Tess kiffte während der gesamten Highschool, hat es nach Wesleyan geschafft und das Studium mit magna cum laude abgeschlossen. Emily … nun, Emily ist Bildhauerin. Ihren Lebensstil in New York könnte sie ohne meine Unterstützung nicht aufrechterhalten. Aber wird mir dafür gedankt? Natürlich nicht. Ich weiß, das klingt verbittert, aber das bin ich nicht. Es ist besser so. Ich muss mir keine Sorgen mehr machen, dass man mir keinen Alkohol mehr ausschenkt, bevor ich genug hatte. Keine Reue mehr am nächsten Tag.

Jetzt bleibe ich abends daheim und verwandle mich bei klarem Verstand in mich selbst. Meine Töchter fänden das traurig, aber für mich sind es einige der schönsten Momente im Leben, wenn ich mich bequem in mich selbst zurückverwandeln kann. Nicht mehr jeden Abend. Nein, nicht mehr jeden Abend. Doch nach Wendys Party strahlte meine Terrasse in der wunderbaren Dunkelheit eine so herzliche Atmosphäre aus. Als ich die letzten

Tropfen der Flasche in mein Glas füllte, war ich vollständig transformiert. Ich war ich selbst. Ich war endlich wieder ich selbst.

Ich ließ meinen Rock fallen und zog meine Unterhose aus, ebenso wie meine Bluse und den ausgefransten alten BH. Ich bin sechzig Jahre alt. Mein Bauch ist schlaff, meine Brüste hängen, und meine Beine sind abgemagert. Ich habe seit Jahren keinen Badeanzug mehr getragen, aber ich schwimme gern. Ich liebe das Wasser, das habe ich schon immer, und ich mag das Gefühl der Nacht auf meiner Haut.

Wie schon gesagt, der Mond war kaum zu sehen, doch ich kenne den Weg, und als ich mit den Hunden den sandigen, mit Kiefernnadeln übersäten Pfad entlangging, fühlte ich mich wie eine Art primitive Jägerin, vielleicht wie eine Anawam-Squaw. Am Flussufer trank ich von meinem Wein und spürte den weichen Schlamm des Flussbettes unter meinen Füßen und wie er sich an meinen Knöcheln hinaufarbeitete, wie ein Paar geisterhafter Seidenstrümpfe. Ich nahm einen letzten Schluck, ließ das Glas in den weichen Sand fallen und stürzte mich in den eiskalten Fluss, lachend und nach Luft schnappend. Die Hunde bellten aufgeregt.

Wie unglaublich köstlich dieser Wein doch war. Und ich hatte eine ganze Kiste davon. Genug für mich. Es würde immer genug für mich da sein.

# KAPITEL 3

Manchmal wache ich zu früh auf, was nicht gut ist. Ich habe in einer Zeitschrift gelesen, dass das mit dem Alter kommt und mit den Hormonen zu tun hat. Ich schlafe schnell ein, vor allem nach einem kleinen Schlummertrunk, aber ich wache oft plötzlich um drei Uhr morgens auf, voller Furcht und Selbstverachtung. Das ist mein nächtlicher Zwischenstopp in meiner ganz privaten Hölle, wo mich alle Dämonen besuchen, die sich daran ergötzen, mich an mein tägliches Elend zu erinnern, meine lebenslange Schlechtigkeit. Die Fehltritte des vergangenen Tages werden noch einmal durchgegangen, außerdem sämtliche Sünden, Gehässigkeiten, Bedauern und Groll der letzten Jahrzehnte. Manchmal schalte ich den Fernseher ein und schaue einen alten Film, bei dem ich dann einschlafe. Bei Tag fühle ich mich immer besser.

In der Drei-Uhr-Schwärze nach der McAllister-Party lag ich allerdings nur da und dachte an Rebecca, anstatt den Fernseher einzuschalten, was die Nachtmonster auf Abstand hielt. Irgendwie faszinierte mich Rebecca, schon seit dem Tag, als ich ihr ihr zukünftiges Haus gezeigt hatte. Während der Besichtigung hatte es einen kleinen Zwischenfall gegeben, und Rebecca hatte ein wenig Magie gewirkt. (Magie garantiert fast immer einen Abschluss, das kann einem jeder Makler bestätigen.) Seither ließ mich Rebecca nicht mehr los.

Der Zwischenfall wurde von einem von Leightons Ponys verursacht. Auch wenn viele von uns es immer noch das alte Barlow-Anwesen nennen, hatten es die McAllisters nicht von den Barlows erworben, sondern von einer reichen Bostoner Familie namens Leighton. Elsa Leighton züchtete Welsh-Ponys.

Sehr exklusive Welsh-Ponys. Die Töchter gehörten zum Team der Pferdeschauen. Die Leightons kamen nur an den Wochenenden und hatten Frank Getchell angeheuert, sich für sie um die Farm zu kümmern. Wendover hat immer noch eine Reihe Pferdefarmen. Der Westfield Hunt Club in South Hamilton ist nicht weit entfernt, und Frank hat schon auf vielen Farmen gearbeitet. Die Leightons waren also die Verkäufer, als Wendy mich anrief und von den wundervollen McAllisters erzählte, die auf der Suche nach einem Haus seien. Sie sagte, sie hätte ihnen ihre besten Objekte gezeigt, doch ihnen hätte nichts gefallen. Warum sollte man nicht einen Versuch mit dem alten Barlow-Anwesen machen?

Die meisten Makler in der Gegend hatten das Barlow-Anwesen bereits aufgegeben. Manche fanden, die Leightons verlangten einen zu hohen Preis – 2,2 Millionen. Ja, es hatte fast zwanzig Morgen und lag auf dem malerischen Wendover Rise mit Blick auf die Gezeitenmarschen und den Atlantik sowie die kleinen Cape-Ann-Inseln dahinter, doch das Haus war Anfang des achtzehnten Jahrhunderts erbaut worden, und wie alle echten Kolonialhäuser war es klein, dunkel und stand direkt an der Straße. Wer in Wendover ein Grundstück sucht, will ein entzückendes altes Haus weitab von der Straße mit viel Privatsphäre. Doch so etwas gibt es nicht. Kolonisten wollten ihre Häuser direkt an der Straße bauen, damit ihre Nachbarn sie sehen konnten. Kaufinteressenten haben dafür wenig Verständnis, egal, wie ausführlich man versucht, ihnen die Angst der ursprünglichen Besitzer vor Indianern und wilden Tieren zu erklären, die sich zur Zeit des Hausbaus in der Gegend herumtrieben. Ich hatte das Haus an die Leightons verkauft, und als sie es mir zum Weiterverkauf gaben, sagte ich ihnen, sie sollten am Preis festhalten. Damals hatte ich schon das Gefühl gehabt, sie hätten zu viel bezahlt, und ich wollte nicht, dass sie einen allzu großen Verlust machten.

Aber nun ja, die Leightons mussten verkaufen. Es ging ihnen

gut, als sie das Anwesen erwarben, Tom Leighton war gerade Partner bei Bear Stearns geworden. Jetzt hatte sich Bear Stearns aufgelöst, die Leightons ließen sich scheiden, eine der jungen Reiterinnen war auf Entziehungskur. So ist das Leben. So verdiene ich zumindest meinen Lebensunterhalt.

Die Besichtigung für die McAllisters fand an einem Frühlingsmorgen statt. Als ich bei dem Haus ankam, gingen Wendy und Rebecca bereits auf die Haustür zu, und Rebeccas zwei Söhne rannten durch den Garten. Ich ging zu ihnen und stellte mich vor; dabei bemerkte ich, wie Rebecca misstrauisch die Straße musterte. Die geschwätzige Wendy bemerkte es offensichtlich auch, denn sie legte Rebecca und mir je eine Hand aufs Handgelenk und bildete damit eine menschliche Kette mit ihr als übersprudelndem Verbindungsglied. »Hildy«, plapperte sie, »ich habe Rebecca gerade gesagt, dass das Haus wirklich zu nahe an der Straße steht, es hier aber so ruhig ist …«

Wendy ist schon lange genug im Geschäft, um es besser wissen zu müssen. Sobald sie die Worte ausgesprochen hatte, fuhr natürlich ein dröhnender und klappernder Diesel-Pick-up am Haus vorbei, gefolgt von einem Motorrad und einem ächzenden Schulbus.

»Liam«, rief Rebecca ihrem älteren Sohn nach. »Nimm Ben an die Hand, Schatz. Lass ihn nicht in die Nähe der Straße.« Liam schien etwa sieben, Ben etwa vier Jahre alt zu sein. Sie waren offensichtlich adoptiert, da ich aus dem Internet wusste, dass Brian weiß war. Die Jungen schienen südamerikanischer oder mexikanischer Abstammung zu sein. *Latinos,* hätten mich meine Töchter jetzt korrigiert. Es waren gut erzogene Jungs, aber ich bin trotzdem nie begeistert, wenn Klienten ihre Kinder zu einer Besichtigung mitbringen, da diese nur alle ablenken.

»Sie sind wirklich entzückend«, sagte ich zu Rebecca und wandte mich dann Richtung Eingangstür. »Wollen wir hineingehen?«

Ich kannte die anderen Häuser, die Wendy Rebecca gezeigt hatte, im Grunde alles Hochklassige auf dem Markt. Die Leightons hatten das Barlow-Haus charmant restauriert – mit sichtbaren Deckenbalken, einer Holzverkleidung um den großen Kamin –, aber es war immer noch ein Wochenendhäuschen. Die Küche war winzig, ebenso wie die Schlafzimmer. Außerdem – der Todesstoß – gab es kein großes Badezimmer. Doch ich führte sie trotzdem herum, und als wir aus einem der Fenster im oberen Stock blickten, sagte Rebecca: »Gehören die Ponys zur Farm?«

»Oh ja, ich habe dir noch gar nicht gesagt, dass Rebecca Pferde liebt«, zwitscherte Wendy.

»Nun, wollen wir uns dann die Ställe und Koppeln ansehen?«, meinte ich.

Mal ehrlich, wie hatte Wendy das vergessen können? Das Beste an dem ganzen Grundstück waren die teuren Zäune, die die Leightons hatten einziehen lassen, und der wuchtige Stall, den sie renovieren ließen. Wendys Umsätze sind erstaunlich gut. Keine Ahnung, wie sie überhaupt etwas verkauft.

Rebeccas Söhne spielten gerade Fangen, als Rebecca rief: »Jungs, kommt her, wir schauen uns die Ponys an.« Sie rannten die Treppen hinunter und mit uns durch die Hintertür ins Freie.

Wir gingen die Auffahrt entlang zum Stall, als Frank Getchell, der Verwalter, mit seinem Pick-up heranfuhr.

Frank ist ein alter Hippie, klein und etwas stämmig. Er trägt sein graues Haar in einem Pferdeschwanz, auch wenn dieser von seiner gebräunten, wettergegerbten Kopfhaut langsam verdrängt wird. Bald wird der Pferdeschwanz keinen Halt mehr haben. Er trägt immer verschlissene Jeans und alte Cowboystiefel; ein Flanellhemd versteckt den Bauch.

»Hi, Frankie«, sagte ich.

»Hey, Hil«, erwiderte er. Er warf Rebecca und den Kindern

einen Blick zu und starrte dann wieder geradeaus. Frankie Getchell kann ein wenig seltsam sein bei Leuten, die er nicht kennt.

»Frank, Wendy kennst du ja, und das hier ist Rebecca McAllister mit ihren Söhnen. Sie wollten sich den Stall ansehen.«

»Fahrt mit mir, wenn ihr wollt«, murmelte Frank, den Blick immer noch geradeaus gerichtet. »Zwei Stuten sind überfällig, und eine könnte heute Nacht gefohlt haben.«

Selbst Wendy, die im Leben noch auf keinem Pferd gesessen ist, quietschte leise vor Entzücken bei der Aussicht auf ein neugeborenes Fohlen.

»Können wir hinten auf der Ladefläche mitfahren, Mommy?«, fragte Liam.

»Nein, Schätzchen, das ist zu unsicher«, sagte Wendy, doch Rebecca antwortete: »Ich bin als Kind auf der Farm meines Großvaters immer auf der Ladefläche mitgefahren. Frank, haben Sie was dagegen?«

»Sie müssen sogar hinten mitfahren, hier drin ist kaum genug Platz für uns«, erklärte Frank stirnrunzelnd. Er bereute sein Angebot offensichtlich bereits; er hätte uns zu Fuß gehen lassen sollen. Die Jungs kreischten vor Freude, als Rebecca die Heckklappe senkte. Sie kletterten auf die Ladefläche und stiegen über Seile und Holzstücke und setzten sich neben eine alte Hummerfalle. Rebecca, Wendy und ich quetschten uns auf die schmutzige Sitzbank im Führerhaus, und dann fuhren wir am Stall vorbei zu der Wiese auf dem Gipfel des Grundstücks. Diese Wiese hat wirklich mit den besten Ausblick in Wendover. Das hatte ich ganz vergessen, da ich seit meiner Kindheit nicht mehr hier gewesen war.

Rebecca hatte während des Rundgangs durch das Haus geschwiegen, doch als die Ponys jetzt in Sichtweite kamen, lebte sie auf und versuchte den armen Frank in ein Gespräch zu verwickeln.

»Sind das Welsh-Ponys?«

»Ja, die meisten«, murmelte Frank. Er sah in den Rückspiegel und rief dann aus dem Fenster: »Hey, Jungs, hört auf, euch über die Seitenwände zu lehnen, und setzt euch gefälligst hin!«

»Mein Großvater hat in Virginia Vollblüter gezüchtet«, erzählte Rebecca und wartete auf eine Antwort von Frankie, die aber niemals kommen würde, weshalb ich mich einschaltete. »Ach ja?«

»Bleiben die Stuten im Freien, auch während der Fohlzeit?«, fragte Rebecca.

»Ja«, brummte Frank. Wir rumpelten durch einige Fahrspuren, und er verringerte die Geschwindigkeit, während er im Rückspiegel wieder nach den Jungen sah.

»Mein Großvater fand immer, dass es für die Stuten am gesündesten ist, die Fohlen auf der Wiese zur Welt zu bringen. Andere Züchter hielten es für zu riskant. Das waren Rennpferde, wissen Sie, die meisten Fohlen waren also sehr wertvoll … oh, was für eine entzückende kleine Herde«, sagte Rebecca, als wir bei der großen Wiese ankamen.

Frank parkte neben dem Gatter, und sobald wir aus dem Truck ausgestiegen waren, rief Rebecca: »Da ist es!« Sie deutete in Richtung des kleinen schwarzen Fohlens, das in der Ecke der Weide lag, die Nase im Gras vergraben. Eine graue Stute stand beschützend über ihm. Die Jungen waren von der Ladefläche gesprungen, und Rebecca trat instinktiv vor sie. »Ihr geht nicht auf die Weide zu den Ponys«, sagte sie streng. »Ist das klar?«

»Was zum Teufel?«, knurrte Frank, worauf Wendy nach Luft schnappte und besorgt zu den Jungen blickte. Dann murmelte Frank noch eine Reihe unaussprechlicher Obszönitäten. Ich kenne ihn recht gut, und ich habe ihn noch nie so erregt gesehen. Auch ich blickte zu Rebecca und ihren Söhnen, in deren Augen ich ein erstauntes Funkeln sah. Rebecca biss sich auf die Lippe und unterdrückte ein Lächeln. Frank riss das Gatter auf und stapfte auf die Weide. Rebecca befahl den Jungen erneut, mit Wendy vor der Umzäunung zu bleiben. Nach kurzem Zögern betraten sie und ich dann die Wiese. Rebecca schloss das Gatter sorgfältig hinter uns. Das Gras war noch feucht vom Tau. Rebecca trug zierliche flache Schuhe, schien sich darum aber keine Gedanken zu machen.

»Also, was ist los, Frankie?«, fragte ich.

»Was los ist? Das Fohlen gehört nicht der Stute. Die haben sie letztes Jahr nicht gedeckt.«

Frank blickte zu der Herde von einem Dutzend Ponys und stöhnte. Da sahen wir es auch. Eine kleine schwarze, schaumbedeckte Stute trabte hektisch zu der grauen Stute und dem Fohlen, doch als sie sich den beiden bis auf wenige Meter genähert hatte, legte die graue die Ohren an und griff die schwarze an, deren Hals und Flanken bereits blutig von Bissen waren.

Frank kletterte über den Zaun und nahm zwei Halfter und ein Seil von der Ladefläche des Trucks.

»Die graue ist die Leitstute. Sie hat schon ein paar Fohlen geboren, aber man hat beschlossen, sie wegen ihres Temperaments dieses Jahr nicht zu decken. Sie ist bösartig und brachte genauso bösartige Fohlen hervor. Eines hat mir vor ein paar Monaten in den Bauch getreten«, erzählte Frank. Er blieb stehen und dachte nach.

»Du meinst, das Pony hat das Baby des anderen gestohlen?«, rief Wendy von der anderen Seite des Zauns. »Das ist ja furchtbar. Frank, bring das Kleine besser schnell zu seiner Mutter zurück!«, kreischte sie, und Frank warf ihr einen genervten Blick zu. Die arme schwarze Stute war stehen geblieben, ihre Flanken hoben und senkten sich angestrengt. Milch tropfte aus ihren Zitzen. Frank ging auf die Graue zu, doch als sie ihn bemerkte, stupste sie das schwache Fohlen auf die Beine und trieb es in die hinterste Ecke der Weide.

Rebecca sagte: »Haben Sie Getreide im Wagen?«

»Nein, aber daran habe ich auch schon gedacht. Ich kann etwas aus dem Stall holen«, erwiderte er.

»Geben Sie mir ein Halfter, und ich fange die Zuchtstute ein«, sagte Rebecca. »Sie sollte nach der Geburt nicht so viel herumrennen, sie wirkt erschöpft.«

»Danke«, antwortete Frank. Er gab ihr ein Halfter mit Leine, kletterte in seinen Truck und raste zum Stall. Wendy und die Jungen saßen auf ein paar großen Felsen vor der Weide.

Rebecca hielt Halfter und Leine hinter dem Rücken versteckt, während sie sich der schwarzen Stute näherte und die anderen Ponys wegdrängte, die sie umringten.

»Hallo, Mommy«, sagte Rebecca in einem leisen Sing-Sang und ging weiter auf die Stute zu, sah diese aber nicht direkt an. Sie machte einige kussartige Geräusche und stieß dabei weiter die anderen Ponys weg. »Schhhh, Mommy, schhh.«

Als sie fast neben der erschöpften Stute stand, warf sie ihr die Leine um den Hals. Das Tier senkte gehorsam den Kopf, so dass Rebecca ihr das Halfter überziehen konnte.

»Seien Sie vorsichtig, Rebecca, Ihre Schuhe! Oh, das arme Ding«, sagte Wendy. »Ich wusste gar nicht, dass Pferde so … böse sein können.«

Rebecca streichelte den Hals der Stute und strich ihr mit der Hand über den Rücken, fühlte sanft die Haut um die Bisswunden herum. Die Stute ließ den Kopf fast bis zum Boden sinken. Zwischen ihren Hinterbeinen hing immer noch die schleimige Nachgeburt.

»Na schau, Mommy«, sagte Rebecca. »Alles ist gut.«

Frank kam zurück und konnte die Leitstute mit einem Eimer Getreide von dem Fohlen weglocken. Als er sie packte, hatte sich die schwarze, das echte Muttertier, allerdings hingelegt. Das Trauma der Geburt und der Kampf mit der Leitstute waren zu viel für sie gewesen. Ihr Kopf lag auf dem Boden, die Augen wurden glasig.

»Frank!«, schrie Rebecca. Sie versuchte, das Tier wieder zum Aufstehen zu bringen, indem sie ihm mit ihrem kleinen Fuß in die Seiten stieß.

»Scheiße. Hildy, kannst du sie halten?«, fragte Frank und nickte in Richtung der grauen, die nun ein Halfter trug und ungerührt Gras rupfte, als sei nie etwas gewesen. »Sie könnte ausflippen, wenn wir das Fohlen zu seiner Mutter bringen. Falls sie das tut, zieh ihr eins mit der Leine über. Das meine ich ernst.«

Ich nahm die Leine aus Franks Hand und beobachtete, wie er hinüber zu der Stute rannte, die nur ein paar Meter von ihrem Fohlen entfernt lag.

Frank stieß das Tier mit dem Stiefel in die Seite. »Auf! Auf!«, befahl er. »Hoch mit dir, du dummes Vieh.«

»Warten Sie«, sagte Rebecca und eilte zu dem Fohlen, das ebenfalls erschöpft im Gras lag. Rebecca strich mit den Händen über sein Fell, unter den Schwanz und zwischen die Hinterbeine, wo es immer noch feucht war, über seine schlaffen Hoden und über die blutige Nabelschnur, die neben ihm wie eine bleiche nasse Schlange im Gras lag. Dann ging sie rasch zurück zu der schwarzen Stute und hielt ihr für einen Moment die Hände vors Maul, nur ganz kurz, und dann wirkte der Zauber.

*Leben, Baby, Blut, Baby, Lust, Baby* ... die Stute sog alles durch die Nase in einem langen Atemzug ein und dann noch einem. Ihre Augen öffneten sich. Sie erinnerte sich an etwas. Rebecca berührte ihr Maul wieder mit beiden Händen, da riss die Stute die Augen auf.

*Baby.*

Innerhalb weniger Sekunden war sie auf den Beinen. Frank führte sie zu ihrem Fohlen, und dann war es wie eine Szene aus einem Disney-Film. Die Stute stupste ihr schwaches Kind mit der Nase, es erhob sich auf seine spindeldürren Vorderbeine, dann auf die seltsam gekrümmten Hinterbeine. Schon bald suchte das Fohlen nach den Zitzen der Mutter, unterstützt von Rebecca, die sein seidiges Maul unter den Bauch der Stute führte.

»Wo steht ihr Wasser?«, fragte sie Frank.

Der grunzte und nahm den Eimer, in dem das Getreide gewesen war, und füllte ihn in einem langen Trog am Rand der Weide. Er ging zurück zur Stute und hielt ihr den Eimer unter die Nase. Sie trank in langen, gierigen Schlucken. Frank hatte recht gehabt. Die graue begann, sich gegen mich zu wehren, als sie das Fohlen bei seiner Mutter sah, doch ich schnauzte sie an und schlug mit der Leine in Richtung ihrer Flanke. Da beruhigte sie sich wieder.

Wir ließen Mutter und Kind im schattigen Gras unter einem Baum. Frank führte die graue zurück in den Stall; wir folgten ihm. Die Jungen rannten uns voraus. Die Leitstute wehrte sich einmal, als wir außer Sichtweite der Herde und des gestohlenen Fohlens waren, doch Frank war darauf vorbereitet und verpasste ihr einen Schlag mit der Leine. »Beweg deinen Hintern, Betty«, knurrte er, und das Tier hastete durch das Tor.

»Sie heißt Betty?«, fragte ich belustigt.

»So nenne ich sie zumindest. Eigentlich hat sie einen anderen verdammten Namen«, erwiderte Frank.

Die Stute hatte sich mittlerweile etwas beruhigt. Auch sie war von den Ereignissen der Nacht erschöpft, und wir betraten den Stall gemeinsam, während Betty friedlich neben uns hertrottete. Plötzlich blieb sie stehen, drehte den Kopf und wieherte lang. Doch nur Stille antwortete ihr.

»Arme Betty«, sagte Rebecca. Ich sah, wie sie sich Tränen aus den Augen wischte. Sie lachte verlegen, als sie meinen Blick bemerkte.

»Mir tut ihr Opfer mehr leid«, meinte ich lachend. »Die arme Stute, deren Fohlen sie gestohlen hat.«

Frank hatte Betty in eine Box am Stallrand geführt, und Rebecca flüsterte mir verärgert zu: »Es war grausam, sie nicht zu decken und dann bei den anderen fohlenden Stuten zu lassen. Das war böse.«

Schließlich kauften die McAllisters das Barlow-Anwesen und bezahlten den angesetzten Preis. Die Leightons verkauften ihre Ponys, bis auf Betty. Rebecca hätte einfach darum bitten sollen, sie zum Hauskauf dazuzurechnen, aber ich denke, sie hat für das böse Vieh noch einmal extra bezahlt.

An warmen Frühlingsnachmittagen sah man Rebecca, wie sie die Stute ohne Sattel über die Wege hinter den Salzwiesen ritt, noch bevor das Haus fertig renoviert war.

Rebecca war so winzig, während die Stute recht kräftig wurde. Sie bildeten ein schönes Paar. Rebecca ritt sie nur mit Halfter und einer Leine, oft war sie barfuß, in T-Shirt und alten, abgeschnittenen Shorts.

Im Morgengrauen nach der McAllister-Party dachte ich an Rebecca, und es beruhigte mich.

Ich schloss die Augen, und keine Boshaftigkeit suchte mich heim.

# KAPITEL 4

Wenn man Patch und Cassie Dwight in der Stadt sah, konnte man sie für ein glückliches, bodenständiges Ehepaar halten, vor allem in Anbetracht der Umstände. Aber ich versuchte nun bereits seit über einem Jahr, ihr Haus zu verkaufen, und offen gesagt bezweifelte ich, dass ich mit der Familie darin einen Käufer finden würde. Man musste kein Makler oder Psychologe sein, um zu sehen, wie anders und wie gestresst die Bewohner waren, alle drei. Nach außen, in der Stadt, wirkte Cassie meistens fröhlich und patent, aber ich kenne sie seit ihrer Kindheit und sehe, wie sie sich verändert, wie sie härter wird unter ihrem hübschen Äußeren. Ich habe es bemerkt, als ich eines Nachmittags am North Beach für einen Spaziergang anhielt, bevor ich zu einer Hausbesichtigung in der Nähe weiterfuhr.

Am North Beach gibt es einen Spielplatz mit Schaukeln und einem Klettergerüst und kühlem Wind vom Atlantik. Ich gehe regelmäßig am Strand spazieren, und ich kenne viele der jungen Mütter, die am Nachmittag mit ihren Kindern hierherkommen. Manchmal unterhalte ich mich mit ihnen. Am Tag der Hausbesichtigung sah ich zum ersten Mal Rebecca am Strand. Sie stand am Ufer und blickte auf die Wellen; ihr jüngerer Sohn Ben spielte neben ihr im Sand. Cassie saß auf einer Stranddecke in der Nähe in einer Gruppe von Freundinnen. Wie in einer Herde Stuten oder Wölfinnen gibt es in jeder Frauengruppe eine Alpha, und hier am Strand von North Beach war das meistens Cassie Dwight. Gesellig, lebhaft, in Wendover geboren – Cassie rief man an, ob man an den North Beach gehen sollte oder lieber zum Spielplatz der Schule. Sie gab die Parole normalerweise je nach Wetter aus und danach, wie es ihrem Sohn Jake, einem

Kind mit speziellen Bedürfnissen, an dem betreffenden Tag ging. Cassie wusste die Geburtstage der meisten Mütter und brachte oft Cupcakes für alle mit, was die Kinder freute und die Mütter Cassies Großzügigkeit und Güte preisen ließ. Wo sie doch schon so viel zu bewältigen hatte. Ihr Mann war der begehrteste Sanitärinstallateur der Gegend, weshalb Cassie immer genauestens darüber informiert war, wer gerade was in seinem Haus richten ließ. Was gebaut wurde und wo. Wer billige Materialien verwendete, Geld für importierten Marmor verschwendete oder versuchte, einen Rosengarten zu nahe an der salzigen Gischt oder dem Straßensalz anzulegen.

Es war ein ungewöhnlich heißer Junitag, und die meisten Mütter trugen ihren leicht abgetragenen Badeanzug vom letzten Jahr. Die Frauen, die sich am North-Beach-Spielplatz versammelten, waren zum größten Teil alle an der North Shore aufgewachsen, in und um Wendover herum, und sie gaben ungern Geld für neue Sachen aus, wenn die alten doch noch tragbar waren. Die meisten zugezogenen Frauen, deren Männer die alten Anwesen aufgekauft oder neue Villen gebaut hatten, verbrachten ihre Nachmittage im privaten Anawam Beach Club. Die wenigen mit tiefen Wurzeln in der alten ländlichen Oberschicht gehörten dem Westfield Hunt Club an, wo sie Golf spielen, reiten oder Tennis spielen konnten, während sich der Nachwuchs im Pool vergnügte. Wendy Heatherton hatte Rebecca und Brian gedrängt, dem Anawam Beach Club beizutreten – hatte sogar angeboten, für sie zu bürgen –, doch im Gegensatz zu Brian hatte Rebecca nie Interesse gezeigt.

Ich winkte Cassie und ihrer Gruppe zu und spazierte zu Rebecca.

»Schön, Sie zu sehen, Rebecca«, sagte ich.

Sie beschattete ihre Augen mit der Hand gegen die strahlende Mittagssonne und lächelte.

»Hallo, Hildy.«

»Kommen Sie oft an diesen Strand?«, fragte ich.

»Ja, normalerweise morgens. Ben liebt die Kiesel hier am Strand, und Liam skimboardet gern.«

Ich folgte Rebeccas Blick zum Wasser und sah, wie Liam auf ein hauchdünnes Brett aufsprang und darauf durch die Brandung ritt. Seine Arme rotierten dabei in anmutigem Bogen neben seinem Kopf, und seine Knie waren gebeugt.

»Er ist richtig gut«, sagte ich bewundernd.

»Er könnte das den ganzen Tag tun«, meinte Rebecca.

Cassie entfernte sich von ihrer Gruppe, als sie mich sah, und kam herüber.

»Hi, Hildy«, sagte sie lächelnd, blickte dabei jedoch Rebecca an.

»Hallo, Cassie, meine Liebe«, begrüßte ich sie. »Kennst du schon Rebecca McAllister?«

»Wir haben uns noch nicht persönlich kennengelernt, aber mein Mann ist Patch Dwight – er hat in Ihrem Haus die ganzen Klempnerarbeiten erledigt«, sagte Cassie.

»Natürlich«, erwiderte Rebecca und lächelte warm. Sie schüttelte Cassies Hand. »Patch ist großartig, er hat wunderbare Arbeit geleistet.«

»Danke«, antwortete Cassie. »Ich habe Sie hier schon gesehen, kam mir aber komisch vor, mich einfach so vorzustellen. Wir sind jeden Nachmittag etwa zur selben Zeit hier, damit die Kinder spielen können. Kommen Sie doch auch.«

»Oh, okay, vielen Dank«, meinte Rebecca.

Ich war sehr erfreut, dass die beiden sich kennengelernt hatten. Rebecca brauchte Kontakt zu den anderen Müttern in der Gegend.

Der neunjährige Jake war seiner Mutter zu uns gefolgt, und während Cassie Rebecca fragte, wie es ihr in Wendover gefiel, sah ich Rebecca aus dem Augenwinkel Jake beobachten. Er stand über Ben gebeugt, offensichtlich fasziniert von dem Spielzeugtruck des kleinen Jungen.

»Wir haben Limonade«, sagte Cassie. »Möchtet ihr auch eine?«

»Klar«, erwiderte ich.

»Oh, nein danke«, sagte Rebecca. Sie sah zu ihrem Sohn in der Brandung und dann zurück zu Ben. Jake ging in engen Kreisen um ihn herum, was dieser gar nicht bemerkte, so vertieft schob er seinen Truck durch die Kiesel. Cassie spazierte zurück zu ihren Freundinnen und der Kühltasche, um mir eine Limonade zu holen.

Rebecca fand es offensichtlich seltsam, dass ein so großer Junge so interessiert an ihrem Vorschulkind war.

»Hallo, Jake«, sagte ich, doch er ignorierte mich, weshalb ich lächelnd fortfuhr: »Du bist ganz schön gewachsen.«

In diesem Moment stürzte sich Jake auf Ben und versuchte, ihm den Spielzeugtruck zu entreißen. Zuerst klammerte sich Ben daran fest. Außer Rebecca und mir sah keiner den Zwischenfall.

»Jake«, sagte ich rasch, »Nein, nein … Jake!«

»Das ist mein Truck«, sagte Ben ernst und sah Jake fest in die Augen, der sich jedoch nur auf das Spielzeug konzentrierte. Dann riss er ihn Ben aus den Händen.

»Hey!«, rief Rebecca und stellte sich zwischen die beiden Jungen. »Warum spielt ihr nicht abwechselnd damit?«

Jake ignorierte sie und kauerte sich in den Sand, drehte die Räder des Trucks mit den Händen und beobachtete die Bewegungen. Ben versuchte, die Tränen zurückzuhalten.

»Na komm schon«, sagte Rebecca und berührte den Jungen sanft an der Schulter. Sobald ihre Finger auf sein T-Shirt trafen, begann Jake laut jammernde Geräusche von sich zu geben. Er richtete sich abrupt auf und sprang hektisch auf und ab, wedelte unkoordiniert mit den Händen vor dem Körper. Er warf den Truck zu Boden, drehte sich in engen Kreisen um sich selbst, wedelte weiter mit den Händen und stieß in einem fort diese hohen Schreie aus.

»Oh«, sagte Rebecca, als sie ihren Fehler erkannte. »Oh, es tut mir leid …«

»Was zum Teufel haben Sie da nur angerichtet!« Cassie Dwight stand plötzlich neben Rebecca und schrie sie unvermittelt an. Rebecca blickte sich um und sah, dass die Frauengruppe, die sich gerade noch entspannt unterhalten hatte, sie nun böse anstarrte.

»Es tut mir leid, er ist so viel größer als Ben, ich dachte, ich sollte eingreifen. Ich wusste nicht …«

»Wussten was nicht?«, zischte Cassie. Ihr Gesicht war purpurrot vor Wut. Dann versuchte sie, ihr Kind zu beruhigen. »Jake«, sagte sie, »Jake …«

Ich wusste nicht, was ich sagen sollte, weshalb ich Rebecca nur mitfühlend anlächelte.

»Es tut mir so leid«, wiederholte Rebecca.

»Nein«, sagte Cassie, atmete tief durch und ließ von Jake ab. »Mir tut es leid. Sie wussten es wohl nicht. Jake hat eine schwere Entwicklungsstörung.«

»Nein, das wusste ich nicht. Ich fühle mich schrecklich, es tut mir so leid.«

»Er erträgt keine Berührungen. Dürfte ich ihm den Truck geben, vielleicht beruhigt er ihn?«

»Natürlich«, sagte Rebecca und blickte zu Ben, der nun doch weinte. Als Cassie versuchte, mit dem Truck Jakes Aufmerksamkeit zu erregen, ging Rebecca neben ihrem Sohn in die Knie und nahm ihn in die Arme. »Schatz, ich habe andere Spielsachen dabei …«

»Aber das ist *mein* Truck, ich will ihn wiederhaben!«

»Ich weiß, aber für Jake ist das Teilen nicht so leicht wie für dich.«

»Warum?«, schluchzte Ben. »Er ist schon so groß.«

Ich sah, wie Cassie Rebecca einen vorsichtigen Blick zuwarf.

»Nun«, sagte diese, »Ich weiß, aber er ist … behindert.«

»Du lieber Himmel!«, rief Cassie und sah zu ihren Freundinnen, die ihr mitfühlend zulächelten und dann weiter Rebecca anstarrten. »Wo haben Sie denn bisher gelebt? In einer Höhle? Lernen Sie mal was dazu.«

Rebeccas Wangen färbten sich rot, und sie blickte zu Cassie auf. »Was haben Sie gesagt?«

»Jake ist ein Kind mit einer Behinderung, kein behindertes Kind.«

»Oh, habe ich das nicht gesagt?«

»Nein, Ihre Worte waren menschenverachtend.«

»Menschenverachtend? Ich weiß nicht, wovon Sie reden, und wissen Sie was? Ich habe ja nicht einmal mit Ihnen geredet, sondern mit meinem Sohn.« Rebecca richtete sich auf und nahm Bens Hand; dann rief sie mit schriller Stimme nach ihrem anderen Sohn.

»Liam! Liam, wir müssen gehen. Zurück in unsere HÖHLE!«

Liam hob sein Skimboard aus dem Wasser. »Was?«, brüllte er.

»Jetzt!«, rief Rebecca zurück und ging in Richtung Parkplatz. Liam rannte ihr hinterher, das Board hinter sich herziehend.

»Mom …«, jammerte er.

»Mein Truck«, heulte Ben.

»Wir. Kaufen. Dir. Einen. Neuen«, sagte Rebecca angespannt, als sie ihr schluchzendes Kind ins Auto bugsierte. Sie riss Liam das Brett aus der Hand, und er schlüpfte rasch neben seinen Bruder ins Auto.

»Cassie«, sagte ich.

»Was, Hildy? Was?«

»Nichts.«

Wir sahen, wie Jake weiter die Räder des Trucks drehte.

»Sie hätte ihn nicht wie ein Monster behandeln müssen. Er hat keinem etwas getan. Es war nur der Truck …«

»Ich weiß«, sagte ich, »ich weiß.«

Rebeccas silberner Land Cruiser fuhr scharf rückwärts, und eine Wolke aus heißem Sand und Staub wirbelte hinter ihr auf.

Ich erinnere mich an Jake als Baby. Cassie ist ein paar Mal mit ihm im Büro vorbeigekommen, wenn sie durch die Stadt fuhr. Er war unglaublich süß, pummelig mit großen blauen Augen. Einfach hinreißend. Als er etwa ein Jahr alt war, bemerkte Cassie, dass er sich nicht normal entwickelte. Die Tochter ihrer Schwester war vier Monate jünger und konnte schon mehr. Ich erinnere mich, wie ich Cassie sagte, dass Jungen sich eben etwas langsamer entwickeln. »Er holt schon noch auf«, versuchte ich sie zu beruhigen, wie wir alle. Aber Jake holte nicht auf. Bald bekam er Anfälle, woraufhin man einen Gendefekt bei ihm diagnostizierte. Ich kann mich nicht an die korrekte Bezeichnung erinnern, doch als er zwei Jahre alt war, war seine Krankheit offensichtlich. Er sprach nie, lachte aus heiterem Himmel, drehte sich so lange im Kreis, bis ihm schwindlig war und er stürzte. Oder er verbrachte Stunden damit, die Räder eines Spielzeugtrucks zu drehen und sie zu beobachten. Das waren seine guten Momente.

An dem Tag, an dem ich das Haus der Dwights besichtigte, nachdem sie mich gebeten hatten, es zu verkaufen, bekam ich einen kleinen Einblick in ihr Leben. Es war ein Samstagmorgen, und als ich die Türklingel betätigte, musste ich eine ganze Weile warten. Niemand kam, doch ich hörte schrille Schreie aus dem Haus. Ich wartete, klingelte erneut. Erkannte, dass die Klingel von den Schreien übertönt wurde. Ich versuchte, die Tür zu öffnen, doch sie war abgeschlossen. Daher ging ich zur Küchentür und klopfte. Cassie sah mich durch das Fenster. Jake saß auf dem Boden, mit dem Rücken an der Wand, gegen die er laut schreiend den Kopf schlug. Cassie versuchte, ihn wegzuziehen, doch er machte sich immer wieder los und krabbelte zurück. Dort wiegte er sich vor und zurück, wie ein menschliches Metronom, und hieb den Kopf rhythmisch gegen die Wand. Cassie stürzte für einen Moment zur Tür, um sie für mich zu öffnen, und wieder zurück zu Jake.

»Schließ hinter dir ab!«, rief sie. Ich musste einen Moment nach dem Riegel suchen, der auf Schulterhöhe befestigt war.

»Patch!«, schrie Cassie, um Jakes Kreischen zu übertönen. Ich war sprachlos, hatte ja keine Ahnung gehabt. Nach einem Moment kam Patch in alten Jogginghosen und einem T-Shirt in die Küche, das Haar noch nass.

»Ich habe die ganze Zeit nach dir gerufen. Er hat einen totalen Zusammenbruch, und Hildy will das Haus besichtigen«, zischte Cassie.

»Ich war in der Dusche«, sagte Patch mit mühsam unterdrückter Wut. »Hallo, Hildy«, begrüßte er mich, ohne mich anzusehen. Er blickte zu Jake und bewegte den Kopf im Rhythmus der Schläge seines Sohnes.

»Hallo, Patch«, erwiderte ich.

»Na los, Jake«, sagte Patch und packte den Jungen an den Handgelenken. »Wir schauen Sesamstraße. Komm, wir schauen Elmo.«

Jake sagte: »Sneakahs, Sneakahs« und heulte weiter, als Patch ihn von der Wand wegzog und ihn wie ein Baby auf den Arm nahm. Jakes Fäuste zielten auf das Gesicht seines Vaters.

»Wir finden Sneakers«, erwiderte Patch. »Nicht schlagen, Jake.«

Cassie atmete tief durch und lächelte mir dann schwach zu. »Er wird zu groß für mich.«

»Ja, er ist wirklich groß geworden«, antwortete ich.

*Was soll man denn auch sagen?*

Cassie führte mich durch das Haus, das, gelinde ausgedrückt, eine Bruchbude war. Im Putz waren große Löcher. Etwas, das wie eine große getrocknete Kotwurst aussah, lag in einem Einbauschrank. Die Badezimmerwände waren blutverschmiert, und überall waren Erwachsenenwindeln gestapelt – im Badezimmer, in den Schlafzimmern, in der Küche. Medikamente, Unterlagen, verschmutzte Kleidung, Arztrechnungen und Zeitungsausschnitte lagen im ganzen Haus verstreut. Cassie sprach kaum ein Wort. Das war auch nicht nötig. Wie ich schon sagte, Häuser sprechen für sich selbst.

Im zweiten Wohnzimmer (das eigentlich das Zimmer eines zweiten Kindes hätte werden sollen) standen Fotos von Jake in einem Hasenkostüm, die Augen ernst auf etwas in weiter Ferne gerichtet. Es gab auch Hochzeitsbilder von Cassie und Patch, auf denen sie zwanzig Jahre jünger aussahen. Sie waren kaum zehn Jahre verheiratet.

Ich fragte Cassie, was sich unter den fleckigen Teppichen im Wohnzimmer befand. Sie sah mich nur abwesend an und sagte: »Der Boden? Wer weiß.« Patch glaubte, sein Vater habe Parkettboden verlegt. Er wollte später ein Stück Teppich abziehen, um nachzusehen. Jake stand vor dem Fernseher und wiegte sich zu einem Zähllied in der Sesamstraße vor und zurück.

Die Dwights wollten nach Newton ziehen, in die Nähe der besten Schule für Jake in der Gegend von Boston. Doch zuerst mussten sie ihr Haus verkaufen.

Cassie und ich saßen am Küchentisch und sprachen über das Finanzielle. Nebenan wurde der Fernseher lauter gestellt, und man hörte Jake, wie er singend umherstapfte. So etwas wie seine Stimme hatte ich noch nie gehört. Sie war klar und tonal, und auch wenn er keine Worte sang, traf er eine Melodie. Es klang wie ein meditativer Gesang, zu dem ein Indianer die Trommeln schlagen würde, eine tiefe, gutturale Beschwörung ohne Worte.

Wir mussten einige Unterlagen aus dem Wohnzimmer holen. Jake saß auf dem Boden, das Gesicht vom Fernseher abgewandt, und wiegte sich mit geschlossenen Augen vor und zurück. Eine große orangefarbene Katze lag im Schoß des Jungen, eines der fettesten Tiere, die ich je gesehen hatte, doch absolut hinreißend, mit einem schönen, edlen Kopf, langem, dickem Fell und einem wunderschönen flauschigen Schwanz, der alle paar Sekunden am äußersten Ende zuckte, wie die Rassel einer Schlange. Die

Katze rollte sich auf den Rücken, und die riesigen weißen Pfoten kneteten die Luft. Dann drehte sie sich zurück auf ihren weichen Bauch und zupfte sanft mit den Krallen an Jakes Pyjama. Sie schnurrte, die grünen Augen weiteten und schlossen sich immer wieder. Jakes Gesang war zu einer Art brummenden Summen geworden, und die Katze rekelte sich genüsslich, ihr Kopf bewegte sich zufrieden vor und zurück und presste sich in die offene Handfläche des Jungen, erst mit einer schnurrhaarigen Wange, dann mit der anderen. Jake lächelte. Er wiegte sich weiter vor und zurück, die Augen geschlossen, und streichelte die Katze am Kinn und an ihrem dicken Bauch. Das schnurrende Tier warf uns einen Blick selbstzufriedener Überlegenheit zu.

»Hübsche Katze«, sagte ich und meinte es auch so, obwohl ich sonst kein Katzenmensch bin.

»Das ist Sneakers, und ja, er ist großartig. Sie lieben sich heiß und innig.« Cassie strahlte, während sie ihren Sohn betrachtete, wie er das Tier liebkoste. »Geht es dir besser, Jake?«, fragte sie lächelnd, aber er schien uns gar nicht wahrzunehmen. »Er liebt es, wie sich das Fell anfühlt, und sein Beschäftigungstherapeut sagt, das Schnurren beruhige ihn.«

»Sehr niedlich«, meinte ich.

»Wir wollten nie ein Haustier haben. Wir dachten immer, Jake käme nicht gut mit einem zurecht, aber letztes Jahr tauchte dieser Streuner plötzlich auf. Blieb ein paar Tage auf unserer Veranda, und wir begannen ihn zu füttern. Wenn Jake und ich nach draußen gingen, folgte uns die Katze. Jake wusste instinktiv, dass er mit ihr behutsam umgehen musste. Wir mussten es ihm nie sagen.«

Jake strich mit der Wange über das Rückenfell des Tieres, das sich seelenruhig erst die eine, dann die andere Vorderpfote leckte.

»Wir mussten die Schlösser vor ein paar Monaten nach oben versetzen«, erklärte Patch, als er mir kurz darauf die Küchentür öffnete. »Jake ist letztes Jahr abgehauen. Wir brauchten zwei

Stunden, um ihn zu finden. Ich habe noch nie in meinem Leben so inständig gebetet. Er kennt den Verkehr nicht oder Hunde oder fremde Menschen. Cassie wäre beinahe wahnsinnig geworden. Es wurde eine offizielle Suchmeldung herausgegeben. Schließlich hat man ihn barfuß hinter dem Stop & Shop gefunden, wie er durch das Glas bei den Recyclingcontainern spazierte. Das hat mich wochenlang verfolgt. Ich dachte die ganze Zeit, was wäre gewesen, wenn …?«

»So darfst du nicht denken«, sagte ich. »Sonst machst du dich vollkommen verrückt.«

Ich schrieb das Haus mit einem Kaufpreis von knapp unter fünfhunderttausend Dollar aus. In diesem Winter führte ich dreimal Leute hindurch, doch die Dwights hatten nicht viel renovieren können. Im Gegenteil, es sah bei jedem Besuch schlimmer aus. Das Haus liegt an einer ruhigen Straße, die nach Crossing führt, und wenn ich daran vorbeifahre, denke ich oft an etwas, das Cassie bei diesem ersten Besuch gesagt hat, als sie von der Schule in Newton erzählte.

»Es ist eine Ganztagsschule. Aber irgendwann werden wir alt sein, und ich weiß nicht, wer sich dann um Jake kümmern soll«, sagte sie. »Ich verliere zwanzigmal am Tag die Geduld mit ihm, und ich bin seine Mutter. Wie würde jemand mit ihm umgehen, der ihn nicht so liebt wie Patch und ich? Was, wenn sich jemand um ihn kümmert, dem Jake völlig egal ist? Vor ein paar Jahren habe ich einen Artikel gelesen über einen älteren Mann, der seinen dreißigjährigen Sohn mit Hirnschaden erschossen hat und dann sich selbst. Ich verstehe ihn, Hildy, ich verstehe ihn wirklich«, erklärte Cassie. »Ich will, dass Jake genug lernt, um eines Tages ohne uns klarzukommen. Er hält es gut aus, nicht bei uns zu sein, aber ich mache mir Gedanken um die Leute, die irgendwann für ihn verantwortlich sein werden. An dieser Schule kann er viel Sozialkompetenz lernen, die sein Leben wirklich verbessern wird …«

Ich bin sonst eigentlich kein Kuscheltyp, aber bei diesen Worten legte ich meine Hand auf Cassies Arm. Sie war es offensichtlich auch nicht, denn sie zog ihren Arm weg, und wir konzentrierten uns wieder auf die Kontoauszüge.

# KAPITEL 5

Mein Vater war in den fünfziger und sechziger Jahren Mitglied des Wendover Board of Selectmen. Fünfundzwanzig Jahre stand er hinter der Metzgerstheke im Stead's Market in Crossing, und als der alte Barkie Stead starb, kaufte mein Vater das Geschäft von seiner Familie. Als Dad viele Jahre später in Rente ging, verkaufte er den Laden an Luke Farman, der ihn später an Stop & Shop weiterverscherbelte. Die Supermarktkette musste ein Schild anbringen und die Fassade so erhalten, dass sie den Bauvorschriften der Gegend entsprach, die mein Vater immer für zu restriktiv gehalten hatte. Dad war ein altmodischer New-England-Yankee, der fand, dass die Menschen verdammt noch mal mit ihrem Grund und Boden anstellen können sollten, was sie wollten. Ich dagegen brauche die Bauvorschriften. Nicht weil ich finde, dass Supermarktfilialen aussehen sollten, als hätte schon Nathaniel Hawthorne hier eingekauft, sondern weil meine Klienten wollen, dass alles hübsch aussieht. Sie mögen die Geschichte unserer Stadt, weshalb der Wert von nahezu allem in der Stadt gestiegen ist. Natürlich gewinnt nicht jeder. Manche, die in Wendover aufgewachsen sind, können sich das Leben hier nicht mehr leisten, weil Grundstückspreise und Steuern so gestiegen sind. Manche schaffen es aber auch. Linda und Henry Barlow zum Beispiel.

Lindas und Henrys Großvater, Richter Barlow, hatte damals eine Art Hobbyfarm, auf der er die seltene Holsteinkuhrasse züchtete; dort, wo jetzt das McAllister-Anwesen auf dem Wendover Rise ist. Der Richter besaß einmal sehr viel. Die Farm hier, das Sandsteinhaus auf der Commonwealth Avenue in Boston und ein Haus in Palm Beach. Damals. Heute leben Linda und

Henry Barlow immer noch in Wendover, doch das Familienvermögen ist längst aufgebraucht. Linda hat, wie gesagt, ein Apartment in Crossing gemietet. Ihr Bruder Henry verbringt seine Tage und Abende bei Treffen der Anonymen Alkoholiker, und niemand weiß, wovon er lebt, aber irgendwie schafft er es – er isst und trinkt schicke Tassen Kaffee im Coffee Bean. Das ist der überteuerte Coffeeshop in Crossing, wo er jedem, den er kennt, ein herzliches Hallo zuruft.

Ich meide das Coffee Bean, seit es eröffnet hat und ich damals in meiner Unwissenheit einen »Regular« bestellte. Das schmutzige Mädchen mit blonden Dreadlocks hinter dem Tresen hatte mich nur angestarrt.

»Äh, was für ein ›regular‹?«, fragte sie.

»Einen Kaffee«, erwiderte ich schnippisch. »Das hier ist ein Coffeeshop, oder?«

In Massachusetts ist ein »Regulah« ein Kaffee mit Sahne und zwei Stück Zucker. Ich hatte erst am College gelernt, dass das etwas Massachusetts-Spezifisches ist. Ich dachte immer, jeder würde seinen Kaffee so bestellen. Wenn man seinen Kaffee nur mit Sahne wollte, war das ein »Regulah ohne Zucker«. Jetzt habe ich gelernt, dass das wohl auch eine Generationensache ist. Jüngere Menschen bestellen »grande« Kaffees oder »trockene« oder einen »Americano« oder irgendwelche anderen Verrücktheiten. Sie geben auch gern drei oder vier Dollar für einen Kaffee aus. An diesem ersten Tag ließ ich den Kaffee auf dem Tresen stehen, als das Mädchen mir den Preis dafür nannte, und jetzt meide ich das Coffee Bean, außer ein Klient möchte unbedingt einen Caffè Latte oder so was, und dann muss ich mich Henry Barlows viel zu fröhlichem »Hildy! Wie geht's?« aussetzen.

»Gut, danke, Henry. Und wie geht es dir?«

»Gut, Hildy, richtig gut. Hab dich lange nicht gesehen.«

»Ja?«, ist meine übliche Antwort.

»Was hast du denn so getrieben?«, dröhnt er.

»Arbeit«, antworte ich mit einem gezwungenen Lächeln. »Manche von uns müssen für ihren Lebensunterhalt arbeiten.«

»Nun, schön dich zu sehen, Hildy. Immer mit der Ruhe«, sagt er immer und lächelt mich feierlich an, doch ich wende mich da normalerweise schon ab. Ich könnte auch rufen: »Einen Tag nach dem anderen.« Oder: »Der erste Drink macht dich betrunken.«

Die Slogans der AA. Die Gesänge des Kultes.

Ich würde ja antworten: »Du auch, Henry, immer mit der Ruhe«, aber das tut er sowieso schon. Es locker angehen. Kein Wunder, dass er in dem alten Schuppen am Bootsliegeplatz hauste, während die McAllisters Spielzimmer und Sonnenzimmer bauten und sich um die Gärten auf dem alten Anwesen seiner Familie kümmerten.

An einem kühlen Morgen Ende September wollte ich mich mit Klienten aus Boston im Coffee Bean treffen. Die Frau hatte gesagt, sie brauche nach der Fahrt einen Kaffee, weshalb wir uns dort um neun Uhr verabredet hatten. Als ich den Laden um zehn vor neun betrat, waren meine Klienten, ein junges Paar namens Sanderson, bereits da. Henry hatte sie auch schon in ein Gespräch verwickelt.

»Jep, wohne hier schon mein ganzes Leben. Wollte nie irgendwo anders hin. Ah, da ist sie ja. Hildy, wie geht's?«

»Gut, danke, Henry«, erwiderte ich.

»Das hier sind deine Klienten, die … wie hießen sie doch gleich?«

Ich begrüßte Hillary Sanderson, mit der ich bisher nur am Telefon gesprochen hatte. »Hallo, Hillary, ich bin Hildy Good. Und Sie müssen Rob sein.«

Ich sah, dass sie bereits Kaffee getrunken hatten, weshalb ich vorschlug, gemeinsam zum Büro zu fahren, wo sie ihr Auto abstellen konnten, um mit mir weiterzufahren. Als ich hinter ihnen durch die Tür ging, dröhnte Henry mir hinterher: »Bis dann, Hildy, immer mit der Ruhe.«

»Du auch, Henry!«, rief ich zurück. »Und arbeite nicht so hart.« Ich hörte sein dröhnendes Lachen bis auf die Straße.

Wenn ich Klienten von außerhalb habe, führe ich sie immer durch Wendover. Wir beginnen bei meinem Büro, das ursprünglich ein Wohnhaus war und das einzige Gebäude auf dem Wendover Green ist, das geschäftlich genutzt wird. Meine Räumlichkeiten – die Büros von Good Realty – liegen im Erdgeschoss. Über mir sind die Büros von Dr. Peter Newbold, Psychiater, und Katrina Frankel, LSCW, lizensierte klinische Sozialarbeiterin und Therapeutin.

Unser Gebäude ist wie die anderen Häuser auf dem Wendover Green ein ehrliches viereckiges Haus mit Stülpschalung und wurde Ende des achtzehnten Jahrhunderts erbaut. Früher diente es einmal als Pfarrhaus für die Congregational Church nebenan. Inzwischen braucht die Kirche mit dem weißen Kirchturm kein Pfarrhaus mehr, da die Zahl der Gemeindemitglieder über die Jahre abgenommen hat. Nicht nur hier in Wendover, sondern auch im nahen Essex, weshalb beide Kirchen jetzt von einem Pfarrer bedient werden, Jim Caldwell. Reverend Caldwell lebt mit seiner Familie in Essex, wo er jeden Sonntag um neun Uhr morgens den Gottesdienst abhält und danach für die Elf-Uhr-Messe nach Wendover fährt.

Man betritt die Räume von Good Realty durch die Vordertür. Vor Jahren hat mein Mann Scott zwei antike Schaukelstühle und einen alten Tisch auf die Veranda gestellt, um dem Gebäude etwas Heimeliges zu verleihen, und seither stehen sie da, auch wenn ich mich nicht erinnern kann, dass jemals jemand darin gesessen hat. Ich stelle immer eine Vase mit Blumen auf den Tisch und hänge Körbe mit farbenprächtigen Fuchsien an die Verandadecke. Meine Mutter hat sie immer »blutende Herzen« genannt. Ein elfenbeinfarbenes, handbemaltes Holzschild an der Vordertür ist unser bescheidenes Geschäftsschild. Ein kleineres an der Hausseite weist den Klienten von Peter und Katrina den

Weg zu einer Seitentür, hinter der eine Treppe zu den Praxen führt.

Die Sandersons lebten in einer Eigentumswohnung in Swampscott und suchten nun nach ihrem ersten Haus. Ich bat sie in mein Büro und gab ihnen die Unterlagen zu Objekten, die in ihrer Preisklasse lagen. Danach gingen wir zu meinem Range Rover, der vor der Tür parkte. Es war ein typischer New-England-Herbsttag, von dem jeder Makler träumt. Die Luft war frisch und kühl, der Himmel klar und sonnig. Irgendwo verbrannte jemand Laub. Eine Brise strich übers Gras, wehte leuchtend gelbe Blätter von den hoch aufragenden Ahornbäumen. Einen Moment standen wir da und betrachteten das schwebende Gold um uns herum.

Wir stiegen ins Auto, fuhren um die Wiese herum und die Pig Rock Lane entlang zur River Road, wo ich wohne. Ich habe das Haus am Fluss gekauft, als Emily im letzten Jahr der Highschool war, das erste Jahr, in dem ich wirklich Erfolg hatte und sogar an der Spitze der Verkäufe in Essex County stand (ebenso wie in den zwei vorangegangenen Jahren). Es ist ein wunderbares Haus, eine historische Stätte. Elliot Kimball ist einer der früheren Besitzer, ein berühmter Schiffsbauer, der das Haus Mitte des neunzehnten Jahrhunderts erbaute. Es soll dort spuken, und auch wenn ich das immer gern erzähle, habe ich noch nie etwas von einem Geist gemerkt. Meine Töchter dagegen wollen nicht ohne mich in dem Haus übernachten, weil sie behaupten, überall Geister zu sehen und zu hören.

Früher haben mir Klienten das Dreifache meines Kaufpreises für das Haus angeboten, doch bis vor kurzem konnte ich mir einen Verkauf nicht vorstellen. Jetzt allerdings erwähne ich gegenüber reichen Klienten, dass das Haus mir gehört. Ich habe es nicht offiziell aufgenommen, doch wenn mir jemand ein Angebot machen wollte, würde ich es mir anhören. Ich habe das Haus 2004 gekauft, als die Preise hier am höchsten waren, und eine große Hypothek aufgenommen. Aber es war ein so gutes Jahr gewesen, dass ich etwas tat, von dem ich meinen Klienten abraten würde – ich kaufte ein Haus, das ich mir irgendwann mal leisten können würde, nicht eines, das ich mir jetzt schon leisten konnte. Ja, ich hätte es besser wissen müssen, aber ich vermute, mein »Schusters Kinder haben die schlechtesten Schuhe«-Aufwachsen war der Grund dafür. Mein Vater war der Besitzer des einzigen Lebensmittelgeschäfts in der Stadt, doch wir hatten nie genug zu essen. Jetzt bestand die Gefahr, dass ich, die Top-Maklerin der Gegend (nun ja, vielleicht nicht mehr die beste, aber immer noch weit oben), mein Haus an die Bank verlor.

Andererseits – so groß war das Risiko auch wieder nicht. Ich brauchte nur ein gutes Geschäftsjahr.

Von der River Road fuhr ich die Sandersons zur Beach Street, die zum Hart-Reservat führt. Das Hart-Reservat ist das frühere Anwesen von Robert Hart, einem Industriellen aus dem frühen zwanzigsten Jahrhundert, der ein kleines Schloss auf einem wunderschönen, viereinhalb Quadratkilometer großen Grundstück errichtet hat, mit sanft abfallenden Hügeln, die zu einem der sandigsten und unberührtesten Strände in Massachusetts führen. Die meisten Strände hier an der North Shore sind steinig, aber dieser nicht. Das Hart-Anwesen ist mittlerweile ein staatliches Naturschutzgebiet. Das Schloss wird für Hochzeiten und andere Veranstaltungen vermietet. Wir bewunderten es ebenso wie das Grundstück und fuhren dann ein Stück weiter zum North Beach, dem öffentlichen Strand mit dem Spielplatz.

Ich zeigte den Sandersons drei oder vier Objekte, aber ehrlich gesagt gab es in ihrer Preisklasse gerade nicht viel auf dem Markt. Wir fuhren Richtung Crossing und passierten dabei das Haus der Dwights, in dessen Vorgarten das Good-Realty-Schild steckte.

»Das hier sieht hübsch aus«, sagte Hillary Sanderson.

»Oh ja«, erwiderte ich. »Es ist ein wunderschönes Haus und in Ihrer Preisklasse. Ich konnte heute keinen Termin vereinbaren, aber wenn Sie das nächste Mal kommen, geben Sie Bescheid, und ich zeige es Ihnen.«

Wir fuhren die River Road entlang zurück, an dem geschützten Mündungsgebiet vorbei bis zum Wendover Rise. Eigentlich bezeichnet Wendover Rise die Straße, an der die McAllisters leben, doch man nennt die ganze Anhöhe so, über die viele kleine Straßen führen. Ich fahre mit meinen Klienten immer hierher, auch wenn selten etwas zum Verkauf steht. Einfach, um ihnen die Aussicht zu zeigen. Man sieht die Salzwiesen und Naturschutzgebiete und in der Ferne das Meer. Dieser Tag war so mild, dass das Wasser mit den weißen Segeln und bunten Spinnakern der leidenschaftlichen Segler gesprenkelt war, die noch einen letzten Tag auf dem Wasser genießen wollten, bevor sie die Boote über den Winter ins Trockendock legten.

Schließlich fuhren wir zurück nach Crossing – das hübsche Viertel um unsere MBTA-Bahnstation. Der Zug aus Boston hält viermal am Tag in Wendover, wir liegen auf der Rockport / Newburyport-Strecke. In Crossing gibt es, wie Scott immer sagte, »den Stop & Shop der Seven Gables«, das Coffee Bean, natürlich, die Leihbücherei, den Hickory Stick Toy Shop, das Postamt und einen kleinen Sandwich / Pizza-Imbiss namens Big Joe's. Hillary war entzückt, und ich wusste, dass sie um jeden Preis nach Wendover ziehen wollte. Ich würde mit Cassie und Patch über ihr Haus reden müssen. Ob sie es etwas auf Vordermann bringen könnten.

Als wir wieder bei meinem Büro waren und gerade die Stufen der Veranda hinaufgingen, kam Rebecca McAllister ums Eck. Manchmal ist es komisch, Freunde und Klienten zu sehen, wie sie gerade aus dem oberen Stockwerk von den Therapeuten kommen, aber das legt sich normalerweise rasch. Es gibt in dieser Stadt kaum jemanden, den ich hier nicht schon getroffen hätte. Viele Eltern bringen ihre Kinder zu Katrina Frankel, die sich auf Lern- und Entwicklungsstörungen spezialisiert hat. Mein Büro geht zur Seitenveranda, und manchmal kann ich wirklich kaum glauben, dass so viele Kinder in unserer Stadt Schwierigkeiten haben sollen. Meine frühere Angestellte Lucy und ich haben immer gewitzelt, dass bei uns etwas im Wasser sein müsse, aber man hat mir gesagt, dass das nicht nur bei uns so sei. Die Lehrer schicken die Kinder offensichtlich schon zur psychologischen Untersuchung, wenn sie nur schief auf dem Stuhl sitzen.

Scott interessiert sich sehr für Geschichte und hat Nachforschungen zu dem alten Pfarrhaus angestellt, als wir es kauften. Die früheren Pfarrer nutzten den Seiteneingang wohl für die, die geistlichen Beistand suchten. Dass er einige hundert Jahre später einen ähnlichen Zweck erfüllt, ist irgendwie passend.

Ich hatte Rebecca schon öfter Peters Praxis verlassen sehen; immer langsam gehend, immer mit Sonnenbrille. An dem Nachmittag, an dem die Sandersons hier waren, eilte sie allerdings lebhaft um die Hausecke und prallte gegen Hillary, als ich gerade die Vordertür aufsperrte.

»Ach herrje!«, rief Rebecca außer Atem und lachte dann freundlich. »Das tut mir leid.«

»Nein, nein, alles in Ordnung«, erwiderte Hillary.

»Wie geht es Ihnen, Hildy?«, fragte Rebecca. Sie sah so viel besser aus. Als ich sie im Frühsommer aus Peters Praxis kommen sah, wirkte sie sehr niedergedrückt. Seit der Sache mit der Stute und dem Fohlen hatte mich die Frau nicht mehr losgelassen. Nach Wendys Party und dem Zwischenfall am Strand mit Cassie und Jake hatte ich gefürchtet, dass wir die McAllisters verlieren würden. Wenn die Ehefrau sich an einem Ort nicht wohl fühlt, bleiben die Leute nie.

»Es geht mir hervorragend«, sagte ich. »Rebecca, darf ich Ihnen Hillary und Rob Sanderson vorstellen. Sie denken darüber nach, in die Gegend zu ziehen.« Ich wandte mich an Hillary. »Rebecca ist selbst erst kürzlich mit ihrer Familie hierhergezogen.«

»Wir lieben es hier«, antwortete Rebecca, bevor die Sandersons nachfragen konnten. »War nett, Sie kennenzulernen!«, sagte sie und – ich übertreibe nicht – hüpfte die Verandastufen hinunter. Es war wirklich ein Tag in New England, wie man ihn selten sieht. Ich war mir sicher, dass die Sandersons am nächsten Wochenende wiederkommen würden. Zum Abschied gab ich ihnen eine Mappe mit Unterlagen zu allen Häusern, die ich ihnen gezeigt hatte.

»Was ist mit dem hübschen Haus, wenn man den Hügel hinunter in die Stadt fährt?«, fragte Hillary.

»Ja, die Dwights«, erwiderte ich. »Ein schönes Haus. Ich kann es Ihnen zeigen, wenn Sie das nächste Mal kommen.«

Wir vereinbarten einen Termin für den folgenden Samstag.

Am Montagmorgen rief ich Cassie Dwight an. »Ich denke, ich habe die perfekten Käufer für euer Haus«, sagte ich.

»Wirklich?«, fragte Cassie. »Hildy, das wäre großartig. Wir müssen Jake bis zu einem bestimmten Termin bei der Schule in Newton anmelden.«

»Wann würde es euch denn passen, dass ich kurz vorbeikomme und wir über alles reden?«, fragte ich.

»Wie wäre es jetzt? Jake ist in der Schule.«

Als ich eine halbe Stunde später in ihre Einfahrt einbog, pflanzte Cassie gerade gelbe Chrysanthemen an der Vordertreppe.

»Wunderschön, Cassie.«

Sie strahlte.

»Lass uns drinnen über alles reden, was für die Besichtigung notwendig ist«, sagte ich. »Die Interessenten wollen nächste Woche kommen. Und selbst wenn sie sich umentscheiden, könnte man am nächsten Mittwoch einen allgemeinen Besichtigungstag machen.«

Das Haus war im üblichen Zustand, nur dass diesmal Haferbrei auf dem Küchentisch verschmiert war, den Cassie rasch mit Küchenpapier aufwischte. Dabei erzählte sie von dem hervorragenden Programm der Schule in Newton.

»Es ist eine Ganztagsschule, und Jake hätte die meiste Zeit Einzelbetreuung. Das Programm ist speziell für Kinder mit seinen Defiziten entwickelt. Im Moment wird er mit Kindern mit allen möglichen Behinderungen zusammen unterrichtet, wie soll ihm das bitte schön weiterhelfen?«

»Ja, das verstehe ich. Aber, Cassie, bis zum nächsten Wochenende sollten wir das Haus noch ordentlich auf Vordermann bringen.«

»Ich weiß, Patch und ich werden sauber machen ...«

»Nein, mehr als das. Ich denke, wir sollten ein paar von Frank Getchells Männern anheuern, vielleicht schon ab morgen, die hier ordentlich anpacken. Hat Patch schon herausgefunden, was sich unter dem Teppich im Wohnzimmer verbirgt?«

»Ja, schönes Parkett, wie er vermutet hat. Aber wir können den Teppich auch selbst abziehen.«

»Das ist viel Arbeit, Cassie. Erst der Teppich, dann die Füllung darunter, die Leisten ... Drei Männer von Frankie könnten das in ein paar Stunden erledigen, Patch und du würdet Tage dafür benötigen. Und wer würde währenddessen auf Jake aufpassen? Er könnte in die Nägel treten ...«

»Wir können es uns nicht leisten, Frankie Getchells überteuerte Männer zu bezahlen«, erwiderte sie gereizt. »Kannst du dir vorstellen, wie viel Jakes Therapien kosten? Und unsere Versicherung bezahlt nicht mal die Hälfte davon. Unser beider Eltern sind in Rente, wir können sie nicht mehr um Geld bitten.«

»Ich weiß. Deshalb mache ich euch einen Vorschlag: Ich bezahle Frankie, und wenn das Haus verkauft ist, könnt ihr mir das

Geld zurückgeben. So viel wird das nicht sein. Frankie schickt drei oder vier Männer, die den Teppich rausreißen, die Löcher in den Wänden verputzen und das Haus streichen. Das wird nur ein paar Tage dauern, du und Patch bräuchtet Wochen dafür. Dafür werdet ihr einen höheren Kaufpreis für das Haus verlangen können, und die Differenz wird mehr als genug sein, um Franks Männer zu bezahlen.«

Cassie blickte auf ihre Hände, die auf dem schmierigen Tisch lagen. »Wirklich, Hildy? Das würdest du tun?«

»Natürlich«, sagte ich. »Ich will dieses Haus genauso sehr verkaufen wie ihr, so zäh, wie das Geschäft zur Zeit ist. Ihr gebt mir etwas zu tun«, fuhr ich fort. »Ein Projekt.«

Bisher hatte ich noch keinem gegenüber zugegeben, dass die Geschäfte schlechtliefen. Die meisten Leute glauben, dass ich immer noch die Top-Maklerin der Gegend bin, doch seit Maklerbüroketten wie Sotheby's und Coldwell Bankers hier Filialen eröffnet haben, kann ich nur noch schwer mithalten. Ich habe zwar einige der besten Objekte in meinem Portfolio, weil ich die Besitzer schon mein Leben lang kenne, aber Käufer aus New York oder Boston wenden sich normalerweise an Sotheby's, wahrscheinlich wegen des bekannten Namens. Wenn diese auswärtigen Hauskäufer dann nach ein paar Jahren wieder verkaufen wollen, weil sie mit unserem ruhigen Lebensstil hier nicht zurechtkommen, den kurzen Sommern und den langen Wintern und dem weiten Weg in die Großstädte – oft fährt der Zug nicht mal nach Plan –, wenden sie sich normalerweise an die Makler, die sie schon kennen. In den letzten Jahren war das oft Wendy Heatherton, die bei mir gelernt hat.

Wendy war gerade von New Jersey hergezogen, als ihr Mann die Scheidung einreichte. Ich stellte sie ein, zuerst als Empfangsdame und später, nachdem sie die Prüfung abgelegt hatte, als Maklerin. Ich habe ihr alles beigebracht, was ich über das Immobiliengeschäft weiß. Sie hat es mir gedankt, indem sie meine besten Objekte gestohlen und mit zu Sotheby's genommen hat, während ich in Hazelden war. Ihr Jahr war großartig, meines dagegen eines der schlechtesten seit Eröffnung der Firma.

Zurück im Büro versuchte ich Frank Getchell telefonisch zu erreichen, jedoch vergeblich. Er hat keinen Anrufbeantworter. Er denkt sich, wenn man ihn dringend erreichen will, dann muss man ihn eben suchen. Zufällig traf ich ihn am Nachmittag, als ich an der Mobil-Tankstelle kurz hinter Crossing tankte. Frankie fuhr mit seinem leuchtend orangefarbenen Pick-up hinter mir an die Dieselsäule, und als er mich beim Aussteigen sah, rief er: »Hildy, wie geht's?«

Frankie ist einer der letzten Nachkommen einer der ältesten Familien in Wendover. Man sagt, Amos Getchell war der erste Bewohner von Wendover, der sich mit der Siedlung in Salem überworfen und dann hierhergepaddelt oder -gesegelt ist. Er lebte einige Jahre unter den Anawam-Indianern. Den ersten Winter verbrachte er in einem Ale-Fass unten in der Bucht, die heute Getchell's Cove heißt. Er kam mit einer Anawam-Frau zusammen, so dass noch heute alle Getchells indianisches Blut in sich haben. Die Familie gesellte sich erst nach einigen Generationen zu den Kolonisten, die sich entlang der Flüsse ins Landesinnere niederließen.

Ich kenne Frankie Getchell schon mein ganzes Leben. Er ist drei Jahre älter als ich und lebt immer noch in dem Haus seiner Familie, der dunklen alten Saltbox oben auf dem Rise. Es ist ein Schandfleck, und viele haben sich schon darüber beschwert, dass er sein Grundstück nicht besser pflegt. Es gab sogar schon Sitzungen des Stadtplanungsausschusses, die sich – zu seiner diebischen Freude – nur mit Frankie beschäftigten.

Frankies Haus fällt beinahe auseinander, die Farbe blättert von den verrottenden Schindeln, und das Dach hängt durch. Auf dem Rasen liegen überall Abwasserrohre (und sogar ungefähr ein halbes Dutzend Toiletten), Bahnschienen, Hausteile – Türstürze, Kamineinfassungen, Pflastersteine, Holzbalken, Treppengeländerpfosten – und sogar einige riesige Öltanks, die er im Laufe der Jahre zusammengesammelt hat. Neben seinem Schrotthandel / Bauunternehmen ist Frank auch der Chef der freiwilligen Feuerwehr, und nach einem Brand »rettet« er oft altes Hausinventar, wenn es sonst keiner möchte. Wenn man ihn fragt, was ich bei Gelegenheit schon getan habe, warum ein noch rauchender, verkohlter Holzbalken vor seinem Haus liegt, ist er ehrlich erstaunt.

»Der ist doch noch vollkommen in Ordnung«, erwidert er. »Warum sollte man etwas wegwerfen, was man noch gebrauchen kann?«

Man kann alles noch gebrauchen, und alles steht zum Verkauf, außer Haus und Grundstück. In seinem überwucherten Vorgarten hält er seinen Dauerflohmarkt ab, während daneben seine Flotte von fünf der ältesten, klapperigsten Pick-ups steht, die man im Radius von hundert Meilen finden kann. In Wendover gibt es keine städtische Müllabfuhr, weswegen man seinen Müll entweder selbst zur Deponie fährt oder Frankie Getchell dafür anheuert. Etwa achtzig Prozent von Wendovers zweitausendachthundert Einwohnern zahlen Frankie und seinen Männern fünfzig Dollar im Monat, was zusammen ein hübsches Sümmchen ergibt. Im Winter arbeiten seine Männer als Schneeräumer für einen Großteil der Leute hier. Frank bietet auch Hausmeister- und Verwaltertätigkeiten an, wie er es für die Pferdefarm der Leightons getan hat, sowie Gartenbau- und Tischlerarbeiten. In Wendover nennt man ihn nur den »städtischen Hausmeister«. Er und seine Männer erledigen quasi alles, was bei einem Haus mit großem Grundstück anfällt. Die Geschäfte gehen ausgezeichnet, doch er scheint keinen Penny seiner Einkünfte in sein Haus oder die Fahrzeuge zu investieren. Seine Trucks bleiben regelmäßig am Straßenrand liegen.

Wenn ich Kunden an Franks Anwesen vorbeifahre, fragen mich manche, was für ein Sonderling denn dort lebt. Sie stellen sich wahrscheinlich einen alten, ungebildeten Einsiedler vor. Nein, Frankie Getchell ist blitzgescheit und wahrscheinlich einer der reichsten Männer in Wendover. Zumindest war er das, bis die wunderbaren McAllisters in die Stadt gezogen sind.

Frankies Grundstück erstreckt sich bis weit hinter seinem Haus, den ganzen Rise hinunter bis zum Meeresarm. Er besitzt fast fünfzig erstklassige Quadratkilometer Land, außerdem noch fünfzig unbezahlbare Quadratmeter, die am Fluss entlang an mein Grundstück angrenzen. Das Land hat schon immer seiner Familie gehört. Am anderen Ende seines Grundstücks befinden sich etwa zweihundert Quadratmeter Sumpfgebiet, das nicht trockengelegt werden kann und dem Wendover Land Trust überschrieben wurde. Sharon Rice und die Vorsitzenden des Land Trust versuchen seit Jahren, ihm die Überschreibung des höhergelegenen (und daher bebaubaren) Landes nach seinem Tod abzuluchsen.

»So wird es nie erschlossen werden«, versuchte Sharon ihm klarzumachen. »Es wird in seinem jetzigen Zustand erhalten bleiben.«

»Und warum sollte es mich kümmern, was mit meinem Land passiert, wenn ich tot bin?«, ist seine übliche Antwort.

Frankie bezahlt kaum Steuern für das Grundstück, weil er einen Großteil als Ackerland deklariert hat. Die Fläche hinter seinem Haus ist eine Christbaumplantage, seit ich denken kann. Zusätzlich genießt er wegen seiner indianischen Vorfahren irgendeine Art Steuerbefreiung. Doch seine Nachbarn beschwerten sich vor einigen Jahren vor allem wegen des ganzen Gerümpels in seinem Vorgarten beim Stadtplanungsausschuss. Für den Wendover Rise gelten bestimmte Vorschriften.

Frank Getchell betreibt ganz klar ein Geschäft – ein in den Sommermonaten widerliches, lautes und stinkendes Geschäft.

Seine Männer sammeln den Müll oft zu spät ein, um ihn noch zur Deponie zu bringen, weshalb die Ladung oft ein ganzes Wochenende stinkend auf den Trucks lagert. Im Winter bilden sich in den Wochen vor Weihnachten ständig Staus dort oben, weil man bei Frankie seinen eigenen Christbaum schlagen kann. Die Leute kommen teilweise von weither, um bei ihm durch den Schnee zu stapfen und sich ihren Baum auszusuchen.

Manche Nachbarn wollten, dass man ihn abmahnte.

Es ist immer wieder interessant, wie Neuzugezogene in einer Stadt wie der unseren sich einbilden, wirklich dazuzugehören und eng mit den Alteingesessenen befreundet zu sein. Alan Harrison, ein wichtiger Prozessanwalt aus Boston, der hier ein Wochenendhaus besitzt, ist so jemand. Er hat Frank seine Dienste umsonst angeboten, weil er wie viele dachte, dass Frank gerade so über die Runden käme. Fast die ganze Stadt erschien bei der Ausschusssitzung, um den guten alten Frankie Getchell zu unterstützen, den armen alten verfolgten Frank. Das war nicht nötig. Frankie war im Recht. Er war von der Neuregelung ausgenommen, da er sein Geschäft schon betrieben hatte, bevor die Vorschriften erlassen wurden.

Normalerweise hätte ich Frankie nur zugewinkt, doch da ich sowieso mit ihm über Cassies Haus reden musste, ging ich zu ihm, nachdem ich getankt hatte. Er lehnte an seinem rostigen Truck. Der alte Ford lief im Leerlauf, Musik dröhnte aus dem Radio. Frankie grinste mir zu, als ich mich näherte. Ich ignorierte, wie er mich weiter angrinste, während er seinen Tank füllte. Uns verbindet eine komplizierte Vergangenheit, die ihn amüsiert, mir jedoch eher peinlich ist, was ihn noch mehr amüsiert.

»Kinks, Hil«, sagte er.

»Wie bitte?«

»Im Radio.« Er nickte zur Fahrerkabine. »The Kinks. Hörst du den Sender manchmal, Hildy? Sie spielen die ganzen guten Oldies.«

»Eigentlich nicht. Hey, ich hab heute Morgen bei dir angerufen, Frank.«

»Ach ja? Warum?«

»Ich versuche, das Haus von Patch und Cassie Dwight zu verkaufen – du kennst doch Ralph Dwights Sohn, Patch?«

»Ja, ich kenne ihn.«

»Nun, an dem Haus muss einiges gemacht werden. Und sie haben einen Sohn mit … Problemen.«

»Ja, ich weiß. Er ist zurückgeblieben. Sehe ihn immer mit Patch im Supermarkt.«

»Ja, der kleine Jake hat ernsthafte Schwierigkeiten, weshalb sie nach Newton ziehen müssen, damit er dort eine Sonderschule besuchen kann. Nun, ich hätte Interessenten, doch die wollen das Haus schon nächstes Wochenende besichtigen. Dort herrscht totales Chaos. Es ist nicht groß, aber am Putz muss etwas gemacht werden, das ganze Hausinnere muss gestrichen werden …«

»Meine Männer arbeiten diese Woche alle in Manchester, Hil. Wir roden Land für ein neues Haus. Viel Arbeit, kann keinen entbehren.«

»Wirklich keinen?«

Frank Getchells »Männer« waren eine wilde Mischung aus örtlichen Säufern, einer unbestimmten Anzahl illegaler Mexikaner, diversen Ex-Sträflingen sowie, im Sommer, einer beträchtlichen Menge Highschool- und Collegejungs, für die es eine Art Übergangsritus ist, zu Frankie Getchells Männern zu gehören. Sie fuhren mit gebräuntem, nacktem Oberkörper rumpelnd durch die Stadt, mit Rasenmähern, Rasentrimmern und andere Gartengeräten auf den Anhängern der Trucks. Oder sie standen – natürlich mit nacktem Oberkörper – schweißglänzend auf einer Leiter, strichen eine Hauswand und riefen den Mädchen nach, die vorbeigingen oder vorbeifuhren. Mittags stehen alle schrottreifen Getchell-Trucks auf dem Parkplatz am North

Beach, wo die Männer auf den Felsen ihren Lunch essen. Meine Töchter und ihre Freundinnen versuchten immer, zu dieser Zeit im Bikini am Strand zu sein, wenn sie werktags nicht arbeiten mussten. Jetzt war es Herbst, und die jungen Männer waren wieder in der Schule oder am College.

Frankie zuckte mit den Schultern und hängte die Zapfpistole zurück. Beim Blick auf den Preis an der Zapfsäule pfiff er. »Schau dir das an, Hildy, fast neunzig Dollar verschlingt diese Mistkarre.«

»Das erinnert mich an etwas … vor einiger Zeit fragte mich jemand, ob du Interesse hättest, dein Land am Fluss zu verkaufen. Das neben meinem. Ich habe über den Sommer ein paar Mal versucht, dich zu erreichen, aber … du hast ja keinen Anrufbeantworter.«

Frankie blinzelte in die Sonne und sah dann zu mir. »Wer will es? Ein Bauunternehmer?«

»Nein, ein Geschäftsmann aus Boston.«

»Wofür will er es dann? Oh, The Who. Das ist ein wirklich guter Song, Hil.«

»Was glaubst du denn, Frank?«, rief ich über die Musik hinweg. »Er will ein Haus daraufstellen. Der Grund ist wirklich wertvoll. Ich könnte einen Verkaufspreis für dich aushandeln, der …«

»Nö. Ich brauche es. Ich fische dort gern.« Frankie begann, zu der lauten Musik aus der Fahrerkabine zu summen, während er den Tankdeckel wieder aufschraubte.

»Oh Frank, ich habe dieses Lied noch nie gemocht, und dein Gejaule macht es nicht besser«, sagte ich und hielt mir mit ungnädig verzogenem Gesicht die Ohren zu. Der Mann war wirklich unvernünftig. Sein Land war mehrere Millionen Dollar wert, und er wollte es zum Angeln behalten. Mit der Provision für einen Verkauf in dieser Höhe wäre meine Hypothek schnell abbezahlt.

Frank lachte und brüllte: »Magst du meinen Gesang nicht, Hil?«

»Nur deine Freunde werden dir die Wahrheit sagen, aber du klingst schon ein wenig eingerostet, Frank, und sowieso konntest du noch nie einen Ton halten.« Frank lachte nur noch lauter, so dass seine Schultern bebten. Die Hände in den Taschen seiner Jeans vergraben, blickte er über die Straße.

»Komm schon, Frank, soll ich ihn nicht wenigstens fragen, wie viel er zahlen würde?«

Frank beugte sich durchs Fenster in den Truck und drehte die Musik leiser. »Klar, frag ihn. Wäre sicher nicht schlecht zu wissen, was er zahlen würde.«

»Ach, vergiss es, ich werde seine Zeit nicht verschwenden. Und du weißt wirklich niemanden, der sich diese Woche ein bisschen was dazuverdienen will?«

»Wie schnell muss es erledigt sein?«

»Ich wollte das Haus am Samstag zeigen.«

»Kann es sein, dass ich dich letzte Nacht schwimmen gesehen habe, Hildy?«, fragte Frank mit einem raschen Seitenblick zu mir und diesem enervierenden Grinsen.

»Wie bitte? Schwimmen, letzte Nacht? Nein. Oder ja, vielleicht. Manchmal gehe ich kurz ins Wasser. Wenn die Nacht schön ist. Jetzt wo du es sagst, ja, ich war gestern am Fluss …«

»Ja, ich dachte, ich hätte dich gesehen. Ich war auch draußen. In meinen Anglerhosen. Nachtangeln. Dachte ich's mir. War aber recht kalt letzte Nacht.«

»Du weißt, dass das Wasser zu dieser Zeit im Jahr am wärmsten ist«, antwortete ich.

*Nachts draußen in seinen Anglerhosen?*

Der vorige Abend war ein wenig verschwommen, doch jetzt konnte ich mich leider erinnern, wie ich wegen einer zweiten Flasche Wein zum Bootshaus geschwebt war und später hinunter zum Wasser. Nackt wie ein Blauhäher, laut summend und kichernd, während mir die Mädchen japsend um die Füße sprangen.

Ich warf Frank einen bösen Blick zu. *Natürlich, in den Anglerhosen draußen gewesen.*

»Wenn man das Wasser verlässt, bringt es einen um«, kicherte er, und ich erinnerte mich, wie ich nach meinem eisigen Bad erstaunt gequietscht hatte und gackernd und fluchend aus der eiskalten Brandung gestolpert war, während die Mädchen zwischen meinen Füßen hin- und hersprangen und nach einander schnappten.

Frank lehnte an der Tür seines Trucks und quakte wie eine alte Kröte das Lied aus dem Radio mit, während ich mich fragte, ob er mich gesehen hatte, wie ich wie eine Verrückte lachend zum Haus zurückgelaufen war, mit baumelnden Brüsten, wabbelndem fettem Hintern, das Haar wie Seegras am Kopf klebend. Ich war am Morgen mit Blättern zwischen den Zehen und Sand im Haar aufgewacht und hatte mich gefragt …

Nun, jetzt wusste ich es.

Ich drehte mich zu meinem Auto und erwiderte kurz angebunden: »Ich muss herumtelefonieren und nach Ersatz für dich suchen.«

»Hildy, warte, ich fahre schnell hoch und schaue mir an, was alles gemacht werden muss.«

»Das würdest du tun, Frank?«, sagte ich etwas besänftigt. Ich drehte mich zu ihm um, auch wenn meine Wangen brannten. »Die Dwights brauchen die Hilfe dringend.«

»Ich habe noch einen Typen unten in Beverly, der mir bei solchen Jobs ab und zu aushilft. Vielleicht er und noch einer …«

»Das wäre wunderbar, Frank. Danke.«

»Kein Problem, Hil.«

Ich hörte, wie er die letzten Worte des Liedes mitsang. Frankie war heute Nachmittag wirklich in einer ganz besonderen Laune. Ich fragte mich, was der Grund dafür war.

# KAPITEL 6

Später erfuhr ich von Rebecca, dass die McAllisters noch keinen Monat auf dem Wendover Rise gewohnt hatten, als Rebecca erkannte, dass sie vielleicht den schlimmsten Fehler ihres Lebens gemacht hatte. Sie hatte gedacht, dass der Umzug aufs Land die Ängste, die sie in Boston geplagt hatten, lindern würde. Sie hatte sich den anderen Ehefrauen in Brians Firma, die meist auch eigene spannende Karrieren hatten, oft unterlegen gefühlt. Der Aufwand der Bewerbungen für Privatschulen in Boston hatte sie beinahe alle Kraft gekostet, erzählte sie mir später. Sie dachte, wenn sie mit den Kindern auf dem Land leben könnte, so wie sie selbst aufgewachsen war, wären alle zufriedener. Ihr war klar, dass sie weniger Zeit mit Brian verbringen würde, aber wäre es nicht auch besser für ihn, wenn er nach ein paar Tagen in der Stadt zu einer entspannteren und glücklicheren Frau zurückkäme statt jeden Abend zu einer unglücklichen? Doch als sie sich dann allein mit den Kindern und einer ernsten polnischen Nanny namens Magda auf dem Wendover Rise wiederfand, fühlte sie sich verlassen. Mit diesem Wort beschrieb sie mir ihre Lage. Brian hatte sie in Wendover zurückgelassen.

Sie waren im März umgezogen, mitten im Schuljahr, damit die Jungen schnell Anschluss in ihren neuen Schulen fänden. Im Mai sprach sie mit Brian darüber, die Jungen zum Herbst wieder an ihren alten Schulen in Boston anzumelden. Nach dem Zusammenstoß mit Cassie am Strand wollte sie die Sachen packen. Brian war nicht glücklich über ihren plötzlichen Sinneswandel. Rebeccas Impulsivität machte ihm zu schaffen, und er sorgte sich, was für Auswirkungen ihre chronische Unzufriedenheit auf ihre Söhne haben könnte. Brian bestand darauf, dass sie einen Termin mit Peter Newbold vereinbarte, was sie auch tat. Ich erinnere mich, dass ich sie im Frühsommer einige Male aus seinem Büro kommen sah. Rebecca war zu dieser Zeit sehr dünn und trug immer eine schwarze Sonnenbrille. Sie und Brian vereinbarten, dass sie den Sommer über auf jeden Fall in Wendover bleiben und auch keine Pläne für den Herbst machen würden. Den Jungen gefiel es in der neuen Schule und dem großen, weitläufigen Haus. Brian setzte auch durch, dass Rebecca die Jungen zu einem Segelkurs und dem YMCA-Sommercamp anmeldete.

Dann kaufte er ihr Hat Trick.

Hat Trick war ein junger, pechschwarzer Hannoveraner-Wallach, aus Deutschland importiert von Trevor Brown, einem olympischen Silbermedaillengewinner und früheren Trainer von Rebecca. Sie selbst spricht nicht gern darüber, dass sie als junge Erwachsene in der Auswahl für das US Equestrian Team war. Rebecca war nach ihrer Hochzeit mit Brian mit Trevor in Kontakt geblieben, und er schickte ihr oft Bilder von vielversprechenden jungen Pferden. Natürlich mit Brians gut gefülltem Konto im Hinterkopf.

Brian hatte seinen Eltern vor Jahren ein Haus in Palm Beach gekauft, wo er sie mit Rebecca und den Kindern oft während der Wintermonate besuchte. Dabei gingen er und seine Frau oft zu Springturnieren. Im Winter vor ihrem Umzug nach Wendover sahen sie, wie Trevor Hat Trick beim Winter Equestrian Festival präsentierte – einem jährlich stattfindenden Springreitevent, an dem Reiter aus ganz Nordamerika teilnehmen und um die hohen Geldpreise kämpfen. Hat Trick war erst fünf Jahre alt und wurde in der Niedrigsprungklasse vorgeführt, wegen seiner Unreife und fehlenden Erfahrung, doch er schwebte wie eine Gazelle über die Hindernisse.

Rebecca wusste, dass das Pferd großes Talent hatte. Sein Preis – laut Linda Barlow Hunderttausende Dollar – deutete sogar auf das Potenzial zu einer olympischen Medaille hin. Er war viel mehr, als Rebecca eigentlich brauchte, aber sie verliebte sich sofort in ihn, und dem Eishockey-verrückten Brian gefiel der Name, weshalb Trevor das Pferd im April als Überraschung zu Rebeccas Geburtstag nach Wendover brachte. Später erzählte mir Rebecca, dass Hat Trick ihr am meisten geholfen habe, sich in Wendover einzuleben. Sie hatte eine Aufgabe.

Mamie Lang ist langjähriges Mitglied im Westfield Hunt Club, und sie erzählte mir, dass die meisten Reiter der Gegend erwarteten, dass Rebecca dem Club beitreten würde, um die dortigen Anlagen zu nutzen. Westfield verfügt über zwei Reithallen, mehrere Pferdepfleger und einige sehr gute Trainer, doch Rebecca behielt »Tricky« daheim bei Betty und ihrem älteren Springpferd Serpico. Sie verbesserte den Longierplatz, der sich schon auf dem Gelände befand, und ließ einige Hindernisse bauen. Sie trainierte das Pferd allein, jeden Tag.

In den Sommermonaten veranstaltet der Westfield Hunt Club wöchentliche Trainingsturniere, dazu im Frühsommer einige niedrig dotierte sowie ein wichtiges hochklassiges Turnier im August, zu dem die Spitzenreiter des Landes anreisen, um das Preisgeld von hunderttausend Dollar zu gewinnen. Die Trainingsturniere sind für Reiter aus der Umgebung, die Erfahrung sammeln wollen. Manchmal bringen die Trainer von Westfield und verschiedenen Ställen in der Nähe talentierte junge Pferde zu diesen Veranstaltungen, um sie an die Wettbewerbsatmosphäre zu gewöhnen. Genau das tat Rebecca mit Hat Trick den ganzen Sommer über.

Mamie rief mich an, nachdem sie Rebecca das erste Mal mit Hat Trick in Westfield gesehen hatte.

»Dieses Pferd ist atemberaubend, Hildy«, sagte sie. »Den Trainern blieb der Mund offen stehen, als sie ihn aus dem Anhänger führte. Und obwohl es kein wichtiges Turnier war, hatten sie und Linda Barlow ihm Mähne und Schweif geflochten. Sattel und

Zaumzeug glänzten, ebenso wie ihre Stiefel. Ich habe gehört, wie einer der Trainer zu seinen Schülern sagte, dass ein Pferd genau so aussehen müsse, wenn es vorgeführt wird, egal, wie wichtig der Wettbewerb ist.«

Linda Barlow erzählte mir später, dass Rebecca es mit der Pferdepflege sehr genau nahm. Der Stall war immer makellos sauber. Sättel und Zaumzeug wurden nach jedem Ausritt poliert. Rebecca zeigte Linda, wie man eine Pferdemähne flocht. Nicht zu den lockeren, mit Gummibändern gehaltenen Zöpfen, zu denen wir als Kinder die Mähnen unserer Ponys geflochten hatten, sondern zu kleinen, festen, perfekt symmetrischen Strängen, die dem eleganten Schwung des Pferdehalses folgten wie eine Bordüre auf einer Onyxskulptur. Rebecca brachte Linda bei, die Zöpfe auf die altmodische Art mit Nadel und Garn zu flechten und nicht mit Gummibändern. Kein Wunder, dass sie bei diesem ersten öffentlichen Auftritt großen Eindruck hinterließen.

Mamie erzählte mir, wie das lebhafte Pferd sich verhielt, bevor es auf den Springplatz ritt.

»Er hat sich aufgerichtet, Hildy, auf die Hinterbeine, wie diese Lipizzaner, die man im Zirkus sieht. Rebecca hat ihn wie ein Profi geritten. Sie hat nur über ihn gelacht und ihn nach vorn getrieben. Dann ist sie langsam mit ihm auf den Parcours geritten, und sie sind eine saubere Runde gesprungen. An den hohen Hindernissen. Das Pferd ist noch nicht mal sechs Jahre alt. Und Rebecca hat einfach Stil. Obwohl sie die ganze Runde fehlerfrei gesprungen ist, ist sie das letzte Hindernis von der falschen Seite angeritten, um disqualifiziert zu werden.«

»Warum?«, fragte ich.

»Es war einfach richtig. Ihr Pferd war den anderen so überlegen, und viele, die an diesen Turnieren teilnehmen, haben noch nie in ihrem Leben eine blaue Schleife gewonnen. Es bedeutet ihnen so viel. Nachdem Rebecca ausgeschieden war, hat eine

Siebzehnjährige die Schleife gewonnen. Rebecca hat den schwarzen Teufel danach in den Anhänger geladen und nach Hause gefahren.«

Im Laufe des Sommers gewöhnten sich die Einheimischen an Rebeccas Anwesenheit bei den Wettbewerben. Laut Mamie flochten jetzt auch einige Mähne und Schweif ihrer Pferde und trugen wie Rebecca formale Turnierkleidung.

»Sie ist herrlich altmodisch in Sachen Reiten«, erklärte Mamie. »Sie ist wirklich ein gutes Vorbild für die jungen Leute, wie man Pferde behandeln sollte. Durch sie wird man daran erinnert, worum es in der Reitkunst eigentlich geht.«

Mamie war vollkommen verzaubert von Rebecca und bat mich, ein Abendessen für uns drei zu arrangieren. Ich sagte zu, gab ihr aber auch Rebeccas Nummer. Die beiden würden bei einer Flasche Wein sicher mehr Spaß haben, als wenn ich daneben saß und an meiner Cola Light nippte. Doch Mamie und Rebecca trafen sich nie. Mamie lud sie zweimal zum Abendessen ein, und Rebecca lehnte beide Male höflich ab. Mamie war brüskiert und gab auf.

Ich sah Rebecca einmal mit Hat Trick, bei Westfields großem Turnier im August. Rebecca hatte es mit dem Wallach in den Grand Prix geschafft – den schwierigsten Parcours, der mit hunderttausend Dollar Preisgeld dotiert war. Mamie veranstaltet bei diesem Wettbewerb üblicherweise ein Mittagessen zu wohltätigen Zwecken in einem Pavillon neben dem Parcours. Der Erlös geht an ein Frauenhaus in Salem. Ich miete immer einen Tisch und lade Klienten dazu ein. Es ist eine wundervolle Gelegenheit, Interessenten unsere Gegend zu präsentieren. Der Hunt Club ist außerordentlich gut gepflegt, und überall sind schöne Pferde und schöne Menschen. In einem Jahr wiederholte eine Klientin an meinem Tisch immer wieder entzückt, sie fühle sich wie in einer Ralph-Lauren-Werbung, was mich zum Lächeln brachte. Das Haus, für das sie und ihr Mann sich interessierten, hätte auch aus einer Ralph-Lauren-Werbung sein können, und für nur eineinhalb Millionen konnte es ihnen gehören.

Brian McAllister hatte ebenfalls einen Tisch gemietet, und einige Freunde aus Boston waren gekommen, um Rebecca reiten zu sehen. Die Gruppe war laut und fröhlich – offensichtlich hatten sie den Tag schon früh mit Champagner begonnen –, und Brian hatte mich bei meiner Ankunft allen vorgestellt. Die meisten dieser »Freunde« waren Geschäftskontakte von Brian. Einige Männer wurden mir als seine Partner präsentiert, alle mit für meine Begriffe dümmlichen, hübschen Frauen, die sich für den Anlass ein wenig zu schick gemacht hatten. Zwei trugen Hüte, als ob sie sich in Ascot befänden. Das hier ist New England. Die meisten tragen einfache Sommerkleider zum Westfield-Wohltätigkeitslunch. Mein Ex-Mann Scott meinte einmal, ich hätte Vorurteile gegenüber jüngeren, hübscheren Frauen, die für mich immer »dümmlich« oder »lächerlich« seien.

Das stimmt nicht. Nicht alle jüngeren, hübscheren Frauen sind so.

Rebecca zum Beispiel habe ich immer ernst genommen.

Mamie gab mir einen Tisch gleich am Parcours, und zusammen mit meinen Klienten genoss ich pochierten Lachs und frische grüne Bohnen, Frühlingskartoffeln und Erdbeeren mit Sahne. Es gab eine voll ausgestattete Bar. Überall um mich herum wurde Champagner ausgeschenkt. Ich blickte starr auf den Parcours. Als das Turnier begann, kam Mamie zu mir und stellte zwei Stühle neben mich. Allen Mansfield begleitete sie, der Trainer des Westfield Clubs. Die beiden waren eine große Hilfe, da sie alle Reiter kannten. Sie wussten, wer sich für die Olympischen Spiele qualifiziert hatte, welche Pferde erfahrene Profis waren und welche vielversprechender Nachwuchs.

Die meisten Reiter im Grand Prix waren Profis, die lukrative Turnierställe in der Nähe oder in anderen Teilen des Landes betrieben. Einige ihrer Pferde waren berühmt in der Turnierwelt.

Als Mamie schließlich Rebecca im Aufwärmbereich sah, wurde sie merklich aufgeregt (außerdem hatte sie bereits eine Flasche Champagner beinahe im Alleingang geleert) und sagte laut: »Da ist sie, Al!«

Allen schnaufte nur und schüttelte verächtlich den Kopf.

»Allen glaubt, ihr Pferd ist noch zu jung für das Turnier!«, dröhnte Mamie, obwohl ich genau neben ihr saß.

»Sch«, zischte ich. »Brian und ihre ganzen Freunde sitzen am Nebentisch.«

»Hoppla«, kicherte Mamie.

»Ich weiß, dass er noch zu unreif ist«, knurrte Allen. »Es gibt keinen Grund, ein so junges Pferd so zu überfordern.«

»Die beiden sehen atemberaubend aus«, sagte ich.

Mamie lachte über Allen. »Er ist nur verärgert, weil er nicht ihr Trainer ist«, flüsterte sie. »Ich denke, das Pferd ist bereit für den Grand Prix. Ich habe die beiden den ganzen Sommer über beobachtet. Rebecca hat außerdem versprochen, das Preisgeld dem Heim zu spenden, wenn sie gewinnt.«

»Du hast sie noch nicht in einem Wettbewerb dieses Kalibers gesehen«, warf Allen ein. »Das hier kann für ein junges Pferd eine Nummer zu groß sein.«

Der Grand Prix hat zwei Abschnitte. Die Teilnehmer reiten einen Springparcours mit teilweise über zwei Meter hohen Hindernissen. Viele davon sind sogenannte Oxer-Hindernisse, die man für den Hochweitsprung verwendet. Außerdem gibt es große Büsche, In-Outs, bei denen das Pferd nach der Landung sofort wieder springen muss, und Kombinationen, eine Reihe von drei Hindernissen mit jeweils einigen Schritten dazwischen. Wenn Pferd und Reiter die Runde ohne Abwurf oder Verweigern geschafft haben, treten sie noch mal im Stechen an.

Das Stechen besteht aus denselben Hindernissen, die allerdings anders angeordnet sind, und das schnellste Pferd mit einer fehlerfreien Runde gewinnt. Es ist der spannendste Teil des

Grand Prix. Die Reiter müssen manchmal Ecken schneiden, um ein paar Sekunden einzusparen, was das Pferd aus dem Tritt bringen kann und nicht ungefährlich ist. Das Pferd muss seinem Reiter im Stechen blind vertrauen. Nach einem Sprung landet es, wird sofort in eine andere Richtung gelenkt und sieht sich mit einem unerwarteten Hindernis konfrontiert. Das beste Reiter-Pferd-Team ist das, bei dem das Pferd nach vielen harten Runden mit dem Reiter fest glaubt: »Wenn mein Reiter denkt, ich kann es, dann kann ich es auch.« Es kann Jahre dauern, ein solches Vertrauen in einem von Natur aus zurückhaltenden oder ängstlichen Pferd aufzubauen. Mutigere und sehr athletische Tiere können in jungen Jahren so einen Parcours meistern. Rebecca glaubte offensichtlich, dass Hat Trick der Herausforderung gewachsen sei.

Allen, der die beiden den ganzen Sommer über im Auge behalten hatte, war vom Gegenteil überzeugt.

Als der Wettkampf begann, beobachteten Mamie und Allen Rosemary Hines, eine international bekannte Springreiterin, auf ihrem Pferd Tango. Ich dagegen beobachtete Rebecca auf Hat Trick in der Nähe des Eingangs. Hat Trick war nervös, warf die Vorderbeine in die Luft, doch Rebecca beugte sich jedes Mal nur vor, wenn er sich aufbäumte, und führte ihn in engen Kreisen. Sie tätschelte ihm den Hals, als er sich ein wenig beruhigte, und dann sah ich, wie sie aufblickte und jemandem am anderen Ende der Arena zuwinkte. Blinzelnd erkannte ich einen Mann, der sich einen Weg zum Eingang bahnte. Rebecca rief ihm etwas zu. Ich dachte, es wäre ein Trainer, mit dem sie früher gearbeitet hatte, doch dann erkannte ich Peter Newbold.

Was machte Peter Newbold bei der Westfield Horse Show?

Ich blickte zu Brians Tisch und sah, dass dort alle Augen auf Rebeccas Konkurrentin gerichtet waren. Als Tango eine Stange riss, jubelten einige, woraufhin Mamie sie empört zum Schweigen brachte. Rosemary Hines meisterte den letzten Sprung, und die Menge auf den Tribünen und im Zelt klatschte Beifall. Bis auf die abgeworfene Stange war es eine gute Runde gewesen, soweit ich sie gesehen hatte.

Jetzt war Rebecca an der Reihe, und als sie mit Hat Trick auf den Platz ritt, explodierte Brians Tisch geradezu vor Jubelrufen, so dass Mamie sie erneut um Ruhe bitten musste.

»Ihr könntet Rebeccas Pferd erschrecken«, zischte sie. »Himmel«, flüsterte sie mir zu, »wo kommen diese Leute nur her?«

Ich verfolgte, wie Rebecca mit Hat Trick langsam in einem weiten Kreis ans andere Ende der Arena galoppierte und auf das Startsignal wartete.

»Schau«, sagte Mamie, »sie lässt ihn an dem schrecklichen Hindernis mit dem Schild der Union Savings Bank vorbeigehen, damit er es sich genau ansehen kann. Rosemarys Pferd hat davor gescheut.«

Allen brummte nur vor sich hin, was Mamie und mich kichern ließ. Dann ertönte das Startsignal. Rebecca begrüßte vorschriftsmäßig die Richter und trieb Hat Trick zum ersten Hindernis.

Pferd und Reiterin ließen die Runde kinderleicht aussehen. Sie näherten sich jedem Hindernis mit der korrekten Schrittzahl, und das Pferd schwebte graziös darüber. Hat Trick schien etwas langsamer laufen zu wollen, als es der Parcours erforderte, und jedes Mal, wenn Rebecca ihn antrieb, schlug er ein wenig mit den Hinterbeinen aus, um schließlich vorwärtszustürmen. Nach dem letzten erfolgreich gemeisterten Hindernis sprang die Gruppe an Brians Tisch jubelnd auf. Mamie stieß Allen neckisch den Ellbogen in die Seite und klatschte ebenfalls. Hat Trick war verwirrt durch den plötzlich Lärm und schlug leicht aus, während Rebecca ihn in einem großen Kreis ritt. Sie lachte über den Unmut ihres Pferdes und tätschelte ihm den Hals. Dann verließen sie die Arena.

»Er scheint noch genügend Energie fürs Stechen zu haben«, sagte ich zu Allen.

»Er mag Geschwindigkeit nicht, aber sie ist eine großartige Reiterin. Wir werden sehen ...«, erwiderte Allen leise.

Linda Barlow wartete vor dem Eingang auf Rebecca und Hat Trick. Ich blickte mich nach Peter Newbold um, doch er war verschwunden. Vielleicht war er mit Elise hier, und sie saßen irgendwo auf der Tribüne. Vielleicht war er auch hier, um Rebecca reiten zu sehen. Vielleicht war die Rückkehr ins Turnierleben Teil der Therapie, und Peter begleitete sie dabei. Ich sah zu Brians Tisch, wo sich die Männer alle abklatschten und Champagner tranken.

Vier Pferde, darunter Hat Trick, hatten sich fürs Stechen qualifiziert. Das erste Pferd, Dante, geritten von Michael Wallace, schaffte eine saubere Runde in kurzer Zeit – neunundvierzig Sekunden für sieben Hindernisse. Die Kanadierin Linda Randolph riss eine Stange und kam auf 54,3 Sekunden. Leslie Carter auf ihrem berühmten Hengst Romulus schaffte eine fehlerfreie Runde, benötigte dafür jedoch 51,5 Sekunden. Rebecca musste also Dante schlagen.

»Was glaubst du, Allen?«, fragte ich, als Hat Trick in die Arena lief.

»Ich denke, wenn sie klug ist, versucht sie eine fehlerfreie Runde hinzulegen und reitet nicht auf Geschwindigkeit. Warum das Selbstvertrauen des Pferdes durch unnötige Risiken beschädigen?«

Das Startsignal ertönte, und Rebecca steuerte auf das erste Hindernis zu. Die Zeit läuft erst, wenn das Pferd dieses gemeistert hat, weshalb sie sich nicht beeilte. Nach der Landung trieb sie Hat Trick allerdings zu einem raschen Galopp um die Kurve um zweiten Hindernis an. Dem nächsten Sprung – einem Hochweitsprung – folgte ein weiterer mit einer scharfen Kurve. Dieses zweite Hindernis hatte dem Pferd, das eine Stange abgeworfen hatte, Probleme bereitet. Doch es sah für alle Pferde schwierig aus. Die Kurve brachte sie aus dem Tritt, so dass sie zu nahe vor dem zweiten Hindernis absprangen. Deshalb hatte Linda Randolphs Pferd mit dem Hinterbein die Stange touchiert und gerissen. Allen erklärte mir, dass alle Reiter die Kurve zu schnell angegangen waren. Als Rebecca den ersten Hochweit-Sprung anritt, schüttelte Allen den Kopf und murmelte: »Zu schnell.« Hat Trick zog die Vorderbeine an die Brust, und als er mitten im Sprung war und sein Körper einen eleganten Bogen weit über der obersten Stange formte, verlagerte Rebecca ihr Gewicht und drehte das Tier in der Luft. Die anderen Pferde hatten erst zwei Schritte nach dem Hindernis eine andere Richtung einschlagen können. Als Hat Trick landete, musste er nicht erst durch einen Galoppwechsel sein Gleichgewicht wiederfinden, da er schon auf dem richtigen Weg war, perfekt ausbalanciert und auf das zweite Hindernis zusteuernd, das er mit Leichtigkeit meisterte. Für den nächsten Sprung waren die vorherigen Reiter um eine große Heckenabtrennung herumgaloppiert und dann direkt auf das In-Out zu. Rebecca kürzte vor der Hecke ab. Sie zog Hat Tricks Kopf gleich nach dem vorherigen Hindernis herum, und das Pferd sah sich mit dem ersten von zwei In-Outs konfrontiert, nur drei Schritte entfernt.

»Oh mein Gott!«, rief Mamie.

»Verrücktes Weib«, sagte Allen.

Ich konnte kaum zusehen, doch ich tat es natürlich. Hat Trick schien verweigern zu wollen. Sein Körper spannte sich an, sein Kopf drehte sich zur Seite, und Rebecca gab ihm mit der Gerte einen Klaps auf die Flanke, genau hinter ihrem Bein, während sie gleichzeitig einen fast tierischen Laut ausstieß. Hat Trick sprang ohne weiteres Zögern, und obwohl er recht knapp über das erste Hindernis schwebte, machte er keinen Fehler, landete allerdings nicht ideal für das zweite. Rebecca saß tief im Sattel, trieb ihn zu zwei Schritten an, und dann schien es, als ob die winzige Frau das massige Pferd über das zweite Hindernis hob. Ihre Hände lagen dicht an seinen Ohren, ihr Körper bog sich über seinen Hals. Sie landeten fehlerfrei. Die Zuschauer jubelten. Die letzten Hindernisse überquerten sie ohne Probleme und beendeten die Runde mit einer Zeit von 47,3 Sekunden. Rebecca hatte den Grand Prix gewonnen.

An Brians Tisch waren alle aufgesprungen, klatschten sich wieder ab und stießen die Fäuste in die Luft. Brian wischte sich eine Träne aus dem Augenwinkel. Die Vorstellung war atemberaubend gewesen. Ich lächelte Mamie und Allen zu, die beide recht grimmig wirkten.

»Diese Frau wird eines Tages entweder sich selbst oder jemand anderen töten«, sagte Allen.

»Ja, ich fühle mich nicht mal mehr sicher, hier herumzufahren, nach dem, was ich gerade gesehen habe«, meinte Mamie.

»Wie bitte? Du solltest dich doch freuen, Mamie«, erwiderte ich. »So viel Geld für das Heim.«

»Das tue ich auch«, antwortete sie. »Mir ist nur gar nicht wohl dabei, wenn jemand ein solches Risiko mit einem Pferd eingeht.«

»Aber es geht ihm gut«, sagte ich. Ich weiß allerdings nicht so viel über das Turnierreiten wie die beiden. Für mich – und wohl auch für die anderen Zuschauer – war es eine bemerkenswerte Vorführung von Mut und Kraft von Pferd und Reiterin gewesen.

Allen und Mamie schüttelten nur den Kopf, und Allen fluchte erneut. Dann ging Mamie zu Brian, um ihm zu gratulieren.

Am Schluss galoppieren die drei Siegerpferde immer eine Runde durch die Arena, nachdem man ihnen die Siegermedaillen überreicht hat. Dabei sah ich Peter Newbold erneut. Er stand unten an der Tribüne, nicht weit von unserem Zelt entfernt. Rebecca grinste ihm zu, als sie an ihm vorbeigaloppierte. Ich sah, wie sie in den Steigbügeln stand und in seine Richtung winkte und wie er zu ihr aufblickte. Er beschattete die Augen mit den Händen. Im strahlenden Sonnenlicht dieses Augustnachmittags war sie schwer zu erkennen.

# KAPITEL 7

Kurz nach dem Westfield-Turnier hegte ich schon einen ersten kleinen Verdacht in Bezug auf Rebecca und Peter, in derselben Woche, in der Franks Männer mit dem Dwight-Haus beschäftigt waren. Es war Mittwochabend, und ich hatte am nächsten Morgen einen Geschäftsabschluss. Einen großen. Ein Neubau in Gloucester mit Blick aufs Wasser, der für knapp eine Million weggegangen war. Dieses Mal war es Wendys Objekt, die Interessenten hatten aber bei mir gekauft. Es war ein regnerischer Abend Anfang Oktober, und ich bereitete die Unterlagen für den nächsten Morgen vor. Außerdem trank ich an einer hübschen Flasche Pinot Noir, die ich beim Heimkommen aus dem MG geholt hatte. Ich versuche immer, nicht die ganze Flasche zu trinken, doch wenn ich sie nicht leere, muss ich die angebrochene im MG einschließen. Was, wenn eine meiner Töchter unangemeldet vorbeikäme und eine halb leere Weinflasche im Kühlschrank fände? Wenn ich sie austrinke, kann ich sie unter dem Müll in der Küche verstecken. An diesem Abend beschloss ich daher, auch wegen des strömenden Regens, sie zu leeren. Es war so ein gutes Gefühl, so warm und heimelig. Außerdem hatte ich etwas zu feiern. Am nächsten Tag würde ich einen dicken, fetten Scheck bekommen.

Als ich die Unterlagen in eine Mappe legte, merkte ich, dass die Wohngebäudeversicherung der Käufer fehlte. Sie würden beim Abschluss nicht dabei sein, weshalb sie mir die Police per FedEx zugeschickt hatten. Sie lag auf meinem Schreibtisch im Büro. *Ich brauche eine neue Assistentin,* dachte ich, als ich die letzten Tropfen Wein auf meiner Zunge schmeckte. Kendall, die Tochter meiner Freundin Alice, arbeitete im Moment für mich, während sie ein Jahr Auszeit vom College nahm. Ich war bisher zu beschäftigt gewesen, um jemanden mit mehr (oder überhaupt) Erfahrung zu suchen. Jetzt hatte ich ein Problem. Am Morgen würde keine Zeit sein, noch im Büro vorbeizufahren, die Bank war in Beverly, in der entgegengesetzten Richtung, und das im morgendlichen Verkehr.

Als ich einige Monate nach meiner Rückkehr aus Hazelden begonnen hatte, gelegentlich ein Glas Wein zu trinken, hatte ich mir geschworen, niemals jemanden anzurufen, jemandem zu mailen oder mich ans Steuer zu setzen, wenn ich auch nur einen Tropfen Alkohol intus hatte. Bis jetzt hatte ich mich daran gehalten. An diesem Abend vor dem großen Abschluss merkte ich, dass ich ein wenig angeheitert war, aber bei weitem nicht betrunken. Die Fahrt zum Büro würde zehn Minuten dauern. Fünfzehn im Regen. Ich würde extra vorsichtig fahren.

Ich zog mir den Regenmantel an und rannte zum Auto. Kurz darauf fuhr ich die Pig Rock Lane entlang. Ehrlich, den Weg zu meinem Büro konnte ich mit geschlossenen Augen fahren. Und ich war wirklich nicht betrunken. Es hatte Zeiten gegeben, in denen ich ein Auge hatte zukneifen müssen, damit ich nicht zwei Straßen sah. Das war natürlich vor dem Entzug gewesen. An diesem Oktoberabend fuhr ich jedoch langsam und genoss sogar die düstere Herbststimmung. Die Blätter wirbelten wie verrückte Fledermäuse durchs Scheinwerferlicht, die Scheibenwischer gingen hin und her, hin und her. Niemand außer mir war zu sehen. Wie schön es war, die ganze Straße für sich zu haben, diese Straße entlangzufahren, dieses schwarze nasse Band von einer Straße, das sich durch meine schläfrige Stadt wand.

Als ich auf den Parkplatz hinter meinem Büro einbog, sah ich zu meiner Überraschung, dass Licht in Peters Praxis brannte. Mittwochs war er normalerweise nicht hier. Sein Volvo stand auf dem Parkplatz, daneben ein silberner Land Cruiser. Ich stellte meinen Wagen neben dem Volvo ab, stieg vorsichtig aus und eilte um das Haus herum zur Seitentür, die näher an meinem Büro liegt. Gut, da hatte ich ein bisschen Probleme mit den Schlüsseln. Ich habe einfach zu viele Schlüssel, das macht mir immer zu schaffen. Nach einigem Herumfummeln ließ ich sie schließlich fallen, natürlich genau in die Azaleenbüsche neben der Veranda.

Fluchend beschloss ich, von der Veranda auf den Rasen zu springen, weil ich fürchtete, bei dem Weg über die Vordertreppe schon wieder zu vergessen, in welchem Busch ich suchen musste. Ich hievte mich also von der Veranda, doch dann rutschte ich im nassen Gras aus und fiel auf den Hintern. Murphy's Law – in diesem Moment öffnete Peter Newbold die Seitentür und trat nach draußen.

»Hallo?«, rief er besorgt.

Ich rappelte mich so rasch und elegant wie möglich auf. Irgendwie dachte ich, dass ein möglichst sportliches Verhalten meine Nüchternheit beweisen würde. Ich befand mich nur wenige Meter von Peter entfernt, der beinahe einen Herzinfarkt bekam, als ich plötzlich vor ihm in die Höhe schoss.

»Was zum Teufel?«, rief er und stolperte nach hinten. Er hielt sich sogar die Brust. Dann sagte er: »Hildy? Bist du das?«

»Natürlich bin ich es, Peter«, erwiderte ich. Es war schon eine Weile her, dass ich mit Alkoholzunge sprechen musste. »Ich habe nur meine Schlüssel fallen lassen … dann bin ich beim Suchen ausgerutscht.«

Ich beugte mich vor und tastete den Busch ab. Dabei versuchte ich, meine Bewegungen natürlich und fließend erscheinen zu lassen, doch alles war nass vom Regen. Einmal wäre ich beinahe wieder gefallen und musste mich an der Veranda festhalten.

»Moment«, sagte Peter. »Ich helfe dir.«

Vielleicht bildete ich es mir auch nur ein, aber er wirkte amüsiert. Ich werde immer paranoid, wenn ich trinke, das habe ich den Anonymen Alkoholikern und der Therapie zu verdanken. Ich mache mir jetzt Sorgen, dass jeder es sofort erkennt, wenn ich einen Drink nur angeschaut habe. Doch wer würde schon etwas merken, wenn man in einer Nacht wie dieser ein wenig ungeschickt war? Es schüttete, alles war rutschig und nass.

Peter kam zu mir auf den Rasen und zog nach ein paar Sekunden meine Schlüssel hinter dem Busch hervor.

»Danke, Peter«, sagte ich, als er sie mir reichte. Ich ging zurück zu meinem Auto, er zurück auf die Veranda, wobei er mich beobachtete.

»Ach herrje«, meinte ich lachend und ging wieder Richtung Büro. »Ich wollte doch etwas holen.«

An der Veranda bat ich Peter, mir hinaufzuhelfen.

Er sah mich aufmerksam an. »Vielleicht solltest du lieber die Stufen nehmen.«

»Nein, nein, so geht es schneller«, sagte ich und begann, auf die Veranda zu klettern. Peter packte meinen Arm und half mir. Dieses Mal betrat ich mit ihm das Haus einfach durch die Seitentür, anstatt mich mit den Schlüsseln abzumühen. Die Tür zu meinem Büro befindet sich neben der Treppe, die zu Peters Praxis führt. Auf einem kleinen Tisch daneben steht ein Farn. Wenn man den Tisch von der Wand rückt, kann man eine Schublade auf der Rückseite herausziehen, was ich unter Peters aufmerksamen Blicken tat.

»Ich nehme diese Schlüssel. Ich bewahre hier immer einen Ersatz auf«, erklärte ich. »Auch für das Auto … das verdammte Auto.« Ich schlug die Hand vor den Mund. Ich fluche selten und vor allem, wenn ich getrunken habe. »Dieser verflixte neumodische Range Rover hat ein automatisches Schloss und schließt mich dauernd aus.«

»Aber ich habe dir doch gerade deine Schlüssel gegeben«, meinte Peter.

»Ich weiß«, sagte ich und schloss die Schublade. Tatsächlich hatte ich ganz vergessen, dass er meine Schlüssel gefunden hatte. Ich war so damit beschäftigt, mir Sorgen zu machen, was er denken könnte, ob er merkte, dass ich getrunken hatte.

»Du bist sicher, dass es dir gutgeht, Hildy?«, fragte er, nachdem ich meine Bürotür aufgesperrt hatte.

»Natürlich!«, rief ich. »Danke für deine Hilfe. Du musst jetzt sicher zu deinem Patienten zurück.«

Einen Moment schien er verwirrt, doch dann erwiderte er: »Ich bin allein hier, erledige etwas Papierkram.«

»Oh, ich dachte, ich hätte ein anderes Auto gesehen.«

»Wirklich? Nun, manchmal parken die Leute auch nur hier. Über Nacht …«

»Nun, dann danke ich dir.«

»Geht es dir wirklich gut? Hast du dich verletzt, als du ausgerutscht bist? Ich kann dich gern heimfahren.«

»Wie bitte?«, antwortete ich brüsk. »Es geht mir gut.«

Natürlich kam am nächsten Morgen die Panik. Wusste Peter, dass ich getrunken hatte? Wusste er, dass ich einen Entzug gemacht hatte? Bei den AA-Treffen in Newburyport (nach Hazelden hatte ich wie vorgeschrieben ein paar Wochen lang daran teilgenommen) traf ich immer eine junge Frau, die Patientin von Peter war, und manchmal sah ich sie auch auf unserer Veranda. Ich fragte mich oft, ob sie Peter erzählt hatte, dass sie mich von den AA-Treffen her kannte. Die eigentlich anonym sein sollten.

*Wen ihr hier seht, was wir hier sagen, lasst es hier, wenn ihr geht,* sagten wir alle am Ende eines Treffens auf. Wir standen dabei im Kreis und hielten uns an den Händen wie ein Hexenzirkel voller grinsender Einfaltspinsel. Dann neigten alle den Kopf und sprachen das Gelassenheitsgebet, und danach sagten alle im Chor, immer noch Hand in Hand: »Komm immer wieder. Wenn du daran arbeitest, arbeitet es für dich, also arbeite daran, denn du bist es wert.« Dann endlich ließen die Leute nach einem letzten kurzen Druck meine Hände los, und ich konnte gehen.

Verschont mich, dachte ich immer auf dem Weg nach draußen. Doch eigentlich taten mir die Leute bei den Treffen leid. Wirklich, das würde jedem so gehen. Die Geschichten, die man da zu hören bekam. Ein Mann hatte seinen geliebten Pudel in einer kalten Winternacht hinausgelassen, dann war er betrunken eingeschlafen, und am nächsten Morgen hatte er das Tier erfroren auf der Veranda gefunden. Eine Frau hatte ihren Sohn als Säugling fallen gelassen, so betrunken war sie, und er hatte sich dabei eine Schädelfraktur zugezogen. Ich meine, diese Leute hatten echte Probleme. Was wenn die Frau aus Newburyport Peter von unseren gemeinsamen Treffen erzählt hatte und er dachte, ich sei wie diese Menschen? Den ganzen Weg nach Beverly machte ich mir darüber Gedanken. Nach dem Abschluss erschien es mir jedoch nicht mehr so bedeutend. Ich hatte gerade einen Provisionsscheck über dreißigtausend Dollar erhalten, der mir bei meiner Hypothek helfen würde. Ich war eine der erfolgreichsten Geschäftsfrauen an der North Shore. Wie konnte irgendwer auf den Gedanken kommen, ich hätte ein Alkoholproblem, außer meinen lächerlichen, undankbaren, verwöhnten Töchtern?

Zurück in Wendover fuhr ich gleich zur Bank, um den Scheck einzuzahlen. Als ich mein Auto auf dem Parkplatz abstellte, sah ich, wie Rebecca McAllister die Hintertür ihres silbernen Land Cruisers öffnete, damit ihre Söhne einsteigen konnten. Viele Leute fahren Land Cruisers hier in der Gegend. Silber ist eine häufige Farbe, doch ich beobachtete sie für einen Moment und erinnerte mich dunkel, dass ich am Abend zuvor ein ähnliches Auto bei meinem Büro hatte stehen sehen. Als die Kinder im Wagen saßen, drehte Rebecca sich um, sah mich und winkte.

»Hallo, Hildy«, rief sie lächelnd, und ich erwiderte ebenso lächelnd ihr Winken. Sie kam zu mir herüber.

»Ich wollte Sie schon anrufen«, erklärte sie.

»Oh, warum denn?«

Rebecca senkte einen Moment lang den Blick. »Es ist ein wenig seltsam. Nun, Sie waren ja dabei, als ich im Sommer am Strand den Zusammenstoß mit Cassie Dwight hatte. Die Firma ihres Mannes Patch hat ja alle Sanitärarbeiten bei uns im Haus erledigt, und jetzt müsste wieder etwas gemacht werden. Ich habe hinter dem Haus ein kleines Studio bauen lassen, ich will wieder zu malen anfangen …«

»Oh, das klingt großartig, Rebecca. Ich weiß nicht, ob ich es Ihnen schon erzählt habe, aber meine Tochter ist Bildhauerin. Sie hat auch eine Zeitlang gemalt.«

»Nein, das wusste ich nicht«, rief Rebecca. Sie war so fröhlich. Wie an dem Tag, als sie das Fohlen zu seiner Mutter zurückbrachte. Damals war sie überschäumend vor Freude gewesen, nicht die ängstliche, angespannte Rebecca, die ich in den nächsten Monaten so oft gesehen und über die ich so viel gehört hatte.

»Nun«, fuhr sie schüchtern lächelnd fort, »ich weiß, dass Sie die Dwights schon lange kennen. Ich bin gerade etwas ratlos. Sie hasst mich ganz offensichtlich, und ich sollte vielleicht besser jemand anderen beauftragen, damit ich den Dwights nicht begegnen muss. Aber sie sollen auch nicht denken, dass ich aus Bosheit den Auftrag an jemand anderen vergebe …

»Rebecca«, unterbrach ich sie. »Ich bezweifle, dass sich Cassie überhaupt an den ›Zusammenstoß‹ erinnert. Sie hat viel um die Ohren, das können Sie sich ja vorstellen. Im Ernst, sie hat es ganz sicher schon längst vergessen. Ich würde Patch in der Firma anrufen und ihn fragen, ob er vorbeikommt und sich alles mal ansieht. Wenn sie Ihnen etwas nachtragen, was ich bezweifle, wird er sagen, er hätte keine Zeit. Aber ich weiß, dass sie das Geld brauchen können. Wahrscheinlich räumt es auch die allerletzten Bedenken aus, wenn er wieder für Sie arbeiten darf.«

Rebecca lächelte. »Das hatte ich mir eigentlich auch gedacht«, antwortete sie. »Hildy, wollen Sie nicht mal zum Mittagessen oder auf einen Drink vorbeikommen und sich ansehen, was wir aus dem Haus gemacht haben? Ich bin unter der Woche meist allein mit den Kindern und würde mich über Gesellschaft freuen.«

Ich war tatsächlich neugierig, was die McAllisters aus dem alten Barlow-Anwesen gemacht hatten, weshalb ich freudig zusagte und wir den nächsten Dienstag vereinbarten. Ich würde nach der Arbeit vorbeikommen, und sie sollte sich keine Mühe machen, ich würde mir nur kurz das Haus ansehen und dann wieder fahren.

»Nein«, beharrte sie, »bleiben Sie zum Abendessen.«

»Okay«, gab ich schließlich nach und dachte dabei wehmütig an meinen MG. Doch es würde gut sein, mal rauszukommen. Ich wurde langsam zur Einsiedlerin. Außerdem war ich wirklich neugierig auf Rebeccas Haus.

Nach dem Bankbesuch fuhr ich ins Büro und beschloss, gleich noch zu den Dwights zu fahren, um zu sehen, wie Franks Männer vorankamen. Er hatte gesagt, er könnte maximal zwei Arbeitskräfte auftreiben, doch als ich dort ankam, parkten diverse Pick-ups vor dem Haus, darunter auch Franks oranges Monster. Ein kleiner Container voller Abfall stand in der Auffahrt. Als ich das Haus betrat, zählte ich fünf Männer – der Großteil seiner Nebensaison-Crew – bei der Arbeit. Im Wohnzimmer hatte man den Teppich herausgerissen und glänzendes Parkett enthüllt. Ein Mann trug gerade eine zweite Farbschicht auf die Wände auf. Ich ging in die Küche, wo ein weiterer Mann die Decke strich und zwei andere einen neu aussehenden Kühlschrank aus rostfreiem Stahl in die Lücke bugsierten, wo der alte gestanden hatte. Franks Jeansbeine und abgetretene Arbeitsstiefel ragten unter einem Schrank neben der neuen, glänzenden Spüle hervor. Diese Schuhe waren unverkennbar.

»Frank?«, fragte ich.

Frank schob sich ins Licht und lächelte zu mir auf.

»Wie findest du's, Hildy?«

»Ich … bin überwältigt. Woher hast du all diese Sachen?«

»Spülen habe ich immer genug herumliegen. Die entsorgen die Leute immer. Die hier hat jemand bestellt und wollte sie dann nicht, weil sie einen winzigen Kratzer hat«, er deutete auf die Unterseite der Spüle, »und hat sich dann für ein ganz anderes Modell entschieden. Sie haben zu lange mit der Rückgabe gewartet, weshalb sie sie mir überlassen haben. Passt perfekt. Patch kann sie anschließen, wenn er nach Hause kommt. Die alte war total im Eimer.«

Frank stand auf, wischte sich die Hände an den Jeans ab und musterte mit zusammengekniffenen Augen die Farbe an der Decke.

»Was ist mit dem Kühlschrank?«

»Brandneu.«

»Woher hast du ihn?«

»Was weiß ich. Jeder will doch heutzutage diese Dinger aus rostfreiem Stahl. Die Küche sieht damit aus wie neu, nicht wahr, Hildy?«

Es war überwältigend, was ein neuer Kühlschrank, eine neue Spüle und frisch gestrichene Wände bewirken konnten. Frank lehnte sich an die Arbeitsplatte, stützte die Ellbogen auf und lächelte mich an.

»Ich dachte, deine Männer wären alle anderweitig beschäftigt?«

»Ja, aber ich habe sie für ein paar Tage abgezogen. Der Typ in Manchester muss damit leben, in den nächsten zwei Tagen findet er niemanden für den Job. Alles in Ordnung. Es ist schön, zur Abwechslung mal drinnen zu arbeiten. Patch war immer ein guter Kerl. Er hat mal zwei Sommer für mich gearbeitet, weißt du?«

Ich bin, wie ich schon sagte, kein Kuscheltyp, aber da ging ich zu Frank und nahm seine Hand fest in meine, wie es Wendy Heatherton tun würde.

»Danke, Frank, danke.«

»Jederzeit wieder, Hildy«, sagte er und starrte zu Boden. Ich bildete mir sicher nicht ein, dass sein Gesicht etwas gerötet war. Meines jedenfalls brannte.

Vor langer Zeit, als ich gerade die Highschool abgeschlossen hatte, war ich ziemlich in Frankie Getchell verliebt. Ich werde Mamie Lang nie verzeihen, dass sie das vor einigen Jahren nach ein paar Gläschen meinen Töchtern erzählte.

»Was?«, hatten die Mädchen gekreischt. Dann waren sie vor Lachen zusammengebrochen.

»Iiiih, Mom, wie eklig.« Sie bekamen kaum noch Luft, so sehr lachten und quietschten sie.

»Okay, okay«, lenkte ich kichernd ein. Ich war ein wenig beschwipst und konnte die Komik des Ganzen sehen. Sie kannten Frank nur, wie er jetzt aussah. Und sie verglichen ihn natürlich mit ihrem Vater, der sehr gut aussah und immer gepflegt war. »Er sah besser aus … damals.«

»Du meinst, er sah wie ein junger Gnom aus und nicht wie ein alter?«, prustete Tess.

»Iiiieh«, kreischte Emily. »Igitt!«

Es stimmt schon, Frank ist nicht besonders groß. Und untersetzt. Doch in der Highschool war ich nicht die Einzige, die ihn toll fand. Nicht unbedingt der Attraktivste, aber schroff und sexy, und den Sommer nach meinem Schulabschluss habe ich oft auf den Booten anderer Leute mit ihm geschlafen. Mamie und ich kellnerten im Wendover Yacht Club, und Frankie arbeitete auf dem Bootsliegeplatz nebenan, wo er die Boote reparierte. Wenn die Clubmitglieder abends gegangen waren, spendierte der Manager – ein netter Kerl namens Jim Randall – den Angestellten ein paar Drinks. Im Laufe des Sommers luden wir alle unsere Freunde nach der Arbeit ein, schmuggelten sie durch eine Seitentür, damit sie auch etwas von dem Alkohol abbekamen, den die astronomischen Mitgliedsbeiträge finanzierten.

Es war großartig. Es war der Sommer 1968 und wir hielten uns alle für Hippies, doch Frankie Getchell war der einzige echte Hippie in der Stadt. Er hatte längeres Haar und rauchte die ganze Zeit Gras – zumindest sagte man das. Ich nahm nachmittags auf dem Weg zur Arbeit immer die Abkürzung über den Bootsliegeplatz, in meiner knappen WYC-Uniform – ein knielanger, marineblauer Rock und eine weiße, kurzärmelige Bluse. Er strahlte meistens gerade den hölzernen Rumpf einer Jacht ab, verschwitzt und mit bloßem Oberkörper. Ich war nicht bildhübsch, aber hässlich war ich auch nicht. Man hatte mir sogar einmal gesagt, ich sähe Grace Slick ähnlich, weshalb ich deren Look mit meinem langen, dichten braunen Haar, dem Pony und dem dicken Eyeliner kultivierte. Frank war mit meinem Cousin Eddie in einer Klasse gewesen und hatte als Kind bei uns gespielt. Auch wenn ich ihn ignorierte, rief er mir immer etwas nach. Mein Name schien ihn zu amüsieren. »Und da kommt Hildy, da kommt Hildy«, sang er zur Melodie eines damals bekannten Liedes. »Hildy Gooood.«

Wenn man ihn heute traf und nicht von früher kannte, konnte man sich nicht vorstellen, wie gut er einmal ausgesehen hatte, auf eine etwas rauhe Art. Er arbeitete hart, sein Körper war muskulös und seine Haut im Sommer gebräunt wie die seiner Anawam-Vorfahren. Seine Stimme ließ mich schaudern, auch wenn ich versuchte, ihn nicht zu beachten. Eines Abends tauchte er plötzlich nach der Arbeit im Club auf. Der WYC war mittlerweile unsere eigene kleine Flüsterkneipe. Wir spielten mit einem Transistorradio Musik – die Beatles, Bob Dylan, Jefferson Airplane, Hendrix –, und wir tranken alle, rauchten und tanzten auf der Bar. Zweimal kamen die Cops in diesem Sommer, doch es hielten immer ein paar Wache im »Admiralszimmer« im obersten Stock des Clubs. Von dort sah man die Polizei rechtzeitig, so dass wir uns alle im Alkoholvorratsraum verstecken konnten, während Jim den Polizisten versicherte, allein im Gebäude zu sein.

Als Frank an diesem ersten Abend in den Club kam, war ich schon ein wenig beschwipst und freute mich sehr, ihn zu sehen. Zu dieser Zeit trugen die meisten jungen Männer in Wendover ihr Haar ein wenig länger, doch Franks war richtig lang und hing ihm in einer dicken Locke in die Augen. Er musste immer den Kopf ein wenig zur Seite neigen, wenn er einen ansah, und da er etwas schüchtern war, ließ er die Strähnen immer sofort wieder ins Gesicht fallen, wenn er den Blick zurück auf den Boden richtete.

An diesem Abend kamen er und ich nach ein paar Bier ins Gespräch. Er fragte, ob ich aufs College gehen würde, und nach meinem Dad. Franks Eltern waren zu diesem Zeitpunkt schon tot – sie waren beide innerhalb von sechs Monaten an Krebs gestorben, als Frank noch in der Highschool war. Sein einziger Bruder Dave war in Vietnam. Frank lebte allein in der Saltbox auf dem Hügel, wo er auch heute noch wohnt. Nach einiger Zeit gingen wir hinaus aufs Dock, und Frankie erkannte einen der Boston Whalers, der dort vertäut war. Der Besitzer hatte eine Jacht, bei der Frankie erst vor wenigen Tagen mitgeholfen hatte, sie zu Wasser zu lassen. Frankie war stolz auf seine Arbeit an dem Boot und wollte es mir zeigen. Damals ließ jeder die Schlüssel auf den Booten am WYC-Pier. Wer sollte sie schon nehmen? Nun, Frankie und ich zum Beispiel, den ganzen Sommer über. In dieser ersten Nacht liehen wir uns den Whaler, und auch wenn das Wasser etwas unruhig war, rasten wir durch den Hafen von Wendover. Frankie manövrierte uns zwischen den vertäuten Booten hindurch, als wären sie ein von ihm entworfener Slalomparcours. Wir gingen längsseits eines hölzernen Segelbootes – die Jacht, an der ich ihn in den letzten Wochen hatte arbeiten sehen. Wir banden den Whaler an ihr Heck, und Frankie kletterte an Bord. Dann streckte er mir die Hand entgegen und zog mich nach oben.

Damals war ich noch Haut und Knochen.

Er hatte einen Schlüssel zur Weinkiste. Wir saßen im breiten Bug und tranken Wein aus der Flasche. Unterhalten haben wir uns kaum, sahen uns stattdessen an, blickten hinauf zu den Sternen, schüchtern lächelnd. Ich rauchte meinen ersten Joint. Ich küsste Frankie Getchell. Ein paar Tage später kehrten wir auf das Segelboot zurück, doch nach den ersten Küssen gingen wir unter Deck. Er war mein erster Mann. Immer wenn ich irgendwo Zitronenöl rieche, bin ich sofort wieder in dem dunklen Schiffsraum, umgeben von dem stark duftenden Zitrusöl, das Frank in jeden Zentimeter der alten salzgetrockneten Oberflächen gerieben hatte. Dort krochen wir in die Schlafkoje des Besitzers. Dort presste Frankie seinen harten Körper an meinen. Wasser schwappte gegen den Rumpf, und ich roch Salz und Zitronen und den neuen, primitiven Geruch nach Mann und Sex. Das Boot rollte auf den Wellen, das Meer war aufgewühlt in dieser Nacht, und ich werde nie vergessen, wie aufregend und gefährlich alles war. Vor allem dieser exquisite Schmerz beim ersten Mal, der einige Tage andauerte und mein Herz beim Gedanken daran schneller schlagen ließ.

Lange habe ich die Probleme mit Scott – vor allem unsere Schwierigkeiten beim Sex – für mich damit begründet, dass Frankie mein erster Liebhaber war. Er mochte es ein wenig härter. Nicht zu hart, gerade richtig. Er war selbstbewusst und übernahm auf gute Art und Weise die Führung. Er hatte eine sehr schöne und mächtige Intensität an sich, die er nur beim Sex zeigte. Und, nun ja, Mädchen mögen es nun mal, wenn man ihnen zeigt, wo es langgeht. Zumindest dieses Mädchen hier. Als ich am Ende des Sommers zur UMass ging, weinte ich den ganzen Weg zum College. Mein Vater hatte keine Ahnung, was mit mir los war. Er wäre tot umgefallen, wenn er gewusst hätte, dass ich mit Frankie Getchell zusammen war.

In diesem Herbst erhielt Frankie seinen Einberufungsbescheid und verbrachte Weihnachten in Kambodscha. Nach dem

Krieg zog er zurück nach Wendover. Ich hatte meinen Abschluss gemacht und kam ebenfalls zurück. Mit meinem Mann, Scott Aldrich. Damals dachte ich selten an die alten Zeiten mit Frank. Er war wirklich nicht gut gealtert. Vor Jahren, als die Dinge mit Scott besonders schlecht standen, gab es einmal einen bedauerlichen Zwischenfall mit Frank, der ihn immer noch zu amüsieren scheint. Ich war betrunken. Niemand ist perfekt. Jetzt habe ich einen Entzug hinter mir. Ich bin mir sicher, dass er es weiß wie alle anderen auch. Er könnte langsam aufhören, so belustigt zu sein, wenn er mich sieht.

Frankies Männer beendeten die Renovierungsarbeiten am Haus der Dwights Freitagmorgen. Ich brachte als Dank eine Flasche Scotch vorbei, zusammen mit einer Nachricht, dass er mir die Rechnung für die Arbeiten schicken solle.

Am Freitagnachmittag riefen die Sandersons an und teilten mir mit, dass sie an diesem Wochenende nicht nach Wendover kommen konnten. Vielleicht am nächsten. Ich rief jeden Makler in Essex County an und versuchte verzweifelt, Interessenten für das Haus zu gewinnen, solange es noch vorzeigbar war. Zwei Besichtigungen konnte ich arrangieren, keine war erfolgreich. Ich wusste, wie erschöpft Cassie und Dwight nach dem ganzen außerhäusigen Programm waren, das sie für Jake an diesen Tagen organisiert hatten.

»Nun«, fragte Cassie, als sie am Sonntag zurückkamen. »Irgendwelche Angebote?«

»Nein«, antwortete ich. »Aber ich setze meine Hoffnungen immer noch auf die Sandersons. Vielleicht nächstes Wochenende. Wir sollten einen Besichtigungstag veranstalten.«

Wir hörten Jake im Wohnzimmer schreien und herumwirbeln.

»Er tut sich schwer mit Veränderungen«, sagte Cassie leise. »Er vermisst den Teppich.«

Wir saßen eine Zeitlang am Tisch und lauschten auf den Jungen. Dann verabschiedete ich mich, und Cassie verschloss die Tür hinter mir.

# KAPITEL 8

Am darauffolgenden Dienstag verließ ich abends um sechs mein Büro und fuhr durch die Stadt zu Rebecca. Normalerweise wäre ich einfach von der Atlantic Avenue auf den Wendover Rise gefahren, doch ich hatte mit Rebecca halb sieben vereinbart und musste noch etwas Zeit überbrücken. Deshalb bog ich in meine alte Straße ab, die Hat Shop Hill Road, eine Seitenstraße, die auch zum Rise führt. Vielen meiner Klienten gefallen vor allem die Straßennamen in unserer Stadt. Gingerbread Hill – Pfefferkuchenhügel, Old Burial Hill – Alter Begräbnishügel, Pig Rock Lane – Schweinefelsenstraße – und die Hat Shop Hill Road – die Hutladenstraße – sind nur einige Beispiele. Alle haben einen realen Hintergrund. Es gab einmal eine Bäckerei auf dem Gingerbread Hill, der Old Burial Hill ist ein historischer Friedhof, an der Pig Rock Lane stand einmal ein großer Stein, der wie ein Schwein geformt war, in einer Kurve, als die Menschen sich noch mit Kutschen fortbewegten. Als die Straße für Autos erweitert wurde, entfernte man den Stein. Scott liebte all diese Anekdoten, aber er kommt auch aus dem Mittleren Westen – Michigan –, aus einer Stadt, deren Geschichte mit der Einführung des Fließbandes begann. Ihm macht Lokalgeschichte daher viel mehr Spaß als mir. Ich wusste zum Beispiel gar nichts von diesem Stein auf der Pig Rock Lane, bis er mir davon erzählte.

Auf dem Hat Shop Hill, der steilen Straße, in der ich aufgewachsen bin, gab es einmal einen Hutladen. Kein richtiges Geschäft, sondern eine Frau mit einer Vorliebe für Kopfputz, die im neunzehnten Jahrhundert in ihrem Haus Hüte verkaufte. Wir wohnten 20 Hat Shop Hill. Die Adresse gibt es noch, jedoch nicht mehr das Haus, in dem ich aufwuchs. Als Dad vor etwa zehn Jahren starb, verkaufte ich es und teilte den Erlös mit meiner Schwester Lisa und meinem Bruder Judd. Die Käufer ließen das Gebäude abreißen und bauten etwas, das man wohl McMansion nennen würde – zu groß, zu angeberisch. Der Abriss des Good-Hauses sorgte für einigen Gesprächsstoff in der Stadt. Viele äußerten ihr Verständnis, wie sehr mich das doch aufregen müsse, doch ich sagte ihnen die Wahrheit: Das Haus war schon lange nicht mehr mein Zuhause gewesen. Schön war es auch nie – nur ein altes, schiefes Bauernhaus. Mein Dad war immer der Meinung, dass die Menschen mit ihrem Besitz tun und lassen konnten, was sie wollten.

»Aber die Erinnerungen …«, meinten die Leute. Nicht alle sagten das, aber viele. Ich war erst zwölf, als meine Mutter starb. Das ist lange her, weshalb nicht mehr viele davon wissen.

Ich fahre selten die Hat Shop Hill Road hinauf, doch an diesem Abend auf dem Weg zu Rebecca hielt ich vor der Nummer 20. Das neue Haus war riesig und sah billig aus. An der Vorderseite war es mit Stein verkleidet, die anderen Seiten mit etwas, das wie Vinyl aussah. Es hatte diese falsche mehrgiebelige Dachlinie. Das Haus meiner Kindheit würde in deren Wohnzimmer passen. Doch im Gegensatz zu vielen anderen Neubauten schien dieses hier auf das Grundstück zu passen. Ich hatte mir das schon öfter gedacht, doch erst an diesem Abend erkannte ich auch den Grund. Die neuen Besitzer hatten nicht wie viele Hausbauer die Bäume auf dem Grundstück abholzen lassen, was billiger ist, als um die Bäume herumzubauen. Hier waren die meisten erhalten geblieben, nur einige, die zu nah am Haus standen, hatten weichen müssen. Ich würde gern sagen, dass ich beim Anblick des alten Ahorns feuchte Augen bekam, der beim Versteckspielen immer unsere Basis gewesen war. Leider werde ich bei so etwas nicht sentimental wie andere Leute. Es war ein Baum. Wir hatten darunter gespielt. Jetzt steht er vor einem Haus mit Klimaanlage und Granitarbeitsplatten. Außer mir und dem Geist eines alten Hauses unter einer über fünfhundertfünfzig Quadratmeter großen Fläche voll Holz, Granit und Rigipsplatten ist nichts von unserer Familie in Wendover übrig.

Als ich auf das alte Barlow-Anwesen einbog, war ich zugegebenermaßen sprachlos. Ich hatte schon gehört, dass die McAllisters Großartiges geleistet hatten, aber ich hatte keine Ahnung, dass das Anwesen so … reizend aussehen konnte. Seither nenne ich es auch das Haus der McAllisters.

Als ich ausstieg, wurde ich von einem großen Schäferhund begrüßt, der stürmisch bellend mit leicht aufgerichtetem Nackenfell auf mich zusprang. Den meisten Menschen hätte er sicher Angst eingejagt, doch ich erkannte eine spielerische Unsicherheit in seinem Lauf und sah, dass er trotz seiner Größe noch jung war – ein linkischer Teenager. Als ich mich hinkauerte und auf mein Knie klopfte, kam er langsam auf mich zu, mit wild wedelndem Schwanz und heraushängender Zunge.

»Ja, du hast mich erschreckt. Das hast du gut gemacht, du kleine Bestie«, lobte ich ihn. Er hatte sich auf die Seite gelegt, und ich kraulte seinen entblößten Bauch. Rebeccas Kinder spielten zusammen mit einer jungen Frau mit einer Schaukel, die von einem Baum neben dem Haus hing. Rebecca kam auf mich zu und begrüßte mich.

»Ich sehe, Sie haben Harry kennengelernt«, sagte sie, beugte sich vor und tätschelte die breite Brust des Hundes. Er schloss spielerisch die Kiefer um ihr Handgelenk, was sie mit einem kurzen »nein« kommentierte. Gehorsam gab er sofort ihre Hand frei und klopfte entschuldigend mit dem Schwanz auf den Boden.

Rebecca stellte mich noch einmal Ben und Liam vor, ebenso wie ihrer Nanny Magda. Die Jungen waren gewachsen, seit ich sie das letzte Mal gesehen hatte. In einer Gruppe hätte ich sie nicht mehr erkannt, doch je älter ich werde, desto ähnlicher sehen sich alle Kinder. Ich nehme sie nicht mehr so deutlich wahr wie früher. Harry hätte ich allerdings sofort aus einer Reihe ähnlich aussehender Schäferhunde auswählen können, falls dies je nötig werden sollte. Harry war einzigartig. Die Jungen waren einfach Jungen.

Die letzten Sonnenstrahlen des Tages streiften die Baumwipfel und beleuchteten die roten, gelben und orangefarbenen Blätter der umliegenden Wälder, so dass sie sich wie Fackeln vor dem schieferblauen Abendhimmel abzeichneten.

»Was für ein herrlicher Abend«, sagte ich. »Dieser Himmel ist wunderschön.«

Rebecca lächelte. »Das ist die blaue Stunde.«

»Die blaue Stunde?«

»Ein Begriff aus der Filmwelt und der Fotografie. Ich habe vor Jahren in ein paar Filmen mitgespielt, nichts Bemerkenswertes, doch in einem sollte eine Szene am Strand in der blauen Stunde gedreht werden. Drei Tage haben wir uns den Hintern am Strand abgefroren, damit sich die Hauptdarsteller in diesem dummen Film während der blauen Stunde küssen konnten.«

»Es ist also wie ein Sonnenuntergang?«

»Nein, davor. Oder genau nach Sonnenaufgang. Die erste und die letzte Stunde Licht des Tages. Die Atmosphäre ist dann sehr … eigen und ungewöhnlich. Es hängt alles mit der Reinheit des Lichts zusammen, dem Einfallwinkel der Sonne und damit, wie sie auf den Horizont trifft. Das Licht wirkt irgendwie gefiltert. Seit ich wieder male, nehme ich Licht natürlich viel bewusster wahr als damals fröstelnd an diesem Strand. An manchen Tagen denke ich nur über Licht nach.«

Bei Rebeccas Worten fiel mir plötzlich auf, wie das Licht in wellenförmigen Mustern auf den umliegenden Hügeln wanderte, und ich sah, wie Rebecca mit geneigtem Kopf ihre Kinder betrachtete und wie zufrieden sie bei ihrem Anblick in dieser »eigenen« Atmosphäre, dieser blauen Stunde, wirkte.

»Sehen Sie, wie sich die Schatten der Jungen verändern? Sie

sind lang, aber nicht dunkel, das Licht ist weniger hart. Kontraste verblassen, und auf allem liegt dieser spezielle blaue Schimmer. Schauen Sie sich die Rosen an … oh je, darüber könnte ich endlos reden. Bitte, kommen Sie doch hinein«, sagte Rebecca schließlich lachend.

»Nein, ich finde das spannend«, erwiderte ich. »Die blaue Stunde.«

Früher hatte ich sie immer die Cocktailstunde genannt. Auch eine blaue Stunde.

Wir gingen zum Haus, von dessen Vordertreppe uns vier Halloween-Kürbisse entgegengrinsten, mit schiefen Zähnen und dreieckigen Augen und Gesichtern, die in der warmen Herbstsonne in sich zusammensanken.

Vom Vorgarten aus wirkte das Haus beinahe wie früher. Es war ein weißes altes Kolonialhaus mit schwarzen Fensterläden. Erst wenn man es betrat, sah man, dass daraus eine offene, loftartige Eingangshalle geworden war, ein herrlicher Raum mit freigelegten Deckenbalken und poliertem Holzboden. Man hatte die nichttragenden Wände herausgerissen, so dass der große Kamin sich jetzt mitten im Raum befand, umgeben von übergroßen Sofas mit samtartigem Stoff in Burgunderrot und Gold. Überall lagen Kissen – Polster und Dekokissen aus glänzender Seide und gewebten Stoffen, die wie indische Wandbehänge aussahen. Wir durchquerten das Zimmer und kamen in einen Korridor, der eine Art Wintergarten war, mit wunderschönen glasgetäfelten Wänden und Decken. Der Boden in diesem Glaszimmer war aus glänzendem Blaustein. Die Wände säumten Regale voller weißer Keramiktöpfe, in denen wohlriechende Kräuter und Blumen wuchsen. In der Ecke stand ein Zitronenbaum.

Hinter dem Glaskorridor begann der neue Teil des Hauses, der weder zu groß noch zu klein war. Alles wirkte, als wäre es schon immer dort gewesen, alles passte zueinander. Wir gingen durch eine Diele, an einer kleinen Bibliothek und einem Esszimmer vorbei, bis wir in die geräumige Küche kamen, die weiß eingerichtet war, kühl und einfach hinreißend. Es gab eine große Kücheninsel in der Mitte mit einer Marmorplatte, auf der eine offene Flasche Rotwein mit zwei Gläsern stand. Eines davon war halb voll.

»Ich trinke Roten, aber ich kann auch eine Flasche Weißwein aufmachen, wenn Ihnen das lieber ist«, sagte sie.

Es war schon eine Weile her, dass ich mit jemandem zusammen gewesen war, der meine »Geschichte« nicht kannte. Normalerweise sagen die Leute bei einem Besuch zu mir: »Nun, Hildy, wir haben verschiedene Getränke zur Auswahl: Cola, Cola Light, Mineralwasser …«

Rebeccas Weinangebot war so beiläufig und unschuldig, dass ich sie beinahe um ein Glas des hübschen Pinot Noir gebeten hätte, den sie trank. Doch stattdessen sagte ich: »Ich glaube, ich nehme erst mal ein Glas Wasser, danke …«, murmelte etwas von Medikamenten, die ich nahm, und ließ sie in dem Glauben, dass ich nur an diesem speziellen Abend nichts trank. Dass ich normalerweise in Gesellschaft genau wie sie ein Gläschen trinken würde. Wie alle normalen Menschen auf dieser Welt.

»Im Ofen ist Stew«, sagte Rebecca. »Sie essen hoffentlich Fleisch.«

»Natürlich«, bestätigte ich.

»Magda soll den Jungen jetzt ihr Essen machen. Ich möchte Ihnen mein Studio zeigen, und wir können dann danach essen«, sagte Rebecca, während sie mir mein Wasser reichte. Sie trank einen großzügigen Schluck Wein und lächelte mir dabei auf ihre ganz eigene Art mit den Augen zu.

Wir unterhielten uns noch eine Weile, und als wir ins Freie zu ihrem Studio gingen, war es dunkel. »Wir sollten wohl besser eine Taschenlampe mitnehmen, aber der Vollmond scheint so hell«, sagte sie, als wir durch die Küchentür hinaustraten. »Ich hoffe, es macht Ihnen nichts aus, im Dunkeln zu gehen, Hildy. Brian drängt mich schon die ganze Zeit, hier Flutlichter anbringen zu lassen, aber ich hasse die Dinger.«

»Ich verabscheue sie«, meinte ich. Wirklich, ich konnte sie nicht ausstehen. Wenn Leute hierherziehen, vor allem aus Städten wie Boston oder New York, macht ihnen die Dunkelheit auf einmal Angst, und sie beleuchten ihre Grundstücke, als ob man sie noch aus dem Weltall sehen müsse. Ich liebe die Dunkelheit, und ich freute mich, dass Rebecca genauso empfand.

Der Mond war tatsächlich beinahe voll, es war Erntemond, und das Land um uns herum war voller Licht und Schatten. Harry sprang aufgeregt wegen des nächtlichen Spaziergangs neben Rebecca her. Wir folgten einem Weg durch einen kleinen Hain aus Hemlocktannen zu einem kleinen Haus. Rebecca öffnete die Tür und schaltete das Licht im Innern an. Drei Wände waren weiß gestrichen, die vierte bestand aus Glas und bot bei Tageslicht sicher einen beeindruckenden Blick auf das Marschland. Ihre Gemälde waren riesig und schienen recht abstrakte impressionistische Meeresdarstellungen zu sein. Ich bin keine Kunstexpertin, aber immerhin war meine Tochter auf der Rhode Island School of Design und hat viel gemalt, bevor sie sich für die lukrativere Bildhauerei entschied. (Sie wohnt in einer WG in einem Loft in Brooklyn ohne Toilette. Ich zahle die Miete.)

Rebeccas Bilder waren voller Sand- und Meeresfarben, und ich fragte sie, ob sie sie nach Vorlagen oder tatsächlich im Freien gemalt hatte. Sie erklärte, dass sie die großen Bilder hier im Studio gemalt hätte, einige der kleineren jedoch unten am Ende der Wind Point Road.

»Oh«, sagte ich, »diese Straße ist wunderschön. Wussten Sie, dass Peter Newbold dort wohnt, in der Nähe des Strandes?« Ich hatte nicht nachgedacht und fragte mich einen Moment, ob es Rebecca wohl peinlich war, dass ich wusste, dass Peter ihr

Psychiater war, doch sie strahlte bei der Erwähnung seines Namens und antwortete: »Ich weiß.« Sie holte eine große Leinwand vom anderen Ende des Studios und sagte: »Das hier habe ich nach einem Foto gemalt, das von seinem Garten aus aufgenommen wurde.«

»Es ist herrlich, Rebecca«, meinte ich. »Sie waren also bei Peter und Elise?« Ich war nie in Therapie und wusste nicht, ob man als Patient üblicherweise auch außerhalb der Sitzungen Umgang mit seinen Therapeuten pflegte. Doch es erschien mir logisch, dass sich die McAllisters und die Newbolds als Ehepaare verstehen würden, ja sogar Freunde waren.

»Nun … ich war nie im Haus, aber ich habe am Strand fotografiert, als Peter auf mich zukam. Ich stand fast vor seinem Haus, was ich zu dem Zeitpunkt nicht wusste.«

Ich musterte Rebecca und sah, dass sie log. Sie sprach nicht weiter, sondern biss sich auf die Unterlippe und sagte schließlich lächelnd: »Nun, es stellte sich heraus, dass Peter auch leidenschaftlich gern fotografiert, und er erlaubte mir, von seinem Garten aus Aufnahmen zu machen, wenn ich wollte.«

»Oh, das hier ist besonders schön«, sagte ich und trat näher an die große Leinwand heran, die sie in die Höhe hielt. Ich wollte ihrer kleinen Unwahrheit nicht weiter nachgehen. Wir alle lügen ab und zu, und normalerweise steckt nicht viel dahinter. Aber ich würde niemals lügen, wenn jemand mir seine Kunst zeigt. Ich gebe nicht vor, etwas zu mögen, wenn dem nicht so ist. Dann schweige ich lieber. Rebeccas Gemälde faszinierte mich jedoch wirklich. Ich konnte beinahe das Meer riechen. Es war wunderschön.

»Peter hat das Foto gemacht«, erklärte Rebecca. »Als ich es bewunderte, hat er es mir geschenkt, und ich habe das Motiv dann gemalt.«

»Ich mag Peter sehr«, sagte ich. »Er ist so ein netter Mann. Bestimmt ist er auch ein guter Therapeut …«

Ich wartete auf Rebeccas Reaktion, doch sie hatte sich umgedreht und stellte gerade die Leinwände zurück.

»Er ist eigentlich nicht mein Therapeut, er hat mir nur ein Medikament verschrieben, mehr nicht. Das hat allerdings mein Leben verändert. Ich war in den letzten Jahren bei verschiedenen Psychiatern, habe mehrere Antidepressiva genommen … Himmel, ich kenne Sie kaum und erzähle Ihnen das alles«, sagte Rebecca und drehte sich lächelnd zu mir um. Sie nahm ihr Weinglas, das sie mitgenommen hatte, von einem Tisch voller Farbspritzer, um einen Schluck zu trinken. Es gefiel mir, dass Rebecca den Wein sichtlich genoss. Ich bemerke immer, wie Leute Alkohol trinken, und es freut mich, wenn ich einen weiteren Liebhaber eines guten Tropfens treffe. Rebecca dachte sicher ähnlich.

»Keine Angst«, versicherte ich ihr, »mir erzählen die Leute alles. Aber ich tratsche nicht.«

Das tue ich wirklich nicht. Nicht über die wirklich wichtigen Dinge.

»Nun, viel gibt es da auch nicht zu erzählen. Peter hat mir ein Medikament verschrieben, das endlich gewirkt hat. Ich bin nicht mehr depressiv.«

»Bei Antidepressiva stelle ich mir schon lange ein paar Fragen«, sagte ich. Meine beiden Töchter nehmen welche. Ich dagegen würde niemals Pillen anrühren. »Wie fühlt man sich damit? Ruhiggestellt? Oder high?«

»Nein, bei den meisten geht es einem eher richtig schlecht. Man fühlt sich wie ein Esel, der die ganze Zeit durch dicken Schlamm watet. Doch mit Peters Tabletten ging es mir langsam immer besser. Eines Tages habe ich gemerkt, wie gut Essen eigentlich schmeckt. Ich aß nichts Besonderes, nur eine Scheibe Toast, aber plötzlich dachte ich mir: ›So etwas Köstliches habe ich noch nie gegessen.‹ Deshalb habe ich auch ein paar Kilo zugenommen. Das Essen schmeckt endlich wieder.«

Es stimmte, sie hatte etwas zugelegt, aber das hatte sie auch bitter nötig.

»Ich habe den Hund gestreichelt und gedacht: ›Wieso habe ich nie gemerkt, wie weich sein Fell ist?‹ So etwas Weiches hatte ich noch nie gefühlt.«

»Wow, Sie sollten in einem Werbespot auftreten«, sagte ich, worauf Rebecca lachte. Bei ihr klang es wirklich reizvoll. Als ob man ständig gerade seinen zweiten Drink genossen hätte. Nicht betrunken, aber auch nicht stocknüchtern. Sich die ganze Zeit so zu fühlen wäre sicher schön. Wir betrachteten noch einige Gemälde und beschlossen dann, zurück ins Haus zu gehen.

»Ihr Wein«, sagte ich. Sie hätte ihn beinahe stehengelassen.

»Oh, danke«, erwiderte Rebecca und nahm das Glas. Sie trank es in der Küche aus, während sie das Stew servierte. Zum Essen tranken wir beide Wasser. Ich bemerke immer, wie andere Menschen trinken, und bin jedes Mal überrascht, wenn jemand mit nur einem oder zwei Gläsern Wein beginnen und dann zu Wasser übergehen kann. Rebecca hatte ich anders eingeschätzt.

Nachdem ich mich verabschiedet hatte, fuhr ich den Wendover Rise hinunter, bog aber nicht zum Fluss und meinem Haus ab, sondern beschloss, einen Abstecher zu Getchell's Cove zu machen, um mir den Erntemond am Wasser anzusehen. Dort lagen immer noch einige Boote vor Anker. Ich erkannte Oatie Clarkes altes Chris Craft und die Segelboote der Steins und der Westons, und ich sah zu, wie sie im goldenen Mondlicht auf und ab wippten, umgeben vom glitzernden Wasser. Ich dachte an das kleine Segelboot, das ich früher hier in der Bucht liegen hatte. Frankie Getchell hatte es mir geschenkt, in unserem Sommer, bevor ich aufs College ging. Es war ein altes Widgeon, das er auf der Müllhalde gefunden, gerettet und restauriert hatte. Er hatte es rot gestrichen und mir gegeben. Dann hat er mir das Segeln beigebracht. Widgeons werden heute wahrscheinlich gar nicht mehr gebaut. Man sieht sie kaum noch, aber sie sind großartige kleine Segelboote. Sie haben einen Klüver und ein Hauptsegel und bieten Platz für zwei Leute, sind aber immer noch so klein, dass man sie auch allein segeln kann. Wir haben es *Sarah Good* genannt, nach meiner Vorfahrin, und viele Nachmittage darauf verbracht. Ich in dem gestreiften Bikini, den ich den ganzen Sommer über trug, Frank nur in farbbespritzten Shorts. Wir kletterten fluchend und lachend übereinander, als ich lernte zu kreuzen und zu halsen, und mehr als einmal brachte ich uns zum Kentern. Ein Widgeon ist nicht so leicht zu manövrieren, doch Frank brachte mir bei, auf dem Kielschwert zu stehen und das Boot mit meinem Körpergewicht wieder hochzuziehen. Falls ich einmal allein segeln sollte, würde ich mir zu helfen wissen. Ich wurde eine echte Seglerin. Bald waren wir ein eingespieltes Team, Frank und ich. Wir sprachen nicht viel, aber das war auch nicht nötig. Wir takelten schweigend das Boot auf, dann setzte Frank sich ins Heck, die Ruderpinne unter dem Arm und eine Zigarette im lächelnden Mundwinkel. Ich lehnte mich an seine Schenkel, die Vorschot zwischen den Fingern, das Gesicht in die Sonne gereckt. Den ganzen Sommer lang. Dann ging ich aufs College und er wohl nach San Francisco. Die *Sarah Good* habe ich jedoch behalten. Ein Freund mit einem Anhänger half mir, sie am Ende des Sommers an Land zu bringen. Den Winter verbrachte sie im Garten meines Vaters. Die Bootshaut brach durch den Schnee wie der breite Rücken eines roten Wales, der aus dem schäumenden Meer aufsteigt.

Im Sommer nach unserem ersten Collegejahr besuchte Scott mich zum ersten Mal in Wendover. Ich lieh mir Butchie Haskells Skiff, um zu meinem Liegeplatz hinauszurudern, und als wir neben meinem kleinen verbeulten Segelboot lagen, rief Scott laut: »Mein Gott, sie war tacky.« Wir brachen beide in Gelächter aus und segelten den ganzen Nachmittag durch den Hafen von

Wendover und ahmten Katherine Hepburn und Cary Grant nach. Natürlich wollten wir beide Katherine Hepburn sein. Doch erst als Scott mir nach beinahe sechzehn Jahren Ehe sagte, er sei schwul, fiel es mir wie Schuppen von den Augen.

# KAPITEL 9

»Hallo Mom, ich bin's, Tess. Grady ist krank, nichts Schlimmes, nur eine böse Erkältung. Wir bleiben heute bei ihm, du musst also nicht vorbeikommen. Vielen Dank aber auf jeden Fall. Oh, und ruf doch bitte bei Gelegenheit an, damit wir über Thanksgiving sprechen können.«

Ich hörte die Nachricht auf meinem Anrufbeantworter daheim am Freitagabend ab.

Nach meinem Entzug hatten mich Tess und Michael gelegentlich gebeten, abends auf Grady aufzupassen. Schließlich hatte es sich auf die Freitagabende eingependelt – die beiden konnten ausgehen, ich konnte Zeit mit meinem Enkel verbringen, auf die ich mich jedes Mal freute. Ich werde niemanden mit verzückten Großmuttergeschichten langweilen, aber eine muss ich doch erzählen: Am Freitag in der Woche, bevor er krank wurde, war ich wie immer bei Grady, und er saß in seinem Hochstuhl. Er war ungefähr fünfzehn Monate alt und hatte gerade sein »Abendessen« beendet.

Als meine Töchter noch klein waren, waren ihre Mahlzeiten ziemlich einfach. Ich erinnere mich dunkel an einen in zwei oder drei Bereiche unterteilten Plastikteller, den ich mit Essen befüllte. Fleisch, Gemüse, vielleicht ein bisschen Obst. Dazu gab es einen Trinkbecher mit Milch. Davor stillte ich sie.

Gradys Mahlzeiten sind komplizierte und ernsthafte Angelegenheiten, jede einzelne, seit seiner Geburt. Tess hat den Rat von »Stillexperten« eingeholt, nachdem sie aus dem Krankenhaus entlassen worden war, da sie fürchtete, das Baby bekäme nicht genug Milch. Als das Stillen schließlich funktionierte, bekam er Koliken, weshalb Tess und Michael verschiedene Ärzte und Ernährungswissenschaftler konsultierten. Dabei wurde eine Laktoseintoleranz festgestellt, und Grady bekam nach dem Abstillen nur noch Sojamilch. Keine Milch, keinen Käse, keine Butter. Und auch wenn Grady in seinem kurzen Leben einer Erdnuss noch nicht mal nahe gekommen war, gab es vorsichtshalber in dem Haus nichts mit Erdnüssen oder Erdnussöl, da ein Cousin von Michael dagegen allergisch war und sich das ja vererbt haben könnte. Im Moment versuchen sie, eine Glutenunverträglichkeit »auszuschließen«.

»Was bleibt denn dann noch übrig?«, fragte ich Tess. »Was soll er essen?«

Tess und Michael hassten es, wenn ich Fragen zu Gradys Ernährung stellte, und Michael sagte sogar einmal zu mir: »Wir haben Angst, dass du Gradys Unverträglichkeiten nicht ernst genug nimmst und ihm irgendwann aus Versehen das Falsche zu essen gibst.«

Ich versicherte ihm, dass ich die »Unverträglichkeiten« ernst nahm und dem Kleinen natürlich niemals etwas geben würde, was er nicht essen durfte. Auch wenn ich im Stillen oft daran dachte, ihm etwas Eis oder ein Stück Kuchen unterzujubeln. Der Junge aß nichts. Und wer konnte ihm das schon vorwerfen? An diesem Freitagabend jedenfalls hatte Grady gerade aufgehört, die pürierten Bioerbsen, die glutenfreie Pasta und irgendeinen Sojaburger auf seinem Teller herumzuschieben, und während ich die Abstellfläche des Hochstuhls abwischte, strahlte er mich an.

Er nennt mich »Gammy«, was mich dahinschmelzen lässt.

Noch ein Grund, warum ich den Mädchen dankbar für ihre Intervention bin. Tess und Michael hätten mich nie mit Grady allein gelassen, als ich noch so viel trank. Ich habe wirklich zu viel getrunken, das weiß ich jetzt. Nach den Monaten der Abstinenz – den vier Wochen in Hazelden und den drei Monaten danach – wusste ich, dass ich es so lange ohne Alkohol aushalten konnte, wie ich wollte. Weshalb ich niemals etwas trank, bevor ich zu Grady fuhr. Es war gut, einen oder zwei Abende die Woche nichts zu trinken. Oft trank ich nicht mal ein Glas Wein, wenn ich vom Babysitten nach Hause kam, da ich zu müde war und gleich ins Bett ging.

Wie auch immer, an diesem Abend nach dem Essen strahlte mich Grady an, und ich wusste im ersten Moment nicht, was ich mit ihm tun sollte. Er sprach zu diesem Zeitpunkt erst ein paar Worte, doch er sah in seinem Stuhl recht zufrieden aus, weshalb ich fragte: »Soll Gammy dir etwas vorsingen?«

»Mmmnnnn«, quietschte er, was »ja« bedeutete.

Ich sang ihm die erste Strophe von »Good Morning Starshine« vor, was Scott und ich früher den Mädchen immer vorgesungen hatten, an mehr konnte ich mich nicht erinnern. Ich hatte seit Jahren nicht mehr gesungen. Nachdem die Strophe beendet war, lächelte ich Grady an, und er grinste zu mir auf und klatschte in die Hände. »Mehr«, sagte er, eines seiner wenigen Worte, und ich sang das Lied noch einmal.

Ich nahm ihn aus dem Hochstuhl, wechselte seine Windeln und zog ihm den Schlafanzug an. Dann setzte ich mich mit ihm aufs Sofa, ließ ihn auf meinen Knien reiten und sang ihm noch mehr vor. Joni Mitchell, Billy Holidays »God Bless The Child«, auch wenn ich ihr nicht gerecht wurde. Scott konnte Billy wunderbar singen. »Wild Horses … couldn't drag me away« von den Stones sang ich und einige der Songs, die Scott auf dem College geschrieben hatte. Ich konnte mich sogar an die meisten Texte erinnern.

Scott und ich hatten uns in einer A-cappella-Gruppe an der UMass kennengelernt. Dann gründeten wir mit einem anderen Paar eine kleine Folkband und nannten uns »The Knobs« (damals fanden wir das cool). Wir spielten in den Coffeeshops in und um Amherst und Holyoke. Die Mädchen zogen uns erbarmungslos damit auf, doch als sie klein waren, sangen sie mit

Scott und mir zusammen im Auto. Wir brachten ihnen ein wenig Harmoniegesang bei. Vor allem Emily hat eine wunderschöne Stimme, und sie und Scott sangen oft zusammen. Ich glaube, Grady hat das Gespür für Musik geerbt, sein Rhythmusgefühl ist jetzt schon ausgeprägt. Er wippte mit dem Kopf zur Musik, und wenn ich ein Lied beendet hatte, verlangte er laut nach mehr.

Gott, wie ich dieses Kind liebe. Tess hat mir erzählt, dass das sein erstes Wort gewesen ist – »mehr«.

Natürlich. Er ist mein Enkel. Er ist mir ähnlicher, als Tess oder Michael je begreifen werden. Mein erstes Wort war wahrscheinlich auch »mehr« (auch wenn es den vernebelten Verstand meiner Mutter sicher nicht erreicht hat). Vor allem aber konnte ich vom Genießen nie genug haben, ich wollte immer mehr davon, genau wie mein kleiner Grady.

Nachdem ich also an diesem Freitag meinen Anrufbeantworter abgehört hatte, war ich traurig, meinen Enkel nicht zu sehen, andererseits aber auch ein wenig erleichtert, bei diesem kalten und regnerischen Wetter nicht nach Marblehead fahren zu müssen. Ich beschloss, ein schönes Feuer im Kamin anzuzünden und mit den Hunden einen Film anzuschauen. Natürlich machten wir zuerst einen Abstecher ins Bootshaus. Bald würde ich den Wein ins Haus bringen müssen, die Nächte wurden kälter, und es würde frieren. Ich brauchte einen Lagerplatz, den meine Töchter nicht finden würden. Im Keller gab es eine Nische, die perfekt dafür wäre. Doch an diesem Abend ging ich noch ins Bootshaus. Es war beinahe acht Uhr und stockfinster, weshalb ich langsam zurück zum Haus spazierte, wobei ich die Flasche am Hals festhielt. Da bog plötzlich ein Auto in meine Einfahrt. Ich erstarrte wie ein Flüchtender, die Flasche an meiner Seite wie eine Waffe im Anschlag.

»Hildy?«, ertönte eine Frauenstimme.

Ich blinzelte ins Scheinwerferlicht, konnte jedoch niemanden erkennen. Wer mochte bei einem solchen Wetter vorbeikommen? Ich trat aus dem Lichtkegel heraus zum Auto und sah, dass es ein silberner Land Cruiser war. Am Steuer saß Rebecca. Sie zitterte und weinte und bedeckte die Augen mit der Hand.

»Rebecca? Was ist denn los?«, fragte ich. »Was ist passiert?«

Sie schluchzte. Mir wurde bewusst, dass ich mit einer gut sichtbaren Flasche Wein in der Hand nahe an der Straße stand, weshalb ich sagte: »Rebecca, Liebes, kommen Sie doch hinein. Stellen Sie das Auto ab und kommen Sie mit mir ins Haus.«

Ich hatte schon länger keinen Besuch mehr gehabt. In dem Jahr seit dem Entzug waren nur enge Freunde vorbeigekommen und natürlich Tess und Emily ab und zu. Als wir ins Haus gingen, war ich ein wenig befangen. Plötzlich betrachtete ich mein Zuhause mit Rebeccas Augen – als Maklerin ist mir das in Fleisch und Blut übergegangen –, und ich sah das einsame Paar Gummistiefel neben der Tür, über dem die Hundeleinen baumelten. Wir gingen durch das Wohnzimmer, und ich fragte mich, ob man merkte, dass hier seit einem Jahr keiner mehr gesessen hatte. In der Küche standen auf einem Abtropfgestell neben der Spüle eine einsame Kaffeetasse und ein Weinglas, die ich jeden Tag mit der Hand spülte. Ich kochte selten, holte mir meistens etwas vom Japaner auf dem Weg nach Hause und aß es auf einem Pappteller vor dem Fernseher im Wohnzimmer. Sah man dem Haus an, wie schrecklich still und verlassen es inzwischen war? Ich schaltete hastig einige Lichter an, doch Rebecca war viel zu aufgelöst, um auf mein Haus zu achten. Die Hunde waren außer sich vor Freude über den Besuch. Als Rebecca in die Knie ging, um sie zu streicheln, leckte ihr sogar die launische Babs das tränenüberströmte Gesicht.

»Möchten Sie etwas trinken?«, fragte ich. »Ein Glas Wein vielleicht?«, mit Blick auf die Flasche, die ich immer noch in der Hand hielt.

»Ein Glas Wein wäre wunderbar, Hildy. Vielen Dank. Bitte entschuldigen Sie, dass ich einfach so hier auftauche, aber als ich vorbeifuhr und Sie sah …« Sie lachte unter Tränen, wie damals bei unserem ersten Treffen, als sie so erschüttert über das gestohlene Fohlen war.

Ich nahm also zwei Gläser aus dem Schrank. *Zwei Weingläser.* Freudige Erleichterung durchflutete mich, als ich den Wein eingoss. Ich gehörte wieder zur Welt. Trank in Gesellschaft. Rebecca wusste offensichtlich nicht, dass sie sich mir bei etwas Dunklem und Verbotenem anschließen würde. Ich reichte ihr eines der Gläser und verfolgte, wie sie es an ihre hinreißenden Lippen setzte. Dann tranken wir beide einen großen Schluck Wein, und Rebecca lächelte mir zu. Ich erwiderte das Lächeln und sagte mit einem Griff zur Flasche: »Kommen Sie, ich zünde ein Feuer im Kamin an.«

Rebecca und ich leerten diese Flasche und tranken den Großteil einer zweiten. Sie sagte immer wieder: »Nein, ich sollte jetzt wirklich gehen«, hielt mir jedoch gleichzeitig ihr Glas hin, damit ich es auffüllte. Ich wusste, dass Rebecca eine verwandte Seele war. Menschen, die dasselbe Verhältnis zu Alkohol haben wie ich, wirken oft zerbrechlich, wenn sie nüchtern sind, und genau das hatte ich bei Rebecca an diesem ersten Tag auf der Farm gesehen. Es ist mir egal, mit welcher Chemie die Peter Newbolds dieser Welt heutzutage hausieren gehen, es gibt für unsereins nur eine wirksame Medizin.

Nachdem wir die erste Flasche geleert und ich die zweite geholt hatte, gestand ich Rebecca meinen Aufenthalt in Hazelden, was sie überhaupt nicht beeindruckte. Viele ihrer Freunde aus der Schule und vom College hatten einen Entzug gemacht. Alle tranken wieder. Ich blinzelte sie ungläubig an. Ich hatte Tränen in den Augen. Es war, als hätte man mir offenbart, dass es eine eigene Art von Menschen gab, die genau so waren wie ich. Ich war kein Freak. Wir waren überall.

Mein Geständnis, mein kleines Geheimnis hatte sie wohl ermutigt, mir zu erzählen, was sie so aufgebracht hatte. Sie und

Brian hatten sich gestritten. An diesem Wochenende hätten sie nach Palm Beach fahren und seine Eltern besuchen sollen, doch nach dem Streit beschlossen sie, dass er mit den Kindern fahren solle und sie daheim blieb. Jetzt war er weg. Sie wollte Trost bei einer Freundin suchen, die jedoch nicht zu Hause gewesen war. Als sie dann an meinem Haus vorbeigefahren war, hatte sie mich in der Auffahrt gesehen.

»Was ist denn los?«, fragte ich, als ich ihr Glas auffüllte. »Worum ging es bei dem Streit mit Brian?«

Rebecca atmete tief durch. »Um eine Kleinigkeit. Ich habe ihn wegen etwas kritisiert, und er ist ausgeflippt.«

»Oh«, sagte ich, »nun, das wird sich sicher klären lassen …«

»Wahrscheinlich«, erwiderte sie. Doch dann fügte sie etwas zu hastig hinzu: »Übrigens, ich wollte noch etwas klarstellen, was ich neulich sagte. An dem Abend, an dem du bei mir daheim warst.«

»Ja?«

»Ich habe vielleicht den Eindruck erweckt, dass Peter Newbold mein Therapeut oder so etwas ist. Tatsächlich habe ich ihn aber nur ein- oder zweimal aufgesucht. Er ist nicht mein Arzt …«

Rebecca ist sehr klug, und wenn sie nicht so viel Wein getrunken hätte, hätte sie diese Bemerkung sicher nicht mitten in einem Gespräch über ihre Eheprobleme gemacht. So hatte sie jedoch eine Ahnung in mir erweckt. Ich erinnerte mich, wie begeistert sie mir ihre Bilder gezeigt hatte, vor allem das mit dem Blick von Peters Haus. Und ihre kleine Lüge, sie sei nie bei ihm daheim gewesen. Ihr frisch erwachter Appetit, der Kreativitätsschub. Das waren nicht die Medikamente. Rebecca war verliebt.

»Oh«, meinte ich. Vorsichtig tastete ich mich voran: »Ich bin mir sicher, Peter ist ein hervorragender Therapeut und Arzt. Er ist so ein netter Mann. Manchmal tut er mir ein wenig leid. Er scheint einsam zu sein.«

Es war, als ob man ein Kind mit Süßigkeiten fütterte.

»Wirklich?« Rebecca lehnte sich vor. »Wieso?«

Wir saßen einander vor dem knisternden Feuer gegenüber, in den zwei roten Lederclubsesseln, die Scott einmal in Brimfield gefunden hatte. Ihr ganzer Körper wandte sich mir zu, als ich Peters Namen aussprach, sie musterte mein Gesicht, und ihre Augen, tiefgrün im Flammenschein, blickten mich mit leidenschaftlicher Sehnsucht an. Ich konnte mir auf einmal vorstellen, wie sich Peter Newbold während der Sitzungen, die sie zu leugnen versuchte, gefühlt hatte. Ihre Augen leuchteten – die perfekte Voraussetzung für eine Lesung, und Wein stiftet mich immer zu Unfug an.

»Rebecca«, sagte ich, »ich weiß, dass du und Peter eine Affäre habt.«

Sie schwieg, doch an ihrem Gesichtsausdruck erkannte ich, dass ich richtiglag.

»Du musst nichts sagen. Ich weiß Bescheid.«

Rebecca lächelte und meinte: »Ich erinnere mich an deine Vorstellung bei Wendys Party. Ich glaube nicht an außersinnliche Wahrnehmung.«

»Ich auch nicht«, antwortete ich. »Aber wenn du mich lässt, kann ich dir vielleicht genau sagen, was zwischen dir und Peter geschehen ist.«

»Nun, nichts ist passiert, das könnte also interessant werden«, erwiderte sie lachend. »Was soll ich tun? In Trance fallen oder so etwas?«

»Nein, schau mich einfach nur an. Nicke nicht und verrate nichts mit deinen Augen. Du musst mir nicht sagen, ob ich recht habe oder nicht. Du musst mir überhaupt nichts erzählen, wenn du nicht willst. Es ist nur ein Experiment.«

»Das könnte Spaß machen«, meinte sie, beugte sich näher zu mir und blickte mich aufmerksam an. In ihren Augen funkelte Belustigung.

»Du hast gesagt, du hättest ihn einige Male aufgesucht, als du depressiv warst. Er hat dir ein Medikament verschrieben, das gewirkt hat.«

»Das stimmt.«

»Dann hast du noch eine Sitzung … nein, eher mehrere Sitzungen bei ihm absolviert, in denen du über deine Kindheit gesprochen hast. Deine Mutter … du hast nie ihre Liebe gespürt. Dein Vater hat sie betrogen, weshalb auch du dich von ihm betrogen gefühlt hast. Sie haben sich getrennt, als du noch ein Teenager warst.«

»Nicht schlecht. Aber dafür muss man nur meinen Vater googeln. Über ihn wurde viel geschrieben.«

»Ja«, erwiderte ich. »Vielleicht weiß ich das alles daher. Du und Peter habt also darüber gesprochen. Du musstest Trauer verarbeiten. Ist dein Vater etwa zu der Zeit gestorben, als ihr einen der Jungen adoptiert habt? Ben vielleicht? Nein, es war Liam.«

Rebecca schwieg, hielt aber den Blickkontakt. Man könnte denken, dass angetrunkene Menschen schwerer zu lesen sind, doch das Gegenteil ist der Fall, da sie weniger wachsam sind. Natürlich bin ich dabei selbst auch manchmal etwas unaufmerksam, wenn ich zu viel getrunken habe, doch an diesem Abend mit Rebecca lief ich zur Hochform auf.

»Während der Sitzungen fandest du Peter immer attraktiver.«

»Nun, das ist nicht schwer zu erraten, Peter sieht sehr gut aus.«

Ich nickte und versuchte, ein Lächeln zu unterdrücken. Die meisten würden Peter Newbold nicht gerade für eine Augenweide halten. Vor allem im Vergleich zu Rebeccas Mann Brian, der erst im Jahr zuvor vom *Boston Magazine* zu einem der sexyesten Männer Bostons gewählt worden war. Gut, er war der Besitzer der Zeitschrift. Aber trotzdem.

»Es war gegen Ende des Sommers, und plötzlich hast du ihn überall in der Stadt getroffen, was jedes Mal ein Schock war«, fuhr ich fort. »Wie wenn man einen Lehrer außerhalb der Schule sieht. Es erschien dir wie … Schicksal. Fast wie Zauberei, wie ihr euch immer wieder zufällig begegnet seid, manchmal unter sehr seltsamen Umständen.«

Rebecca war gefesselt. Sie glaubte, ich könne tatsächlich ihre Vergangenheit lesen. Wie konnte ich dieses besondere Detail über sie und Peter wissen? Das ist der Schlüssel. So hat meine Tante ihren Lebensunterhalt verdient, so können Astrologen so korrekt erscheinende Vorhersagen treffen. Wir ähneln uns alle, auch wenn wir uns für einzigartig halten. Die meisten frischen Paare denken, dass sie von magischen Zufällen umgeben sind, dass das Schicksal sie immer wieder zusammenbringt. Das magische Denken der akuten Verliebtheit. Die meisten Frauen denken so.

»Habt ihr angefangen, gemeinsam Tennis zu spielen?«, fragte ich.

Hier schummelte ich. Meine Freundin Lindsey Wright hatte mir erzählt, dass Peter und Rebecca zusammen in einem Mixed-Doppel-Turnier im Anawam Club gespielt hatten, aber ich hatte das Gefühl, dass ich das Tempo etwas anziehen musste, und es funktionierte.

»Okay, langsam wird es beängstigend!«, sagte Rebecca mit glühenden Wangen und breit grinsend. »Es war wirklich seltsam, wie ich ihm dauernd begegnet bin, es gab seltsame Zufälle, und dann hat mich Nancy Cheever angerufen, weil sie einen vierten Spieler für ein Mixed-Doppel brauchten, und rate mal, wer mein Partner war?«

»Das weiß ich«, antwortete ich. »Peter.«

»Los, mach weiter«, sagte Rebecca.

»Einmal bist du ihm begegnet, und es hat dich wie ein Schlag getroffen. Du warst drinnen, nein, warte, du warst im Freien, in der Nähe deines Hauses, oben auf dem Hügel. Hast du gegärtnert … nein, du bist mit Betty ausgeritten. Ja, du warst mit Betty unterwegs und hast dabei Peter beim Joggen getroffen. Er joggt gerne am Wendover Rise, aber du wusstest das nicht und hattest wieder das Gefühl, als hätte das Schicksal euch zusammengeführt.«

»Oh mein Gott, ja. Ich war oben auf dem Hügel und konnte den Mann zuerst kaum erkennen, doch dann sah ich Peter. Als er oben ankam, war er außer Atem, aber sehr erfreut, mich zu sehen. Er streckte die Hand aus, um Betty den Hals zu tätscheln, und ich sagte: »Vorsicht, sie beißt«, und ich musste ihren Kopf mit den Zügeln wegziehen, damit sie ihn nicht angriff. Dann stampfte sie ungehalten und peitschte mit dem Schwanz.« Rebecca lachte. »Du weißt ja, dass sie keine Männer mag. Frank Getchell hat sie wirklich nicht gut behandelt.«

»Das stimmt nicht«, sagte ich verärgert. »Sie ist eine Hexe.«

Rebecca lachte laut vor Freude.

Ich stimmte in ihr Lachen über Bettys Boshaftigkeit ein, aber es gefiel mir nicht, dass sie so etwas über Frank gesagt hatte. Es gibt nicht mehr so viele Pferde hier in der Gegend wie noch in meiner Kindheit. Aber jeder hat zumindest Hunde, und viele Menschen – mich eingeschlossen – setzen Tiermisshandlung mit Kindesmisshandlung gleich. Niemand möchte, dass so etwas über einen gesagt wird. Frank würde keinem Lebewesen etwas zuleide tun.

»Weiter, was weißt du noch?«, verlangte Rebecca zu wissen.

»Das nächste Mal seid ihr euch am Strand begegnet, vor Peters Haus.«

»Das war in der Woche danach«, ergänzte sie. »Ich hatte keine Ahnung, wo das Haus der Newbolds war, aber ich war die Wind Point Road schon einmal entlanggefahren und wusste, dass ich dort nahe am Strand parken konnte. Ich habe Harry mitgenommen und Papier und Wasserfarben. Oft male ich erst etwas mit Wasserfarben, und wenn es mir gefällt, mache ich im Studio ein Ölgemälde daraus. Ich saß also auf einem Stück Treibholz und malte, als ich plötzlich Peter Newbold hörte, der meinen Namen sagte. Wir waren beide überrascht. Ich befand mich genau vor seinem Haus.«

Der Strand am Ende der Wind Point Road ist privat, ein großes Schild weist darauf hin. Doch so etwas kümmert Menschen wie Rebecca nicht – Menschen aus reichen Familien –, sie sah es sicher, ging aber daran vorbei.

»Danach habt ihr euch regelmäßig am Strand getroffen. Nicht jeden Tag … nein, aber ein paar Mal in der Woche. Zu Beginn habt ihr es beide wie einen Zufall aussehen lassen, doch nach einer gewissen Zeit habt ihr euch entschuldigt, wenn einer zu spät kam oder das ›zufällige‹ Treffen verpasste.«

Rebecca war wie hypnotisiert.

»Peter hat sich für deine Malerei interessiert. Er hat gefragt, wenn ihr euch ein paar Tage nicht gesehen hattet, was du gemalt hast. Er hat sich so für deine Kunst interessiert, dein Verlangen, seinen Strand zu malen, seinen Blick aufs Meer. So, wie es Brian nie getan hat.«

»Hildy, das stimmt, aber nur, weil Peter selbst Künstler ist. Er hat sich schon immer für Fotografie begeistert, und an einem Tag brachte er einige Ausdrucke von Fotos mit, die er am Abend zuvor gemacht hatte, seine Lieblingszeit am Strand, wegen des Lichts. Sie waren wunderschön. Er liebt Licht und Farben wie ein Künstler«, sagte sie. »Wusstest du, dass er immer Künstler sein wollte?«

»Nein«, erwiderte ich, »so gut kenne ich Peter nicht.« Was nicht ganz stimmte. Ich dachte immer, ich kenne Peter recht gut, aber jetzt lernte ich ganz andere Seiten an ihm kennen.

»Erzähl mir mehr«, bat Rebecca. »Erzähl mir alles, was du weißt.«

»Er möchte sich zur Ruhe setzen«, verkündete ich. »Unbedingt. Er ist ausgebrannt. Seine Ehe ist seit Jahren tot. Er will sein Buch fertigschreiben und dann viel reisen …«

Rebecca hatte Tränen in den Augen. »Das ist unglaublich. Ich weiß, dass Peter das außer mir noch nie jemandem erzählt hat. Es stimmt.«

Oh Gott. Menschen und ihre romantische Verblödung. Natürlich traf es zu. Auf Peter und auf die meisten Männer, die eine Midlife-Affäre hatten. Noch ein Schlüssel – niemand will die offensichtliche und sichtbare Wahrheit glauben, dass wir alle ziemlich gleich sind. Die meisten wollen lieber an das Unsichtbare und Unwahrscheinliche glauben: dass das Schicksal durch die Anordnung der Sterne bestimmt wird. Dass es eine spirituelle Entität gibt, die alles für die einzigartigen und wundervollen Menschen lenkt. Dass Menschen Gedanken lesen können, dass man ihr Schicksal vorhersagen und wahrscheinlich auch ändern kann. Die simple Wahrheit ist: Die meisten Menschen sind sich recht ähnlich. Die einfache und offensichtliche Wahrheit ist, dass es sehr wenige Variablen gibt, was ein Mensch in einer bestimmten Situation tun wird, denkt, fürchtet und wonach er sich sehnt.

»Einmal«, fuhr Rebecca fort, »musste ich Magda anrufen wegen der Kinder. Es war ein Freitag. Peter machte keine Patiententermine mehr an Freitagen, weil er mit seinem Buch weiterkommen wollte, wenn er hier war. Er schrieb also an diesem Tag, aber er machte immer Pausen und kam dann zu mir an den Strand, um zu sehen, woran ich gerade arbeitete. Er sagte mir an diesem Tag, ich könne von seinem Haus aus anrufen, was ich auch tat. Als ich auflegte, stand er in der Tür zur Veranda. Ich musste an ihm vorbeigehen, um nach draußen zu gelangen, und als ich das tat, berührte ich mit einem Finger die Innenseite seines Ellbogens und strich seinen Unterarm entlang bis zu seiner Hand. Ich weiß nicht mehr, warum ich das tat. Dann packte er meine Hand … und hielt sie fest. So begann es.«

Das war interessant. Peter hatte den ersten Schritt getan. Er hatte sie ins Haus geholt, er hatte ihre Hand festgehalten. Ich hätte es andersherum vermutet, doch jetzt war mir alles klar.

»Du magst einen Mann, der im Bett die Führung übernimmt, und trotz seiner Angeberei und seines toughen Southie-Auftretens ist Brian in der Kiste viel zu nett.«

Rebecca verschluckte sich beinahe an ihrem Wein vor erstauntem Gelächter.

»Ich kann nicht glauben, dass du das gerade gesagt hast. Ja, Brian mag eher Blümchensex, das stimmt.«

Peter war laut ihren Erzählungen sehr bestimmend im Bett. Er konnte ihre dünnen Handgelenke mit seiner großen Pranke umklammern und sie über ihrem Kopf festhalten, während er sie gleichzeitig küsste und ihr mit der anderen Hand die Kleider auszog.

»Und diese Küsse …«, sagte sie. »Der Mann weiß, wie man küsst.«

Ich seufzte und goss mir noch ein Glas Wein ein.

*Ja, die Küsse. Oh ja.*

»Ihr habt euch abends in seiner Praxis getroffen«, sagte ich, als ich mich an den Abend erinnerte, als ich wegen der Unterlagen für den Geschäftsabschluss noch mal ins Büro gefahren war. Es war eigentlich beschämend leicht, aber ich genoss die Situation.

»Ja, Peter war es zu gefährlich, sich bei ihm zu Hause zu treffen. Jemand könnte mein Auto sehen, wir könnten … Beweise zurücklassen. Daher trafen wir uns einige Male in seiner Praxis, jedoch nicht zu einer Sitzung, wenn du verstehst, was ich meine. Mittlerweile treffen wir uns in dem Büro über seiner Garage, wo er schreibt. Elise betritt es nie. Es ist recht gemütlich. Ursprünglich war es als kleines Gästeapartment gedacht, es gibt also ein Bett und alles andere. Normalerweise parke ich in der Stadt, und er holt mich ab, damit niemand mein Auto sieht. Er macht sich Sorgen wegen dir und deinem Büro unter seiner Praxis und dass du denkst, ich wäre seine Patientin, und jetzt Verdacht geschöpft hättest.«

»Aber du warst doch seine Patientin.«

»Eigentlich nicht, Hildy. Wenn man eine Therapie macht, dauert das Monate, manchmal Jahre. Ich war zweimal dort und habe dann erkannt, dass ich es nicht brauche. Das ist etwas vollkommen anderes.«

»Wirst du ihm sagen, dass du mir von euch erzählt hast?«

»Ich habe es dir nicht erzählt, du hast meine Gedanken gelesen. Du hast es aus meinem Gehirn gezogen. Nein, Hildy, er würde ausrasten, wenn er von dieser Unterhaltung wüsste. Ich vertraue dir. Aber es ist gut, dass du es jetzt weißt. Ich kann sonst mit niemandem darüber reden. Du bist wie eine … Schwester für mich.«

Beinahe hätte sie »Mutter« gesagt, war aber klug genug, es nicht auszusprechen. Manchmal bin ich empfindlich wegen meines Alters. Wer ist das nicht?

»Ich kann dir vertrauen, nicht wahr?«, fragte sie.

»Ja«, erwiderte ich, »natürlich.«

Normalerweise wäre ich nach einer so erfolgreichen Lesung sehr zufrieden mit mir gewesen. Man ist wirklich auf eine Goldgrube gestoßen, wenn der andere einem so vertraut, dass er von allein die Lücken im Bericht auffüllt. Und so etwas würde ich nie weitererzählen. Damals glaubte ich, dass sich solche Dinge irgendwann von allein enthüllen und klären. Einer der Ehepartner wird misstrauisch. Oder einer möchte, wie Scott, nicht mehr länger »eine Lüge leben«. Mir erschien es wahrscheinlich, dass Rebecca und Peter ihre Partner verlassen würden, um zusammenzuleben. Normalerweise erwacht ein wenig die Jagdlust in mir, wenn ich solche Neuigkeiten erfahre. Ich gebe zu, ich geifere ein wenig, da im Laufe der Geschichte wahrscheinlich mindestens ein Grundstück zum Verkauf stehen wird, und das will ich unbedingt für meine Liste haben.

Doch an diesem Abend vor dem Feuer war ich so von Rebeccas netter Gesellschaft verzaubert, so froh, nicht allein zu trinken, dass ich überhaupt nicht ans Geschäft dachte, sondern sie ruhig mit kleinen Anekdoten über Peter Newbold quälte. Ich erzählte ihr, dass sein Vater, Dr. David Newbold, unser Hausarzt gewesen war, der auch Hausbesuche machte, als ich noch klein war. Dass Peter Einzelkind war, seine Mutter die zweite Frau des schon in die Jahre gekommenen Dr. Newbold. Dass meine Freundin Allie Dyer und ich früher im Sommer und an den Wochenenden seine Babysitter gewesen waren.

»Er war so ein süßes Kind«, schwelgte ich und stocherte abwesend mit dem Schüreisen im Kamin.

»Ja?«, fragte Rebecca.

»Wir haben immer Verstecken gespielt, sein Lieblingsspiel. Wir versteckten uns, und er schlich auf Zehenspitzen durchs Haus auf der Suche nach uns, aber auch ein wenig verängstigt, weil wir manchmal, wenn er uns zu nahe kam, hervorsprangen und ihn zu Tode erschreckten«, erzählte ich lachend und erinnerte mich, wie sehr Peter das geliebt und gehasst hatte, wie er manchmal gleichzeitig weinte und lachte und uns dann anbettelte, noch einmal mit ihm zu spielen.

Ich spürte Rebeccas Blick auf meinem Gesicht, während ich die Holzscheite hin- und herschob. Nach so vielen allein verbrachten Abenden ist es unvorstellbar schön, die Aufmerksamkeit eines anderen Menschen zu genießen. Ich legte das Schüreisen weg und bemerkte, dass unsere Gläser leer waren.

»Ich habe mich immer gefragt, warum er Elise geheiratet hat. Sie war irgendwie nie sein Typ. Noch etwas Wein?«, fragte ich Rebecca.

»Himmel, nein, ich sollte wirklich nach Hause gehen«, sagte sie, hielt mir jedoch ihr Glas hin.

Ich liebte sie an diesem Abend wie mein eigenes Kind. Mehr. Mehr. Sie wollte mehr.

# KAPITEL 10

Ich hatte eine Freundin. Bis zu diesem Abend mit Rebecca hatte ich gar nicht gemerkt, dass ich eine Freundin brauchte. Ich hatte mich eigentlich immer für eine Frau mit vielen Freunden gehalten. Die meisten Leute in Wendover würden mich als Freundin bezeichnen. Doch seit meiner Rückkehr aus Hazelden lebte ich in zwei Welten. Am Tag war ich eine Geschäftsfrau, Spenderin für wohltätige Zwecke im Ort, eine »Freundin« für meine Nachbarn, Klienten und Kollegen. Meine Abende waren jedoch etwas einsam geworden. Ich traf mich selten mit jemandem. Keine langen Abende mit Mamie. Keine feuchtfröhlichen Mittagessen und Dinner nach erfolgreichen Abschlüssen. Die Einladungen zu Dinnerpartys lehnte ich normalerweise ab, vor allem seit ich wieder zu trinken angefangen hatte.

Seltsamerweise hatte ich in den ersten Monaten nach Hazelden nicht das Bedürfnis nach Alkohol gehabt, und zu Partys zu gehen, auf denen die Leute tranken, war erträglich. Ich war nicht länger von Alkohol besessen, und jegliches Verlangen danach war nur kurz und flüchtig. Die Folgen, die ein Drink und ein erneuter Aufenthalt in Hazelden haben konnten, waren mir ständig präsent.

Doch dann war ich eines Tages im Keller, auf der Suche nach alten Fotos, die Tess haben wollte, als ich auf eine Kiste Wein stieß. Scott und ich waren nie Weintrinker, sie musste also noch von einer Party übrig sein. Ich öffnete sie und nahm eine Flasche heraus, einen Merlot. Ich hielt sie einen Moment in den Händen und musterte das Etikett, schwenkte die Flasche hin und her und beobachtete, wie die dunkelrote Flüssigkeit in den Flaschenhals bis zum Korken hinaufschwappte. Ich drehte sie um und sah, dass sich etwas Bodensatz abgelagert hatte. Dann wischte ich mit meinem Ärmel den Staub von der Flasche und legte sie vorsichtig zurück in die Kiste. Wahrscheinlich würde ich irgendwann mal Gäste haben, die Wein tranken, daher war es gut zu wissen, dass ich welchen im Haus hatte.

Allerdings war mir von da an jede Minute bewusst, dass er im Keller stand. Ich dachte morgens beim Aufwachen daran und abends, wenn ich von der Arbeit nach Hause kam. Tess und Michael hatten während meiner Abwesenheit jeglichen Alkohol aus meiner Bar entfernt (gestohlen). Es war zu meinem Besten, wie sie mir erklärt hatten. Sie wollten nicht, dass ich nach dem erfolgreichen Entzug in Versuchung geriet. Den Keller hatten sie dabei wahrscheinlich einfach vergessen. Zu wissen, dass sie etwas übersehen hatten – eine ganze Kiste Wein –, war aufregend und befriedigend zugleich. Gute zwei Wochen konnte ich widerstehen, doch als ich eines Freitagabends von Grady zurückkam, fühlte ich mich allein und etwas traurig. Ich hatte Grady eines der Lieblingsbücher der Mädchen aus ihrer Kindheit vorgelesen, Dr. Seuss' *Horton hört ein Hu*. Ich weiß nicht, warum, doch die Abschnitte, in denen die mikroskopisch kleinen Hus aus dem Staubkörnchen herausrufen: »Wir sind hier, wir sind hier, wir sind hier«, bringen mich immer an den Rand der Tränen, und ich bin sonst nicht so emotional. Ich weiß nicht, warum ausgerechnet diese Stelle mich so berührt, aber es ist so.

Nachdem ich die Geschichte fertig vorgelesen hatte, legte ich Grady in seinem weichen Pyjama in sein Bettchen. Er schloss die Augen, sein »Bewkey« (eine abgegriffene alte Decke) fest an die rosige Wange gedrückt, und plötzlich beneidete ich ihn um seinen Trost. Erst nach einer gefühlten Ewigkeit kamen Tess und Michael nach Hause, und Michael war ein wenig angetrunken. Sie wollten noch plaudern, doch ich erklärte, ich sei sehr müde, und fuhr nach Hause.

Daheim ging ich schnurstracks in den Keller, Babs und Molly

bildeten die Vorhut. Babs hopste die Stufen auf ihren Vorderpfoten hinunter und berührte dabei nur jede zweite Stufe mit einer Hinterpfote, während Molly vor lauter Eifer die letzten vier Stufen einfach übersprang. Dann schnüffelten beide hektisch nach Mäusen. Ich ging direkt zu der staubigen Kiste und holte eine Flasche heraus, die ich mir in die Armbeuge legte. Dann trug ich sie nach oben in die Küche, wo ich nach einigem Suchen einen Korkenzieher fand, die Flasche entkorkte und etwas von dem kräftigen Merlot in ein Weinglas goss. Ein wunderschönes Kristallglas, das zu einem Waterford-Set gehörte, das Scott vor Jahren auf einer Auktion ersteigert hatte. Dann nahm ich einen Schluck. Und noch einen. Und fühlte die vertraute Wärme, zuerst auf meiner Zunge und im Rachen, dann tief in meinem Magen. Ich trank noch einen Schluck und war erfüllt von der Wärme, dem Trost und der Freude, die ich vermisst hatte. Schon nach wenigen Schlucken waren diese Gefühle wieder da, stärkten und beruhigten mich wie früher.

Die Güte – diese innere Güte, die monatelang verschwunden war – kam wieder. Es war eine kalte Nacht Ende Februar, und ich saß im Wohnzimmer auf der Couch, meine geliebten Hunde neben mir, und ich trank ein Glas Wein und dann noch eines. Ich leerte nicht die ganze Flasche, oh nein. Ich brauchte nur zwei Gläser von diesem göttlichen Roten, und ich fühlte mich, als wäre ich aus schlammigen Tiefen wieder aufgetaucht, bekäme wieder Sauerstoff in mein stockendes Blut.

Doch erst als ich zusammen mit Rebecca trank, merkte ich, wie sehr mir der einsame Genuss von Alkohol zuwider geworden war.

Es ist nicht normal, immer allein zu trinken. Das habe ich in Hazelden gelernt.

Ich wusste, dass Rebecca bis zu jenem Abend auch ein wenig einsam gewesen war. Ihre Kinder gingen auf die Montessori-Schule, und sie verstand sich ganz gut mit einigen anderen Müttern, aber eine wirkliche Freundin, eine Vertraute, hatte sie meines Wissens nicht.

Anfang November hatten wir einen kurzen Altweibersommer, und Rebecca kam mit den Jungs ein paarmal zum Fischen an den Fluss. Ben und Liam wuchsen mir nach und nach ans Herz. Ich gebe zu, dass ich leichte Vorurteile gegen die oft frühreifen Zöglinge der Montessori-Schule habe. Man bekommt dort keine Noten und andere Bewertungen, um das kostbare Selbstvertrauen der Kinder nicht zu zerstören. Die Erwachsenen sind keine »Lehrer«, sondern »Lernhelfer«, und man hat mir erzählt, selbst Vierjährige nennen die Lehrer beim Vornamen. Wahrscheinlich hat deshalb letztens ein kleines Mädchen von der Montessori-Schule im Supermarkt zu mir gesagt: »Hey, Hildy, du solltest kein Eis kaufen, davon wirst du nur noch dicker.«

Ich kannte die Familie. Erst kürzlich hatte ich ihr ein Haus vermietet, weshalb ich die Arme verschränkte und darauf wartete, dass die Mutter die Siebenjährige zurechtwies. Stattdessen lächelte sie ihren kleinen Engel an und schwieg. Das Kind sagte: »Warum kaufst du es, wenn es dich dick macht?«

Wieder starrte ich es mit versteinertem Gesicht an.

»Nun, Ashley, das ist Hildys Vorrecht«, bequemte sich ihre Mutter zu einem Kommentar.

»Was heißt das?«, fragte die Göre.

Ich griff in die Tiefkühltruhe und nahm eine weitere Packung Eis heraus. »Wenn Sie ihr nicht jetzt Manieren beibringen«, sagte ich zu der Mutter, »tun Sie ihr wirklich keinen Gefallen. Sie wird es als Erwachsene schwer haben.«

Als ich mich von den beiden abwandte, hörte ich die Mutter sagen: »Ich finde nicht, dass Sie ein gutes Vorbild abgeben, indem Sie meine Tochter ignorieren.«

Weshalb ich zu dem Kind zurückging und sagte: »Ich bin eine Erwachsene, weshalb du mir gegenüber mehr Respekt zeigen und mich Mrs. Good hättest nennen sollen. Und es ist unhöflich, Menschen als dick zu bezeichnen.«

»Oh bitte!«, rief die Mutter und stürzte den Gang entlang, ihre Tochter an der Hand hinter sich herziehend. Das Mädchen blickte über die Schulter zu mir zurück, und ich starrte es drohend an. Das war mein Vorrecht.

Doch Rebeccas Jungen sagten immer Mrs. Good zu mir und sahen mir in die Augen, wenn sie mit mir sprachen. Rebecca ging sehr humorvoll mit den beiden um, wies sie aber sofort zurecht, wenn ihr Verhalten auch nur ansatzweise respektlos war. Zudem hatte sie wenig Verständnis für Jammern und Beschwerden. Einmal saßen wir zum Beispiel auf Stühlen am Fluss und sahen den Jungen beim Angeln zu. Der neunjährige Liam hatte an diesem Tag kein Glück.

»Mom, wieso hat Ben schon drei gefangen und ich noch gar keinen?«

»Oh Liam«, antwortete Rebecca lachend, »jammer nicht, sondern stell dich näher zu Ben.«

»Ja, Liam, siehst du, wie Ben im Schatten steht?«, sagte ich. »Da verstecken sich die Forellen an warmen Tagen.«

»Wirklich?«

»Ja. Wirf die Angel nahe am Ufer aus, sie halten sich dort unter den Felsüberhängen auf.«

Ein paar Minuten später sagte Liam, als er seinen ersten Fisch des Tages am Haken hatte: »Danke für den Tipp, Mrs. Good.« Dann zog er die gespannte Angel mit der zappelnden Forelle am anderen Ende zu seiner Mutter. Die beiden baten immer Rebecca oder mich, die Fische von den Haken zu lösen.

»Sei nicht so zimperlich«, schalt Rebecca ihn, dann half sie ihm, die Forelle abzulösen. »Jetzt wirf sie zurück, los.«

Liam nahm vorsichtig den Fisch, rannte zurück zum Fluss und warf ihn ins Wasser. Dann wischte er sich die Hände an der Jeans ab und sagte: »Igitt, war der schleimig, wie eine Schlange.«

Rebecca lachte. »Er wird heute Nacht wieder von Schlangen träumen. Ich finde das so goldig, denn er kommt bald in die Pubertät.«

»Ach ja?«, fragte ich etwas verwirrt.

»Er … nun, er ist von seinem Penis besessen. Peter hat mir erklärt, dass solche Träume für Jungen normal sind. Ich erzähle Peter gern von unseren Träumen, meinen und denen der Kinder. Er kann sie so gut analysieren.«

»Du erzählst ihm deine Träume? Wenn ihr … zusammen seid?«, flüsterte ich.

»Natürlich. Träume sind faszinierend und voller Informationen über uns.«

»Meine nicht. Ich träume meistens von Häusern, wahrscheinlich wegen meines Berufes.«

»Nein«, rief Rebecca. »Letztens habe ich ein Buch über Träume gelesen, das Peter mir gegeben hat, und darin steht, dass Häuser im Traum immer für das Selbst stehen. Wenn man träumt, man stünde auf dem Dachboden oder auf einem Hausdach, steht das für den Intellekt oder die Suche nach etwas Spirituellem. Der Keller repräsentiert die unterbewussten Impulse, primitive Sehnsüchte, Sexualität. Wo im Haus bist du in deinen Träumen?«, fragte sie.

»Ich glaube, ich bin immer in der Küche.«

»Das bedeutet, dass du nach etwas hungerst, dass du eine Leere füllen willst.«

Ich lachte gutmütig. Rebecca benahm sich, als sei sie Expertin in Traumdeutung und Analyse, einfach nur weil sie mit Peter zusammen war. Ich blickte auf meine Uhr.

»Fünf Uhr, wie wäre es mit einem Glas Wein?«

»Okay, aber nur eines.«

An ein oder zwei Abenden in der Woche, wenn Brian in der Stadt blieb, ließ Rebecca die Jungen nach dem Zubettgehen in der Obhut der Nanny und kam zu mir. Wir saßen am Feuer und tranken ein Glas Wein. Meistens Dienstag oder Mittwoch, Donnerstag war ihr Abend mit Peter. Freitags kam Brian über das Wochenende nach Hause.

Rebecca war eine so angenehme Gesellschaft, dass ich in unserer Freundschaft regelrecht auflebte. Sie war sehr witzig. Als Zugezogene sah sie die Menschen, die ich schon mein Leben lang kannte, mit ganz anderen Augen, was oft unglaublich komisch war. Menschen, deren Exzentrik so sehr zu meiner Heimatstadt gehörte, dass ich sie gar nicht mehr wahrnahm, bis Rebecca mich darauf hinwies. Zum Beispiel die Winston-Jungs, Ed und Phil. Eineiige Zwillinge, die sich selbst im hohen Alter – sie waren Ende achtzig – für ihren Nachmittagsspaziergang durch Crossing noch gleich anzogen. Die magersüchtige alte Diana Merchant, die trotz ihres fortgeschrittenen Alters schulterfreie Tops und High Heels zum Einkaufen trug. Und die verrückte Nell Hamlyn, deren Ziegen dauernd ausbrachen und Rebeccas Pferde terrorisierten. Rebecca ahmte herrlich Linda Barlow nach, die ihr immer noch im Garten und mit den Kindern half. Mir war nie aufgefallen, wie männlich Linda war, bis Rebecca durch mein Wohnzimmer stapfte und mich auf Lindas schroffe Art anbellte.

An manchen Abenden lachten wir Tränen, Rebecca und ich. Sie war sehr unzufrieden mit ihrem Ehemann und erzählte viel von seinem unglaublich egozentrischen Verhalten, wobei wir uns oft an unserem Wein verschluckten. Sie erzählte mir auch den wahren Grund ihrer Unzufriedenheit – er war ein Frauenheld und betrog sie. In dem Jahr vor ihrem Umzug hatte er eine Affäre mit einem jungen Model. Herausgefunden hatte sie es über ein Foto im *Boston Herald,* das die beiden nebeneinander bei einem Spiel der Celtics zeigte. Er hatte Rebecca versichert, die Affäre sei vorbei, doch sie hatte ihm nicht geglaubt. Und seltsamerweise schien es sie auch nicht zu kümmern. Anfangs hätte es sie sehr getroffen, erzählte sie mir. Es war ein Grund für ihre

Depression nach dem Umzug gewesen – seine Untreue und ihre jahrelange Trauer wegen ihrer eigenen Unfruchtbarkeit. Sie hatte panische Angst, von Brian verlassen zu werden, und fürchtete, dass alles, was sie tat, ihn nur weiter von ihr wegtreiben würde. Sie bereute den Umzug sofort, weil sie Brian so nicht mehr im Auge behalten konnte. Lachend erinnerte sie sich, wie sie ihn nachts dauernd in ihrer Wohnung in Boston angerufen und ihn beschuldigt hatte, mit seiner Freundin zusammen zu sein, und ihm dann sagte, sie wolle das Barlow-Anwesen verkaufen und zurück in die Stadt ziehen.

»Stell dir vor«, sagte sie, »wie verrückt ich war. Hierherzuziehen war das Beste, was mir je passiert ist.«

Ich hatte den Eindruck, dass sie ihre Ehe mit Brian McAllister als einen gescheiterten Liebesversuch betrachtete. Mit Peter Newbold hatte sie natürlich die wahre Liebe gefunden.

Ich erzählte ihr, wie Scott mich für Richard verlassen hatte, was sie vollkommen überraschte. Jeder in der Stadt weiß, dass Scott sich wegen eines Mannes von mir getrennt hat, doch Rebecca hatte keine Ahnung. Sie wusste auch nicht, dass Linda Barlows Sohn als Säugling bei einem Autounfall getötet wurde, bei dem Linda als Fahrerin nur ein paar Kratzer erlitten hatte. Das erzählte ich Rebecca allerdings nicht, sie hätte Schuldgefühle bekommen, weil sie sich ein wenig über Linda lustig gemacht hatte. Sie hatte mit ihren Bemerkungen nichts Böses im Sinn. Sie schien auf einem anderen Kurs durch die Stadt zu segeln als wir Alteingesessenen und war sich der Unterströmungen nicht bewusst, die wir schon unser ganzes Leben lang kannten. Sie kannte nur das Sichtbare, die Oberfläche der Dinge, und ich merkte durch Rebecca, wie lustig manches sein konnte, wenn man es nur von außen betrachtete.

In dieser Zeit bemerkte ich eine Veränderung in Peter Newbolds Verhalten mir gegenüber, wenn wir uns bei der Arbeit über den Weg liefen. Ich denke nicht, dass ich es mir einbildete. Peter war immer ein sehr aufmerksamer und freundlicher Mieter gewesen, doch in den Wochen seit Rebeccas erstem Besuch bei mir zu Hause war er richtiggehend beflissen geworden. An einem Freitagmorgen kamen wir beide zur selben Zeit im Büro an, und er hielt mir die Tür auf, doch dann eilte er nicht wie üblich die Stufen nach oben, sondern fragte mich, wie es mir ging.

»Sehr gut, Peter, und dir?« Tatsächlich hatte ich einen Kater.

»Gut, gut, Hildy.«

»Kommen Elise und Sam am Wochenende?«

»Sie versuchen morgen Abend zu kommen. Elise gibt samstagmorgens jetzt ein Seminar, und Sam will Zeit mit seinen Freunden in Cambridge verbringen …«

»Natürlich«, sagte ich. Ich vermutete, dass Peter die letzte Nacht mit Rebecca verbracht hatte. Ob er den Wein von gestern Abend noch an mir riechen konnte? Ich hatte mich einsam gefühlt und mehr getrunken als sonst. Mein Kopf brachte mich fast um. Plötzlich ärgerte ich mich über Peter, als ich da im Gang stand und nach meinen Schlüsseln suchte. Ich gab ihm die Schuld an meinem Kater – er hatte meine Trinkgefährtin gekidnappt, weshalb ich viel länger aufgeblieben war und getrunken hatte, als gut für mich war.

Wen, verdammt noch mal, glaubst du, täuschen zu können?, dachte ich und musterte sein zerzaustes Haar und den leicht erschöpften Gesichtsausdruck. Gleichzeitig fühlte ich mich seltsam erregt bei dem Wissen, dass er die Nacht mit Rebecca verbracht hatte. Mit meiner Rebecca. Niemand außer Peter und Rebecca teilte dieses Wissen mit mir. Und ich wusste es, ohne dass man es mir gesagt hatte. Endlich fand ich meine Schlüssel und wollte gerade meine Bürotür aufschließen, als ich plötzlich zu Peter sagte: »Du weißt sicher, dass ich mich in letzter Zeit oft mit Rebecca getroffen habe.« Mein Kopf explodierte gleich. Ich musste immer noch ein wenig angetrunken sein, sonst hätte ich geschwiegen.

»Rebecca …?«, erwiderte Peter fragend.

»Ja, ich habe gehört, dass du so nett warst, sie an deinem Strand malen zu lassen.«

»Ach ja, Rebecca McAllister. Genau«, stotterte er.

»Ich bin so froh, dass die Familie hierhergezogen ist. Auch wenn ich Brian McAllister gar nicht kenne. Er scheint nicht besonders viel in der Stadt zu sein«, meinte ich.

»Nein?«, erwiderte Peter. Ich versuchte ihn zu lesen. Er blieb ungerührt, wo er doch eigentlich schwitzen müsste. Wahrscheinlich hatte er in der Ausbildung gelernt, keine Gedanken und Gefühle zu zeigen.

»Na dann, ein schönes Wochenende«, sagte ich, als ich endlich den richtigen Schlüssel fand und meine Bürotür aufsperrte.

»Dir auch, Hildy«, antwortete Peter, und ich spürte seinen Blick auf mir, als ich in meinem Büro verschwand.

Meine Freundin Allie Dyer war bis zu seinem achten Lebensjahr Peter Newbolds Babysitterin. Sein Vater, unser Hausarzt David Newbold, war fast fünfzig, als Peter auf die Welt kam. Seine Mutter Colette war Mitte zwanzig und hatte ein ausgefülltes Sozialleben. Sie schien niemals daheim zu sein, vor allem nicht in den Sommermonaten, weshalb sie Allie als Vollzeitnanny anheuerte. Colette Newbold spielte jeden Tag Tennis, außerdem noch Bridge und Golf und hatte ein Pferd im Westfield Hunt Club stehen. Sie saß in zahllosen Stadtausschüssen und war aktives Mitglied im Anawam Beach Club und im Wendover Yacht Club, vom Hunt Club gar nicht zu sprechen. Sie war außerdem die Gründerin des Wohltätigkeitslunches beim großen August-Turnier des Westfield Clubs.

Als Peter noch klein war, passte Allie im Haus der Newbolds in der Wind Point Road auf ihn auf. Jeden Morgen, nachdem Colette in ihrem Tennis- oder Reitdress davongeschwirrt war, fuhren Mamie, Lindsey und ich mit den Fahrrädern zu den

Newbolds und sonnten uns am privaten Strand. Dann leerten wir den Kühlschrank der Familie. Colette hatte nie Einwände. Es schien ihr egal zu sein, wer auf Peter aufpasste, solange sie es nicht war.

Als Allie ihren Führerschein hatte, nahmen wir Peter überallhin mit. Er war vielleicht fünf oder sechs Jahre alt, als wir ihn zum North Beach mitnahmen, wo wir uns mit Jungs trafen und flirteten, Cola tranken, Zigaretten rauchten und im Bikini in die Brandung rannten. Allie verdiente einen Dollar die Stunde, solange Peter bei uns war, weshalb wir ihn natürlich immer dabeihatten. Peter übernahm nach und nach unsere Sprache, was wir urkomisch fanden. Wir brachten ihm bei, fremden hübschen Mädchen hinterherzupfeifen, und wenn diese sich umdrehten, brachen wir in Gelächter aus. Peter kicherte am lautesten von uns allen. Wir ließen ihn das Peace-Zeichen aus Allies Autofenster heraus machen. Wir brachten ihm den Stinkefinger bei und krümmten uns vor Lachen über die empörten Gesichter von drei alten Damen, an denen er ihn ausprobierte. Mamie hat ein Foto von Peter mit Sonnenbrille und einer im Mundwinkel hängenden Zigarette, auf dem er nicht älter als sieben sein kann. Ein andermal machten wir ein Foto von ihm, wie er auf dem Motorrad von Mamies Freund posierte. Wir knoteten ihm ein Bandana um den Kopf und ließen ihn wie Peter Fonda in *Easy Rider* aussehen. Er war unheimlich gern bei uns, und meistens vergaßen wir sein zartes Alter und sein Geschlecht, wenn nur wir Mädchen mit ihm zusammen waren. Wir lagen im Bikini im Sand, sprachen über Jungs und wer es mit wem tat, und Peter saß daneben und hörte zu. Wir tauschten uns über unsere Periode aus, unsere Eltern und die Schule, und Peter malte daneben im Sand und hörte aufmerksam zu. Wir hatten oft Pläne für den Abend, die wir tagsüber ausführlich diskutierten, und manchmal wollte Peter dabei sein, was uns zum Lachen brachte. Wenn Colette auch abends einen Babysitter brauchte, nahmen wir ihn manchmal zu den Strandpartys mit oder ins Kino oder zu einer von uns nach Hause. Wir hatten das Gefühl, dass er sich bei seinen Eltern einsam fühlte. Er hatte nicht viele Freunde in seinem Alter, aber als wir ihn danach fragten, sagte er, sie seien alle unreif. Kein Wunder. Er verbrachte einen Großteil seiner Kindheitsjahre mit Teenagern. Manchmal ging er wie selbstverständlich davon aus, dass er bei unseren Aktivitäten dabei sein würde, und wir mussten ihn daran erinnern, dass er eigentlich nicht unser Freund war.

»Du kannst mitkommen, solange Allie bezahlt wird«, sagte Mamie, worauf Allie ihr einen missbilligenden Blick zuwarf. Peter war ein wenig in seine Babysitterin verliebt. Wir wussten es alle, und Mamies Bemerkung musste ihn verletzen.

»Nun, es stimmt doch«, murmelte Mamie. »Es bringt doch nichts, wenn er sich etwas anderes einbildet, er ist acht, verflixt noch mal. Wir sind seine bezahlten Freunde.«

»Mamie!«, mahnte Allie und umarmte Peter rasch. Aber es stimmte. Und Peter wusste es.

Hier ist eine süße Anekdote über Peter Newbold: Einmal bekam er zum Geburtstag von seinen Großeltern einen Zehn-Dollar-Schein. Seine Mutter fragte ihn, wofür er das Geld ausgeben wolle. Seine Antwort: Er wolle damit zehn Stunden mit Allie verbringen. Mrs. Newbold erzählte es Allie, und beide lachten und waren sich einig, wie niedlich das doch war. Später meinte Allie allerdings zu mir, dass sie sich dabei unwohl gefühlt hätte. Kurz darauf zog sie mit ihrer Familie nach New Hampshire, und wir anderen begannen im Wendover Yacht Club zu jobben, weshalb wir Peter nicht mehr oft sahen. Dennoch habe ich oft gedacht, dass diese Sommer, in denen er uns Mädchen und unserem verrückten Geplapper zuhörte, ihn auf seinen Beruf als Psychotherapeut vorbereiteten. Er war schon immer ein guter Zuhörer.

Als Peter seine Privatpraxis in Wendover eröffnete, arbeitete er erst in einem Raum über seiner Garage und mietete dann vor etwa zehn Jahren das Büro über meinem. Eines Freitagabends vor einigen Jahren waren wir eingeschneit und warteten auf Frankies Männer mit dem Schneepflug. Wir saßen in meinem Empfangsbereich und teilten uns eine Flasche Champagner, die mir ein Klient geschickt hatte. Peter erzählte mir von seiner Arbeit im McLean Hospital. Er hatte dort vor Jahren seine Assistenzzeit abgeschlossen und dann eine Anstellung als Psychiater bekommen. In diesen frühen Jahren war sein Interesse an Schizophrenie erwacht, mittlerweile war es sein Spezialgebiet. Er hatte diverse Artikel zu dem Thema veröffentlicht. Wissenschaftliche Artikel, die von anderen Psychiatern gelesen werden sollten. Daneben hatte er immer seine Privatpraxis in Cambridge gehabt, ebenso wie hier, wo er die »besorgten Gesunden« behandelte.

Seine Arbeit mit den ernstlich Kranken hatte ihn zum Schreiben eines Buches über »Verbundenheit« inspiriert. Es hieß *Von menschlichen Bindungen,* geschrieben für ein allgemeines Publikum, wohl mehr oder weniger populärpsychologisch. Er gab mir ein signiertes Exemplar, aber ich muss gestehen, bis zu seiner Affäre mit Rebecca hatte ich nicht hineingesehen. Dann verschlang ich es auf der Suche nach Informationen über Peter Newbold. Normalerweise lese ich nur Romane. Doch an diesem Abend, als wir auf den Schneepflug warteten, fragte ich ihn nach seinem Buch, das wenige Monate zuvor erschienen war. Er sprach eine Weile über die Eltern-Kind-Bindung und wie wichtig sie sei. Also etwas, was wirklich jeder weiß. Er sprach gerade über Kindheitstraumata und fragte dann plötzlich: »Zum Beispiel, als deine Mutter Selbstmord begangen hat, warst du … zehn? Elf?«

Damit überrumpelte er mich vollkommen. Ich war nicht überrascht, dass Peter von meiner Mutter wusste. Die meisten Leute in der Stadt kannten die Geschichte, weshalb er sicher davon gehört hatte, auch wenn er damals noch sehr klein gewesen war. Seit damals hatte allerdings niemand mir gegenüber so deutlich ausgesprochen, wie sie zu Tode gekommen war. Die Leute retteten sich in »tragisch« oder »verfrüht«, wenn sie über ihren Tod sprachen, nahmen jedoch nie das Wort »Selbstmord« in den Mund. Nicht einmal mein Vater. Selbst Scott erzählte ich erst an einem feuchtfröhlichen Abend davon, als wir schon einige Jahre verheiratet waren, und bereute es sofort, weil er, der Geschichtsinteressierte, jedes Detail wissen wollte. Er war überrascht, dass ich damals keine Therapie oder eine Art Trauerbegleitung gehabt hatte.

»Ich glaube, so etwas gab es damals hier oben gar nicht«, hatte ich ihm erklärt.

Als Scott und ich uns trennten, schickten wir die Mädchen auf Empfehlung ihres Beratungslehrers natürlich zu einem Therapeuten, um »ihre Trauer zu verarbeiten«. Tess war damals vierzehn und Emily zwölf. Beide sind seither mit Unterbrechungen in Therapie, meiner Meinung nach ein Luxus, was ich ihnen auch gesagt habe. Trotzdem zahle ich ihnen weiterhin den Therapeuten, auch wenn ich es mir immer weniger leisten kann. Ich war nie in Therapie und komme wunderbar zurecht. Wenn überhaupt, dann hat es die Mädchen, vor allem Tess, noch grüblerischer und egozentrischer gemacht. Eine Zeitlang war sie geradezu davon besessen, alles über meine Mutter zu erfahren.

»Was für ein Problem hatte sie *wirklich?*«, fragte sie mich dauernd, und manchmal, nach ein paar Drinks, erzählte ich ihr mehr. »Sie war manisch-depressiv. Zumindest haben die Ärzte das meinem Vater erzählt.«

»Bipolar«, verkündete Tess aufgeregt. »Heute nennt man das bipolar.«

»Gut, wie auch immer«, erwiderte ich.

»Aber es muss doch hart für dich gewesen sein, eine Mutter

mit solch unvorhersehbaren Stimmungsschwankungen zu haben«, sagte Tess.

»Ehrlich, ich habe es nicht bemerkt. Ich habe damals nicht darauf geachtet. Tagsüber waren wir in der Schule, im Sommer waren wir den ganzen Tag im Freien …«

»Weil es für deine Mutter so schwierig war?«

»Nein, weil das für Kinder damals normal war.«

An diesem Punkt versuchte ich immer, das Thema zu wechseln, doch Tess ließ sich nicht ablenken. »Das ist wichtig für mich«, sagte sie. »Mein Therapeut will meine Hintergrundgeschichte wissen. Ich meine, wenn deine Mutter psychisch krank war und Alkoholikerin, und wir wissen, dass es auf der Seite deines Vaters Geisteskrankheiten gab bis zurück zu Sarah Good …«

»Oh bitte, fang nicht wieder damit an!«, rief ich. »Die arme alte Hexe wurde gehängt, lass sie in Frieden ruhen.«

Scott und unsere jüngere Tochter Emily hatten eine Theorie über meine Hexenvorfahrin Sarah Good. Emily schrieb in der Highschool einen Aufsatz über sie mit dem Titel »Goodwife Good«. Dabei fanden sie und Scott, der ihr bei den Recherchen half, Folgendes heraus: Sarah Goods Vater beging Selbstmord, als sie ein Kleinkind war, und als ihre Mutter wieder heiratete, riss sich ihr Stiefvater das Erbe unter den Nagel. Sarah heiratete das erste Mal mit sechzehn, wurde Witwe und heiratete erneut, diesmal einen Mann namens Good. Ich vermute, bei ihr war eine Schraube locker, denn sie führte die Familie in den Bankrott und machte sie zusammen mit ihrer vierjährigen Tochter Dorcas zu obdachlosen Bettlern. Sarah Good war keine nette, bescheidene Bettlerin. Sie war asozial und aggressiv. Sie klopfte an die Türen im Dorf Salem und verfluchte die Leute, wenn diese ihr nichts gaben. Sie und ihre Tochter waren ungewaschen und trugen Lumpen.

Sarah Good war unter den ersten drei Frauen in Salem, die der Hexerei bezichtigt wurden, als die Massenhysterie deswegen einsetzte. Ihre eigene Tochter Dorcas und ihr Mann sagten gegen sie aus. Und was ich an der ganzen Geschichte immer unglaublich traurig fand: Auch die vierjährige Dorcas wurde der Hexerei angeklagt, und wegen ihrer Jugend und ihrer Unwissenheit gestand sie. Sie wurde im Kerker angekettet wie die anderen, und als sie von den Beamten einige Tage nach ihrer Verhaftung verhört wurde, erzählte sie ihnen, ihre Mutter habe ihr eine Schlange gegeben und dass diese sie in den Daumen gebissen und ihr Blut herausgesaugt habe. Die Beamten befanden, die Schlange müsse ein »Vertrauter« sein, was Sarah Goods Schicksal besiegelte. Sie war zum Zeitpunkt der Verhaftung schwanger und wurde nach der Geburt des Kindes (das danach starb) gehängt. Dorcas Good wurde schließlich freigelassen. Sie war von ihrer Zeit im Kerker so gezeichnet, dass ihr Vater sie einen »lebenslangen Taugenichts« nannte. Er bekam eine Entschädigung für seine unbrauchbar gewordene Nachkommenschaft. Doch zu irgendetwas muss sie nutze gewesen sein, denn hier bin ich, ihre Nachkommin, ebenso wie meine Töchter.

Emilys Aufsatz kam zu dem Schluss, dass man bei Sarah Good heutzutage eine schwere psychische Störung diagnostizieren würde, Bipolarität oder Schizophrenie. Sie zitierte Zeugenaussagen zu Sarah Goods seltsamem Verhalten. Ihre Neigung, vor sich hin zu murmeln, ihr oft feindliches und unsoziales Wesen. Diese psychischen Krankheiten könnten genetisch bedingt sein, schrieb Emily mit Bezug auf Sarah Goods Vater, der Selbstmord begangen hatte. Sie bekam eine Eins für den Aufsatz, der schließlich bei einem landesweiten Wettbewerb eingereicht wurde. Sie gewann nicht, wurde aber lobend erwähnt.

Scott war immer fasziniert von der Theorie, wie der Wahnsinn in meiner Familie vererbt wurde. Er hatte meine Mutter natürlich nie kennengelernt, doch die »Ironie« des Ganzen, wie er sagte, beschäftigte ihn sehr. Zum Beispiel die Tatsache, dass meine Mutter einen Großteil meiner Kindheit im Danvers State

Hospital verbracht hatte, einer Einrichtung für Geisteskranke. Viele wissen nicht, dass die Hexenprozesse von Salem im Dorf Salem stattfanden, das heute Danvers heißt und ganz in der Nähe der Anstalt ist, in die meine Mutter mehr als einmal eingewiesen wurde. Scott war ganz aufgeregt wegen der Information, dass das Danvers State Hospital, das im späten neunzehnten Jahrhundert erbaut worden war, ursprünglich »State Lunatic Hospital at Danvers« hieß und dass es auf dem Hathorne Hill stand, der nach John Hathorne benannt war, einem der Richter der Hexenprozesse von Salem.

»Man hat es tatsächlich ›Irrenanstalt‹ genannt«, rief er beim Blättern in einem Stapel Bücher aus der Bibliothek. »Hieß es immer noch so, als deine Mutter dort war?«

»Nein, natürlich nicht«, gab ich ungeduldig zurück.

Scott wusste, dass ich höchst ungern über die Anstalt und all das sprach. Das meiste hat er mir entlockt, wenn wir schon einiges getrunken hatten. Alkohol lockerte immer meine Zunge. Wie bei meiner Mutter – wenn sie »oben« war, trank sie, um sich etwas herunterzubringen, etwas Schlaf zu bekommen, doch dann übertrieb sie es wieder. Ich erinnere mich nicht besonders deutlich an ihre manischen Phasen, die wohl nicht allzu häufig waren, mein Vater hat mir nur davon erzählt. Einmal landete sie in Danvers, als ich noch sehr klein war, weil sie zu Reverend Howell gefahren war, dem damaligen Pfarrer der Congregational Church. Sie marschierte in sein Esszimmer (noch ein ironisches Detail, das Scott liebt: dieser Raum ist jetzt mein Büro), in dem der Reverend gerade mit seiner Frau und den drei kleinen Kindern beim Essen saß, und fragte, warum er sie immer wieder vergewaltigte und die Kinder der Gemeinde missbrauchte. Meine Tante Peg erzählte mir den Vorfall erst später, hinter vorgehaltener Hand, wenige Tage bevor ich aufs College ging. In meiner Jugend besuchten wir jeden Sonntag die Congregational Church, Mrs. Howell war meine Sonntagsschullehrerin und leitete den Kinderkirchenchor. Sie war immer so nett zu mir gewesen. Und ich hatte keine Ahnung gehabt.

Der erste Aufenthalt meiner Mutter in Danvers, an den ich mich erinnere, war nach der Geburt meines Bruders Judd. Ich war sechs, meine Schwester Lisa etwa vier. Wahrscheinlich litt meine Mutter nach jeder Geburt an einer postnatalen Depression, doch damals wusste man nicht viel darüber. Sie war schwer depressiv, schlief die ganze Zeit. Tante Peg kam zu uns und kümmerte sich um alles. Meine Cousine Jane ist nur ein Jahr jünger als ich, mein Cousin Eddie drei Jahre älter, wir Geschwister freuten uns daher über den Besuch. Eines Tages versuchte Peg meine Mutter dazu zu bewegen, Judd zu nehmen, während sie in der Küche etwas erledigte. Meine Mutter weigerte sich unter Tränen, bis sie schließlich Peg zuflüsterte, sie habe Angst, das Baby zu halten, weil sie es sonst in der Badewanne ertränken könnte. Diese Bilder erschienen immer wieder in ihrem Kopf. Deshalb hatte meine Mutter seit Wochen nicht gebadet, sie hatte Angst, sich der Badewanne auch nur zu nähern.

Es ging also zurück ins Danvers State. An diese Zeit erinnere ich mich, da wir sie dort besucht haben. Nach ein paar Drinks konnte Scott mich meistens überreden, ihm davon zu erzählen. Ich erinnere mich vor allem an den Geruch, der überall im Danvers State in der Luft hing – Urin, Kot, Ammoniak und eine seltsame Mischung aus Chemie- und Körpergeruch. Man entkam dem Gestank nirgends, sobald einen die Angestellten eingelassen hatten, man war vollkommen darin gefangen. Daheim musste man sich eine ganze Stunde in die Badewanne legen und sich mehrmals die Haare waschen, um den Geruch loszuwerden. Meine Mutter war sehr verwirrt und schwieg während unserer Besuche die meiste Zeit. Sie stand wahrscheinlich unter starken Beruhigungsmitteln. Andere Frauen auf der Station kicherten und fluchten, und eine sagte zu mir, sie könne den Teufel über meinem Kopf sehen. Er sei immer dort, in einer

Rauchwolke. Sie starrte auf die Luft über mir und schüttelte den Kopf mit wilden Augen, um mich dann wieder mitleidig anzusehen. Danach fuhren wir nicht mehr in die Anstalt. Irgendwann kam meine Mutter wieder nach Hause.

Meine Mutter war depressiv. Was gibt es da noch zu sagen? Scott und die Mädchen wollten immer mehr über sie erfahren, doch ich habe nie viel erzählt. Sie liebte Tiere. Unsere Katze Calico brachte sie immer zum Lachen – was sonst kaum etwas schaffte. Sie brachte mir das Stricken bei. Sie las gern und brauchte viel Ruhe. Sie war recht hübsch. Als ich zwölf war, brachte sie sich um.

Es war an einem der ersten Sommertage. Ich erinnere mich, wie aufgeregt meine Geschwister und ich waren, weil wir Ferien hatten und nicht in die Schule mussten. Meine Mutter blieb im Bett, was nicht ungewöhnlich war. Wir fuhren mit dem Fahrrad zum Lebensmittelladen, wo uns unser Dad Donuts zum Frühstück gab. Dann gingen wir zu Tante Peg, die in der Nähe von uns wohnte, und spielten mit unseren Cousins, Janie und Eddie. Zum Abendessen brachte uns Tante Peg nach Hause. Sie sagte, sie hatte ein seltsames Gefühl, eine Vorahnung. Sie wollte sich vergewissern, dass mit meiner Mutter alles in Ordnung war.

Mom lag immer noch im Bett, die Schlafzimmertür war verschlossen. Peg klopfte lange, dann rief sie meinen Dad an, der kam und eine Leiter außen an das Haus lehnte. Ich kletterte hinauf und durch das kleine Fenster im ersten Stock, weil mein Vater zu groß dafür war und Tante Peg zu verängstigt und verzweifelt. Deshalb kletterte ich durch das Fenster, rannte durchs Schlafzimmer zur Tür und sperrte sie auf. Ich weiß noch, dass ich dabei den Atem anhielt, als ob ich unter Wasser schwamm, einmal quer durch das Schwimmbecken. Meine Mutter sah ich nur aus den Augenwinkeln. Sie hatte sich seitlich zusammengerollt, mit Blick zur Wand. Nachdem ich die Tür aufgesperrt hatte, rannte ich zu meinem Vater. Ich weiß nicht, woher ich wusste, dass sie tot war. Ich wusste es einfach. Sie hatte jede einzelne Tablette im Haus geschluckt (und wir hatten viele davon).

Danach hatte ich jahrelang Schuldgefühle, weil ich durchs Zimmer gerannt war. Ich hätte zu ihr gehen sollen. Die Leute, die die Geschichte kannten, glaubten sogar, dass ich zu ihr gegangen wäre und versucht hätte, sie aufzuwecken. Doch das bin ich nicht. Ich weiß nicht, warum ich diese Schuldgefühle hatte und sogar jetzt noch manchmal habe. Manchmal glaube ich, tief im Innern, dass ich sie hätte wiederbeleben können, wenn ich meine Hand vor ihre Nase gehalten und überprüft hätte, ob sie noch atmet, wie mein Vater es damals tat. Ich brauchte sie doch. Wie die Stute, die Rebecca bei unserem ersten Treffen gerettet hatte, wiederbelebt durch die Anwesenheit ihres Babys, das sie brauchte.

Doch meine Mutter wusste sehr gut, wie sehr wir sie brauchten, als sie die Tabletten schluckte. Unsere Anwesenheit konnte nicht ignoriert werden. Wir waren keine Babys mehr. Wir waren wild, meine Geschwister und ich, wir stellten ständig das Haus auf den Kopf, schrien einander an, stritten lauthals, stürmten in ihr Zimmer. Sprangen auf ihrem Bett herum und warfen uns Beschuldigungen an den Kopf. Judd hatte immer Ärger in der Schule; jetzt ist er Polizist in Swampscott. Meine Schwester Lisa (die jetzt als Visagistin in Los Angeles lebt) und ich heulten, prügelten uns und schrien uns vor meiner Mutter an, versuchten sie jeder auf seine Seite zu ziehen. Manchmal ließ sie sich überreden, doch meistens sagte sie uns nur, sie brauche Ruhe. Sie war zu müde. Sie wollte allein sein.

»Ihr treibt eure arme Mutter noch in den Wahnsinn«, schrie uns Tante Peg an, wenn sie vorbeikam, um »nach dem Rechten zu sehen«, was sie regelmäßig tat. Das taten wir auch, wir wussten es. Wir schienen sie in sich selbst zu treiben, sie wurde abwesend und traurig. Doch wenn sie so war, während ihrer schwer depressiven Phasen, wie ich jetzt weiß, schien sie nicht einmal mehr zu merken, dass wir da waren. Wir konnten um ihr Bett herumrennen, schreien, fluchen, uns gegenseitig treten, und sie drehte sich nur um und schaute zur Wand.

*Wir sind hier, wir sind hier, wir sind hier,* lautete unser ständiger, vielstimmiger Ruf.

*Wen interessiert's,* war wohl ihre Antwort.

# KAPITEL 11

Tess und Michael hatten mich zu Thanksgiving eingeladen. Außer uns würden noch Michaels Eltern, Nancy und Bill Watson, anwesend sein; Emily reiste ohne Adam aus New York an, der aus irgendeinem Grund Thanksgiving dieses Jahr bei seiner Familie verbringen wollte. Und Scott würde kommen. Das erste Mal seit unserer Scheidung würden wir einen Feiertag zusammen mit den Kindern verbringen. Als Tess einige Wochen zuvor den Vorschlag gemacht hatte, war ich zuerst zurückgeschreckt.

»Lade Scott nur ein, ich verbringe den Abend dann mit Tante Jane«, hatte ich gesagt. Meine Cousine Jane wohnte in Wendover, und ich hatte früher schon die Feiertage mit ihr und ihrer Familie verbracht, wenn Scott bei den Kindern war.

»Warum denn, Mom?«, wollte Tess wissen. »Dad ist allein, du bist allein. Ich weiß, dass ihr euch gut versteht. Dad hat gesagt, ihr hättet erst letzte Woche miteinander telefoniert.«

Das stimmte. Scott hatte mich aus Lenox angerufen, um mich wegen seines Hauses um Rat zu fragen, ob er es jetzt auf den Markt bringen oder bis zum Frühling warten sollte. Nach seiner und Richards Trennung wollte er näher Richtung Marblehead ziehen, damit er Grady öfter sehen konnte. Ich hatte ihm gesagt, er solle noch warten. Die Berkshires sind wunderschön im Frühling, im Herbst und Winter jedoch etwas trostlos, meiner Meinung nach. Scott weiß, dass mein Bild der Berkshires auf einem Besuch in Lenox vor zwanzig Jahren und wiederholter Lektüre von *Ethan Frome* von Edith Warton basiert. Doch er nahm meinen Rat an, er würde bis zum Frühjahr warten. In der Zwischenzeit fuhr er regelmäßig nach Brooklyn, um Emily zu besuchen, und nach Marblehead zu Tess. Er war schon immer ein hingebungsvoller Vater.

Mit der Thanksgiving-Woche beginnt die ruhige Zeit in meinem Beruf. Normalerweise freue ich mich darauf, doch in diesem Jahr waren die Geschäfte nicht gut gegangen. Außerdem hatte man mich genau ein Jahr zuvor nach den Feiertagen nach Hazelden verfrachtet. In diesem Jahr hatte ich wenig Lust, eine der zahlreichen Einladungen anzunehmen. Die Leute trinken immer zu viel auf den Feiern. Früher mochte ich das sehr, ich fühlte mich dabei wie eine normale Trinkerin. Jetzt bin ich auf Partys immer nüchtern und werde irgendwann unweigerlich von einem stockbesoffenen Ehemann in Beschlag genommen, der einen schwer verständlichen Monolog über Barack Obama hält oder darüber, wie sehr er schon immer das Meer geliebt hat. Und natürlich fragen mich auch immer Leute nach dem Wert ihres Grundstückes. Das hat man mich schon immer gefragt, und manchmal ist es ein wenig anstrengend. Wie wenn man einen Arzt auf einer Feier wegen eines hartnäckigen Hustens um Rat bittet. Manchmal habe ich der Person sogar vorher das Haus verkauft, über das sie mich dann ausfragt. Unter Alkoholeinfluss erzählte ich den Leuten, dass ihr Besitz nun mindestens zehn Prozent mehr wert sei als beim Kauf, nur um ihnen eine Freude zu machen. Jetzt liegt mir auf der Zunge: »Weit unter dem, was Sie bezahlt haben«, einfach nur um ihren Gesichtsausdruck zu sehen. Schließlich sagte ich Tess doch für Thanksgiving zu, nachdem ich alle anderen Einladungen abgelehnt hatte.

Am Tag vor der Feier erledigte ich etwas Papierkram im Büro, als Rebecca hereinschneite. Sie trug Reithosen, Stiefel und eine marineblaue Windjacke. Sie strahlte. Es war ein ungewöhnlich milder Tag, und sie hatte zusammen mit Linda Barlow die beiden Pferde, Serpico und Hat Trick, zum Hart's Beach gefahren, um dort auszureiten. Die Pferde kannten das Geräusch der Brandung noch nicht und galoppierten fröhlich drauflos. Sie waren bis zur Wind Point Road geritten, erwähnte Rebecca beiläufig. Bis zur Wind Point Road und wieder zurück.

»Wir haben solches Glück mit dem Wetter«, sagte ich. »Ein herrlicher Tag für einen Ausritt am Strand.«

Rebecca hatte sich auf einen der Stühle gegenüber meinem Schreibtisch gesetzt. Sie legte ein Bein über das andere und lehnte sich zurück, schaute sich in meinem Büro um, als sähe sie es zum ersten Mal.

»Das ist ein tolles Büro«, sagte sie schließlich. »Hat es dein Ex eingerichtet?«

»Natürlich«, erwiderte ich. »Ich habe überhaupt kein Talent für so etwas.«

Rebecca grinste. »Ist er gern mit dir einkaufen gegangen? Kleidung, meine ich … deine Kleidung?«

»Ja«, stöhnte ich, und wir beide lachten. Rebecca wunderte sich immer noch, dass ich trotz aller Indizien jahrelang nicht wusste, dass Scott schwul war. Es war auch wirklich lustig, wenn sie kleine Scherze darüber machte.

»Er brachte mir immer Sachen aus Boston und New York mit, die ich mir nie selbst gekauft hätte, die aber wirklich schön waren …«

Rebeccas Aufmerksamkeit schweifte ab. Jemand schloss die Seitentür des Hauses auf, dann erklangen Schritte auf der Treppe. Rebeccas Wangen waren gerötet, und das nicht nur vom Wind.

»Das war sicher Peter«, sagte sie, nahm einen Briefbeschwerer von meinem Schreibtisch und gab vor, ihn eingehend zu betrachten.

»Das glaube ich nicht«, erwiderte ich. »Peter kommt selten mittwochs ins Büro. Die Newbolds feiern Thanksgiving normalerweise bei Elise' Schwester, in Concord, glaube ich. Wahrscheinlich war es nur Patch Dwight, oben tropft ein Wasserhahn.«

»Oh«, meinte Rebecca. Der Briefbeschwerer – eine einfache Kristallkuppel mit einer Digitaluhr in der Mitte – war plötzlich unglaublich faszinierend. Sie nahm ihn genau unter die Lupe, hielt ihn ins Licht und sah durch seine Wölbung an die Decke.

»Hast du eigentlich Patch angerufen, wegen des Wasseranschlusses in deinem Studio?«

»Ja«, sagte Rebecca. »Das heißt, ich habe Brian anrufen lassen. Du hattest recht, Patch hat sich über den Auftrag gefreut und war sehr nett, als sie alles erledigt haben. Jetzt kann ich meine Pinsel im Studio auswaschen.«

»Hast du viel gemalt in letzter Zeit?«

Rebecca strahlte. »Unmengen. Ich mache eine ganze Serie dieser großen Ölgemälde mit dem Mond über dem Wasser. Für die meisten dienen Peters Fotos als Vorlage. Eines habe ich einmal nachts bei Peter gemalt, bei Vollmond, den man mit der Kamera kaum angemessen einfangen kann. Sobald Peter ihn sah, hat er mich angerufen und mir gesagt, ich solle die Malsachen mitbringen.«

Wir hörten Patch die Treppen herunterkommen, und Rebecca verrenkte sich den Hals, um ihm hinterherzusehen, als er an meinem Fenster vorbeiging. Dann wandte sie sich lächelnd zu mir. »Du hattest recht, es war Patch.«

Ich schaute gerade auf einige Unterlagen auf meinem Schreibtisch, als Rebecca plötzlich sagte: »Hildy, Peter ist ein wenig verärgert über mich. Über uns beide.«

»Oh, warum das?«

Sie zupfte an einer Nagelhaut.

»Warte, lass mich raten. Er weiß, dass du mir von eurer Affäre erzählt hast.«

»Ja, ich habe ihm gesagt, wie du … es erfahren hast. Er war richtig wütend. Er hat gesagt, du hättest mich ausgenutzt.«

»Ausgenutzt?« Ich musste ein Lachen unterdrücken. Ich hatte Rebecca ausgenutzt. Das aus Peter Newbolds Mund war dreist.

»Reg dich nicht auf, Hildy. Alles ist gut. Er denkt nur, dass du mich dazu gebracht hast, Dinge zu erzählen, die ich sonst niemandem sagen würde. Er glaubt, deine hellseherischen Fähigkeiten sind nur ein Spiel.«

»Rebecca, natürlich sind sie das! Das habe ich dir doch gesagt. Ich kann keine Gedanken lesen, jedenfalls nicht so, wie du glaubst. Aber ich habe dich nicht verleitet, etwas zu erzählen. Ich bin wirklich schockiert, dass Peter denkt, du wärest so leicht manipulierbar … Aber okay, jetzt wo ich eingehender darüber nachdenke, sollte ich nicht überrascht sein, denn er scheint dich sehr erfolgreich zu manipulieren.«

»Hildy! Wie kannst du so was nur sagen? So etwas Grausames hat noch kaum jemand zu mir gesagt. Wir meinen es wirklich ernst miteinander, Hildy. Das weißt du. Du weißt alles.«

»Nun, dann sag Peter, dass ich niemandem etwas erzählen werde. Wem auch? Hier oben kennt man seine Frau nicht mal. Wahrscheinlich denken sowieso alle, dass er sich mit seinen Patientinnen einlässt …«

Das war unter die Gürtellinie. »Es tut mir leid«, sagte ich rasch. »So habe ich es nicht gemeint.«

»Ist schon gut«, antwortete Rebecca. »Peter hat mir gesagt, dass du sehr zornig reagieren würdest, wenn ich es dir erzähle, aber ich musste es, du bist meine beste Freundin hier oben. Peter hat nicht nur Angst, dass Elise es herausfindet. Er könnte auch seine Zulassung verlieren, wenn es herauskommt. Psychiater dürfen keine körperliche Beziehung zu ihren Patienten haben, das ist gesetzwidrig. In manchen Staaten könnte er dafür ins Gefängnis wandern. Auch wenn er nur so kurz mein Arzt war.«

»Es ist gesetzwidrig, wenn zwei Erwachsene eine Beziehung eingehen? Einvernehmlich? Ich kann mir nicht vorstellen, dass das stimmt, Rebecca. Vielleicht früher, in puritanischen Zeiten, aber jetzt darf man mit jedem ins Bett gehen, mit dem man will, solange er volljährig ist. Ich sage es ungern, aber ich glaube, Peter hat dir da Mist erzählt …«

»Wie bitte? Das ist kein …«

»Ich zahle einem Mann Alimente, der zwei Jahre mit einem anderen Mann zusammen war, während wir noch verheiratet waren. Das Gesetz hatte da keine Einwände, nein, irgendwie ist es sogar meine Pflicht, ihn und früher auch seinen Partner finanziell zu unterstützen, weil ich mehr Geld verdiene. Ich sehe also keinen Grund, warum es gegen das Gesetz sein sollte, was du und Peter tut. Vielleicht will Peter, dass du das denkst … ach, vergiss es, es tut mir leid.«

»Hildy, schon in Ordnung, aber du hast unrecht. Ich habe es nachgelesen. Es ist gesetzwidrig, weil früher einige Ärzte ihre Patienten ausgenutzt haben. Manche Patienten entwickeln eine Übertragung und glauben, sie hätten sich in ihren Therapeuten verliebt, doch es ist keine echte Liebe. Nicht wie das, was Peter und mich verbindet. Aber ich war auch nie wirklich Peters Patientin. Jedenfalls nicht lange. Wir lieben uns.«

Rebecca sah so zerbrechlich aus, so verletzlich, dass mir meine Worte leidtaten.

»Das weiß ich, wirklich.«

Rebecca rutschte auf dem Sessel nach vorne und sah mir in die Augen. Sie wollte eine Lesung.

»Tatsächlich? Du weißt, was er fühlt? Du kannst es mir sagen, Hildy. Verschon mich nicht, ich muss es wissen. Ich weiß, dass du es weißt.«

»Nein, das weiß ich nicht«, erwiderte ich seufzend.

Deshalb hatte ich damit schon vor Jahren aufgehört. Die Leute wollen, dass man ihnen sagt, sie seien etwas Besonderes; dass ihr Leben eine Art höhere Bedeutung habe und ein vorhersagbares Schicksal auf sie warte. Eine glückliche, strahlende Zukunft speziell für sie.

»Hildy, sieh mich bitte an, nur für einen Augenblick.«

Ich tat es, und ich erschauderte. Arme Rebecca.

»Ja, ja, natürlich liebt er dich. Jetzt hör auf, dir Sorgen zu machen. Warum kommst du heute Abend nicht vorbei, nachdem du die Kinder ins Bett gebracht hast? Wir trinken ein Glas Wein.«

»Ich würde gern, Hildy, aber ich kann nicht. Brian kommt heute Abend, die Schwiegereltern kommen zu Thanksgiving. Ich fahre besser heim und ziehe mich um.«

»Dann ein fröhliches Thanksgiving, Rebecca«, sagte ich, und sie wünschte mir dasselbe.

Ich sah ihr nach, als sie das Gebäude durch die Seitentür verließ, nachdem sie einen Moment an der Treppe zum Obergeschoss stehen geblieben war. Dann stapfte sie in ihren Reitstiefeln über die Seitenveranda, und kurz darauf hörte ich ein Auto die Church Street entlangfahren.

An diesem Tag arbeitete ich bis in den Abend hinein, um alles für das Jahresende in Ordnung zu bringen, und es war schon dunkel, als ich das Büro absperrte. Die Dunkelheit überraschte mich, denn die Uhr auf meinem Schreibtisch hatte drei Uhr dreißig angezeigt. Tatsächlich zeigt die kleine Uhr in dem Briefbeschwerer seither genau diese Zeit an, obwohl ich die Batterien mehrmals gewechselt habe. Ich will nicht behaupten, dass Rebecca etwas damit zu tun hat – auch wenn ich mich erinnere, was Brian auf Wendys Party über Rebeccas seltsame magnetische Kräfte gesagt hat und über ihre Auswirkungen auf elektronische Geräte. Doch die Uhr im Briefbeschwerer ist billig und made in China. Wahrscheinlich war sie schon Tage vor Rebeccas Besuch stehengeblieben, und ich hatte es nur nicht bemerkt.

Ich ging den Weg zwischen meinem Bürogebäude und der Congregational Church entlang und schlug den Mantelkragen hoch. Zwischen den beiden Gebäuden pfeift immer ein widerlicher Ostwind, wenn es kälter wird. Ich blies mir heißen Atem in die Handflächen und blickte zu den hohen Fenstern der Kirche empor, die innen hell erleuchtet war. Es war Mittwochabend, und der Kirchenchor probte wie gewöhnlich für die Sonntagsgottesdienste. Ich sehe die Mitglieder oft von meinem Bürofenster aus durch die beschlagenen Scheiben der Kirche: Sharon Rice, Lucy Dobbs aus der Bibliothek von Crossing, Frizzy Wentworth, den alten Henry Mallard und ein paar andere, die ich nicht kenne. Wenn ich bis spät abends arbeitete, sah ich dem Chor gern von meinem Schreibtisch aus zu. Meistens musste ich über diese ehrlichen Kleinstadtmenschen lächeln, die das Gesangbuch hoch vor sich erhoben hatten, deren Münder gottesfürchtige Silben formten, während sie die eifrigen Augen unterwürfig auf den Chorleiter gerichtet hielten, der außerhalb meines Blickfelds stand. An diesem Abend vor Thanksgiving übten sie einen Choral mit Handglockenbegleitung ein, und ich blieb stehen. Die Kirchenwände sind massiv, kein Laut drang hindurch, doch ich beobachtete die Chormitglieder, wie sie ihre Messingglocken mit Eichengriff hielten, eine in jeder Hand. Sie bewegten die Glocken auf und ab in einem von meinem Standpunkt aus recht zufällig erscheinenden Rhythmus. Mir fiel auf, dass diese Protestanten aus Wendover sich nicht von den Chormitgliedern meiner Kindheit unterschieden. Diese Massachusetts-Frauen mit ihrem zu einem Bob geschnittenen Haar, ungeschminkt, so geschlechtslos wie Kinder oder Pilger. Und die Männer, diese beleibten Familienmänner, alle läuteten sie ihre Glocken, alle zusammen und jeder allein. Hoch, runter. Jetzt … jetzt … jetzt … den Befehlen von jemandem folgend, den ich von meiner Einfahrt aus nicht sehen konnte.

Ich weiß nicht, wer mittlerweile die musikalische Leitung des Kirchenprogrammes innehat. In meiner Kindheit war es Mrs. Howell, die Frau des Pfarrers. Ich mochte sie sehr, durch sie wurde mein Interesse für Musik geweckt. Durch sie habe ich Musik wirklich lieben gelernt. Mrs. Howell leitete sowohl den

Erwachsenen- als auch den Kinderchor. Manchmal sangen beide Chöre zusammen, etwa bei Chorälen, manchmal sangen wir Kinder auch unsere eigenen Choräle während des Gottesdienstes. Mrs. Howell sagte, dass Kindergesang sie die Anwesenheit Gottes ganz deutlich spüren ließ, und sie lehrte uns, keine Angst vor dem Singen zu haben, keine Angst davor, die falschen Noten zu treffen, sondern mit unseren Herzen zu singen. Wenn wir so sängen, wäre keine Note falsch oder schief.

Ja, ich mochte Mrs. Howell unheimlich gern.

In einem Jahr – ich war in der zweiten oder dritten Klasse – wählte sie mich für ein Solo im Weihnachtsgottesdienst aus, die Eröffnungsstrophe von *Mitternacht, Christen.*

»Mitternacht, Christen«, begann ich, allein am Altar stehend, während sich meine dünne, unsichere Stimme in die Gänge und Sitzreihen der alten Kirche wagte, die an diesem Weihnachtsabend kalt und dunkel war. Die sonst vertrauten Gesichter wurden von den flackernden Kerzen und dem schwarzen Rauch, der sich von den Kerzenhaltern, die alle in der Hand hielten, emporschraubte, bis zur Unkenntlichkeit verzerrt. Ich konnte nur Mrs. Howell klar erkennen, die genau vor mir stand, mich ruhig anlächelte und ihre gewölbte Hand mit geschmeidigen Bewegungen durch die Luft führte. Stumm sang sie jedes Wort mit mir mit.

»Dies ist die feierliche Stunde«, sang ich weiter, halb flüsternd. »Da der Gott-Mensch zu uns herabstieg.«

Die Kirche war voll besetzt. So gut wie alle, die ich kannte, saßen in den Reihen, doch ich sah sie nicht. Meine Hände zitterten, und ich krallte sie in die Seiten meines rotkarierten Weihnachtsrockes, um mich zu beruhigen. Dann atmete ich tief ein und sang weiter, die Augen fest auf Mrs. Howell gerichtet.

»Um den Makel der Erbsünde zu tilgen und den Zorn seines Vaters aufzuhalten.« Dann setzte der (oh so wundervolle) Chor ein, jung und alt, und die ganze Versammlung stimmte ein.

»Die ganze Welt bebt vor Hoffnung in dieser Nacht, die ihr (schluck) den Heiland schenkt.« (An dieser Stelle hörte man ganz deutlich den Bariton des alten Mr. Hamilton heraus sowie Mrs. Rileys feinen, etwas schrillen Sopran, der über uns allen schwebte.) »Volk, auf die Knie, erwarte deine Befreiung. Weihnacht, Weihnacht, hier ist der Erlöser!«

Es ist unbeschreiblich, dieses Gefühl von Geborgenheit und Gemeinschaft, das man empfindet, wenn man erst allein singt und plötzlich vom Rest des Chores in die Höhe gehoben wird. Ich sang das Lied mit einem breiten Grinsen fertig und suchte dabei die Sitzreihen nach den Gesichtern meiner Freunde und meiner Eltern ab, die ich jetzt im warmen Kerzenschein erkennen konnte. Da waren sie. Alle waren da und sangen gemeinsam mit uns. Ich erinnere mich an meine Mutter an diesem Abend, wie sie sang und wie sie zu mir emporlächelte, während ihr die Tränen über die Wangen liefen.

Als Mrs. Howell uns das Lied in der Sonntagsschule beibrachte, sollten wir zu jeder Zeile ein Bild zeichnen. Mir wurde die Zeile »Weihnacht, Weihnacht, hier ist der Erlöser« zugeteilt. Ich malte ein Baby in einer Krippe mit einem kleinen Heiligenschein, aus dem Sonnenstrahlen kamen. Mrs. Howell hatte gesagt: »Ich mag die gelben Sonnenstrahlen, mit denen du die Seele und ihren Wert ausdrückst.« Ich hatte stolz gelächelt, auch wenn ich einfach nur das Jesuskind so gezeichnet hatte, wie ich es schon viele Male abgebildet gesehen hatte – immer mit einem kleinen Heiligenschein und den Strahlen. Die Seele. Göttlich in ihrem Wert? So einen Blödsinn erzählen Erwachsene Kindern.

Am Tag darauf war Thanksgiving. Nach dem Frühstück ging ich mit den Hunden spazieren, dann zog ich mir einen Wollrock und Pullover an. Das Wetter hatte umgeschlagen, es würde kalt werden.

Mittags verließ ich das Haus, um pünktlich gegen ein Uhr bei

Tess zu sein; um drei sollte es Essen geben. Emily und Scott waren schon am Abend zuvor eingetroffen, und Michaels Eltern wohnten nur ein paar Häuser weiter. Als ich ankam, waren schon alle versammelt.

Wie schon erwähnt, ist es hart für mich, unter Menschen zu sein, die gern trinken. Tess und Emily nehmen normalerweise Rücksicht – ich wusste, sie würden etwas Wein trinken, aber vorgeben, ihn nicht zu genießen. Die Watsons tranken sowieso kaum. Ich hatte dennoch mit dem Gedanken gespielt, ein wenig später einzutreffen. Ich hatte sogar überlegt, mir vorher ein kleines Glas Wein einzuverleiben. Viele Leute trinken Wein zum Mittagessen, wenn sie nicht arbeiten. Doch ich fürchtete, man könnte den Alkohol riechen. Außerdem haben das viele Frauen in Hazelden aus ihren schändlichen Alkoholikerzeiten erzählt: wie sie sich mit einem Drink gegen etwas gewappnet hatten. Ich war nicht wie sie. Ich brauchte es nicht. Weshalb ich pünktlich um eins in Marblehead eintraf und die alte Bonnie auf der Vorderveranda vorfand.

Wegen der Kälte nahm ich sie mit hinein, wo mich sofort Tess, die mit einer großen Käseplatte an der Tür vorbeiging, schalt: »Mom, ich habe sie gerade rausgebracht. Sie frisst sonst den Käse vom Wohnzimmertisch.«

»Aber Tess, draußen ist es eiskalt. Kann sie nicht in eurem Schlafzimmer bleiben oder so?«

»Nein! Sie jault nur und kratzt an der Tür. Grady schläft gerade, und sie würde ihn aufwecken. Bitte schick sie raus.«

»Okay, okay«, erwiderte ich, packte Bonnie am Halsband und führte sie zurück ins Freie. Ich versprach, ihr später etwas Truthahn hinauszuschmuggeln, und sie ließ sich mit einem tiefen Seufzen auf die Veranda sinken.

Im Haus begrüßten mich alle mit steifen Umarmungen, selbst Nancy und Bill Watson. Warum müssen sich die Menschen dauernd um den Hals fallen? Scott hielt eine Bloody Mary in der

Hand. Ich habe Bloody Marys früher geliebt. Als Tess mich fragte, was ich trinken wollte, wollte ich schon um eine Cola Light bitten, doch dann sagte ich: »Eine Bloody Mary … ohne Wodka natürlich.«

»Eine Virgin Mary, was?«, meinte Scott lachend. Dann sagte er: »Ich hole sie dir, Hildy.« Ich folgte ihm in die Küche. Es war schön, Scott zu sehen, das muss ich zugeben. Ich mag ihn, werde ihn immer mögen. Als ich Scott heiratete, gab ich meinem besten Freund das Ja-Wort. Unsere schlimmsten Jahre waren die, in denen er von seiner Homosexualität wusste, mir jedoch nichts davon sagte. Nachdem die Trennung, der Schmerz der Zurückweisung und die finanziellen Dinge verarbeitet waren, konnte ich in Scott wieder meinen alten Freund sehen. Ebenso ging es ihm mit mir.

Tess werkelte mit Nancy Watson in der Küche herum und wirkte etwas verärgert, als wir hereinkamen.

»Mom, Dad, wir haben hier alles unter Kontrolle. Warum geht ihr nicht zu den anderen ins Wohnzimmer?«

»Ich mache deiner Mutter nur schnell einen Drink«, sagte Scott.

»Oh, okay«, meinte Tess, und ich sah, wie sie Scott aus den Augenwinkeln beobachtete, während sie den Vogel mit Fett übergoss.

»Wann wird Grady etwa aufwachen?«, fragte ich Tess.

»Normalerweise um zwei, jetzt, wo er tagsüber nur noch einmal schläft«, erklärte Nancy.

Ich lächelte und dachte, *ja, ich weiß, alte Besserwisserin. Du kümmerst dich jeden Tag um ihn.*

Scott presste Zitronensaft in meinen Drink und fügte einige Extratropfen Tabasco hinzu, wie ich es gern mochte. Wir gingen zurück ins Wohnzimmer, wo Michael und Bill jedoch Football schauten. Scott und ich waren nie Sportfans gewesen, sahen jetzt aber ein paar Minuten zu. Michael und Bill saßen gefesselt auf der Sofakante. »Nein, nein, neeeein!«, rief Michael plötzlich und hämmerte mit den Fäusten auf die Couch. Scott und ich versuchten herauszufinden, was gerade Dramatisches auf dem Fernsehschirm passierte. Beim Sportfernsehen bin ich wie eine Katze: Ich mag die Bewegung, und ich kann den Gestalten auf dem Bildschirm folgen, aber ich habe keine Ahnung, was sie da genau tun.

»Nun, das war's«, sagte Bill.

»Mist«, fluchte Michael.

Scott und ich lächelten uns an. »Schau dir den Tisch im Esszimmer an«, sagte er. »Ich habe ihn heute früh gedeckt.«

Im Esszimmer stand eine Thanksgiving-Tafel wie von Martha Stewart. Scott sammelte französisches Porzellan sowie wunderschöne alte Tischwäsche und Servietten und teilte diese immer mit den Mädchen. Mir hatte er auch einen Schatz an Sammlerstücken zurückgelassen, doch ich konnte einen Tisch nie so decken wie Scott. Er hatte Schnittblumen in Vasen arrangiert und Kiefernzapfen und buntes Laub in einem Tafelaufsatz. Aus kleinen Kalebassen hatte er Teelichthalter gezaubert. Alles sah wunderschön aus. Wir setzten uns an den Tisch und stießen mit unseren Gläsern an.

»Prost«, sagte ich.

»Prost, Hildy«, antwortete Scott. Wir tranken.

»Wie lange bleibst du in Marblehead?«, fragte ich.

»Ich fahre morgen schon sehr früh zurück, weil ich niemanden habe, dem ich den Laden anvertrauen könnte. Im Winter habe ich nur am Wochenende geöffnet.«

»Oh, richtig, morgen ist der große Einkaufstag, nicht wahr?«

»Vielleicht bei Gap, weniger bei den Antiquitäten. Aber wir … normalerweise läuft es ganz gut für mich.«

Scotts früherer Lebensgefährte Richard war bis zur Trennung auch sein Geschäftspartner gewesen, doch dann zog er zurück nach New York. Scott und ich tranken wieder und lächelten uns an. Scott sah … aufgedunsen aus. Okay, seien wir ehrlich, er sah alt aus. Wahrscheinlich dachte er dasselbe über mich.

»Und du bist immer noch trocken?«, fragte Scott.

»Nicht trocken«, verbesserte ich ihn scherzhaft. »Auf dem Weg der Besserung.«

»Richtig, bitte entschuldige«, sagte er. Dann fuhr er leise fort: »Gehst du zu AA-Treffen?«

»Bist du wahnsinnig?«, flüsterte ich zurück, und er lachte dröhnend.

»Die Mädchen erzählen mir immer, wie gut du dich ›im Programm‹ machst, und irgendwann habe ich sie gefragt: ›In was für einem Programm eigentlich?‹ Ich dachte, du hättest vielleicht eine eigene Fernsehsendung oder was auch immer. Da sagten sie: ›AA, Dad‹, als ob ich ein Idiot wäre. Ich glaube, sie wollen, dass ich auch weniger trinke.«

»Nun, wenn sie dich ohne besonderen Anlass zum Abendessen einladen, dann nimm besser die Beine in die Hand.«

Scott lachte und sagte: »Aber mal im Ernst, Hildy, es ist wirklich toll, was du geschafft hast. Nüchtern zu bleiben und so. Wirklich, das ist großartig. Ich weiß, dass du es für die Mädchen getan hast, aber dir hat es auch unglaublich gutgetan. Ich sehe, wie du dich verändert hast.«

Vielleicht ist das nicht sein erster Drink, dachte ich. *Verändert.* Die Menschen sehen, was sie sehen wollen.

Grady wachte wie vorhergesagt um zwei Uhr auf. Nancy hastete ins obere Stockwerk, um ihn zu holen. Er trug winzige graue Hosen und ein kleines weißes Oxford-Shirt, als sie ihn herunterbrachte.

»Himmel«, murmelte Scott in meine Richtung. »Schau dir den kleinen Republikaner an.«

»Okay«, flüsterte ich zurück, »jetzt weiß ich sicher, dass du zu viel getrunken hast.«

Scott lachte ein wenig zu laut, und Tess und Emily warfen uns verärgerte Blicke zu, bevor sie gemeinsam in der Küche verschwanden.

Wir spielten alle mit Grady, der gerade in einem wunderbaren Alter war. Er konnte gehen und sprechen und bezauberte uns alle mit seinem Charme.

Nancy ließ ihn alle Buchstaben des Alphabets aufsagen, die sie ihm beigebracht hatte. Sie fragte ihn: »Wer ist das?«, und deutete auf Michael.

»Dada.« Grady strahlte.

»Und wer ist das?«, mit einem Fingerzeig auf Bill.

»Papa.«

»Richtig! Papa, hast du gehört, was Grady gesagt hat?«

»Mmm«, murmelte Bill, drehte sich kurz um, winkte seinem Enkel zu und konzentrierte sich wieder auf den Fernseher.

»Und wer ist das?«, fragte Nancy und deutete auf mich.

Grady ließ sich von den Crackern auf der Käseplatte ablenken, die vor ihm auf dem Wohnzimmertisch stand.

»Grady, wer ist das?«, wiederholte Nancy und versuchte den Jungen umzudrehen, damit er mich ansehen konnte. Doch er machte sich los und steckte sich rasch einen Cracker in den Mund. Dann wollte er nach dem Brie greifen.

»Nein, Grady«, rief Nancy, hob ihn hoch und brachte ihn von der verführerischen Platte mit den ganzen tödlichen Milchprodukten weg. »Lass uns mal schauen, ob deine Mama einen Snack für dich hat. Aber gib zuerst Grandma Hildy einen Kuss.«

Grady weinte, weil er unbedingt etwas von der Käseplatte haben wollte, und als Nancy ihn zu mir trug, schüttelte er immer wieder den Kopf und sagte: »Nein, nein, nein.«

»Er ist immer ein wenig unleidlich nach dem Aufwachen«, meinte Nancy mit einem entschuldigenden Lächeln.

»Das weiß ich«, erwiderte ich mit zusammengebissenen Zähnen. Ehrlich, wenn sie nicht gerade mein Enkelkind auf dem Arm gehabt hätte, hätte ich ihr eine reingehauen. Ging es noch peinlicher? Ich hatte Nancy Watson noch nie gemocht. Sie ist einer der beschränktesten Schafsköpfe, die ich je getroffen habe. Wenn sie nicht gerade auf Grady aufpasst, beschäftigt sie sich mit Scrapbooking, und Tess zeigt mir immer Nancys unerträglich kitschige Grady-Bücher, von denen sie anscheinend eines pro Woche anfertigt. Ich lächele dabei immer und sage Sätze wie: »Wie schön, wenn man so viel Zeit für so etwas hat.« Oder: »Ich glaube, mir würde es ohne die Herzen und die Comicteddybären besser gefallen, nur mit den Fotos.« Nancys neueste Masche waren Sprechblasen, die sie aus Gradys Kopf aufsteigen ließ und die unglaublich lustig sein sollten. Ein Foto zeigte Grady nach dem Baden in ein Handtuch gewickelt, und in der dazugehörigen Sprechblase stand: »Aaah, es geht doch nichts über Wellness.« Tess und Nancy juchzten immer begeistert bei jeder neuen Idee, während ich die Bilder vollkommen unbewegt betrachtete.

Das Essen wurde und wurde nicht fertig. Mein Kopf brachte mich um. In den letzten Wochen hatte ich gemerkt, dass ich wirklich von Rot- auf Weißwein umsteigen sollte. Von dem roten bekam ich fürchterliche Kopfschmerzen, wie so viele Menschen, die das Tannin darin nicht vertragen.

Nach nicht enden wollendem Smalltalk mit Scott war es endlich Zeit, sich an den Tisch zu setzen. Emily öffnete in der Küche den Wein.

»Mom? Was möchtest du trinken?«, fragte sie.

Beinahe hätte ich um eine von Gradys Saftpackungen gebeten. Es war immer so infantilisierend (das Wort lernt man beim Entzug), wenn einen die Leute fragten, was man trinken wollte. Bill und Nancy lächelten mich unerträglich gönnerhaft an.

»Scott, mach mir doch bitte noch eine Virgin Mary«, sagte ich stattdessen.

Was er auch gehorsam tat.

Mein kleiner Drink für böse Mädchen, die nicht länger Erwachsenendrinks zu sich nehmen dürfen.

Er reichte mir das Glas. Dann trugen wir alle gemeinsam den Truthahn mit der Füllung auf, das Kartoffelpüree, den Rosenkohl und die Erbsen, den Kürbis und die glutenfreie Pasta mit Sojabutter für Grady, das einzige Gericht aus seiner restriktiven Diät, das er essen wollte. Es folgte die übliche Suche nach der Sauciere und einem funktionierenden Salzstreuer, außerdem roch es seltsam verbrannt. Irgendwann stand ich plötzlich allein mit meiner Virgin Mary in der Küche. Die anderen saßen bereits am Tisch, doch Tess hatte vergessen, die Kuchen in den Ofen zu stellen.

»Das mache ich«, hatte ich rasch gesagt und war in die Küche geeilt. Dort schob ich den Apfel- und den Kirschkuchen in den Ofen und goss mir dann einen Schluck Wodka in meinen Drink. Nicht zu viel. Aber auch nicht zu wenig. Thanksgiving erträgt man wirklich kaum nüchtern. Ich brauchte nur einen kleinen Schluck, um mich zu entspannen.

Danach setzte ich mich zu den anderen, Bill sprach ein Gebet, und wir alle prosteten uns mit erhobenen Gläsern zu. Ich nippte an meinem Drink. Seit der Rückkehr aus Hazelden hatte ich nur Wein getrunken, was meinem Verständnis nach kein wirkliches Trinken war. Wodka, dachte ich bei meinem zweiten Schluck, dagegen schon.

Na und?

Wir versuchten Grady mit etwas Truthahn zu füttern. Scott und ich hatten Tess überredet, seinen Hochstuhl zwischen uns zu stellen. Gerade wollte ich dem Jungen etwas Kartoffelpüree geben, als Michael alarmiert rief: »Nein, Hildy, da sind Butter und Milch drin.« Scotts und meine Blicke trafen sich über Gradys kleinem Kopf, und wir mussten beide ein Lachen unterdrücken. Scotts Nasenflügel flattern, wenn er versucht, nicht zu lachen, und das gab mir den Rest. Ich hustete rasch in meine Serviette und blinzelte Tränen der Erheiterung weg. Wie Michael das gesagt hatte – als ob ich versucht hätte, dem Kleinen Arsen unterzujubeln. Emily unterhielt uns mit einer Geschichte über die Bemühungen einer ihrer Mitbewohner, ein Date auf eHarmony zu bekommen. Es war wirklich urkomisch. Emily ist richtig lustig. Das hat sie von Scott. Ich holte mir noch ein Glas »Tomatensaft«, also noch eine Erwachsenen-Bloody-Mary. Zurück am Tisch klatschte Grady in die Hände und summte vor sich hin. Ich meinte: »Ich glaube, Grady hat eine natürliche Begabung für Musik.«

»Mom, toll, dass dir das auch gerade auffällt!«, strahlte Tess. »Das hat er wirklich, ich habe erst vor ein paar Tagen mit jemandem darüber gesprochen.«

»Natürlich hat er das«, sagte Scott. »Welche Lieder kennst du schon, Grady?«

Michael und Tess versuchten ihn mit Liedern aus seinen Kindervideos zu locken. Zu diesem Zeitpunkt hatten alle ihr zweites Glas Wein beinahe ausgetrunken und machten sich über die dümmlichen Stücke lustig.

»Ich habe ihm richtige Musik beigebracht«, sagte ich. »Lieder, die Daddy und ich euch Mädchen immer vorgesungen haben …«

»Na wunderbar, Grady lernt also Grateful-Dead-Songs«, meinte Emily grinsend.

»Wie bitte?«, protestierten Scott und ich einstimmig, und dann war es plötzlich wie früher, nur wir beide und die Mädchen.

»Ich habe Grateful Dead immer gehasst«, sagte ich, kippte meinen »Saft« und lachte bei der Vorstellung.

»Ich auch. The Dead, also bitte«, stimmte Scott mir zu. »Grady, hier ist ein Lied der großartigen Nina Simone …«

»Dad, nein!« Die Mädchen brachen vor Lachen beinahe zusammen. Ich verschluckte mich fast an meinem Drink, so lustig war das alles. Die Vorstellung, dass Scott vor den Watsons etwas von Nina Simone singen könnte …

»Nein«, sagte ich schließlich. »Grady mag Simon & Garfunkel. Ich habe ihm ›Scarborough Fair‹ beigebracht.«

»Wirklich, Hildy?«, fragte Scott und lächelte mich liebevoll an. »Sing es«, forderte er mich auf. »Sing es ihm vor.«

»Nein«, kicherte ich errötend.

»Na los, Mom«, sagte Emily.

»Na ja, allein kann ich es nicht singen, wir brauchen eine zweite Stimme.«

»Dad …?«, bettelten die Mädchen.

»Ich kann es nicht glauben. Ihr habt es immer gehasst, wenn wir zusammen gesungen haben«, sagte ich lachend.

»Nein, haben wir nicht«, entgegnete Tess.

»Nur, wenn ihr im Auto gesungen habt«, sagte Emily.

»Das stimmt, das war furchtbar. Okay, singt nicht«, sagte Tess. Natürlich gaben wir eine kleine Vorführung, die auch gut gelang. Wir lächelten uns über Gradys Kopf hinweg an, der hin und her schoss, um zuerst Scott anzusehen, dann mich, dann wieder Scott. Ein paar Noten klangen schief, Scott vernuschelte den Text, doch im Refrain waren wir perfekt. Es war ein herrliches Gefühl. Als wir fertig waren, klatschte Grady mit den Handflächen auf das Tablett seines Hochstuhls.

»Mehr!«, kreischte er, »mehr!«

Alle lachten, und Emily wischte sich lächelnd mit der Serviette Tränen aus den Augen. Sie war schon immer die emotionalste von uns gewesen, aber es war auch ein ergreifender Moment.

»Du wirst es noch bereuen, Grady, wenn wir erst einmal angefangen haben«, sagte Scott.

»Ich hatte ja keine Ahnung, dass ihr beide so herrliche Singstimmen habt«, meinte Nancy Watson.

»Die Mädchen können auch wunderschön singen. Hast du noch deine Gitarre, Tess?«, fragte ich. Sie schenkte sich gerade ein weiteres Glas Wein ein.

»Irgendwo, ich glaube, oben auf dem Dachboden. Ich kann nachsehen. Aber ich singe nicht mit euch zusammen.«

Nach Dessert und Abwasch saßen wir um den Kamin, während Tess ihre Gitarre stimmte. Ich durfte Bonnie endlich ins Haus lassen, und als ich sie in der Küche fütterte, »würzte« ich meinen Drink noch ein wenig. Doch das musste reichen, mehr würde ich nicht trinken. Schließlich musste ich noch nach Hause fahren. Scott kam in die Küche, als ich gerade eine Zitrone auspresste.

»Die gute alte Bonnie«, sagte er. »Und wie geht es deinen kleinen Vertrauten?«

Scott hatte unsere Familienhunde immer meine »Vertrauten« genannt, was zu seinem Lieblingswitz über meine »Hexenhaftigkeit« gehörte. Als die Kinder klein waren, hatten wir einen hübschen Husky-Mischling namens Luca, der auf Scotts geliebte Sachen pinkelte und seine Schuhe und Gürtel annagte. Scott hat oft behauptet, dass der Hund meinen Befehlen folgte, was mich immer amüsierte.

»Babs und Molly sind keine Vertrauten und überhaupt nicht wie Luca. Er sah aus wie ich, er hat sich so verhalten wie ich.«

»Jetzt bist du aber zu hart zu dir«, sagte Scott.

»Wie meinst du das? Luca war ein großartiger Hund. Loyal, stoisch, klug …«

»Böse, rachsüchtig und nicht erzogen, so erinnere ich mich an ihn«, erwiderte Scott lachend.

»Siehst du? Genau wie ich. Die beiden jetzigen Hunde sind keine Vertrauten. Vielleicht Babs, ein klein wenig.«

»Babs ist die gemeine kleine Beißerin, nicht wahr? Meiner Meinung nach ist die andere dir viel ähnlicher. Die nett lächelnde – du willst nur nicht, dass die Menschen dich so sehen.«

»Nein! Ich bin überhaupt nicht wie Molly mit ihrer verzweifelten Bedürftigkeit.« Ich lachte.

Scott bat mich, mit Bonnie meinen alten Partytrick aufzuführen. Ich kann Hunde dazu bringen, einfache Befehle zu befolgen, ohne meine Stimme oder offensichtliche Handbewegungen. Ich muss den Hund dafür nicht kennen, ich sichere mir seine Aufmerksamkeit einfach mit einem Happen Essen, dann hört er auf mich. Ich nahm mir ein Stück Truthahn von der Arbeitsplatte in der Küche und rief Bonnie zu mir. Dann hob ich die Hand mit dem Fleisch ein paar Zentimeter. Der Hund machte »Sitz«. Ich wartete, bis Bonnie den Blick von dem Truthahnstück zu mir wandern ließ, dann starrte ich sie an, atmete langsam aus und beugte mich ein wenig zu ihr. Nach einer kurzen Pause machte sie »Platz«. Da warf ich ihr das Truthahnfleisch zu.

»Mom? Dad?«, rief Emily aus dem Wohnzimmer. »Was macht ihr?«

»Nichts, Schatz, Mommy verhext nur den Hund«, antwortete Scott lachend, und ich schubste ihn spielerisch, als wir zurück ins Wohnzimmer gingen.

Ein paar Minuten später ließ ich Grady auf meinen Knien wippen und sang ihm vor:

Hoppe, hoppe, Reiter,
wenn er fällt, dann schreit er,
fällt er in den Sumpf,
dann macht der Reiter … plumps!

Bei der letzten Zeile quietscht Grady immer vor Vergnügen, weil ich nach »plumps« meine Knie auseinanderziehe und seinen kleinen Hintern für einen Moment nach unten sacken lasse und er denkt, er würde gleich auf den Boden fallen. Dann hole ich ihn aber natürlich wieder hoch auf meinen Schoß. Grady liebt dieses Spiel und kann davon gar nicht genug bekommen. Auch die Mädchen haben es geliebt.

Scott gelang es endlich, die Gitarre zu stimmen. Die Watsons tranken Kaffee und aßen Kuchen. Scott konnte hervorragend Stimmen nachahmen, und er war am besten, wenn er ein Lied genauso wie der ursprüngliche Interpret sang. An diesem Abend begann er zum Beispiel mit »Sweet Lorraine« von Nat King Cole, allerdings mit einer Gitarre. Es klang überraschend gut, so wie Scott das Lied spielte. Dann überredete er mich, zusammen mit ihm zu singen.

»Nur eines«, stimmte ich widerstrebend zu. Wir sangen eine langsame Version von »Sea of Love«, die wir zu unseren Coffeeshopzeiten oft gesungen hatten, jetzt aber schon seit Jahren nicht mehr. Unsere Version des Liedes war eindringlich und traurig. Als wir es beendet hatten, standen mir Tränen in den Augen. Scott beugte sich zu mir und küsste mich auf die Wange. Dann musste Grady ins Bett.

»Ich bringe ihn hoch«, sagte Nancy.

Grady saß noch auf meinem Schoß, weshalb ich ihn hochhob und im Aufstehen meinte: »Sei nicht albern, Nancy, du hast dich heute Abend um alles gekümmert, jetzt ruh dich aus. Ich bringe ihn nach oben.«

Die anderen schienen ein wenig verblüfft bei meinen Worten, die ich vielleicht ein bisschen zu laut geäußert hatte.

»Aber ich kenne doch den ganzen Ablauf und alles«, sagte Nancy.

»Na ja«, antwortete ich mit einem entrüsteten Lachen, »ich bringe ihn jeden Freitagabend ins Bett.«

»Ich bringe Grady ins Bett!«, schaltete sich Michael ein.

Nancy und ich lachten, ebenso wie die anderen. Wir benahmen uns wirklich wie zwei alte Ziegen, weshalb ich Grady an seinen Vater weiterreichen wollte, nachdem ich noch ein wenig mit ihm gekuschelt und seinen Hals mit kleinen Küssen bedeckt hatte, was er mit kreischendem Gelächter quittierte. Ich machte weiter.

»Okay, Mom«, sagte Tess und musterte mich aufmerksam. »Er soll vor dem Zubettgehen nicht so aufgedreht sein.«

»Natürlich«, erwiderte ich und reichte meinen Enkel nun wirklich an Michael weiter. Michael war ein großartiger Vater.

Ich vergaß das oft, weshalb ich ihn und Grady in den Arm nahm und sagte: »Ich muss jetzt los, weshalb ich euch schon mal eine gute Nacht wünsche, meine lieben Jungs, und danke, Michael, für ein wirklich wunderschönes Thanksgiving.« Wieder umarmte ich die beiden.

»Keine Ursache, Hildy, es war uns eine Freude«, antwortete Michael etwas überrascht.

»Du bist ein wirklich wunderbarer Vater, ich hoffe, du weißt das!« Ich konnte nicht anders, ich musste sie einfach noch einmal umarmen.

»Wow, danke, Hildy. Sag Granny gute Nacht«, forderte er Grady auf.

»Nach«, antwortete Grady.

Michael nahm seinen Sohn mit nach oben, während Bill, Nancy und ich unsere Jacken holten. Ich umarmte meine Mädchen, meine wunderbaren Mädchen und sagte ihnen, wie sehr ich sie liebte. Sie stotterten etwas wie, dass sie mich natürlich auch liebten. Dann umarmte ich Nancy und Bill. Ehrlich, trotz ihrer Dummheit und ihrer Art, Grady als ihr persönliches Enkelkind zu beanspruchen, muss man Nancy und Bill Watson einfach mögen. Sie sind das Salz der Erde. Es gibt kaum einen unkomplizierteren Kerl als Bill Watson. Und Nancy meint es immer gut. Ich kann mich wirklich glücklich schätzen, dass sie zu meiner Familie gehören, und das sagte ich ihnen auch.

Scott begleitete mich zu meinem Auto und öffnete mir die Fahrertür. »Das war toll«, sagte er, »wieder zusammen zu sein, wieder eine Familie zu sein.«

»Ja, das war es«, strahlte ich und umarmte ihn. Wir küssten uns. Ein richtiger Kuss, auf die Lippen, und danach sagte ich: »Warum musstest du auch so verdammt schwul werden?«

Scott lachte, und ich stieg in meinen Wagen. Dann rollte ich sehr langsam rückwärts aus der Einfahrt, wegen des Alkohols, da kann man nicht vorsichtig genug sein, und fuhr davon.

Ich brauchte gute fünfundvierzig Minuten statt der üblichen zwanzig für den Heimweg, doch ich war so guter Dinge. Heute Abend hatte sich für mich etwas bestätigt, was ich mir schon lange gedacht hatte. Mit Alkohol war ich eine bessere Gesellschaft. Die Mädchen hielten meinen Alkoholkonsum für schädlich. Nun, heute Abend hatte ich das genaue Gegenteil bewiesen. Er war hilfreich. Alle hatten mehr Spaß, wenn ich trank. Die Mädchen, Scott und ich hatten schon lange nicht mehr so zusammen gelacht. Wenn meinen Töchtern mein Trinken so peinlich war, dann würde ich es eben immer wie heute Abend machen. Im Stillen, heimlich, nur ganz wenig. Um mich zu entspannen.

Am Ortseingang von Wendover kann man entweder nach Crossing fahren und dann über die Pig Rock Lane hinunter zur River Road, wo ich wohne, oder man kann die lange Strecke über den Hügel nehmen. Ich entschied mich für die zweite Möglichkeit, da ich neugierig war, was für Leute Rebecca zu Thanksgiving eingeladen hatte. Als ich an ihrem Haus vorbeifuhr, sah ich fünf oder sechs Autos in der Einfahrt. Als ich den Hügel wieder hinunterfuhr, kam ich an Frankies Haus vorbei, in dem ein Feuer brannte. Ich sah, wie sich der Rauch im Mondlicht aus dem Kamin schlängelte. In einem der Zimmer im Erdgeschoss brannte Licht. In der Auffahrt stand nur sein Truck. Ich fragte mich, mit wem er Thanksgiving verbracht haben könnte – wenn überhaupt. Ich spürte den Drang, bei ihm einzubiegen und an seine Tür zu klopfen. Doch ich fuhr weiter. Das habe ich im Entzug gelernt: Jackpots vermeiden.

In Hazelden haben die Leute viel über die »Jackpots« geredet, die sie während ihrer Alkoholikerzeiten geknackt hatten. Wenn sie ihre Geschichte erzählten, ihren »Trinkolog« abhielten, dann sagten sie Sachen wie: »Es ging mir gut, ich hatte einen tollen Job, tolle Kinder. Zwei, drei Monate habe ich nur in Gesellschaft getrunken. Und dann habe ich einen weiteren Jackpot geknackt.«

Das konnte eine Verhaftung wegen Alkohols am Steuer sein oder eine betrunkene Szene in der Öffentlichkeit. Eine Kündigung wegen Alkohols am Arbeitsplatz. Eine Frau wachte oft an fremden Orten mit fremden Männern auf. Eine Frau in Hazelden ging in eine Bar, um ihren Liebeskummer zu ertränken, und wachte irgendwann in einem Ferienresort auf den Bahamas auf, mit einem sehr netten Mann, der allerdings verheiratet war. Das waren lustige Geschichten. Alle lachten, selbst die Erzähler dieser Begebenheiten, weil sie erkannten, dass sie nicht die schlechten / verrückten Menschen waren, für die sie sich gehalten hatten. Sie litten an einer Krankheit namens Alkoholismus. Es gab eine Lösung. Sie hieß Anonyme Alkoholiker, und dazu gehörte normalerweise eine »höhere Macht«.

*Gott.*

Jeder sollte seine ganze Geschichte erzählen, von den frühesten Erfahrungen mit Alkohol bis zu seinem Aufenthalt in Hazelden. Als ich nach etwa einer Woche dort an der Reihe war, vor der Gruppe zu erzählen, begann ich wie viele andere. Ich berichtete, wie sehr ich das Gefühl mochte, das der Alkohol mir gab – von meinem ersten Bier an, oben am North Beach mit ein paar Mitschülern. Ich sprach davon, wie er mir auf dem College geholfen hatte, meine Schüchternheit zu überwinden. Wie ich mich damit hübscher, lustiger, klüger und sehr viel netter fühlte. Alle nickten bei meinen Worten. Sie »identifizierten« sich mit mir. Alkohol hatte anfangs dieselbe Wirkung auf sie gehabt. Dann lehnten sich alle zurück und warteten, dass ich erzählte, wie alles den Bach hinunterging. Sie wollten meine »Jackpots« hören. Ich dagegen sprach weiter von den guten Zeiten. Von den Coffeeshops, in denen Scott und ich gespielt hatten, wie der Alkohol mir das Lampenfieber genommen hatte und mich besser singen ließ. Ich erzählte, wie wir nach Woodstock trampten und total bekifft Jimi Hendrix sahen. Ich erklärte, dass meine Schwangerschaften mir gutgetan hatten, da ich dadurch aufgehört hatte zu rauchen und zu kiffen. Im Laufe der Jahre nahm ich dann abends immer einen oder zwei Drinks zu mir, liebte das Gefühl der Lockerheit auf Festen, vor allem nachdem Scott mich verlassen hatte und ich mich vollkommen verloren fühlte.

»Am meisten vermisse ich es, mit Menschen etwas zu trinken, die ich liebe«, fasste ich schließlich zusammen. »Dann liebe ich sie nämlich noch mehr.«

Normalerweise erhebt sich nach diesen »Trinkologen« dröhnender Applaus, doch als ich mit meinem Bericht fertig war, gab es eine Pause, und schließlich klatschten nur meine Zimmergenossin und eine Frau, die an ihrem ersten Gruppentreffen teilnahm.

Celia, die Beraterin und Leiterin der Gruppe, räusperte sich. »Hildy, ich habe das Gefühl, du hast etwas ausgelassen.«

»Oh«, sagte ich und dachte angestrengt nach. »Nun, ich habe jahrelang getrunken, da erinnere ich mich nicht mehr an alles.« Die Leute lachten, was mir gefiel.

»Bist du nicht wegen Alkohols am Steuer verhaftet worden?«

»Ja. Aber ich wäre nie verhaftet worden, wenn ich nicht ausgerechnet einem State Trooper aufgefahren wäre.«

Die anderen bogen sich vor Lachen. Es war wirklich lustig. Ich lachte auch.

Celia sagte: »Ich finde, du solltest Kapitel fünf im Blauen Buch lesen, Hildy, in dem es um Ehrlichkeit geht. Der erste Schritt zur Ehrlichkeit, zur Bewältigung der Krankheit Alkoholismus ist das Eingeständnis, dass wir keine Macht über den Alkohol haben, dass unser Leben aus dem Ruder gelaufen ist.«

»Ich habe allein im letzten Jahr sieben Millionen Dollar brutto als Immobilienmaklerin verdient. Ich habe zwei wundervolle Töchter aufgezogen. Mein Leben ist nicht aus dem Ruder gelaufen, bis ich hierherkam …«

*Warum wollte das nur keiner verstehen?*

Raymond, ein sehr lustiger und sympathischer Schwarzer aus

der Gruppe, sagte: »Ich verstehe vor allem nicht, warum du überhaupt hier bist, Hildy.«

Da musste ich zugeben, dass meine Töchter mir vorgeworfen hatten, Alkoholikerin zu sein, dass sie mich einer Intervention unterworfen hatten. Ich stolperte immer über das Wort und wollte »Inquisition« anstatt »Intervention« sagen. Nach diesem Eingeständnis versuchte die Gruppe mir zu helfen, an meinem Leugnen zu arbeiten. Wenn man nach den achtundzwanzig Tagen entlassen werden will, passt man sich am besten an und erzählt ein paar Kriegsanekdoten. Also gab ich meine Jackpots zum Besten. Ich war im College ein- oder zweimal an einem fremden Ort aufgewacht. Die Verhaftung wegen Alkohols am Steuer, einige verschwommene Geschäftsmittagessen, diverse betrunkene Monologe auf Dinnerpartys. Und die Sache mit Frankie Getchell – die ich allerdings für mich behielt.

Jahre vor meinem Aufenthalt in Hazelden knackte ich den Frankie-Getchell-Jackpot. Ich muss allerdings dazusagen, dass meine Ehe mit Scott zu diesem Zeitpunkt schon vollkommen zerrüttet war. Wir hatten seit sechs Jahren keinen Sex mehr gehabt. Er hat behauptet, er hätte eine »schwache Libido«. Komischerweise habe ich ihm geglaubt. Zumindest teilweise. Vor allem dachte ich, ich sei so unattraktiv geworden, dass er kein sexuelles Interesse mehr an mir hatte. Ich dachte, mit mir stimme etwas nicht. Und dann war ich auf Mamies und Boaties legendärer jährlicher Weihnachtsfeier mit mindestens hundert Gästen. In einem Jahr hat Mamie dem Shetland-Pony ihrer Tochter Lexie ein Geweih aufgesetzt und es mit auf die Party gebracht. Mamie bekam einen Tritt in den Oberschenkel, weil die Menschenmenge das Pony erschreckte. Schließlich riss es sich los und galoppierte in die Küche, zertrümmerte Teller und ängstigte die Catering-Leute beinahe zu Tode.

In dem Jahr, von dem ich erzählen will, war die Party von einem heftigen Schneesturm überschattet. Ich war sehr betrunken. Scott war in New York auf der »Suche nach Antiquitäten«. Ich fand erst später heraus, wie aphrodisierend »Antiquitäten« sein können. Die Party war am Ausklingen, und als ich in mein Auto steigen wollte, ließ es sich nicht von der Eisplatte bewegen, die sich darunter gebildet hatte. Alle anderen waren schon gefahren, und mein Auto blockierte Mamies und Boaties Garage, so dass sie ihrerseits nicht herausfahren konnten. Boatie rief Frankie an, dessen Männer gerade mit den Schneepflügen unterwegs waren. Vielleicht konnte mich einer von ihnen nach Hause fahren. Mamie und Boatie wollten, dass ich bei ihnen übernachtete, aber zu dem Zeitpunkt wohnten die Mädchen noch zu Hause, und ich wollte nicht, dass sie am nächsten Morgen in einem leeren Haus aufwachten.

Als der Schneepflug eintraf, umarmte ich Boatie und Mamie zum Abschied und ging vorsichtig über das Eis zu dem Truck, wo schon der Fahrer auf mich wartete, um mir auf den Beifahrersitz zu helfen. Es war Frankie. Frankie Getchell. Ich trug ein schwarzes, enges Kleid und hochhackige Schuhe – damals hatte ich noch eine bessere Figur –, und er musste mir beim Einsteigen in seinen großen, schmutzigen Truck helfen. Dann kletterte er auf den Fahrersitz.

»Hallo, Hildy«, sagte er und legte den Rückwärtsgang ein.

»Hallo, Frankie. Ich dachte nicht, dass du kommen würdest, sondern einer deiner Männer.«

»Nö. Ich bin's.«

Wir fuhren durch den Schneesturm, die Straße war nicht zu sehen. Der Wind wirbelte den Schnee um unsere Windschutzscheibe, und es war, als flögen wir durchs All, würden leise in einen Sternenwirbel gezogen. Ich sagte zu Frankie, wenn er wie ich die Augen zusammenkniffe, wäre es wie in einer Rakete, an der Sterne und winzige Planeten vorbeiwirbelten. Frankie lachte, und ich sah zu ihm hinüber, ob er auch wirklich die Augen zusammenkniff. Ich sah nicht den beleibten Frankie von heute, der eine Glatze bekam, dessen Pferdeschwanz immer dünner wurde, der seltsam hinkte und dessen Auto nach Abfall roch. Ich sah den Frankie, der mich in diesen heißen, schlüpfrigen, salzigen Nächten vor so vielen Jahren auf den Booten fremder Leute so fest gehalten hatte.

»Mehr«, flüsterte ich ihm damals manchmal ins Ohr, »mehr.« Frankie gab mir immer das Gefühl, als wäre immer genug für mich da. Doch jetzt befand ich mich in einer sexlosen Ehe. Mein Mann war ein guter Freund und guter Vater, aber jetzt wollte ich guten Sex. All das erzählte ich Frankie, mehr oder weniger mit diesen Worten. Er lächelte mich an und schüttelte den Kopf. Alles liegt unter einem Nebel, einem beschämenden Nebel, doch ich erinnere mich, dass er leicht errötete. (Wo sind die Filmrisse, wenn man sie braucht?)

»Lass uns bei dir vorbeifahren, Frankie, nur für ein … paar Minuten.« Ich trug eine schwarze Donna-Karan-Strumpfhose, hatte meine Schuhe abgestreift und strich mit meinem Zeh an seinem Bein entlang.

Frankie hielt tatsächlich bei seiner Einfahrt und fragte: »Wirklich, Hildy?«

»Ja«, sagte ich und brach in Tränen aus.

»Okay, ich bringe dich doch besser nach Hause.«

»Du findest mich ekelhaft, nicht wahr?«, schluchzte ich.

»Nein, Hildy, du bist nur betrunken. Geh ins Bett und schlaf deinen Rausch aus. Morgen geht es dir besser.«

Natürlich wachte ich am nächsten Morgen auf und fühlte mich viel, viel besser. Vollkommen erniedrigt. Es war einer dieser Tage, an denen ich mit lähmender Angst aufwachte, der quälenden Erkenntnis, dass mein Alkoholkonsum außer Kontrolle geraten war. Ich wachte nicht zum ersten Mal mit diesem Gefühl auf, und auch nicht zum letzten Mal vor Hazelden.

Mittlerweile erlebe ich das nicht mehr, denn wie gesagt, ich habe gelernt, Jackpots aus dem Weg zu gehen. Ich habe alles unter Kontrolle, trinke nur so viel, dass ich einen Jackpot erkenne und ihn vermeiden kann.

An diesem Thanksgiving-Abend fuhr ich daher an Frankies Haus vorbei und ging mit Molly und Babs ins Bett, meinen süßen Mädchen, meinen lieben, lieben Hündinnen. Ich schlief sofort ein, voll von Thanksgiving.

# KAPITEL 12

»Rebecca McAllister hat heute Morgen schon dreimal angerufen«, informierte mich Kendall, als ich Montag früh ins Büro kam.

»Es ist Viertel nach neun«, sagte ich, »und sie hat schon dreimal angerufen?«

»Ja, sie hat zwei Nachrichten auf dem Anrufbeantworter hinterlassen. Vor ein paar Minuten hat sie es noch einmal versucht.«

Ich ging in mein Büro und wählte Rebeccas Nummer. Sie nahm nach dem ersten Klingeln ab.

»Hildy?«, fragte sie atemlos.

»Hallo, Rebecca. Was ist los?«

»Oh, nichts. Wie geht es dir?«

»Gut …«

Rebecca lachte. »Ich habe mir gestern Abend ein wenig Sorgen um dich gemacht.«

*Gestern Abend?*

»Oh?«, fragte ich.

»Ich hatte mich wirklich gefreut, als du angerufen und vorgeschlagen hast, noch bei uns vorbeizuschauen, aber dann war ich froh, dass du es nicht getan hast. Brian und ich haben gewartet, weißt du.«

»Oh, ja, ich bin dann ins Bett gegangen.«

So ist das. So ist es für jemanden, der bis zum Filmriss trinkt.

Bis Hazelden dachte ich, dass jeder, der trank, auch Filmrisse hatte. Mir zumindest passierte das, seit ich in der Highschool mit dem Trinken angefangen hatte. Manchmal konnte ich mich nicht einmal erinnern, auf einer Party gewesen zu sein, deren Mittelpunkt ich gewesen war, wie ich am nächsten Tag erfuhr.

»Ich wusste nicht einmal, dass du betrunken warst«, sagten meine Freunde oft, wenn ich ihnen erzählte, dass ich mich nicht an sie erinnern konnte. Ich schien damals mit einem irgendwie charmanten Nach-mir-die-Sintflut-Autopiloten zu funktionieren. Ich war auf einer Party, in einer Bar oder einem Restaurant, kippte ein paar Drinks, unterhielt mich angeregt, und dann war es auf einmal der nächste Tag. Erst später erfuhr ich, dass ich mit ein paar Leuten zum Strand zum Nacktbaden gefahren war oder alle überredet hatte, auf dem Tresen zu tanzen, oder sogar jemanden verführt hatte, den ich kaum kannte.

Im Laufe der Jahre heiratete ich und wurde Mutter, und stundenlange Erinnerungslücken waren nicht länger lustig. Manche hielten so etwas für die Anzeichen eines Problems. Weshalb ich recht geschickt darin wurde, um die spärlichen Erinnerungen an die letzte Nacht herumzuerzählen. Ich gab vage Antworten auf die Frage, wie ich nach Hause gekommen war, und tastete mich durch vergessene Gespräche. Ich schloss Immobiliengeschäfte mit Filmriss ab, lud Leute ein, plauderte Geheimnisse aus, sagte flüchtigen Bekannten, wie gern ich sie mochte – und alles musste wieder in Ordnung gebracht werden, wenn ich nüchtern war, meistens mit einem furchtbaren Kater. Das Trinken daheim in meinem Haus war daher nach Hazelden ein willkommener Ausweg gewesen. Was für eine Erleichterung, nach dem Aufwachen nicht so viel Mist wieder geraderücken zu müssen. Ich hatte allerdings gedacht, dass ich in betrunkenem Zustand niemanden mehr anrief, doch nach Rebeccas Erzählung hatte ich offensichtlich wieder damit angefangen. Oder mein heimtückischer Autopilot hatte es getan. In Hazelden hatte uns ein Berater während einer »Alkoholerziehungssitzung« Filmrisse erklärt: »Bei einem Filmriss arbeitet das Bewusstsein nicht. Man agiert hauptsächlich mit sehr primitiven Instinkten, wie ein Tier.« Mein inneres Tier hatte Rebecca angerufen, und jetzt musste ich die Spuren verwischen.

»Mir wurde klar, dass ich doch besser ins Bett gehen sollte«, erklärte ich.

Rebecca lachte. »So, wie du dich angehört hast, habe ich mir Sorgen gemacht, dass du dich ans Steuer setzen könntest. Als ich dich zurückrief und du nicht ans Telefon gegangen bist, dachte ich mir, dass du schlafen gegangen bist. Du scheinst allerdings ein tolles Thanksgiving gehabt zu haben.«

»Es war wirklich sehr schön«, antwortete ich knapp. *Uff. Was hatte ich nur erzählt?*

»Ich finde es so toll, dass dich und Scott so eine schöne Freundschaft verbindet. Ich fürchte, bei mir und Brian wird es nicht so gut laufen, wenn wir uns trennen«, sagte Rebecca. Dann fragte sie, bevor ich etwas erwidern konnte: »Hast du gesehen, ob Peter heute in seiner Praxis ist?«

»Rebecca, ich bin gerade erst ins Büro gekommen, aber warum sollte er an einem Montag hier sein?«

»Ich weiß es nicht. Aber er ist nicht im Krankenhaus, dort versuche ich es schon den ganzen Morgen.«

Ich sah auf meine Schreibtischuhr, die immer noch drei Uhr dreißig anzeigte, dann auf meine Armbanduhr.

»Es ist zwanzig vor zehn«, meinte ich. »Wahrscheinlich ist er einfach noch nicht dort eingetroffen. Was ist denn so dringend?«

»Dringend? Warum muss es denn dringend sein? Ich habe ihn seit einer Woche nicht gesehen, ich muss mit ihm sprechen. Normalerweise ist er um acht Uhr im Krankenhaus. Jetzt fürchte ich, dass übers Wochenende etwas Schlimmes geschehen ist.«

»Rebecca«, sagte ich, »sicher ist alles in Ordnung. Wahrscheinlich war das Wochenende nur recht hektisch wegen Thanksgiving. Vielleicht hat er auch noch einen kleinen Kater und hat verschlafen …«

»Was? Du glaubst, er hat Spaß mit Elise? Dass er mit ihr feiert? Du hast es mir letztens doch selbst gesagt, er liebt mich! Sein

Leben mit Elise ist die Hölle. Ich fürchte wirklich, dass etwas nicht in Ordnung ist.«

Ich schwieg. Rebecca war unhöflich. Ich hatte Kopfschmerzen.

»Hallo?«, fragte sie schließlich.

»Ja, ich bin noch dran«, antwortete ich, während ich die Post auf meinem Schreibtisch durchsah.

»Hildy, sagst du mir Bescheid, wenn er in die Praxis kommt?«, bat Rebecca mit leiserer Stimme. Sie flehte wie ein kleines Mädchen.

»Natürlich, Liebes«, sagte ich beruhigend. Nachdem wir aufgelegt hatten, machte ich mir ein wenig Sorgen um sie. Sorgen um sie und Peter.

Um die Feiertage herum gehen die Geschäfte immer langsam, doch Anfang Dezember bekam ich ein Angebot für Patch' und Cassies Haus. Ich hatte es den Goodwins zweimal gezeigt und wusste, dass sie interessiert waren, doch sie hatten Bedenken wegen des »Zustands« des Anwesens, daher hegte ich keine großen Hoffnungen. Franks Renovierungsmaßnahmen hatten nicht lange vorgehalten. Doch die Goodwins wollten in Wendover wohnen, das Haus lag in ihrem Budget, und sie liebten die Lage. Das Angebot war etwas niedrig, Cassie und Patch verhandelten, eine Einigung wurde erzielt. Ich war begeistert. An diesem Abend feierte ich mit Babs und Molly. Cassie und Patch waren hocherfreut über die Nachricht, dass die Käufer auf ihre Bedingungen eingegangen waren. Jake würde bald in eine Schule gehen, die ihm wirklich helfen konnte, auch wenn er das nicht wusste. Ich freute mich, dass ich daran teilhatte. Ich trank die angebrochene Flasche Rotwein aus, die aber auch schon recht leer gewesen war. Also öffnete ich eine weitere.

Der nächste Morgen war grau, mit nassem Schneeregen. Winterliches Schmuddelwetter. Ich kam ein wenig spät ins Büro, und sobald ich den Empfangsbereich betrat, sprang Kendall sichtlich verwirrt hinter ihrem Schreibtisch auf.

»Rebecca McAllister ist in Ihrem Büro. Sie hat schon gewartet, als ich kam.«

»Oh verdammt«, sagte ich. Kendall zuckte tatsächlich zusammen.

Ich ging in mein Büro und sah, wie Rebecca durch das Fenster in den Schneeregen starrte.

»Hallo, Rebecca, was ist los?«

Sie drehte sich um und seufzte erleichtert auf, als sie mich sah.

»Oh, Hildy, ich bin so froh, dass es dir gutgeht.«

»Ja, natürlich geht es mir gut.«

»Erinnerst du dich an irgendetwas von letzter Nacht? Nachdem du von mir weggefahren bist, meine ich?«

Wie bitte? Mein Herz schlug schneller. »Letzte Nacht?«

Rebecca ging durchs Zimmer und schloss die Bürotür. Ich setzte mich an meinen Schreibtisch.

»Hildy, ich wollte eigentlich nichts sagen, weil ich weiß, dass das Trinken ein empfindlicher Punkt bei dir ist, aber ich finde wirklich, du solltest dich wieder behandeln lassen. Du kannst dich nicht erinnern, dass du gestern Abend bei mir warst, nicht wahr?«

Atmen. Einatmen, ausatmen.

»Nein, ich war nirgends, ich bin ins Bett gegangen. Heute gibt es viel zu tun, vielleicht können wir wann anders telefonieren?«

»Ich weiß, der Dwight-Deal. Du hast es mir gestern Abend erzählt.«

Langsam erinnerte ich mich verschwommen an ein Telefongespräch – ich hatte im Bett telefoniert.

»Das stimmt, jetzt erinnere ich mich wieder. Du hast angerufen«, sagte ich. »Ich war schon halb eingeschlafen, daher wusste ich es zuerst nicht mehr.« Hektisch schob ich Unterlagen auf dem Schreibtisch hin und her, um meine zitternden Hände zu verbergen. Wenn ich nervös werde, zittern meine Hände immer.

»Nein, Hildy«, antwortete Rebecca traurig. Warum musste sie so mitleidig klingen? »Ich habe dich nicht angerufen. Du bist zu mir gefahren. Du warst … nicht du selbst. Ich wollte dich heimfahren, aber es war Magdas freier Abend, und du hast es auch lautstark abgelehnt. Du hast Ben aufgeweckt.«

Es ist, als ob einem die Seele herausgesaugt wird, wenn einem die Dinge erzählt werden, die der Körper tut, während der Geist ausgeschaltet ist. Es ist, wie wenn einem die Haut abgezogen, wie wenn man öffentlich bis zu einer inneren Membran entblößt wird, die keiner sehen sollte.

Ich erzähle nie jemandem, was er in betrunkenem Zustand getan hat. Das würde ich nie tun.

»Du fährst nachts betrunken und außer dir durch die Stadt, und außer mir weiß das niemand? Ich hoffe es. Ich habe meine Bedenken bisher weder dir noch jemand anderem gegenüber geäußert, weil in dieser Stadt die Bürgersteige so früh hochgeklappt werden, dass ich keine direkte Gefahr sah. Jedes Haus in Wendover ist um elf Uhr dunkel, weshalb es mir nie so schlimm erschien, dass du nachts mit ein paar Drinks zu viel herumfährst. Aber jetzt bin ich doch besorgt. Wenn du mich anrufst und besuchst, wen könntest du noch betrunken anrufen? Wem könntest du von Peter und mir erzählt haben?«

Ich war ins Bett gegangen. Ich erinnerte mich, wie ich mein Nachthemd angezogen hatte. Das Telefon hatte mich geweckt. Oder war das ein Traum?

»Peter macht sich jetzt auch Sorgen, wie er mir gesagt hat.«

Ich blickte von meinen Unterlagen auf und sagte mit zornbebender Stimme: »Ich habe es so satt, ständig in eure Affäre hineingezogen zu werden. Es interessiert mich nicht, was ihr zwei tut. Ich habe es niemandem erzählt …«

»Du meinst, du erinnerst dich nicht, es jemandem erzählt zu haben.«

»Raus hier, Rebecca, ich muss arbeiten. Ich muss mir meinen Lebensunterhalt verdienen. Mein Vater war nicht so reich wie deiner. Es geht mir gut, falls du es noch nicht bemerkt hast, und man würde mich nicht als erfolgreiche Geschäftsfrau sehen, wenn deine Wahnvorstellungen, ich könnte betrunken über so trivialen Klatsch wie diese Dummheit zwischen dir und Peter …«

»Hildy, ich bin hier als deine Freundin. Peter hat mir gesagt, dass es so kommen würde. Dass du wütend werden würdest …«

»Rebecca, verschwinde bitte aus meinem Büro!«

# KAPITEL 13

Ende Dezember unterschrieben die Goodwins den Vertrag, eine Anzahlung wurde auf ein Treuhandkonto eingezahlt und eine Gebäudeinspektion für das Dwight-Haus vereinbart. Die Käufer wollten den Abschluss bis zum ersten Februar. Ich war zuerst von Rebeccas verrückten Anschuldigungen erschüttert gewesen, doch nach ein paar Tagen war ich darüber hinweg. Rebecca war psychisch instabil, das hatte ich schon immer vermutet. Ihr Freund war ihr Therapeut gewesen. Das sagte eigentlich alles. Ich beschloss, eine Weile auf Abstand zu ihr zu gehen, nicht nur, weil sie bei ihrem Besuch in meinem Büro so unhöflich gewesen war, sondern weil ich über die Feiertage auch Brian McAllister einige Male zufällig getroffen hatte. Meistens waren es kurze Begegnungen an der Tankstelle oder im Supermarkt, doch einmal traf ich ihn auch vor einem Laden in Crossing. Weihnachten stand vor der Tür, und er war mit den Jungen unterwegs, auf der Suche nach einem Geschenk für Rebecca. Brian hatte mich freundlich umarmt und mir gesagt, wie sehr er Wendover liebe und wie sehr er sich freue, dass ich ihnen ihr Traumhaus verkauft hatte. Ich konnte die Jungen nicht einmal ansehen. Irgendwie fühlte ich mich als Komplizin bei Rebeccas Sünden. Wie ein schweigender Mithelfer bei einem ernsthaften häuslichen Vergehen. Rebeccas Affäre unterhielt oder amüsierte mich nicht mehr. Daher beschloss ich, mich für eine Weile zurückzuziehen.

Ein paar Tage nachdem der Dwight-Vertrag unterschrieben war, traf ich auf dem Weg zur Post Frank Getchell, der gerade aus dem Gebäude kam.

»Hey, Hildy«, murmelte er im Vorbeigehen.

»Hey, Frank, warte«, sagte ich, woraufhin er sich umdrehte.

»Ich habe gute Neuigkeiten, ich habe das Dwight-Haus verkauft.«

»Is' nich' wahr«, erwiderte er grinsend. Er schien nach den richtigen Worten zu suchen, sagte dann schließlich jedoch nur: »Cool.«

»Ja, und vielen Dank für die ganze Arbeit. Ich habe immer noch keine Rechnung bekommen.«

»Oh, da bin ich wohl noch nicht dazugekommen.«

»Nun, vielen Dank auf jeden Fall.«

»Wie läuft das Immobiliengeschäft?«, fragte er.

»Zäh. Nächsten Monat oder so wird es wieder lebendiger werden, wenn das Wetter besser wird. Ich habe nie ein Angebot für dein Land bekommen. Warum legst du nicht einen Preis dafür fest?«

Frankie lachte. »Okay, fünfzig Millionen Dollar.«

»Komm schon, Frankie. Du solltest darüber nachdenken …«

»Hey, ich war letztens mit Manny Briggs draußen, manchmal fahre ich mit ihm zu dieser Jahreszeit hinaus, im Winter hat er keine Leute …«

»Ja, das glaube ich«, meinte ich.

Manny Briggs war wahrscheinlich in sechster oder siebter Generation hauptberuflicher Hummerfischer in Wendover. Er und sein Vater hatten früher eine ganze Flotte von Hummerbooten besessen, jetzt hatte er jedoch nur noch eins oder zwei. In den Sommerferien heuerten viele Highschool- und Collegekids bei ihm an, doch im Winter war er nahezu auf sich allein gestellt. Es war harte Arbeit in der Kälte. Manny ist mein Jahrgang, meine Freundin Lindsey war in der Highschool mit ihm zusammen, ich mit einem Freund von ihm. Früher sind wir morgens mit ihnen aufs Meer gefahren und haben uns im Bug gesonnt. Die Boote stanken nach Fisch, Benzin und Männerschweiß. Lindsey und ich aßen den ganzen Sommer über Hummer, und ich nahm für meinen Dad und Lisa immer welche mit. Judd mochte keinen Hummer. Ich kann seit damals auch keinen mehr essen. Wenn man zu viele isst, wird einem schlecht. Ich wette, Manny Briggs hat seit seiner Kindheit keinen Hummer mehr gegessen.

»Übrigens, ich habe das Haus gesehen, das dieser Santorelli draußen am Grey's Point baut.«

Das weckte meine Aufmerksamkeit.

»Ach ja?«

»Ja.« Frankie wandte sich zum Gehen, weshalb ich ihn am Ärmel packte und ihn damit zum Lachen brachte. Er spielte mit mir. Er wusste, wie gern ich etwas über das Haus am Grey's Point hören wollte.

»Also? Ist es groß? Ist es hässlich?«

Vince und Nick Santorelli waren Bauunternehmer aus dem Ort, die in den Achtzigern und Neunzigern ein Vermögen damit gemacht hatten, auf gut Glück Häuser an der North Shore zu bauen. Ihre Objekte sollen von hoher Qualität und vernünftig angelegt sein. Sie arbeiteten mit einem Architekten aus Boston zusammen und hatten einige bemerkenswert große und schöne Häuser in Ipswich, Manchester und Beverly Farms errichtet, die für Millionen weggegangen waren. Im Jahr zuvor hatten sie ein Grundstück an der Spitze von Grey's Point gekauft, das vorher viele Generationen im Besitz der Familie Dean gewesen war. Die jüngsten Kinder waren mittlerweile erwachsen und verbrachten den Sommer nicht mehr in Wendover. Sie besaßen das begehrteste Stück Land in der ganzen Stadt. Es war fast einen halben Quadratkilometer groß – die ganze Spitze. Wenn man ein Haus dort vernünftig baute, hatte man von jedem Fenster aus Meerblick. Die Deans hatten das Grundstück für fünf Millionen Dollar auf den Markt gebracht. Nur für das Land. Vince Santorelli hatte es gekauft. Es war ein großes Gesprächsthema unter den Maklern vor Ort gewesen. Die Deans hatten das Haus an einen Makler von Coldwell namens Simon Andrews gegeben. Er verkaufte es an die Santorellis, die dort ein Haus errichten wollten, das Simon wiederum verkaufen sollte. Kurz nach Abschluss des Geschäfts, vielleicht sechs Monate später, hatte Simon Andrews einen Herzinfarkt im Fitnessstudio. Auf dem Laufband. Niemand wusste daher, wem die Santorellis das neue Haus nach Fertigstellung geben würden und für wie viel.

Ich war schon oft an dem Grundstück vorbeigefahren. Die lange Auffahrt, die auf die Landspitze zulief, war von jahrhundertealten Schierlingsbäumen gesäumt. Die Santorellis hatten die Auffahrt mit einer Kette abgesperrt, um Schaulustige abzuhalten. Man konnte zwar auf das Gelände gelangen, doch damit verschaffte man sich unbefugten Zutritt. Seit beinahe einem Jahr fuhren hier die Trucks ein und aus. Vom Wasser aus konnte man den Rohbau sehen, und ich hatte den ganzen Sommer über Berichte über das Fortschreiten der Bauarbeiten gehört.

Ich wollte dieses Objekt unbedingt. Es wurde immer schwieriger für ein privates Maklerbüro wie meines, sich gegen die Ketten wie Sotheby's und Coldwell Banker zu behaupten. Ich brauchte ein paar hochklassige Objekte, um mich wieder als die Top-Maklerin der Gegend zu etablieren, die nicht nur die alten Häuser langjähriger Anwohner verkaufte, sondern auch neuere, eindrucksvollere Anwesen. Bald gäbe es keine mir gegenüber loyalen Stadtbewohner mehr, sondern alle würden ihre Objekte an den Makler mit den höchsten Verkaufserlösen geben. Ich brauchte das Santorelli-Anwesen und wollte den Brüdern mit fundiertem Wissen über das Grundstück gegenübertreten. Das würde der größte Verkauf in der Geschichte von Wendover werden.

»Nun, es ist groß, Hildy. Verdammt groß. Ich würde nicht sagen, dass es hässlich ist. Könnte mir vorstellen, darin zu wohnen. Große umlaufende Veranda. Schaut gut aus, für ein Haus. Ich mochte es aber lieber, als noch alles voller Bäume war.«

»Ich würde es wirklich gern sehen, Frank. Glaubst du, Manny würde mich morgens mal mit rausnehmen?«

»Nur wenn du ihm mit den Fallen hilfst«, meinte Frank lachend.

»Ich kann die Hummer zusammenbinden«, sagte ich. Lindsey und ich waren während dieses Sommers in der Highschool Experten im Zusammenbinden von Hummerscheren geworden, auch wenn ich mir an einer den Finger aufschlitzte und die Wunde sich gefährlich entzündete.

»Nee, das muss gar nicht sein. Manny freut sich über Gesellschaft. Komm doch morgen mit. Es soll sonnig werden, nicht allzu kalt.«

»Wunderbar, das mache ich.«

An diesem Abend besuchte mich Rebecca. Es war Donnerstag, der Abend, den sie normalerweise mit Peter verbrachte. Sie war am Nachmittag bei mir im Büro vorbeigekommen, verstört, dass er ihr abgesagt hatte. Er hatte sie am Morgen angerufen und ihr mitgeteilt, dass er an diesem Wochenende nicht nach Wendover kommen würde. Rebecca wusste nicht, dass ich gehört hatte, wie sie die Stufen zu seinem Büro hinaufgegangen war und dort am Türknauf gerüttelt hatte, bevor sie wieder nach unten schlich und bei mir klopfte. Glaubte sie nicht, dass er nicht dort war? Oder wollte sie ein wenig herumschnüffeln? Als sie mir erzählte, wie schlimm es für sie war, ihn am Abend nicht zu sehen, tat sie mir leid. Ich lud sie zu mir ein, und sie hatte unter Tränen zugestimmt.

Sie brachte japanisches Essen und eine Flasche Weißwein mit. Als sie sie öffnete, meinte ich, mir wäre nicht nach Wein, und goss mir ein Glas Mineralwasser ein. Rebecca sollte sehen, dass ich nicht auf den Alkohol angewiesen war.

Rebecca war in düsterer Stimmung und abgelenkt. Liam hatte Probleme in Mathe. Rebecca mochte den Lehrer nicht und wollte, dass Brian mit ihr in die Schule ging, um alles zu besprechen, doch er würde es erst nach den Ferien schaffen. Sie bat ihn seit Wochen, sich dafür Zeit zu nehmen, was er nicht getan hatte. Er war geschäftlich in New York und hatte sie gedrängt, einen Nachhilfelehrer einzustellen, was Rebecca wütend machte.

»Meine Eltern haben ihre Erziehungspflicht an andere übergeben. Ich werde das nicht tun. Brian ist ein Finanzgenie, ich habe keine Ahnung von Mathe. Er könnte Liam wirklich helfen, aber er will sich die Zeit dafür nicht nehmen.«

»Nun, vielleicht könntest du übergangsweise einen Nachhilfelehrer nehmen«, schlug ich vor.

»Peter kümmert sich so viel um Sam. Wusstest du das?«, fragte sie.

»Nein. Ich dachte oft eher, es ist eine Schande, dass Peter so viel Zeit hier ohne Sam verbringt. Sicher vermisst er seinen Vater.«

»Ja, das glaube ich auch. Schade, dass die Schreckschraube Elise ihn am Wochenende nicht in der Stadt halten kann. Peter muss hierherkommen, wegen seiner Arbeit. Jetzt hat er mir erklärt, dass er mehr Wochenenden in Cambridge verbringen wird. Und er kommt ab jetzt freitags und nicht mehr donnerstags nach Wendover.«

»Oh, ist er deshalb heute nicht gekommen?«

»Er kommt dieses Wochenende gar nicht«, sagte Rebecca und füllte ihr Glas. »Er meinte, er würde bis nach Neujahr kaum hier sein.«

»Oh, das tut mir leid.«

»Ich muss etwas ändern.«

»Inwiefern ändern?«

»Die Situation mit Brian wird unerträglich. Ich halte es nicht mal mehr im selben Raum mit ihm aus.«

»Habt ihr denn irgendwelche Pläne, du und Peter?«

»Nein, keine konkreten. Er spricht eher davon, dass wir uns eine Weile nicht sehen. Aber er meint das nicht so. Er ist seit Jahren unglücklich mit Elise. Wir sind füreinander bestimmt. Er will es wohl gerade etwas ruhiger mit uns angehen, ich will aber für den Sommer planen. Vielleicht warte ich auch nicht so lange, bis ich Brian rauswerfe und die Schlösser auswechseln lasse.«

»Sei vorsichtig und überstürze nichts. Mein Anwalt ist großartig, wenn du einen brauchst. Der Beste in Boston. Vielleicht solltest du erst mal mit ihm reden, bevor du etwas unternimmst.«

»Dave Myerson?«

»Ja«, antwortete ich, »woher weißt du das?«

»Du hast gesagt, der Beste in Boston.«

Rebecca kann für alles immer die Besten in Anspruch nehmen, überall. Das scheint typisch für Menschen wie sie zu sein, die aus einer reichen Familie kommen. Sie gehören von Anfang an zum Netzwerk der Besten, wo immer sie sich auch befinden.

»Peter wird bald hier sein«, sagte Rebecca. »Er braucht mich.«

»Natürlich wird er bald hier sein. Ich glaube, ich trinke doch ein Glas Wein, wenn es recht ist.«

Rebecca schenkte mir so abwesend ein Glas ein, dass ich mich fast fragte, ob sie sich an ihre letzten wilden Anschuldigungen erinnern konnte. Das meinte ich mit Rebeccas Stimmungsschwankungen. Sie ist psychisch instabil. Ich trank einen großen Schluck Wein, dann noch einen, und empfand plötzlich tiefes Mitgefühl für Rebecca. Manchmal, wenn ich sie eine Weile nicht gesehen habe, überrascht mich ihre Schönheit. Ihre Schönheit und ihre Zerbrechlichkeit.

»Weißt du«, sagte sie, »wir arbeiten gemeinsam an einem Projekt zu seinen Mondfotos. Wir haben sie vergrößert, die Monde ausgeschnitten und auf Leinwand geklebt. Ich male dann die Meeresfarben dazu und mache manchmal eine Art Collage daraus, mit Tang und ausgewaschenen Scherben.«

»Das klingt wundervoll, Rebecca«, meinte ich. »Ich würde sie gern sehen, sie sind bestimmt wunderschön.« Ich trank mein Glas aus.

»Das ist genau der Punkt«, erklärte Rebecca und beugte sich zu mir, wie immer, wenn sie etwas getrunken hatte. »Die Bilder sind großartig. Und keiner von uns hätte sie allein erschaffen können, verstehst du? Ich habe noch nie so für jemanden empfunden, Hildy, ich weiß, dass wir füreinander bestimmt sind. Ich denke an ihn gleich nach dem Aufwachen und als Letztes vor dem Einschlafen. Ich bin so vergesslich geworden. Letztens habe ich sogar vergessen, Liam an der Bushaltestelle abzuholen. Er ist im Schnee nach Hause gelaufen.«

»Oh, Rebecca«, sagte ich besorgt, »du darfst dich da nicht so hineinsteigern, das ist nicht gut.« Die Weinflasche stand auf dem Tisch zwischen uns und enthielt nach meinen Berechnungen wohl noch eineinhalb Gläser. Ich würde nicht danach greifen, die Genugtuung würde ich Rebecca nicht gönnen.

»Peter denkt aber auch die ganze Zeit an mich, an uns. Du hast keine Ahnung, wie einsam er ist. Du weißt nicht, wie einsam wir beide sind, wenn wir getrennt sind.«

Da goss ich mir doch den restlichen Wein ein, weil ich mich wieder über Rebecca ärgerte. Sie hatte Kinder, einen Ehemann und einen Liebhaber. Peter ebenso. Ich lebte allein. Meine Kinder waren erwachsen, und ich hatte schon seit unzähligen Jahren keinen Liebhaber mehr gehabt. Aber die beiden waren ja so einsam und wollten Mitleid von mir.

»Du hast keine Ahnung, wie sich diese Einsamkeit anfühlt«, seufzte Rebecca.

»Ach nein?«

Am nächsten Morgen wurde ich um halb fünf vom Wecker aus dem Schlaf gerissen. Ich kochte eine große Kanne Kaffee, zog Thermounterwäsche an, darüber dicke Jogginghosen und einen Rollkragenpullover sowie einen dicken Wollpullover. Den Kaffee goss ich in eine große Thermoskanne. Dann nahm ich eine Schachtel mit Blaubeermuffins, die ich am Tag zuvor in Sue Dolibers Bäckerei gekauft hatte. Als ich gerade in meinem Schrank nach warmen Handschuhen suchte, hörte ich Frank draußen hupen. Er hatte gesagt, er würde mich um fünf Uhr abholen. Ich fand die Handschuhe und zog ein altes Paar Bean Boots über meine Thermosocken. Dann ging ich hinaus in den pechschwarzen Morgen.

Frank lehnte sich über den Beifahrersitz und öffnete mir die Tür. Ich gab ihm Thermoskanne und Muffins und kletterte dann in den Truck.

»Wo ist deine Mütze, Hildy?«, fragte Frank. »Es ist eiskalt da draußen.«

»Ich brauche keine«, erwiderte ich. Ich sehe damit furchtbar aus, da ich eine recht lange Nase habe, die von Kopfbedeckungen irgendwie noch verlängert wird.

»Manny hat eine Kiste mit Mützen und Handschuhen und so was auf dem Boot, außerdem auch Ölzeug. Da draußen wird es feucht.«

»Himmel, Frankie«, sagte ich, während ich versuchte, meine Füße auf dem Boden vor mir unterzubringen, der müllübersät war. Leere Limodosen, Einwickelpapiere, alte Zeitungen, Türgriffe, ein Fahrradsattel, zwei Hummerbojen, ein Werkzeugkasten und etwas, das wie ein mumifizierter halber Bagel aussah. Ich hob ein rostiges Hufeisen hoch, das neben meinem Stiefel lag. »Woher kommt denn dieser ganze Mist?«

Frankie lachte und schüttelte den Kopf. »Ja, hier müsste mal wieder sauber gemacht werden.«

»Aber wie kommt ein altes Hufeisen in deinen Truck?«

»Das bringt Glück. Habe es auf einer Baustelle gefunden und dachte, ich behalte es mal.«

»Soll man sie nicht aufhängen?«, fragte ich und legte das Hufeisen mit den Spitzen nach oben in meine Handfläche. »So rum, damit das Glück nicht unten wieder herausfließt.«

»Bin wohl noch nicht dazugekommen, es aufzuhängen.« Frankie lächelte.

Ich lehnte es an die Windschutzscheibe.

»Ich weiß ja nicht, ob du es immer noch für einen Glücksbringer hältst, wenn ich auf die Bremse trete und dir das Ding die Zähne ausschlägt, Hildy.«

Ich lachte und warf das Hufeisen zurück auf den Boden.

»Ich habe Kaffee und Muffins mitgebracht.«

»Wirklich? Super. Wir frühstücken normalerweise nach der Rückkehr im *Driftwood,* aber bis dahin sind wir auch halb verhungert.«

Wir fuhren durch das dunkle, schlafende Wendover, kein anderes Auto war unterwegs. Als wir den Hafen erreichten, stellten einige Hummerfischer gerade ihre Trucks ab und riefen sich mit weißen Atemwolken vor dem Mund mürrische Grüße zu. Das waren die ganz harten Kerle. Die meisten Hummerfischer holten im November ihre Boote vom Wasser. Wir parkten neben Mannys altem, rostigem blauem Pick-up. Die Nacht wich langsam einer kaltsilbernen Morgendämmerung. Die alten Läden am Kai nahmen um uns herum Gestalt an. Wir stiegen aus dem warmen Truck, und ich zog mir den Kragen des Rollkragenpullovers übers Kinn. Frankie holte Ausrüstung von der Ladefläche, und wir gingen zum Anleger.

Es herrschte Ebbe, und die Rampe vom Parkplatz hinunter zum Dock war steil. Frank stapfte sie mühelos entlang, trotz schwerer Taurollen und meiner Tasche mit Kaffee und Muffins im Arm. Ich dagegen musste mich am Seilgeländer festhalten und vorsichtig einen Fuß vor den anderen setzen. Früher sind Lindsey und ich diese Rampe barfuß hinuntergerannt.

Himmel und Meer nehmen in diesem speziellen Moment der Dämmerung exakt denselben Grauton an, und der Horizont verschwindet. Es lag nur ein Boot am Dock, das in der Luft zu schweben schien und auf dem Manny stand. Er trug einen leuchtend gelben Ölzeug-Overall, die Uniform der Hummerfischer selbst an den heißesten Sommertagen.

Manny ist riesig, fast zwei Meter groß und kräftig. Unter seiner allgegenwärtigen Mütze schauen noch rötlich graue Locken hervor. Wahrscheinlich bekommt er aber eine Glatze, denn ich habe ihn schon seit gut zwanzig Jahren nicht mehr ohne Kopfbedeckung gesehen. Im Sommer trägt er schmierige Trucker-Caps, im Winter gestrickte Fischermützen.

»Hast du was für Hildy zum Anziehen? Sie hat nichts Vernünftiges dabei«, fragte Frank, als er an Bord ging und mir dann eine Hand entgegenstreckte. Ich nahm sie und versuchte, geschickt auf das Boot zu springen, damit er dachte, ich sei so ein federleichtes Ding wie früher. Natürlich stolperte ich ihm in die Arme. Frank lachte und hielt mich fest. Ich tat so, als sei alles ganz normal, und ging nach hinten zum Heck, wobei ich mir Mannys Boot, die *Mercy*, ansah.

Hummerfischerboote sehen im Großen und Ganzen immer gleich aus. Der Bug vor der Kajüte ist kurz, mit einer Erhebung in der Mitte, so dass das Wasser bei rauher See leicht zu beiden Seiten abfließen kann. Auf diesen abschüssigen Planken lagen Lindsey und ich damals in unseren Bikinis wie zwei junge, nasse, sonnengebräunte Galionsfiguren. Jedes Mal, wenn ich mir ein Muttermal entfernen lassen muss, denke ich an Mannys altes Hummerboot.

Die Kajüte seines jetzigen Bootes ist wie bei den meisten Hummerbooten so angelegt, dass Kapitän und Mannschaft darin stehen können, doch es gibt auch zwei hohe, drehbare Kapitänsstühle. Ein Dach und eine Frontscheibe bieten etwas Schutz vor schlechtem Wetter, doch nach hinten ist die Kajüte offen. Achtern ist Platz für Unmengen von Hummerfallen. Mannys Fallen waren bereits gesetzt, und wir hatten nur ein paar an Bord, um beschädigte austauschen zu können.

Mannys Boot war sicher nicht so modern wie viele der neueren Hummerboote, die man heutzutage im Hafen von Wendover sieht. Doch es verfügte über viele neue Geräte, die Manny mir stolz zeigte. Es gab GPS, Satellitenradio und Funk, was eigentlich überflüssig sein müsste, da jeder ein Handy besitzt, doch Manny sagte, dass die auf dem offenen Meer oft keinen Empfang mehr hätten.

Manny startete den Motor, und der stille Morgen war plötzlich erfüllt von lautem, durchdringendem Tuckern. Der Geruch nach totem Fisch, Benzin und Salz war überwältigend. Manny und Frank kippten eimerweise toten Fisch in die riesigen, stinkenden Ködertonnen und befüllten daraus die kleinen Ködersäcke. Frank sprang aufs Dock, machte die Leinen los, kam zurück, und wir fuhren ab.

Als wir durch den fast leeren Hafen kreuzten, fiel mir auf, dass ich noch nie im Winter auf dem Wasser gewesen war. Gut, in den frühen sechziger Jahren war der Hafen einmal zugefroren, und wir sind vom Anleger bis zum Leuchtturm Schlittschuh gelaufen, doch später als im Oktober war ich noch nie auf einem Boot gewesen. Es war eiskalt. Frank hatte recht gehabt. Manny bot mir einen der Stühle in der Kajüte an, doch selbst da biss der Wind in die Ohren, und die Gischt spritzte an den Seiten herein.

»Manny, wo hast du deine Ersatzkleidung?«, brüllte Frank, als er sah, wie ich mit den behandschuhten Händen meine Ohren bedeckte.

»Unten steht ein großer alter Plastikkasten. Schau mal da, Hildy. Sonst bist du bald durchnässt«, dröhnte Manny.

Auf einem Hummerboot kann man sich nur durch Schreien verständigen, da der Motor so laut ist. Die Männer sprachen auf dem Wasser wenig miteinander, weshalb sie wahrscheinlich am Nachmittag bei *Barney's*, einer örtlichen Bar, so viel und so laut redeten.

Ich öffnete die Klappe zu der kleinen Kabine unter dem Bug und trug kurz darauf meinen eigenen, mit Fischinnereien verschmierten Overall, der allerdings dunkelgrau war, sowie eine dazupassende Regenjacke, die mir etwa fünf Nummern zu groß war. Die Mützenauswahl war grausam. Es gab zwei Strickmützen, die beide schmierig und mit was auch immer verkrustet waren. Ich zog mir die am wenigsten widerwärtige über den Kopf und ging zum Heck, wo ich vorgab, den Blick auf den immer kleiner werdenden Hafen zu genießen. Lange musste ich das nicht tun, denn schon bald kam der lange Steg, der zum Lighthouse Point führte, in Sicht, und ich erinnerte mich, wie ich mit meinen Geschwistern als Kind dort zwischen den Felsen herumgetollt war und wir von der Landzunge aus gefischt hatten. Mein Bruder fing einmal einen Sandhai.

An der Hafenmündung steht der alte Peg Sweeney's Rock, auf dem der Geist einer jungen Frau aus Wendover spuken soll, die dort vor zweihundert Jahren von einer Horde Piraten vergewaltigt und ermordet wurde. Nachts soll man immer noch die Schreie der armen Peg Sweeney hören, wenn man an dem Felsen vorbeikommt. Generationen von Kindern sind in Sommernächten dorthin gepaddelt oder gesegelt und haben sich gegenseitig mit ihren Schreien zu Tode erschreckt. Wir fuhren Richtung Singer's Island. Als ich hörte, wie der Motor erstarb, drehte ich mich um und sah, dass Frank einen langen Haken nahm und eine von Mannys gold-schwarzen Bojen aus dem Wasser zog. Manny packte sie und warf sie über eine Winde. Dann drückte er auf einen Knopf, und die Leine wurde von allein eingezogen. Früher hatten Manny und seine Männer das von Hand erledigen müssen.

Manny sah, wie ich beim Anblick des beeindruckenden Mechanismus grinste, und brüllte: »Hydraulische Winde. Super, nicht wahr, Hildy?«

»Verflixt super, Manny!«, rief ich, dann kletterte ich zu ihm, um den Fang zu begutachten. Drei Hummer, einige Krabben und ein Kabeljau. Frankie griff in die hölzerne Falle und warf die Krabben zurück ins Wasser. Er hielt einen Maßstab an den Fisch – er sah ein wenig klein aus –, doch er war in Ordnung, weshalb Frankie ihn in einen Behälter zu den anderen warf.

Dann warf er einen Ködersack in die Falle, und ich trat instinktiv einen Schritt zurück. Frankie befestigte die Hummerfalle wieder an der Leine, die die Falle während der Fahrt über Deck ziehen und vom offenen Heck aus ins Wasser werfen würde. Lindsey und ich lagen auch wegen des gefährlichen offenen Hecks immer auf dem Bug. Man kann sich mit dem Fuß im Tau verfangen, und wenn die Falle ausgeworfen wird, wird man mitgerissen. Manny hatte immer Angst um uns, außer wir lagen auf dem Bug.

Manny fuhr die nächste Boje an, während Frank die Scheren der gefangenen Hummer zusammenband, damit sie sich nicht gegenseitig zerfleischten.

»Gib mir ein Paar Handschuhe, Frankie«, sagte ich. »Ich binde sie zusammen.«

Frank fand ein Paar dicke Neopren-Handschuhe, und ich kümmerte mich um die wild um sich schnappenden, klickenden Scheren. Ich hatte vergessen, wie wunderschön frisch gefangene Hummer in ihrer gefleckten Härte sind, bevor ihre gesprenkelten Panzer, die in den Farben von Edelsteinen glänzen – Saphirblau, Topas und Smaragdgrün – zu einem schlammigen Grün verblassen. In einem Becken verliert ein Hummer sein Feuer, man muss ihn sehen, wenn er frisch aus dem Meer gezogen wurde, wenn er immer noch trotzig ein Stück Seegras in den Scheren hält und versucht, einen mit seinem Schwanz abzuwehren.

Frank holte die nächste Boje heran, und wir verfielen in einen Rhythmus: einholen der Fallen, Hummer zusammenbinden, neue Köder auslegen, die Fallen zurück ins Meer werfen. Die Sonne stand mittlerweile über dem Horizont, und wir hatten alle ein oder zwei Schichten abgelegt. Die Arbeit erwärmte uns. Schließlich näherten wir uns Grey's Point.

»Fahr mal ein wenig näher an die Spitze heran, Manny«, rief Frankie, als er sah, wie ich in die Richtung blinzelte.

Manny steuerte das Boot Richtung Küste, und da sah ich es:

ein großes, wunderschönes Haus im Nantucket-Stil mit einer weiten, umlaufenden Veranda. Und ja, man hatte von allen Seiten Meerblick. Es würde umwerfend werden. Ich bemerkte die Zederschindeln auf dem Dach, zählte die Schornsteine und erhaschte einen Blick auf eine freistehende dreiteilige Remise.

»Was glaubst du, Hildy, für wie viel es weggehen wird?«, fragte Manny.

»Sie werden zehn verlangen und acht dafür bekommen«, sagte ich.

Ich entwarf im Kopf schon die Angebotsbroschüre. Ich würde eine Luftaufnahme anfertigen lassen sowie eine vom Wasser aus. Inserieren würde ich im *Boston Magazine* und im *New York Times Magazine.* Die Santorelli-Brüder wären wahnsinnig, wenn sie mir das Objekt nicht gäben.

Manny und Frankie johlten. Es war wirklich eine unfassbar hohe Summe, aber ich wusste, dass ich sie bekäme, wenn ich das Haus verkaufen durfte.

»Gut, ich habe genug gesehen«, meinte ich. Dann erinnerte ich mich an den Kaffee.

»Will jemand Kaffee oder einen Muffin?«

»Ja, verdammt!«, sagte Manny. Ich verteilte die Muffins, und den Kaffee tranken wir mangels Tassen reihum aus der Thermoskanne. Er war immer noch heiß und stark. Wir fuhren weiter zur nächsten Hummerfalle.

Am späten Morgen hatten wir die letzte Falle gesetzt, und Frankie und ich lehnten uns auf dem Weg zurück zum Hafen an die Reling. Ich lächelte. Seit Jahren hatte ich nicht mehr so viel Spaß gehabt. Draußen auf dem Wasser mit zwei alten Freunden. Ein aufregendes Immobilienprojekt in Aussicht. Wir fuhren in den Wind, weshalb wir wieder alle Kleiderschichten anlegten. Es war ein guter Fang gewesen, achtunddreißig Hummer.

»Ist noch Kaffee übrig, Hildy?«, rief Manny nach hinten.

»Ja, hier«, erwiderte ich und reichte ihm die Thermoskanne.

»Hey, Frankie, geh mal nach unten und hol die Flasche Jameson. Wir machen uns Irish Coffee.«

Ich lächelte. Ein Irish Coffee wäre jetzt genau richtig.

Frankie sah mich zweifelnd an.

»Was denn?«, fragte ich. »Mach schon.«

»Okay«, sagte er grinsend. »Ich dachte nur, ich hätte gehört, du hättest das Trinken aufgegeben.«

»Ich habe aufgehört, zu viel zu trinken«, antwortete ich, was ihn zu beruhigen schien. Dann kletterte er nach unten und kam mit einer Flasche Jameson's Irish Whisky zurück. Er goss einen ordentlichen Schuss in die Thermoskanne und gab sie mir als Erstes. Ich trank einen Schluck und lächelte bei seiner köstlichen Wirkung, ehe ich die Kanne an Frankie und Manny weiterreichte.

Die Fahrt zurück zum Anleger dauerte eine halbe Stunde, doch wir ließen uns Zeit. Ich spürte die Sonne im Gesicht, und als ich die Augen schloss, war es nicht mehr Winter, sondern viele vergangene Sommer auf einmal, die mit solch goldenem Strahlen auf mich herabschienen, dass ich einen Moment lang blind war, als ich die Augen wieder öffnete. Ich blinzelte, bis ich die verschwommenen Umrisse von Manny und Frank vor dem Horizont wieder klar erkennen konnte. Wir fuhren an dem endlos lang wirkenden Strandabschnitt vor dem Hart-Anwesen vorbei sowie an dem Streifen Privatstrand vor dem Haus der Newbolds. Wir sahen alle schweigend zu einer kleinen Frau in einem Parka mit pelzgesäumter Kapuze, die auf dem schmalen Sandstreifen stand. Ein Schäferhund sprang vor ihr herum, und sie warf für ihn ein großes Stück Treibholz. Er rannte ihm nach und brachte es ihr stolz zurück. Sie sah so einsam aus, wie ich neben zwei von Wendovers Originalen stand; drei alteingesessene Einwohner mit sorgfältig bewahrten Erinnerungen aneinander, Erinnerungen, wie wir in unserer Jugend aussahen und uns fühlten. Rebecca wäre wahrscheinlich entsetzt, wenn sie wüsste, dass ich den Morgen auf einem Hummerkutter zusammen mit Frankie Getchell und Manny Briggs verbracht hatte. Sie kannte sie nur, wie sie jetzt waren, zwei alte, stinkende Junggesellen, deren Mindesthaltbarkeitsdatum schon lange überschritten war. Als Mädchen war ich furchtbar in beide verliebt gewesen, und das war ich jetzt wieder, als wir durch den Hafen fuhren und der heiße Whisky meine Erinnerung löste. Ich blickte zu Manny, dessen Bart grau war, die Zähne, wenn er lächelte, jedoch immer noch stark und weiß. Frankie, der ein Stück entfernt stand, hatte aus dieser Perspektive das kantige Profil eines Anawam-Häuptlings, und als er sich umwandte und meinen Blick sah, errötete ich wie ein Schulmädchen und sah rasch wieder zur Küste. Rebecca entwand dem Hund das Treibholz und warf es erneut über den Sand. Ich empfand Mitleid mit ihr. Mitleid mit Rebecca ganz allein am Strand, allein auf einem Privatstrand, an den sie nicht gehörte.

Wir fuhren an Singer's Island vorbei, am Lighthouse Point und dem alten Peg Sweeney's Rock. Wir tranken Irish Coffee, bis der Morgen angenehm verschwamm, und als wir zurück am Kai waren, spritzte ich das Deck ab, während Manny und Frankie die Behälter und Fallen abluden. Frankie setzte mich danach bei meinem Haus ab, er musste nach seiner Mannschaft schauen. Ich brauchte ein Nickerchen.

»Warum kommst du morgen nicht zum Abendessen vorbei?«, fragte ich zum Abschied.

»Abendessen? Hm, keine Ahnung, was ist denn morgen?«

»Samstag. Ich mache Stew, etwas Einfaches.«

Frank dachte so lange darüber nach, dass ich irgendwann mit den Schultern zuckte und aussteigen wollte. Doch dann sagte er schließlich: »Okay, Hildy, um wie viel Uhr?«

»Um sieben.«

Dann machte ich mein Nickerchen. Als ich aufwachte, nach Whisky und Fischköder stinkend, duschte ich und führte die

Hunde aus. Dann fuhr ich ins Büro, um mich mit Kendall auszutauschen, bevor sie nach Hause ging.

»Cassie Dwight hat angerufen, es scheint dringend zu sein«, informierte sie mich, als ich hereinkam. Sie überreichte mir die Post sowie die restlichen Nachrichten, und ich ging in mein Büro, um Cassie zurückzurufen.

»Können wir den Termin für den Abschluss nach hinten verlegen, Hildy?«, fragte Cassie, nachdem sie abgenommen hatte.

Ich hatte die Käufer, die ursprünglich am ersten Februar hatten abschließen wollen, schon einmal bis Ende des Monats vertröstet. Die Dwights mussten jedoch definitiv bis zum ersten März aus ihrem jetzigen Haus ausgezogen sein.

»Ich fürchte nicht, Cassie«, sagte ich daher. »Was ist das Problem?«

»Wir haben immer noch kein neues Haus in Newton oder in der Nähe gefunden. Mit Jake ist es sehr schwer, etwas zur Miete zu finden …«

»Es ist gegen das Gesetz, euch wegen Jake zu benachteiligen, und außerdem kann ich nichts mehr tun. Die Käufer müssen bis zum ersten März aus ihrem Haus ausgezogen sein.«

Nach längerem Schweigen sagte Cassie: »Die Schule in Newton hat uns einen Platz für das Frühjahrshalbjahr frei gehalten, doch dieser wurde anderweitig vergeben. Jetzt können sie Jake erst zum Herbst aufnehmen. Wenn wir jetzt umziehen, müssen wir eine Übergangslösung für Jake finden. Patch wird die ganze Zeit umsonst pendeln müssen. Ich frage mich nur, was geschieht, wenn wir abspringen. Von dem Verkauf, meine ich.«

Ich war sprachlos. Einen Käufer für das Haus der Dwights zu finden, war ein kleines Wunder gewesen. Jetzt hoffte Cassie auf ein weiteres Wunder innerhalb von vier Monaten, weil es ihr gerade passte.

»Ihr würdet euch eine Riesenchance entgehen lassen, Cassie.

Ich kann nicht garantieren, dass wir bis zum Sommer einen neuen Käufer finden.«

»Ich weiß, aber ist der Sommer für einen Verkauf nicht sowieso besser? Weil mehr Leute suchen?«

»Ja, aber es wird auch mehr Häuser in eurem Preissegment auf dem Markt geben«, erwiderte ich.

*Ohne Löcher in den Wänden und Flecken auf dem Boden.* Das sagte ich natürlich nicht.

»Patch findet, wir sollten aus dem Verkauf aussteigen«, sagte Cassie leise.

»Okay, hör zu, Cassie. Es ist jetzt Freitagnachmittag. Denkt bitte übers Wochenende noch einmal darüber nach. Vielleicht kann ich hier in der Gegend etwas für euch zur Miete finden. Aber ich denke wirklich, ihr solltet jetzt verkaufen.«

»Aber wenn wir das Geld für die Miete hier in Wendover ausgeben, bleibt uns weniger vom Hausverkauf.«

»Denkt einfach noch mal darüber nach«, bat ich.

# KAPITEL 14

*»Hallo, Mom, ich komme heim. Am Sonntagmorgen fährt ein Freund von mir nach Boston, und von da aus wollte ich dann den Zug nehmen und bis Weihnachten bleiben. Adam und ich hatten Streit, und in der WG läuft es überhaupt nicht gut. Ich muss mal für eine Weile aus der Stadt raus.«*

Das hatte Emily mir am Samstagmorgen auf den Anrufbeantworter gesprochen. Weihnachten war in zehn Tagen. Ich hatte am Morgen für das Abendessen mit Frankie eingekauft. Jetzt bereute ich die Einladung. Als wir so gemütlich auf Mannys Boot standen, war es mir wie eine großartige Idee erschienen, aber was hatten Frankie und ich schon gemeinsam? Worüber würden wir reden? Frankie redete grundsätzlich nicht gern.

Emilys Nachricht überraschte mich nicht. Ich wusste, dass sie mit einer Mitbewohnerin aneinandergeraten war und dass die andere sich jetzt auch gegen sie stellte. Drei Künstler Mitte zwanzig, die erst noch erwachsen werden mussten. Emily arbeitete als Aushilfe und konnte kommen und gehen, wie es ihr beliebte. Sie hatte Monate mit Kunststipendien verbracht. Im letzten Jahr war sie den ganzen Sommer über in Martha's Vineyard gewesen und hatte Kunst unterrichtet. Jetzt wollte sie nach Hause kommen, und ich muss leider gestehen, dass ich alles andere als erfreut war. Ich hatte mich an mein abendliches Rendezvous mit der Weinflasche gewöhnt, das ich mit Emily im Haus nicht würde einhalten können.

Nun, wahrscheinlich war es das Beste. Ich war ein wenig zu selbstgefällig geworden. Mittlerweile wachte ich morgens öfter mit Weinkopfweh auf als ohne, und die betrunkenen Phantomtelefonate mit Rebecca hatten mich verunsichert. Ich würde mit

Frankie zu Abend essen, ein wenig Wein mit ihm trinken und dann eine Weile die Finger davon lassen. Mittlerweile hatte ich alles in den Keller geräumt. Der heutige Abend würde etwas Besonderes sein. Frankie würde niemandem erzählen, dass ich nicht zu den AA-Treffen ging und dass ich mich nicht auf dem Weg der Besserung befand. In dieser Hinsicht waren Rebecca und er meine einzigen wahren Freunde geworden.

Ich setzte das Stew auf und ließ es auf dem Herd köcheln. Beim Bäcker hatte ich frisches Brot gekauft und wollte noch einen Salat machen, bevor Frankie kam. Ich ging mit den Hunden spazieren und dann unter die Dusche. Ich rasierte mir die Beine, die Achseln und … die Bikinizone, wir sind ja schließlich alle erwachsen, also kann ich das sagen. Ich trocknete mich ab und begann mich mit einer duftenden Bodylotion einzureiben, die mir die Mädchen jedes Jahr zu Weihnachten schenkten.

Dann kam ich zur Besinnung.

Was tat ich nur? Meine Haut war schlaff, außer um meine Körpermitte, wo sie stramm saß. Mein Haar war spröde, mein Gesicht von feinen Fältchen durchzogen, mein ganzer Körper in sich zusammengesackt. Sogar meine verdammten Knie sackten nach unten. Wer rechnet schon mit hängenden Knien? Plötzlich erschien es mir geradezu erbärmlich, dass ich mich auf eine romantische Verabredung vorbereitete, auf ein Date mit Frankie Getchell, und dass ich mir dabei Gedanken um *mein* Aussehen machte. Die Mädchen hatten es treffend ausgedrückt – er sah wie ein Gnom aus. Und es war sehr unwahrscheinlich, dass er für diesen Abend seine Schamgegend zurechtstutzte.

Seit der Trennung von Scott hatte ich einige Verabredungen gehabt. Desaströse Treffen mit korpulenten älteren Männern, mit denen Klienten mich hatten verkuppeln wollen. Nie wurde mehr daraus. Wir aßen zu Abend und verabschiedeten uns. Die Vorstellung eines Dates mit Frankie war mir seit der Scheidung nie in den Sinn gekommen. Die Leute wären ehrlich gesagt auch ein wenig schockiert, wenn sie sich mich und Frankie bei einem Date vorstellen würden. Ich war eine Geschäftsfrau – die erfolgreichste der Stadt. Er war der städtische Müllmann, der Stadthausmeister.

Und? Wer würde es schon erfahren? Ich hatte ihn früher geliebt. Wer würde das heutzutage auch nur vermuten?

Frank kam um sieben Uhr. Glattrasiert, mit einem frischen Hemd und einer dem Aussehen nach nagelneuen Jeans. Mein Körper sah seit einigen Jahren am besten in Röcken aus, Hosen trug ich selten, weshalb ich an diesem Abend meine üblichen schwarzen Strumpfhosen, einen Rock und einen schwarzen Pullover angezogen hatte. Ich hatte nicht erwartet, dass Frankie sich schick machen würde, doch beim Anblick seiner Jeans und des Pferdeschwanzes kam ich mir lächerlich vor, das Abendessen vorgeschlagen zu haben. Molly und Babs machten viel Aufhebens von Franks Ankunft. Er beugte sich hinunter, um sie zu streicheln, und als Babs nach seiner Hand schnappte, lachte er und zog sie gerade noch rechtzeitig zurück.

»Pass auf bei ihr«, sagte ich.

»Man nennt sie nicht umsonst Zicken.« Frankie lachte.

*Hey, beleidige nicht meinen Hund,* dachte ich und überlegte fieberhaft, was mich dazu gebracht hatte, Frank Getchell einzuladen.

Er hatte mir Blumen mitgebracht. Solche wie man sie bei Stop & Shop bekam, einen Strauß aus seltsam bunten Chrysanthemen und einigen matten gelben Rosen mit etwas Schleierkraut und Farn dazwischen. Ich bedankte mich für den Strauß und legte ihn auf den Küchentresen, während ich das Stew umrührte.

Der Wein! Ich hatte gerade eine Flasche aus dem Keller geholt, als Frank eintraf. Ich gab sie ihm zusammen mit einem Korkenzieher und rührte weiter in dem Stew. Dann drehte ich die Temperatur herunter, nahm zwei Weingläser aus dem Schrank und reichte sie Frankie, damit er sie füllte.

»Prost«, sagte ich, in fast gereiztem Ton. Wir stießen an und tranken einen Schluck.

»Schöner Fang gestern«, meinte Frankie.

»Ja«, erwiderte ich und trank noch einen Schluck. »Wie sieht sein Fang normalerweise an einem Wintertag wie gestern aus?«

»Keine Ahnung, manchmal haben wir über dreißig, manchmal auch nur zwölf oder so …«

Der Wein schmeckte himmlisch.

»Das Stew riecht gut«, sagte Frankie.

»Ich weiß, und du hast sicher Hunger, Frankie. Lass mich nur schnell noch den Salat machen. Nimm dir einen Stuhl und mach es dir gemütlich.«

Frankie war schon mehrmals in meinem Haus gewesen. Einmal hatte er ein Fledermausnest aus meinem Schornstein entfernt, und er beaufsichtigte immer seine Männer, wenn sie im Frühjahr und Herbst Großputz auf dem Grundstück machten. Sie transportierten Laub ab, reinigten die Dachrinnen und ersetzten die Sturmfenster und -türen. Er kannte sich in meinem Haus aus, doch jetzt als mein Gast schien er es zum ersten Mal zu sehen.

»Du hast wirklich Glück mit diesem Haus gehabt, Hildy«, sagte er, während er am Tresen lehnte und mich beim Gemüseschneiden beobachtete.

»Glück? Glaubst du, ich habe es im Lotto gewonnen?« Ich lachte und trank von meinem Wein.

»Du hast dir wirklich etwas aufgebaut. Ich glaube, das wollte ich damit sagen.«

»Nun, du doch auch, Frankie. Weißt du, wenn du das Grundstück nebenan verkaufen würdest, könntest du dir ein doppelt so großes Haus wie das hier leisten.«

»Genau, und dann stellt ein Anwalt eine Villa drauf, die du morgens beim Aufwachen als Erstes siehst.«

Ich lächelte ihm zu, auch wenn er nur Spaß machte. Es war

eine nette Vorstellung, dass Frankie das Land wegen mir behielt. Ich trank das Glas aus, und er schenkte mir nach.

Nachdem Salat und Stew fertig waren, bemerkte ich den in Zellophan verpackten Strauß auf dem Tresen, und mein Herz wurde weich wegen Frankies reizender Geste. Dass Frankie in den Stop & Shop gegangen war und mir diese Blumen mitgebracht hatte! Ich war mit einem Mann verheiratet gewesen, den Blumen aus dem Supermarkt angewidert hätten, und wohin hatte mich dieser exquisite Geschmack gebracht? Genau. Ich wickelte den Strauß vorsichtig aus und stellte ihn in meine meergrüne flötenförmige Lieblingsvase, in der ich ihn arrangierte und dann auf den Beistelltisch im Wohnzimmer brachte.

»Schau, wie sie das Zimmer freundlicher machen«, sagte ich. Frankie nickte grinsend.

Mein Küchentisch ist recht groß, was mir irgendwie komisch erschien. Ich beschloss, dass wir stattdessen im Wohnzimmer vor dem Kamin essen sollten. Ja, das wirkte richtig. Es war gemütlich und dunkel in dem kleinen Zimmer. Und bei einem knisternden Feuer musste man sich nicht die ganze Zeit unterhalten. Das Stew war gut, das Rindfleisch perfekt zart. Mittlerweile koche ich nur noch selten, aber Stew kann ich. Wir tranken unseren Wein und unterhielten uns über alte Freunde. Wir lachten über die Partys im Wendover Yacht Club. Er fragte, was aus der *Sarah Good* geworden sei, dem Boot, das er mir damals geschenkt hatte. Ich musste kurz darüber nachdenken und kam zu dem Schluss, dass ich es nicht wusste. Mein Dad musste sie irgendwann zur Mülldeponie gebracht haben, während ich auf dem College war. Ich hatte sie im Sommer, wenn ich kurz nach Hause kam, nicht mal mehr zu Wasser gelassen. Scott und ich reisten damals viel. Wir hatten einen Van. Ich erzählte Frankie, wie wir im Jahr, bevor wir den Van kauften, nach Woodstock getrampt waren. Es stellte sich heraus, dass Frankie auch in Woodstock gewesen war. War mit seinem Motorrad durchs ganze Land gefahren. Er war beim Altamont-Konzert der Stones gewesen, wo die Hell's Angels diesen Typen umgebracht hatten. Frankie hatte in San Francisco gelebt und Zeit in Montana und Colorado verbracht. Man konnte sich ihn schwer an einem anderen Ort als Wendover vorstellen. Als ich ihm das sagte, meinte er, es ginge ihm mit mir genauso.

Frankie im Schein der Flammen, der kräftige Pinot Noir … ich wurde ganz weich. Mein Herz, mein Kopf, selbst Haut und Knochen schienen die sonstige spröde Anspannung abzuschütteln. Ich wurde sanfter, wie immer, wenn ich Wein trank. Und was war schon dabei, die Rüstung einmal am Tag abzulegen, vor allem in der angenehmen Gesellschaft eines alten Freundes. Während des Essens war es am Feuer gemütlich gewesen, doch jetzt wurde es zu warm, und wir setzten uns auf die Couch. Wir öffneten sogar einen Moment das Fenster. Die Nachtluft war frisch und roch nach Kiefern und Fluss und sogar etwas nach Schnee, da waren wir uns beide einig. Wir blickten zum Mond hinauf, mit seinem verschwommenen Hof, und bestätigten uns gegenseitig noch einmal, dass es schneien würde.

Nachdem wir die Flasche geleert hatten, fragte ich Frankie, ob ich eine weitere öffnen sollte. Er sagte: »Ich weiß nicht, solltest du das denn?«

»Ich trinke mittlerweile nicht mehr viel«, antwortete ich.

»Aha«, erwiderte er lächelnd.

»Frankie, mir ist der Abend, an dem du mich bei Mamie abholen musstest, immer noch so peinlich, so wird es nie wieder werden.«

»Ach, schon gut, hol noch eine Flasche, bevor es mir auch peinlich wird.«

Rasch eilte ich in den Keller. Als ich zurückkam, roch ich … Gras?

Ja, Frankie hatte einen Joint angezündet. Ich hatte seit dem College nicht mehr gekifft. Scott hatte es immer mehr gemocht als ich, doch jetzt fühlte ich mich bei dem Geruch wieder wie ein Teenager. Nun ja, das erste Mal high wurde ich damals mit Frankie.

»Macht es dir was aus, Hildy?«, fragte er und hielt den Joint hoch. »Ich hätte vorher fragen sollen.«

»Nein«, sagte ich lachend. »Überhaupt nicht. Ich habe das Zeug nur zum letzten Mal gerochen, als ich eines Abends zu früh nach Hause kam und meine Töchter eine Party feierten.«

Ich entkorkte den Wein, setzte mich neben Frankie und kuschelte mich leicht an ihn. Er reichte mir den Joint, von dem ich einen Zug nahm. Ich hustete und lachte über mich selbst, bevor ich noch einmal zog und ihn an Frankie zurückgab.

»Nein, danke«, sagte ich, als er ihn mir noch einmal geben wollte. Ich war ein klein wenig betrunken. Nicht sehr. Noch ein Glas Wein würde nicht schaden.

Frankie rauchte den Joint fertig. Ich schaltete die Stereoanlage ein und legte eine CD ein. Dann tanzte ich zu einem Van-Morrison-Song durchs Zimmer, was Frankie zum Lachen brachte.

»Erinnerst du dich, wie wir früher alle im Wendover Yacht Club getanzt haben?«, fragte ich fröhlich. »Komm schon, tanz mit mir, Frankie.«

Er lächelte nur. Seine Augenlider senkten sich ein wenig von der Wärme und dem Gras, doch seine Augen funkelten vor Vergnügen. »Ich habe nie getanzt. Mach nur, Hildy, ich habe dir immer gern beim Tanzen zugesehen.«

Ich nahm mein volles Weinglas vom Tisch und nippte daran, dann bewegte ich es in geschmeidigen Bögen vor mir, betrachtete es zärtlich wie das Gesicht eines Liebhabers. Ich warf Frankie einen Blick zu und trank dann den restlichen Wein aus wie Whisky, bevor ich das Glas in die Luft warf. Natürlich wollte ich es auffangen, doch ich war ungeschickt gewesen, und Frankie packte es rasch, bevor es auf dem Beistelltisch aufschlug. Dann begann ich richtig zu tanzen. Scott hatte die CD für mich zusammengestellt, Lieder aus unseren Collegetagen, und jetzt schmetterte Janis Joplin »Piece Of My Heart«. Ich ließ die Hüften kreisen und schüttelte das Haar vors Gesicht wie Janis, und ich kann wirklich wie kaum jemand ihre Lieder nachsingen, ich habe sie immer geliebt. Ich legte meine Hände auf Franks Knie und sang die ersten Worte, süß und weich, genau wie Janis, fragte ihn, ob ich ihm nicht das Gefühl gegeben hatte, der einzige Mann zu sein. Frank packte meine Handgelenke, doch ich machte mich los und schmetterte: »Schätzchen, du weißt, dass ich das getan habe!«

Ich bewegte beim Singen langsam die Hüften, und schon bald lachten wir beide und riefen laut den Text. Dann nahm Frankie mich an der Hand und zog mich auf sich auf die Couch. Und dann küsste ich Frankie Getchell, und Frankie Getchell küsste mich, hart und leidenschaftlich. Es war so lange her, dass mich ein Mann richtig geküsst hatte. Ich setzte mich mit gespreizten Beinen auf seinen Schoß, seine Hände waren in meinen Haaren vergraben, meine Handflächen lagen auf seinen rauhen Wangen. Wir beide schienen den Kuss nicht enden lassen zu wollen, bis wir uns schließlich doch voneinander lösten, nur um uns gleich wieder zu küssen und uns stürmisch wie Teenager zu befummeln. Schüchtern lächelnd zog ich mich für einen Moment zurück und wollte von seinem Schoß steigen, als Frankie unsere Weinflasche packte und sagte: »Mädchen, nimm besser die Beine in die Hand« (ein altes Spiel zwischen uns). Ich quietschte vor Entzücken, als er mich nach oben jagte bis in mein Schlafzimmer, während ihm die Hunde knurrend und schnappend auf den Fersen waren wie zwei verrückte Geister.

Wir waren gerade betrunken genug, um uns nicht darum zu kümmern, wie fett und alt wir aussahen, betrunken genug, dass ich einen Striptease wagte, den Frankie johlend bejubelte, als wäre ich zwanzig. Dann packte er meine Hand und zog mich ins Bett. Es war wieder wie früher, wie in den Nächten auf fremden

Schiffen. Wie in diesen verschwitzten, salzigen Nächten, in denen die Wellen gegen den Schiffsrumpf schlugen … bis auf eine Sache. Das vorsichtige Klopfen an meiner Schlafzimmertür und die Frauenstimme, die rief: »Mom? Mom??«

Frankie und ich erstarrten.

»Hast du das gehört?«, flüsterte ich.

»Mom?«

Emily war daheim.

»Hallo, Liebling«, sagte ich und versuchte so frisch und nüchtern wie eine Nonne zu klingen. Frankie lag bewegungslos neben mir.

»Äh … Mom? Hast du … Gesellschaft?«

»Ja, Liebes, das habe ich. Brauchst du etwas?« Ich versuchte immer noch, stocknüchtern zu klingen. Frankie unterdrückte mit leisen, schnorchelnden Geräuschen ein Lachen, worauf ich ihm einen bösen Blick zuwarf.

»Nein … gute Nacht«, sagte Emily, und ich hörte, wie sie durch den Flur zu ihrem Zimmer ging.

»Ach du lieber Gott«, stöhnte ich und dann gleich noch einmal.

»Was ist denn dabei?«, flüsterte Frankie.

»Haben wir unten eine leere Flasche Wein stehen lassen?«

»Äh, wahrscheinlich.«

»Ich bin doch offiziell abstinent.«

»Was?«

»Meine Töchter hatten mich auf … Entzug geschickt.«

Frankie konnte gar nicht mehr aufhören zu lachen. »Entzug?«

»Ja«, zischte ich. »Sie glauben, ich trinke nicht mehr und gehe zu AA-Treffen. Hör auf zu lachen, das ist nicht lustig.« Ich brach in Tränen aus.

»Oh, Hildy, hör auf. Was ist das Problem? Du bist doch die Mutter, richtig? Warum benimmst du dich wie ein Kind? Du solltest doch die sein, die bestimmt, du kannst tun, was du willst.«

Doch ich schüttelte nur den Kopf. »Frankie, kannst du bitte gehen?«

»Okay.«

»Und nimmst du die Flasche hier und die unten mit?« Ich war jetzt wirklich panisch. Frankie sprang aus dem Bett und zog sich rasch an.

»Was soll sie schon tun, die Sittenpolizei rufen?«, flüsterte er, was mich zum Lächeln brachte. Ich war immer noch ein wenig betrunken, doch plötzlich schämte ich mich, nackt aus dem Bett zu steigen, weshalb ich sagte: »Komm her und küss mich, bevor du gehst, Frankie.«

Das tat er. Dann sah er aus dem Fenster und sagte: »Es schneit. Ich muss sowieso meine Jungs mit den Schneepflügen rausschicken. Wir sehen uns, Hildy.«

Dann war er weg.

Am nächsten Tag stand ich im Morgengrauen auf und brachte die Weingläser in die Küche, spülte sie und stellte sie in den Schrank. Ich schüttete das Stew weg, das die ganze Nacht offen auf dem Herd gestanden hatte. Ich räumte das Wohnzimmer auf und suchte nach Überresten des Joints, fand jedoch zum Glück nichts. Dann ging ich mit den Hunden spazieren. Es hatte die ganze Nacht über geschneit, und mittlerweile lagen gute zehn Zentimeter Schnee. Es war Sonntag, die River Road war noch ungeräumt. Nichts war zu hören außer dem sanften Knirschen meiner Schuhe in dem unberührten Schnee und dem aufgeregten Schnaufen und Winseln der Hunde, als sie unter schneebedeckten Büschen herumschnüffelten. Es war ein sanfter, gesetzter Schneesturm, die großen, weichen Flocken waren wie Wattebällchen und fielen senkrecht, statt von der Seite zu wehen, wie das hier im Nordosten oft der Fall ist. Der Schnee sammelte sich auf dem Fell der Hunde und auf meinen Schultern und Handschuhen; man konnte nur wenige Schritte weit sehen. Die ganze Welt war weiß verhüllt, und man konnte sich kaum vorstellen, dass etwas Schmutziges oder Hässliches unter dieser flauschigen weißen Wohltat lag.

Vor vielen Jahren, als ich noch ein junges Mädchen war, dauerte ein Blizzard einmal fünf Tage. Es schneite Tag und Nacht. Damals gab es noch nicht die Schneepflüge von heute, und als es aufhörte zu schneien, war die Hat Shop Hill Road nicht mehr zu sehen.

Wir hatten einen alten Toboggan, den mein Vater im Jahr zuvor von einem seiner Kunden bekommen hatte, der mit seiner Familie Richtung Süden zog und ihn nicht mehr brauchte. An diesem Tag pilgerten alle Kinder aus unserer und den umliegenden Straßen sowie vom Wendover Rise zur Hat Shop Hill Road und machten sie zu einer achthundert Meter langen Rodelbahn. Sie ist die steilste und geradeste Straße der Stadt. Die Kinder kamen mit ihren Schlitten und runden Scheiben und aufblasbaren Reifen, doch unser Toboggan war am besten, und plötzlich waren wir Goods die beliebtesten Kinder in Wendover. Jeder wollte als Nächstes mit dem Toboggan fahren. Fünf passten gleichzeitig darauf, sechs, wenn wir Judd mitnahmen, der kleinste von allen, der jede Fahrt mitmachte und dann wieder die lange Straße hinaufgezogen wurde.

Die Schule fiel eine ganze Woche aus. Am zweiten Tag nachdem es zu schneien aufgehört hatte, kam ein Truck mit einem Pflug durch die Hat Shop Hill Road und fuhr den Schnee platt, stampfte ihn ein wenig ein, räumte ihn allerdings nicht weg, so dass wir danach noch schneller rodeln konnten. Da hatten mein Cousin Eddie und Frankie Getchell eine großartige Idee. Sie wollten mit einem Schlauch von unserem Haus aus, das fast auf der Hügelkuppe stand, Wasser über die ganze Straße spritzen, um eine Eisrinne wie bei den Olympischen Spielen zu erzeugen.

Mein Vater war bei der Arbeit, meine Mutter … wer weiß, vielleicht war sie im Krankenhaus, jedenfalls war sie nicht daheim. Eddie und Frankie montierten also einen Schlauch an den Wasserhahn an unserer Hauswand, doch als sie ihn aufdrehen wollten, kam kein Wasser. Frankies Dad arbeitete im Baugewerbe, und Frankie, auch wenn er damals erst zwölf oder dreizehn war, wusste, dass man die Außenleitung im Keller aufdrehen musste. Schon bald floss ein stetiger Strom die Hat Shop Hill Road hinunter. Wir warteten in unserem warmen Keller, solange das Wasser lief. Unser Keller hatte einen Zugang von außen, durch den wir hinein- und hinausklettern konnten. Es roch nach frischer Wäsche und feuchtem Keller und manchmal nach den Jungen unserer Katze Calico, die sie ein- bis zweimal im Jahr dort warf. Wir durften keine Freunde nach Hause mitbringen, wenn unsere Eltern nicht da waren, doch der Keller war erlaubt. An diesem Tag trieben sich dort bestimmt zwölf Kinder herum.

Wenn wir nach drinnen gingen, begann Judd immer zu weinen, weil seine kleinen Zehen und Finger in seinen nassen Handschuhen und Socken taub geworden waren und dann schmerzhaft wieder auftauten. Lisa, meine Cousine Jane oder ich hielten sie am Kellerwaschbecken unter warmes Wasser und schimpften mit Eddie, er solle ihn nicht immer Baby und Weichei nennen, er war doch erst fünf. Schließlich drehten die Jungs das Wasser ab, und wir mussten wieder warten, bis es gefroren war, was aber nicht lange dauerte.

Es war später Nachmittag, die Sonne war schon hinter den Bäumen verschwunden, und im Dämmerlicht war die Straße eine steile, weiße Piste mit einem silbernen Streifen, der in der Mitte glänzte und wie ein Glasband aussah. Es wurde lautstark diskutiert, wer als Erstes fahren durfte. Frankie und Eddie hatten die Idee gehabt, weshalb sie den Anfang machen sollten. Judd weinte, bis die beiden sich bereit erklärten, ihn zwischen sich auf dem Toboggan mitzunehmen. Um die kleinen Wände des Eiskanals nicht zu beschädigen, mussten die Jungs ihre Beine parallel zu den Beinen des Vordermanns ausstrecken. Frankie, der hinten saß, bat mich, sie anzustoßen. »Mit Kraft, Hildy«, sagte er, was ich auch tat. Ich packte Frankie an den Schultern und rannte los, während ich mit aller Kraft schob, und als sie auf den Eiskanal fuhren, konnte ich nicht widerstehen – ich sprang hinter Frankie auf, es war Platz genug. Meine Beine standen zu den Seiten ab, und er zog sie um seine Taille, während er mich anbrüllte, dass ich die Fahrt nicht verderben solle. Und dann waren wir unterwegs.

Der Toboggan war schon vorher schnell gewesen, doch das war kein Vergleich zu jetzt. Wir flogen die Hat Shop Hill Road hinunter, das Eis sang unter uns. Kleine Mulden im Untergrund ließen den Toboggan in die Höhe springen, und wenn wir wieder aufkamen, schienen wir noch schneller zu werden. Wir schrien im Chor, Eddie, Judd, Frankie und ich – ein begeisterter, verängstigter, erfreuter, elektrisierter Schrei an den Himmel, an jeden, der uns hören konnte. Der Wind trieb mir die Tränen in die Augen, und ich vergrub mein Gesicht in Frankies Rücken. Wir wurden immer schneller. Am Ende wird die Straße bald flach, und bisher war der Toboggan immer ein gutes Stück vor dem Stoppschild an der Kreuzung zur Atlantic Avenue, Crossings Hauptstraße, zum Stehen gekommen. Doch das Wasser war bis zum äußersten Ende der Straße gelaufen, und wir fuhren bis zum bitteren Ende.

»Eddie!«, schrie ich, »halt uns an!« Wir streckten alle die Beine aus, doch unsere Füße rutschten nur über die gefrorene Oberfläche. Die Straße wurde flacher, doch wir schossen einfach weiter, als ob wir von Maschinen angetrieben wurden. Vor uns bewegten sich Autos und Trucks die Atlantic Avenue entlang.

Wir hatten alle gleichzeitig dieselbe Idee. Eddie lehnte sich zur einen Seite, Frankie und ich zur anderen. Judd wurde sicher von Frankies Armen und Beinen gehalten. Wir rollten uns vom Toboggan, als dieser mit Lichtgeschwindigkeit über die Atlantic Avenue raste, bis er mit dem Wagen von Bucky Garrittys Dad kollidierte. Der Toboggan rutschte unter das Vorderrad, das Auto schlitterte über die Straße und den Gehsteig und durch das Schaufenster von Allen's Pharmacy.

Heute hätte es sicher irgendeine Klage gegeben. Niemand wurde bei dem Unfall verletzt, Gott sei Dank, doch Dad erfuhr es im Handumdrehen (der Supermarkt war nur zwei Häuser weiter neben der Apotheke. Heute ist dort statt Allen's eine CVS-Apotheke.) und war fuchsteufelswild. Eddie traf es als Ältesten am härtesten. Mein Dad verpasste ihm Ohrfeigen und Schläge auf den Kopf, uns anderen versohlte er den Hintern, doch unsere Schneeanzüge polsterten uns so gut, dass wir nichts spürten und nur aufheulten, damit er irgendwann aufhörte. Frankie warf er, glaube ich, einige Male in den Schnee und sagte, er würde seinen Dad anrufen.

»Ihr hättet alle getötet werden können, kapiert ihr das?«, brüllte mein Vater. Wir dachten, er würde uns umbringen, weil wir beinahe getötet worden wären.

Unsere Bobfahrt wurde legendär. Als die Schule wieder anfing, hatte sich die Geschichte so weit verselbständigt, dass wir vor dem Zusammenstoß unter einem Truck durchgerutscht waren. Eddie trug dazu kräftig bei und erzählte, er habe Judd vom Toboggan gerissen, eine Nanosekunde bevor dieser überfahren wurde. Er ließ aus, dass er und Frankie vergessen hatten, den Wasserhahn ordentlich zuzudrehen, so dass unsere Leitungen einfroren und platzten und unser Dad wieder aufgebracht bei den Getchells anrufen musste. Viele Jahre später konnte Dad über die Geschichte Tränen lachen, doch damals fand er sie gar nicht lustig.

Als ich mit den Hunden von unserem Spaziergang zurückkam, war Emily in der Küche, barfuß, in Jogginghose und Tanktop.

»Guten Morgen, Emily«, sagte ich fröhlich und umarmte sie kurz.

»Mom, es ist eiskalt hier drin. Kannst du bitte die Heizung aufdrehen?«

Ich ging zum Thermostat, der auf zwanzig Grad stand, wie ich es mochte.

»Es ist Winter«, meinte ich trocken. »Zieh dir einen Pullover und Socken an wie jeder normale Mensch.«

»Ein normaler Mensch. Weißt du, wie verletzend es ist, für wie unnormal du mich hältst?«

»Ach Emily«, sagte ich mit einem leichten Lachen, mit dem ich die Stimmung aufzulockern versuchte. »Das sagt man doch nur so. Ich weiß, dass du normal bist.«

Emily seufzte, lächelte dann jedoch und antwortete: »Ich weiß.«

»Hast du alles gefunden, Kaffee und so?«, fragte ich.

»Ja«, erwiderte Emily und hielt die Tasse hoch, aus der sie getrunken hatte.

»Wunderbar. Ich dachte, du wolltest erst heute kommen. Ich habe dich gestern Abend nicht erwartet.«

»Nein, offensichtlich nicht«, meinte sie.

Ich schenkte mir eine Tasse Kaffee ein. Mein Kopf hämmerte. Keinen Rotwein mehr.

»Mom, war das Frank Getchells Truck gestern Abend vor dem Haus?«

»Ja«, sagte ich, während ich im Kühlschrank nach Milch suchte.

»Und warst du mit Frank Getchell … im Bett?«

»Das geht dich nun wirklich nichts an.«

»Mom, ich kann es nur nicht glauben, von allen Männern in deinem Alter …«

»Wie bitte?«, sagte ich und drehte mich mit wütendem Blick zu ihr um. »Was für Männer in meinem Alter? Wo sind diese ganzen Männer in meinem Alter? Und was stimmt nicht mit Frank? Du kennst ihn ja nicht mal.«

»Er ist der … Müllmann.«

»Er ist Besitzer einer Firma, die sich neben vielen Instandhaltungsarbeiten auch um Abfallbeseitigung kümmert.«

»Habt ihr getrunken? Ich habe eine Flasche Wein auf dem Tisch gesehen. Und es hat nach Gras gerochen, als ich ins Haus kam.«

»Frank trinkt. Und raucht. Alle meine Freunde trinken Alkohol.«

»Aber du nicht …?«

»Nein, natürlich nicht.«

Die Erleichterung in Emilys Gesicht. Man könnte meinen, sie und Tess hätten ihre Kindheit damit verbracht, mich aus Bars nach Hause zu schleppen. Ich weiß, wie furchtbar es wirkt, der eigenen Tochter so unverblümt ins Gesicht zu lügen, doch es war zu Emilys Besten. Für ihre Seelenruhe. Sie war wegen Adam durcheinander und hatte genug Sorgen.

»Also, was ist los, Emily?«, fragte ich, und sie berichtete. Sie wollte mit Adam zusammenziehen, was dieser jedoch zu ihrer großen Verärgerung noch nicht wollte. »Wir sind seit zwei Jahren zusammen«, sagte sie.

»Ich weiß nicht, Emily, vielleicht ist es aber das Beste. Vielleicht solltest du jemanden mit … besseren Zukunftsaussichten … kennenlernen.«

»Was meinst du mit ›Aussichten‹?«, fragte Emily verärgert.

»Ich meine einen Job«, erklärte ich. »Es wäre doch gut, wenn du mit jemandem zusammen wärst, der über ein regelmäßiges Einkommen verfügt.« Ich konnte nicht glauben, dass ich das sagte. Ich war ein Kind der Sechziger, eine Feministin, die ihren eigenen Weg gegangen war und sich nie auf ihren Ehemann und seine finanzielle Unterstützung verlassen hatte. Doch jetzt dachte ich, wie schön es doch für Emily wäre, wenn sie jemanden hätte, der sich um sie kümmerte. Ich selbst brauchte das nicht, oh nein, ich hatte immer allein für mich gesorgt. Aber es wäre schön, wenn man es nicht zwingend müsste. Für Emily, meine ich.

»Ich wusste, dass du so etwas sagen würdest. Du hast nie an Adam und seine Musik geglaubt. Seine Band bekommt bald einen Plattenvertrag. Letztens haben sie im Irving Plaza gespielt, wo auch ein Sony-Scout war … ach, vergiss es. Ich wusste, dass du es nicht verstehen würdest. Ich rufe Hailey an und frage, ob sie mit mir zu Mittag essen geht. Vielleicht fahren wir nach Marblehead und besuchen Tess.«

»Emily, natürlich will ich für dich da sein. Ich möchte nur, dass du realistisch bist.«

»Ach, egal«, erwiderte sie wütend und stapfte nach oben in ihr Zimmer.

Es hörte auf zu schneien, und Emily fuhr mit ihrer Freundin Hailey nach Marblehead. Ich las am Nachmittag die Sonntagszeitung, und als es dunkel zu werden begann, dachte ich an ein Gläschen Wein, solange Emily unterwegs war. Sie hatte mich nervös gemacht mit ihrer Schnüffelei, und ich hatte einen kleinen Kater, der wie immer an meinen Nerven zehrte. Daher ging ich nach unten, entkorkte eine Flasche und schenkte mir eine kleine Tasse Wein ein. Ich benutzte eine Tasse, falls Emily früher nach Hause kam, und ließ die Flasche im Keller hinter einem alten gerahmten Blumendruck stehen, den Scott dagelassen hatte.

Früher habe ich den Keller gehasst. Mein Haus ist alt, nahe am Wasser, und der Keller ist so niedrig, dass ich mich darin tief bücken muss und immer noch gegen Spinnweben laufe. Der Boden ist aus Lehm und oft feucht und irgendwie schleimig, auch wenn das ganze Jahr ein Luftentfeuchter läuft. Es gibt hier unten Mäuse und Spinnen, und einmal, kurz nachdem ich das Haus gekauft hatte, bin ich beinahe auf eine lange, dunkle Schlange getreten. Das Biest war fast einen Meter lang. Es schlängelte sich über den Erdboden und verschwand in einer Spalte im Steinfundament, während ich schreiend die Treppe hochrannte. Doch mittlerweile hatte ich mich an den Keller gewöhnt, ich mochte sogar das Gefühl, unter der Erde zu sein. Im Winter war es angenehm warm und im Sommer kühl. Der Ofen summte, der Wassererhitzer zischte. Alle lebenswichtigen Organe des Hauses waren gesund und bei der Arbeit.

Und natürlich befand sich dort jetzt mein Wein. Ich ging jeden Abend mit der Taschenlampe nach unten und duckte mich unter Spinnweben hindurch, und wenn ich eine Maus sah, wusste ich, dass ihre Tage wegen der Hausschlange gezählt waren. Ich stellte keine Fallen mehr auf, sondern ließ stattdessen lieber der Natur ihren Lauf. Mäuse brauchen einen warmen Unterschlupf während der kalten Jahreszeit, Schlangen müssen fressen, Spinnen müssen aufwendige Netze spinnen, um ihre zarte Beute zu fangen. So wie ich am Abend einen Schluck Wein trinken muss. So empfand ich mittlerweile den Keller meines Hauses. Er beherbergte ein wunderbar funktionierendes symbiotisches Ökosystem, wovon ich ein wichtiger Bestandteil war. Wenn ich oft für eine zweite Flasche Wein nach unten schwebte, stellte ich mir mit gewisser Freude vor, dass ich nach meinem Tod immer noch hier herumspuken würde und mich die Spinnen und Mäuse und die Schlange selbst dann noch kennen würden.

# KAPITEL 15

Molly weckte mich auf, indem sie mir winselnd das Gesicht leckte. Es war stockdunkel um mich herum, ich konnte nichts sehen, und ich merkte nur daran, wie sich ihr Fell anfühlte, dass es Molly war. Ich wollte weiterschlafen, doch als ich nach meinem Kopfkissen tastete, spürte ich nur harten Lehmboden. Einen Moment lang lag ich bewegungslos da. Etwas krabbelte über meine Hand, und ich richtete mich ruckartig auf und erkannte an dem feuchten Geruch, dem Geräusch des Ofens und dem Boden unter mir, dass ich im Keller lag.

Ein schmaler Lichtstreifen drang aus der angelehnten Kellertür am Kopf der Treppe. Ich rappelte mich auf und stolperte darauf zu. Die kluge Molly musste mit ihren Pfoten die Kellertür geöffnet haben. Die Hunde leckten mir die Hände, während ich unsicher und verwirrt zum Fuß der beleuchteten Treppe wankte.

Wenn ich nach einer Nacht voller Alkohol früh aufwache, so wie an diesem Morgen, genieße ich oft eine wundervolle, leicht beschwipste Heiterkeit, die ich auszukosten gelernt habe, denn darauf folgt unausweichlich der scharfe Dolchstoß eines Katers, der mir den Bauch zerreißt und durch meinen Kopf sägt und meine Nerven bis zum Zerreißen anspannt. Ich befand mich immer noch in dieser Zwischenwelt – nicht mehr betrunken, aber auch nicht nüchtern –, als ich die Stufen nach oben stieg und mir mit verwunderter Belustigung die Ereignisse des vorigen Abends ins Gedächtnis rief.

Ich hatte mir eine Tasse Wein eingeschenkt und den Fernseher eingeschaltet, wo zufällig gerade einer meiner absoluten Lieblingsfilme lief, Alfred Hitchcocks *Berüchtigt,* mit Ingrid

Bergman und Cary Grant. Ich konnte gar nicht so betrunken gewesen sein, denn ich erinnerte mich an das Filmende. Ich glaube, ich ging nur ein-, höchstens zweimal nach unten, um die Tasse wieder zu füllen, mehr nicht. Der Film war zu Ende, Emily würde bald nach Hause kommen. Um ihr nicht ein wenig angeheitert gegenübertreten zu müssen, beschloss ich, ins Bett zu gehen. Der Wein war jedoch äußerst schmackhaft, und es wäre eine Schande gewesen, ihn nicht auszutrinken. Wenn die Flasche erst einmal geöffnet ist, schmeckt der Wein am nächsten Tag nie so gut. Weshalb ich nach unten ging, um die Tasse ein letztes Mal zu füllen, als ich über mir Schritte hörte.

»Mom?«

Emily war zu Hause und hatte Hailey mitgebracht. Ich beschloss, sie glauben zu lassen, ich wäre schon im Bett. Hailey wohnte oben in Newburyport, weshalb sie wahrscheinlich über Nacht bleiben würde.

Ich machte es mir in der Dunkelheit neben dem Blumendruck, den ich nicht erkennen konnte, gemütlich und trank den Wein aus der Flasche. Ich hörte, wie sich die Mädchen unterhielten. Als ich mich jetzt am Geländer entlang die Treppe hinaufschleppte, erinnerte ich mich, dass ich es überaus interessant gefunden hatte, ihr Gespräch zu belauschen, ohne dass sie von meiner Anwesenheit unter ihren Füßen wussten. Es war aufregend. Ich fühlte mich wie ein Spion oder ein Geist oder eine Hexe, und ich weiß noch, wie ich bei ihren Worten boshaft in meine Handfläche kicherte.

Natürlich konnte ich mich jetzt nicht mehr erinnern, worüber sie genau gesprochen hatten. Ich wusste nur noch, dass die Mädchen einfach nicht ins Bett gehen wollten. Sie lachten und plauderten lautstark, und ich roch, dass etwas auf dem Herd erwärmt wurde. Suppe? Ganz offensichtlich hatten sie auch ein wenig gefeiert, und ich saß jetzt im Keller fest. Ich könnte ihnen unmöglich erklären, warum ich so lange im Keller gewesen war.

Also vertrieb ich mir die Zeit mit meinem Wein. Nachdem ich die Flasche geleert hatte, öffnete ich die nächste – der Korkenzieher lag bereit. Ich wollte nur noch ein paar Schlucke trinken, während ich wartete, bis die Mädchen ins Bett gegangen waren.

Dann war es Tag, und Molly leckte mir das Gesicht.

Am Kopf der Treppe angekommen, lugte ich durch den Türspalt, ob die Luft rein war. Es war früh am Morgen, wie ich durch die Wohnzimmerfenster sah. Auf keinen Fall waren die Mädchen jetzt schon wach. Ich ließ die Hunde durch die Haustür hinaus, dann ging ich in die Küche und trank ein großes Glas Cranberrysaft. Dann nahm ich vier Advil und trank noch ein Glas Saft. Ich schlurfte zurück zur Haustür – ich war immer noch halb hinüber, keine Ahnung, wie mich das bisschen Wein so betrunken machen konnte – und ließ die Hunde wieder herein. Ich rief Kendall an und sagte, ich käme heute später ins Büro. Dann schleppten die Hunde und ich uns ins Obergeschoss und direkt ins Bett.

Nach etwas Schlaf und einer Dusche ging ich nach unten. Die Vormittagssonne schien durch die Fenster, die Küche war warm und hell. So verdammt hell. Die Mädchen frühstückten und warfen sich kichernd Blicke zu, als ich die Küche betrat.

*Wussten sie es? Bin ich nachts nach oben gegangen und erinnere mich jetzt nicht mehr daran?*

»Guten Morgen, Hailey, Emily«, sagte ich.

»Hallo, Mrs. Aldrich«, erwiderte Hailey. Die Freundinnen der Mädchen nennen mich immer noch manchmal beim Namen meines Ex-Mannes. Es macht mir nichts aus.

»Morgen, Mom«, sagte Emily, ohne von ihrem Teller aufzusehen.

»Was ist so lustig?«, fragte ich und hoffte im Stillen, sie würden es mir nicht sagen. Ich stellte mir vor, wie ich nachts singend vor ihnen durch die Küche getanzt war und aus der Flasche getrunken hatte – alles halb verschwommene Erinnerungen von irgendwann. Vielleicht von letzter Nacht, vielleicht aus früheren Jahren. Wer weiß? Ich habe mich früher nie an alles erinnert, doch manchmal hatte ich noch die peinlich berührten Blicke der Mädchen im Kopf, selbst wenn sie mit mir und ihren Freunden darüber zu lachen versuchten, wenn ich etwas zu viel getrunken hatte. Ich hatte ihren Freundinnen immer etwas angeboten, selbst als sie noch nicht volljährig waren, was unser Haus zu Highschool-Zeiten sehr beliebt gemacht hatte. Damals hatten sich die Mädchen nicht über meinen Alkoholkonsum beschwert.

Emily antwortete: »Nichts, wir haben uns nur gefragt, wo du letzte Nacht warst. Bis nach zwei Uhr nachts unterwegs?«

»Nun, ich war … bei Freunden.«

»Mom, du kannst es ruhig sagen. Du warst über Nacht bei deinem Freund.«

»Okay, ich war bei meinem Freund.« Sie sollten besser denken, ich war bei Frankie, als dass ich die Nacht betrunken auf dem Kellerboden verbracht hatte. Die ganze Nacht, was vor wenigen kurzen Stunden noch so lustig geklungen hatte und jetzt wie eine finstere Tragödie wirkte. Ein Jackpot. Ich war im Keller bewusstlos geworden, während Spinnen und was weiß ich über mich hinweggekrabbelt waren. Ich dachte an die schwammartigen Füße und das schleimige Fell und die schwarzen Knopfaugen der Mäuse. Ich dachte daran, wie Schlangen züngelnd und mit sich windendem Schwanz herumglitten und dass sie sich gern an warmen, dunklen Orten aufwärmten.

»Du und Frankie seid also ein … Paar?« Emily kicherte.

»Emily«, sagte ich.

»Was?«

»Kümmer dich um deine Angelegenheiten«, sagte ich schroff und ging zurück in mein Schlafzimmer. Ich holte die Stiefel aus dem Schrank, was die Hunde (immer so furchtbar unterwürfig) in japsende und hüpfende Ekstase versetzte. Unten holte ich meinen Mantel und die Hundeleinen, und wir gingen hinaus in die helle Mittagssonne. Es lag immer noch Schnee, doch die Sonne hatte die oberste Schicht geschmolzen und die Luft aufgewärmt. Alles reflektierte die intensiven Sonnenstrahlen. Ich beschattete die Augen mit den Händen und beschloss, die Hunde nicht für einen Spaziergang über die Straße anzuleinen, sondern über den kurzen Waldpfad zum Fluss zu gehen.

Jeder Schritt war eine Qual. Mein Rücken schmerzte von dem harten Kellerboden, und bei jedem Atemzug versuchte ich zu ergründen, ob sich gerade meine Rückenmuskeln oder meine Nieren verkrampften. Mein Arzt hatte letztens gemeint, er wolle meine Knochendichte messen, doch jetzt erkannte ich, dass das sinnlos war. Ich konnte bei jedem Schritt spüren, wie jeder Knochen und jeder Wirbel wie Kreide zerbröselte. Noch ein kleines Stück, und ich war eine voll bekleidete, aber leere Hülle menschlichen Fleisches, die auf dem Weg lag und in den Himmel hinaufblickte. Und mein Kopf. Mein verdammter Kopf.

Nun, es geschah mir recht. Ich gehörte auf den Lehmboden des Kellers, es war nur angemessen. Wenn Emily mich dort gefunden hätte, hätte sie es Tess erzählt, und ich dürfte nie wieder babysitten oder Grady auch nur halten. Babs, der Terrier, ist eine Kläfferin, und bei jedem schrillen Bellen musste ich meine gesamte Willenskraft zusammennehmen, um sie nicht mit einem gezielten Tritt in eine Schneewehe zu befördern.

Als wir endlich am Fluss ankamen, machten die Kühle, das Plätschern der Wellen, der Geruch nach Salzwasser und Fisch und etwas anderem – das feuchte Seegras, das durch den Schnee hervorlugte? Sand? Hatte Sand einen Geruch? – meinen Kopf frei, und meine Muskeln, selbst meine schmerzenden, sich auflösenden Knochen lockerten sich. Alles Böse, alle Selbstzweifel, die ganze Selbstverachtung schienen in den Sand zu meinen Füßen abzufließen. Vor mir stand ein Kanadareiher auf einem Felsen, so aufrecht, still und stolz wie eine Statue. Bei dem Anblick stockte mir der Atem, was die Hunde aufmerksam machte, und einen Moment später sahen sie ihn auch.

»Nein. Molly, Babs«, rief ich, doch schon rannten sie davon. Der große Vogel senkte den Kopf, schüttelte die großen Flügel, breitete sie aus und flog langsam flügelschlagend über das halb gefrorene Wasser. Er erhob sich über uns, und wir drei – Mensch und Hunde – starrten ihm gegen die blendende Sonne blinzelnd nach. Dann verschwamm der Himmel hinter meinen Tränen. Ich will nicht sagen, dass ich mir plötzlich der Gegenwart Gottes bewusst war oder ein »Erweckungserlebnis« hatte, worüber sie bei den AA immer reden. Nein, nichts dergleichen. Aber ich glaube, dass meine Seele für einen Moment eine Art … Wert spürte, wie in der Liedzeile. Das Gefühl, etwas wert zu sein. Wahrscheinlich weil der Vogel so grobschlächtig und urzeitlich wirkte und trotzdem fliegen konnte. Ich hatte mich letzte Nacht armselig und primitiv verhalten, und unglaublicherweise hatte es niemand miterlebt. Ich hatte meine wunderbaren Hunde und den Fluss, und im Haus wartete meine geliebte Tochter. Ich hatte alles. Ich hatte immer noch alles. Wie Ebenezer Scrooge war ich wach und am Leben und hatte immer noch alles – mehr als genug für mich.

In diesem Moment beschloss ich, wieder mit dem Trinken aufzuhören. Ich würde zurück zum Haus gehen und meiner Tochter ihr Lieblingsessen kochen. Ich würde Grady anrufen, um ihn einfach nur ins Telefon brabbeln zu hören. Ich würde heute nichts trinken. Ich würde morgen nichts trinken. Ich würde auch am Tag danach und an allen darauffolgenden nichts trinken.

Als ich wieder beim Haus war, sah ich eine große, wunderschöne Fichte neben der Eingangstür lehnen. An einem der Zweige steckte ein Stück gelbes, liniertes Papier mit den hastig daraufgekritzelten Worten: *Frohe Weihnachten, Hildy. Ruf an, wenn du Hilfe beim Aufstellen brauchst. Frank.*

Frankie schenkte uns schon einen Weihnachtsbaum, so lange ich zurückdenken konnte. Selbst als ich noch mit Scott verheiratet war, bekamen wir unseren Baum immer von Frankie. Bisher hatte ich immer gedacht, dass er sich auf diese nette Weise für die vielen Aufträge bedankte, die ich ihm durch meine Klienten vermittelte – meistens Zugezogene in die Stadt, die Frankies Dienste gut brauchen konnten. An diesem Morgen war ich von seiner Geste allerdings so gerührt, dass meine Hand zitterte, als ich die Nachricht vom Baum abzog. Gut, meine Hände zittern immer, wenn ich einen Kater habe, doch das hier war anders. Ich zerfloss beinahe vor Liebe für den Mann, der diesen Baum nur für mich gefällt hatte. Lieber Frankie.

Als ich ins Haus kam, sagte Emily aufgeregt: »Frank Getchell hat den Baum vorbeigebracht. Wollen wir ihn heute schmücken?«

»Gut, aber ich muss erst noch ins Büro. Heute Abend habe ich Zeit. Ruf Tess an, vielleicht möchte sie mit Grady vorbeikommen. Michael ist diese Woche auf Geschäftsreise.«

»Okay«, antwortete Emily und fügte noch hinzu: »Du solltest Frank anrufen, vielleicht mag er auch helfen.«

»Das werde ich«, sagte ich nach einer kurzen Pause. »Vielleicht mag er zum Essen bleiben.«

Im Büro angekommen rief ich Frank an, erreichte ihn aber natürlich nicht. Kein Anrufbeantworter. Ich bearbeitete einige Unterlagen und kontrollierte die Einträge im MLS – der gemeinsamen Datenbank für alle Immobilienmakler –, aber es war nichts Neues auf dem Markt. Dann sagte ich Kendall, dass das Büro ab der nächsten Woche bis zum Mittwoch nach Neujahr geschlossen sein würde. Diese Woche müsse sie nur morgens kommen, um die Post zu öffnen und Nachrichten entgegenzunehmen und mich in wichtigen Fällen anzurufen. Ich wollte etwas Zeit daheim mit meiner Familie verbringen.

Um drei verließ ich das Büro und fuhr den Rise hinauf. Das

Haus der McAllisters war immer noch dunkel und still. Sie waren über die Feiertage in ihr Haus in Aspen gefahren, wie jedes Jahr. Linda kümmerte sich um den Hund und die Pferde und hatte mir erzählt, wie bitter sich Rebecca am Tag der Abfahrt über die Reise beschwert hatte.

»Ich fahre nicht mal Ski«, hatte sie Linda zugezischt, als sie das Auto beluden. »Als Kind habe ich die Winter immer in Florida mit Reiten verbracht. Ich hasse Aspen …«

»Es muss wirklich hart sein«, hatte Linda lachend ihren Bericht kommentiert. Ich hatte mit ihr gelacht, doch als ich jetzt an Rebeccas Haus vorbeifuhr, tat sie mir leid. Wie immer seit dem Tag, an dem ich sie allein an Peters Strand gesehen hatte. So allein in der Kälte.

Ich fuhr den Hügel hinauf zu Frankies Baumschule. Autos und Trucks parkten die gesamte Auffahrt entlang. Mit dem Schnee, der das Sammelsurium im Vorgarten bedeckte, sah das Grundstück richtig gemütlich und pittoresk aus. Collegejungs, die über die Ferien daheim waren, verdienten sich mit dem Trinkgeld etwas dazu, das sie dafür bekamen, die Bäume den Hügel hinunter bis zum Parkplatz zu schleifen und sie in die Autos zu verfrachten. Ich ging zur Rückseite des Hauses und ein kleines Stück den Weg entlang, bis zu einem Feld voller Fichten. Dort stand Frankie neben einem Lagerfeuer und nahm das Geld für einen Baum von einer Familie entgegen, die ich erkannte, an deren Namen ich mich aber nicht erinnerte. Der Mann war vielleicht mit Tess in die Schule gegangen, doch ich war mir nicht sicher. Sie begrüßten mich, als ob sie mich kannten, und ich erwiderte den Gruß freundlich. Als sie sich verabschiedet hatten, standen Frankie und ich nebeneinander und blickten auf die Bäume und die Menschen, während unser Atem in kleinen weißen Wölkchen vor uns schwebte.

»Danke für den Baum«, sagte ich schließlich.

»Klar, Hildy.«

»Wenn du hier fertig bist, hättest du dann Zeit, uns beim Aufstellen zu helfen? Er ist ganz schön groß.«

»Ja«, erwiderte Frankie. »Wenn er noch im Hellen stehen soll, kann ich einen der Jungs vorbeischicken …«

»Nein«, meinte ich. »Komm vorbei, wenn du hier fertig bist. Bleib zum Abendessen … wenn du magst. Tess kommt vielleicht mit Grady, meinem Enkel.«

Frank schwieg. Das war etwas, was mir schon immer an Frankie aufgefallen war. Er war einer der wenigen Menschen, die schwiegen, wenn sie nichts zu sagen hatten. Nicht nur das, wenn man mit ihm sprach, sah er einem nur einen Moment in die Augen, wenn überhaupt, und wandte dann den Blick ab. Deshalb konnte ich ihn immer so schwer einschätzen. Nachdem meine Einladung eine Weile unangenehm zwischen uns in der Luft gehangen hatte und wir weiter auf den Hügel gestarrt hatten, wandte ich mich zum Gehen und sagte: »Oder schick einen der Jungs.«

»Nein, Hildy«, sagte Frank schließlich. »Ich komme vorbei. So um sechs.«

»Okay.« Ich lächelte. »Bis dann.«

Tess und Grady waren da, als Frank kam, und natürlich Emily. Ich ignorierte die amüsierten Blicke, die die Mädchen austauschten. Am Nachmittag hatte ich eine Lasagne zubereitet, und nachdem Frank den Baum aufgestellt hatte, gingen wir in die Küche, während Emily die Lichterketten am Baum anbrachte und Tess Grady daran zu hindern versuchte, sie wieder abzuziehen.

In der Küche fragte ich Frankie, ob er Wein oder Bier trinken wolle.

»Was trinkst du?«, erkundigte er sich.

»Mineralwasser«, sagte ich fröhlich.

»Oh.« Frank warf einen Blick zum Wohnzimmer, wo sich die

Mädchen aufhielten. Emily trank ein Glas Rotwein; die Flasche stand geöffnet auf dem Tresen, weshalb er schließlich sagte: »Ich nehme ein Glas von dem Roten, wenn das in Ordnung ist, Hildy.«

»Aber natürlich. Ich hasse es, wenn Leute wegen mir nichts trinken.« Ich schenkte ihm ein Glas ein und machte dann den Salat.

Frankie sah mir dabei zu und flüsterte: »Du trinkst also nie in Gegenwart der Mädchen, was?«

Ich lachte und flüsterte zurück: »Nein, und jetzt habe ich auch wieder ganz damit aufgehört.«

Ich beobachtete, wie Frankie darüber nachdachte und das Gesicht verzog, worauf ich lachend sagte: »Nicht wegen des Abends letztens, der war großartig. Ich muss nur mal ein bisschen Pause machen, das ist alles.«

Frank nickte, als Grady in die Küche stolperte. »Gammy!«, rief er.

»Hallo, Grady, mein Liebling. Frank, hast du schon mal ein entzückenderes Kind gesehen?«

Frank lächelte und musterte Grady von oben bis unten, was der Junge erwiderte und was Frank zum Lachen brachte. »Ja, er ist klasse.« Dann forderte er Grady zum Abklatschen auf, und sie schlugen ihre Handflächen gegeneinander. Er fragte Grady, wie alt er sei, und der Junge starrte ihn mit großen Augen leicht sabbernd an.

»Er ist zwei«, antwortete ich für den Kleinen.

»Wo wohnst du?«, fragte Frankie ihn.

»Frank, er ist zwei«, rief ich lachend. »Hast du noch nie mit einem Kleinkind zu tun gehabt?«

»Ich dachte, wenn sie laufen können, können sie auch sprechen.«

»Nur die Genies, und Gott sei Dank ist Grady keines«, sagte ich und zog den Jungen vom Wassernapf des Hundes weg, aus dem er gerade zu trinken begonnen hatte. Ich hob ihn hoch und bedeckte seinen Hals mit Küssen, worauf er vor Lachen quietschte.

»Wen magst du am allerliebsten auf der Welt?«

»Gammy!«

»Wen magst du lieber als Nancy?«, fragte ich lachend. Ich zwinkerte Frank zu und sagte stumm: *die andere Großmutter.*

»Gammy!«, quietschte Grady, und Frank und ich brachen in Gelächter aus.

»Hier, Frank, halt ihn mal, während ich den Salat fertig mache.«

Frank stellte sein Glas ab und nahm Grady in seine starken Arme, der es sichtlich genoss, so gehalten zu werden, und das neue Gesicht eingehend musterte. Dann war der Salat fertig, wir setzten uns zum Essen und schmückten danach gemeinsam den Baum. Tess und Grady fuhren später, als der Wein ausgetrunken war, und Emily ging ins Bett. Frank wollte auch aufbrechen, doch ich sagte, etwas kurz angebunden: »Du kannst bleiben, wenn du magst.«

Frank überlegte schweigend.

Dann sagte ich etwas freundlicher: »Ich möchte gern, dass du bleibst.« Frank lächelte und zog mich eng an sich. Er küsste mich hart und leidenschaftlich, wie ich es gern hatte.

# KAPITEL 16

Im Februar verkaufte ich ein Haus gleich hinter Crossing – eine Ranch, die weit unter dem angesetzten Preis wegging. Außerdem suchte ich für einen Klienten nach Geschäftsräumen in Manchester. Sonst lief das Geschäft weiterhin zäh. Die Dwights hatten sich tatsächlich aus dem fast abgeschlossenen Kauf zurückgezogen und wollten das Haus im Frühjahr neu anbieten. Cassie war bei mir im Büro vorbeigekommen, um mit mir darüber zu reden, während Jake in der Schule war. Ich sagte ihr, dass sie meiner Meinung nach einen großen Fehler begingen.

»Wir konnten jetzt einfach noch nicht umziehen. Die Schule hier ist nicht besonders gut, aber wenigstens ein vertrauter Ort für ihn, zu dem er an den Wochentagen hingehen kann. Wenn wir nach Newton gezogen wären, wäre er den ganzen Tag daheim gewesen und hätte Rückschritte gemacht. Und uns in den Wahnsinn getrieben …«

»Aber ich hätte euch helfen können, hier etwas zur Miete zu finden.«

»Hildy, du hast doch gesehen, was Jake in einem Haus anrichten kann. Es geht ihm wirklich am besten, wenn sich nichts ändert.«

»Gut, wann wollt ihr es also neu anbieten?«, fragte ich resigniert.

»Wir dachten an Juni. Wenn es sich dann gleich verkauft, können wir alles bis kurz vor dem Schulanfang in Newton abwickeln.«

»Aber Cassie, Häuser verkaufen sich normalerweise nicht gleich, vor allem nicht bei der derzeitigen Marktlage.«

»Wir müssen einfach unser Glück versuchen«, sagte Cassie. »Auch wenn das Glück uns bisher nicht so hold gewesen ist.«

»Gut, dann bringen wir es zum ersten Juni wieder auf den Markt. Und ich rufe die ursprünglichen Käufer an.«

Anfang April hatte ich einige Klienten, die etwas in Wendover suchten. Eine Familie – zwei Anwälte aus Boston mit ihrer sechsjährigen Tochter – suchte nach einem Haus, das sie nach ökologischen Kriterien umbauen konnten. Man mag es kaum glauben, doch das war etwas Neues für mich. Diese Menschen wollten »vollkommen autark« in einem Haus wohnen, das mit Wind- und Sonnenenergie versorgt wurde. Sie wollten es entkernen und alle alten Materialien durch neue ersetzen, die keine Toxine in die Luft abgaben. Die Ehefrau hatte mehrere Fehlgeburten erlitten, bevor sie einige giftige Teppiche und Schimmel aus ihrem Apartment in Boston entfernen ließen. Danach wurde sie schwanger und behielt das Kind. Jetzt wollten sie der Gesundheit des Kindes wegen ein »sauberes und grünes« Haus. Der Ehefrau war dies sehr wichtig, mir erschien sie sogar ein wenig besessen davon. Andererseits konnte man ihnen quasi alles zeigen, da das Innere der Häuser nicht so wichtig für sie war. Sie interessierte eher die »Ausrichtung« – ob ein Haus nach Norden oder Süden zeigte und welches Licht darauf strahlen würde. Ich empfahl ihnen, sich Land anzuschauen und dann für weniger Geld etwas ganz Neues zu bauen, als ein altes Haus zu restaurieren.

»Aber wir mochten schon immer den Charme der alten Häuser hier in New England.«

»Nun«, sagte ich darauf, »die richtig alten Häuser sind ziemlich gut isoliert, was gut für die Energiebilanz ist. Die Kolonisten, die sie erbauten, mussten Wärme speichern, weshalb sie meistens kleine Fenster eingesetzt haben.«

»Ja, aber jetzt gibt es Isolierverglasung, die wir gerne großflächig einbauen würden, damit die Sonne das Haus heizt. Und Solarzellen auf dem Dach …«

Damit muss ich mich herumschlagen. Sie wollen etwas Altes, aber neu muss es schon sein.

In aller Heimlichkeit traf ich mich weiter mit Frank. Wir gingen nie aus, was wir beide aber auch nicht mochten. Frank kam immer zu mir, immer auf meinen Vorschlag hin. Ab und zu trafen wir uns zufällig, wenn ich zum Beispiel an ihm vorbeifuhr und er hupte und langsamer fuhr. Wenn wir auf einer ruhigen Nebenstraße waren, ohne Autos hinter uns, fuhr er neben mich und lächelte mir zu. Fragte mich, wie es mir ging, worauf ich so etwas sagte wie: »Wenn du Lust hast, komm doch heute Abend vorbei. Ich mache Chili.« Er hatte immer Lust. Manchmal schauten wir uns Filme an, manchmal sahen wir ins Feuer und unterhielten uns. Ich weiß, ich habe einmal gesagt, ich wisse alles, was in der Stadt so passiert, aber Frank weiß wirklich alles. Zum einen ist er an den Feuerwehrfunk angeschlossen, den er, glaube ich, immer im Schnüffelmodus eingestellt hat, mit dem man jedes Gespräch in Wendover und den fünf angrenzenden Städten mithören kann. Er wusste, dass sich die O'Briens scheiden lassen würden, dass die Halsteads ein Baby erwarteten und dass die arme Ethel Quinn an einem inoperablen Gehirntumor litt. Er hielt mich über das Santorelli-Projekt auf dem Laufenden. Sobald die Verkleidung angebracht war, wollte ich den Brüdern ein Angebot machen.

Überraschenderweise wusste Frank auch über Peter und Rebecca Bescheid, wie ich an einem warmen Spätnachmittag im März herausfand, als wir mit den Hunden auf Franks Grundstück am Fluss, das an meines angrenzt, spazieren gingen. Frank gab zu, dass er mich im Sommer zuvor eines Nachts beim Nacktbaden gesehen hatte. Nach der ersten Verlegenheit hatte ich angefangen zu lachen. »Ich war da ein wenig betrunken«, erklärte ich.

Jetzt, da ich keinen Alkohol mehr trank, konnte ich über mein früheres Ich lachen. Ich war wie die Leute, denen ich bei den Treffen zugehört hatte. Die Frau, die allein trank, die sich gelegentlich fürchterlich blamierte, gab es nicht mehr. Sie würde auch nicht zurückkehren, solange ich abstinent blieb. Statt mich durch dieses Wissen geschwächt zu fühlen, stärkte es mich. Dieser Mensch war ich nicht mehr. Ich fühlte mich dadurch so viel besser. Ich verlor ein paar überflüssige Kilos um die Körpermitte herum, sah Frankie oft und fühlte mich weniger allein.

Wir gingen den Strand entlang, der Himmel hatte sich dunkel gefärbt, und auf dem immer noch winterkalten Meer glitzerten Unmengen weißer Schaumkronen, die eine nach der anderen verschwanden, wenn die Wellen rauschend auf dem Sand aufschlugen.

»Wir haben gerade die blaue oder auch goldene Stunde, Frank«, sagte ich.

»Die goldene Stunde. Das habe ich seit dem Krieg nicht mehr gehört.«

»Wirklich, in Vietnam habt ihr daran gedacht?«

»Klar, ist ja ein medizinischer Begriff.«

»Nein, ist es nicht, er kommt vom Film. Rebecca hat mir davon erzählt. Er bezeichnet das verschwindende Licht am Tagesende.«

»In Vietnam hieß es, den Patienten in der ersten, kritischen Stunde nach einer schweren Verletzung medizinisch zu versorgen. Die Chancen aufs Überleben sinken, je länger man ohne medizinische Hilfe bleibt. Ich habe den Sanitätertruck gefahren.«

»Ich wusste nicht, dass das dein Posten im Krieg war, Frankie. Ich glaube, ich habe dich sowieso nie über den Krieg reden hören.«

»Wer will schon über so etwas sprechen. Weißt du«, sagte er plötzlich, »ich habe deine verrückte Freundin Rebecca abends mit Peter Newbold an seinem Strand gesehen. Den ganzen letzten Sommer sind sie da nachts halbnackt herumgesprungen und dachten, niemand könne sie sehen. Doch wenn die Blaubarsche unterwegs sind, bin ich oft nachts draußen zum Fischen. Ich rudere mit meinem Dory vom Hart-Strand weg, und keiner erfährt je, dass ich dort war. Ich war wirklich überrascht, dass er als Psychiater etwas mit ihr anfängt.«

»Warum?«, fragte ich.

»Weil sie total verrückt ist, Hil. Ich weiß, dass du mit ihr befreundet bist, aber sie ist wirklich vollkommen durchgeknallt. Als ich sie das erste Mal bei der Hausbesichtigung sah, dachte ich noch, sie wäre okay, aber sie hat wirklich eine Schraube locker.«

»So schlimm ist es nicht«, meinte ich lachend. »Ich weiß, dass sie einmal stinkwütend auf einen deiner Jungs war. Was ist da passiert?«

»Skully White ist zu ihr gefahren, um Müll abzuholen, kurz nachdem sie eingezogen waren. Sein Truck hatte eine Panne, und du weißt ja, dass man oben auf dem Rise keinen Handyempfang hat …«

»Frank, deine Trucks sind eine Schande. Warum kaufst du nicht ein paar neue, damit sie nicht ständig überall in der Stadt liegenbleiben?«

»Was willst du damit sagen? Sie sind vollkommen in Ordnung. Warum sollte ich neue kaufen, wenn die alten noch fahren?«

Ich musste lachen. Nicht nur, weil Frank ein Geizkragen war (das war er tatsächlich), sondern weil er neue Dinge einfach hasste. Er sträubte sich gegen jede Art Veränderung. »Was passierte dann oben bei Rebecca?«, fragte ich.

»Skully klopft an die Haustür, und die Babysitterin erklärt ihm, dass sie ihn nicht das Telefon benutzen lassen kann, weil die Hausherrin nicht da ist, sondern auf der Anlage hinter dem Stall reitet. Skully geht also zum Stall, sieht jedoch keinen Reiter. Dann geht er hinein, wo er deine teuflische Freundin in der Waschecke findet. Sie hatte sich bis auf die Unterwäsche ausgezogen, um sich und das Pferd abzuspritzen. Als sie Skully sah, ist sie ausgeflippt, hat angefangen, ihn anzuschreien …«

»Das verstehe ich aber. Weißt du, wie man beim Reiten im Sommer schwitzt? Es war ihr wahrscheinlich furchtbar peinlich, vom alten Brummbär Skully White in Unterwäsche angestarrt zu werden.«

»Ach ja? Nun, Skully musste den ganzen Weg den Wendover Rise hinuntergehen, um mich von den Browns aus anzurufen. Als ich bei den McAllisters ankam, um seinem Truck Starthilfe zu geben, kam Rebecca aus dem Haus gerannt und schrie etwas von unbefugtem Betreten und dass sie die Polizei rufen würde. Ich sagte: ›Wieso unbefugtes Betreten? Sie haben uns doch damit beauftragt, den Müll abzuholen.‹ Sie keifte darauf: ›Sie sind gefeuert, also betreten Sie gerade unbefugt mein Grundstück.‹ Dann fuhr sie fort: ›Wenn dieser Truck nicht in zehn Minuten verschwunden ist, rufe ich die Polizei.‹«

Frank lachte, als er die Geschichte erzählte. »Als ob ich verhaftet werden würde, weil ein Müllauto bei der Arbeit liegengeblieben ist.«

Es war wirklich eine haarsträubende Geschichte. Ich lachte ebenfalls bei der Erzählung von Rebeccas Reaktion auf Frank und Skully. Die Vorstellung, dass sie sich von den beiden bedroht gefühlt haben könnte. Zwei wirklich nette Männer, die ich schon mein ganzes Leben lang kannte. Der alte Skully White hat früher für meinen Dad im Lebensmittelladen gearbeitet. Er hat den Metzgerstresen übernommen, als mein Vater den Laden kaufte. Er und Dad zeichneten während der Feiertage Braten und Truthähne für bedürftige Familien immer neu aus. Ich bezweifle, dass Stop & Shop das weiterhin so handhabt. Skully half meinem Bruder Judd, als dieser eines Nachts betrunken seinen Pick-up in einen Graben fuhr. Skully hat ihn mit einem von

Franks alten Pick-ups und einer Winde herausgezogen, bevor die Cops kamen. Meinem Dad hat er es nie erzählt, hat Judd nur ordentlich ins Gewissen geredet, sich zusammenzureißen – was er schließlich auch getan hat. Skully White ist ein guter Kerl. Seinen Spitznamen bekam er in der Grundschule, als er von einem Baum fiel und sich dabei einen Schädelbruch zuzog. Keiner kann sich an seinen echten Namen erinnern, zumindest niemand, den ich kenne.

»Rebecca ist etwas angespannt, das stimmt. Vielleicht sogar ein wenig verrückt«, gab ich zu. »Aber das sind viele Leute in dieser Stadt. Und wen kümmert schon ihre Affäre mit Peter, sie sind ja nicht die ersten Verheirateten hier, die etwas miteinander anfangen.«

»Ich sage nur, dass mit ihr irgendetwas nicht stimmt.«

»Aber wie?«

»Sie jagt ihn … stalkt ihn. Wie auch immer man das nennen mag.«

»Woher weißt du das?«

»Er war in der letzten Zeit nicht oft hier. Wir kümmern uns um sein Haus. Ich war an einem Freitag mit dem Schneepflug dort, und sie ist bestimmt fünfmal vorbeigefahren. Sie läuft immer seinen Strand entlang, wenn er nicht da ist, wie an dem Tag, als wir sie von Mannys Boot aus gesehen haben.«

»Ich weiß, sie hat sich da etwas verrannt. Wahrscheinlich liebt sie ihn.«

»Ihr Mann besitzt eine Eishockey-Mannschaft und fliegt in einem Privatjet herum. Ich frage mich, was sie von Peter Newbold will.«

»Frank, sie ist verliebt. Bist du zu zynisch, um an die Liebe zu glauben? Vielleicht will sie gar nichts von ihm. Vielleicht ist sie einfach nur verliebt.«

»Kommt mir aber nicht wie Liebe vor, so wie sie ihn verfolgt. Irgendetwas ist daran nicht normal, wenn du mich fragst.«

»Stalking«, sagte ich lachend. »Nicht verfolgen, stalken.«

»Wie auch immer«, meinte Frank und zog mich an sich. »Ich werde dich auch stalken, wenn du nicht aufhörst, über mich zu lachen.«

»Versprochen?« Ich machte mich frei und lief Richtung Haus.

»Versprochen«, brüllte Frank und jagte hinter mir her. Ich kreischte vor Freude, die Hunde knurrten und schnappten nach seinen Knöcheln.

Der Anruf kam morgens um halb vier Uhr. Ich lag an Frankie geschmiegt im Bett und musste mich erst aus seiner Umarmung befreien. Er knurrte und wollte mich wieder an sich ziehen, doch ich schob seinen Arm zur Seite und tastete nach dem Telefon.

»Hallo?«, fragte ich atemlos. Man denkt ja immer, jemand ist gestorben, wenn man mitten in der Nacht angerufen wird. Mein Herz klopfte wild.

»Hildy?«, hörte ich eine zitternde Stimme, die ich nicht erkannte.

»Ja, wer spricht denn?«, rief ich.

»Ich bin es, Rebecca.« Sie schluchzte.

»Rebecca, was ist passiert? Geht es dir gut?«

Frankie hatte sich mittlerweile aufgesetzt und sah zu mir.

»Peter hat mir gesagt, er wolle unsere … Beziehung beenden. Er ist fertig mit mir.«

»Rebecca, es tut mir leid, aber es ist halb vier Uhr morgens. Warum rufst du nicht morgen früh an? Dann können wir reden.«

»Ich habe die ganze Nacht versucht, Peter zu erreichen, aber er hat wohl sein Telefon ausgesteckt. Ich habe es in Cambridge und hier versucht.«

»Okay«, sagte ich seufzend. »Ich denke, du solltest ihn nicht in Cambridge anrufen.«

»Aber er geht nicht ans Telefon!«

»Rebecca«, sagte ich sanft. »Denk gut darüber nach, was du

tust. Wenn Elise das mit dir und Peter herausfindet, könnte sie es Brian erzählen, und die Konsequenzen könnten richtig schlimm werden. Denk an Liam und Ben, Rebecca.«

»Ich *habe* an sie gedacht, sie haben immer oberste Priorität. Ich dachte, Peter würde Elise verlassen und sich mit mir zusammen um die Jungen kümmern.«

Ich schwieg. Was sollte man da auch noch sagen? Ich schüttelte den Kopf in Frankies Richtung und verdrehte die Augen.

»Leg auf«, sagte er stumm.

»Und jetzt, jetzt will er aus irgendeinem Grund nicht mal mehr mit mir sprechen. Kann ich vorbeikommen, Hildy, ich brauche eine Lesung. Sag mir, was wirklich los ist.«

»Das mache ich nicht, Rebecca. Ich weiß nicht, was in irgendeinem Kopf außer meinem vorgeht, und selbst das ist manchmal nicht so leicht zu erkennen.«

»Aber ich habe doch gesehen, wie du es getan hast, wie du mich gelesen hast.«

»Ich kann dir nicht sagen, was ein anderer denkt, vor allem, wenn er mir nicht gegenübersteht. Und selbst dann sind es ja nicht direkt ihre Gedanken …«

»Ich glaube, er will in den nächsten Tagen herkommen. Ich glaube, dass er schon hier war, ohne es mir zu sagen. Wenn du ihn siehst, sprich bitte mit ihm, Hildy. Versuch zu lesen, was er sagt, und bring die Wahrheit in Erfahrung.«

»Weißt du«, sagte ich, »was mir am meisten bei dieser Geschichte zu schaffen macht, ist, dass du wohl einen guten Therapeuten gebrauchen könntest, der beste hier in der Gegend jedoch dein Ex-Freund ist.«

»Wie bitte? Hast du das wirklich gerade gesagt?«

»Was gesagt?«

»Ex-Freund.«

»Du hast mir doch gerade erzählt, dass er dich nicht mehr treffen will.«

Frankie packte mein Handgelenk. »Leg auf«, wiederholte er, diesmal laut. Ich schüttelte den Kopf und hielt den Telefonhörer so, dass wir beide Rebeccas Tiraden zuhören konnten.

»Er sagt gerade nur, dass er so empfindet, aber das stimmt nicht, so empfindet er nicht. Deshalb musst du unbedingt mit ihm reden. Bitte, Hildy. Ich glaube, ich glaube, er versucht sich von Elise zu lösen und kann es nicht. Sie hat eine geradezu teuflische Macht über ihn. Es ist krank ...«

»Okay, Rebecca, ich muss jetzt wieder ins Bett, ich muss morgen arbeiten.«

»Hildy«, schluchzte Rebecca. »Versuchst du bitte mit ihm zu reden? Ich hatte letztens einen schweren Unfall mit Tricky. Ich fahre manchmal mit ihm zum Hunt Club, um dort die Reitanlage zu benutzen. Bei einem In-Out passierte es, wahrscheinlich sind wir ihn falsch angeritten. Beim zweiten Sprung sind wir gegen das Hindernis gestoßen. Tricky ist gestürzt und wäre beinahe auf mir gelandet. Alles, weil ich so abgelenkt bin. Ich kann nur an Peter denken. Ich weiß, wenn du mit ihm sprichst, dann kannst du ihn dazu bringen, das Richtige ...«

Eine langsam brodelnde Wut stieg in mir auf. Mamie hatte mir von Rebeccas schwerem Sturz erzählt. Sie hatte mir auch gesagt, dass sie im Hunt Club nicht mehr reiten durfte, solange sie nicht mit einem der dortigen Trainer arbeitete. Mamie sagte, sie hätte von Linda Barlow gehört, dass Rebecca Hat Trick wieder zurück zu Trevor Brown nach Florida schicken wollte.

»Sie reitet das Pferd zugrunde«, hatte Mamie verbittert gesagt. »Was für eine Verschwendung.«

Jetzt wollte Rebecca mit mir und dem armen Hat Trick Peter Newbold manipulieren. Einen Mann, den ich schon als Säugling gekannt hatte. Einen Mann, dessen Vater uns bei Impfungen Lutscher gegeben hatte, der nach dem Tod meiner Mutter regelmäßig bei uns vorbeikam, um nach meinem Vater zu sehen.

»Ich werde Peter nicht darauf ansprechen, Rebecca«, erklärte ich schließlich. »Stell dir vor, er wüsste von unserem Gespräch, es würde ihn sehr aufregen. Ich lasse mich da nicht hineinziehen. Ich habe nichts gegen Peter.«

»Na, das ist ja sehr nett von dir, wenn man bedenkt, was er alles über dich gesagt hat. Er hat mir erzählt, du seist eine Alkoholikerin und eine manipulative Betrügerin mit deiner Pseudohellseherei, und dass ich verrückt gewesen sein muss, zuzulassen, dass du alles über uns aus mir heraussaugst. Er hat dich Vampir genannt. *Wie ein Gefühlsvampir,* so hat er es formuliert, als er deine Tricks beschrieben hat …«

»Auf Wiedersehen, Rebecca«, sagte ich und versuchte, meine Stimme so fest wie möglich klingen zu lassen, auch wenn ich am ganzen Körper zitterte.

»Warte, Hildy, nein …«

Frank zog mir das Telefon aus der Hand und warf es klappernd auf den Nachttisch. Ich brach in Tränen aus.

»Was machst du denn? Ach, Hildy, nicht weinen, ich habe dir doch gesagt, sie ist vollkommen durchgeknallt.«

»Warum sollte Peter so böse Dinge über mich sagen?«, schluchzte ich. »Ich habe ihm nie etwas getan.«

»Hildy, Baby, hör nicht auf dieses verrückte Miststück, sie hat das alles erfunden. Hör auf mich und halt dich in Zukunft von ihr fern.«

Als ich am nächsten Morgen ins Büro kam, überreichte mir Kendall meine Nachrichten. Eine war von Ron Bates, dem Immobilienanwalt, die anderen beiden von Rebecca. Ich rief Ron zurück, und er sagte mir, er hätte einen Mandanten, der das Dwight-Haus kaufen wolle, zum ausgewiesenen Preis von 475 000 Dollar. Bar.

»Wer ist der Käufer?«, fragte ich. Natürlich war ich hocherfreut. Ich hatte das Dwight-Haus bereits einigen Leuten gezeigt, seit es wieder auf dem Markt war, doch es befand sich immer in einem so katastrophalen Zustand, dass die Besichtigungen eigentlich Zeitverschwendung waren.

»Der Käufer will anonym bleiben. Wendover Crossing LLC steht auf dem Angebotsformular.«

»Dann sind es sicher die Clarksons, denen das Grundstück daneben gehört. Ein kluger Schachzug, die beiden Anwesen zu verbinden. Wann wollen sie den Kauf abschließen?«

»Der Käufer sagt, es besteht keine Eile, man könnte aber auch sofort abschließen, wenn nötig.«

Nachdem ich aufgelegt hatte, rief ich sofort Cassie an, um ihr die Neuigkeiten mitzuteilen. Sie war euphorisch. Die Schule in Newton hatte ein Sommerprogramm. Wenn der Käufer bald abschließen konnte, könnten sie gleich umziehen, wenn sie ein neues Haus gefunden hatten.

Als der Dwight-Vertrag eintraf, fuhr ich zu Cassie, die mit dem kranken Jake zu Hause bleiben musste. Sie begrüßte mich begeistert an der Haustür. Jake stand hinter hier, wiegte sich vor und zurück und sang unverständliche Worte.

»Er merkt, dass ich mich freue«, sagte Cassie lächelnd. »Er hat gehört, wie ich Patch am Telefon davon erzählt habe, und er weiß, dass etwas Aufregendes im Gange ist«, erklärte sie und strahlte ihren Sohn an. Der Junge war in den wenigen Monaten, in denen ich ihn nicht gesehen hatte, ein gutes Stück gewachsen.

»Hallo, Jake«, sagte ich, doch er beachtete mich nicht. Cassie und ich setzten uns an den Tisch, und sie unterschrieb alle Unterlagen.

»Ich habe die Schule in Newton angerufen, das Sommerprogramm fängt im Juni an, und sie halten einen Platz für Jake frei. Patch und ich werden uns morgen schon Häuser anschauen, während Jake in der Schule ist.«

»Ich freue mich so für euch«, sagte ich, und das stimmte auch. Die Dwights hatten etwas Glück verdient.

»Gebt mir Bescheid, wenn ihr etwas gefunden habt, dann machen wir den Notartermin aus«, sagte ich beim Abschied, und diesmal umarmte mich Cassie fest, bevor sie die Tür hinter mir verschloss.

# KAPITEL 17

Ausgerechnet von Henry Barlow erfuhr ich von Peter Newbolds Plan, sein Haus zu verkaufen. Henry, der selbsternannte AA-Sprecher, der das Coffee Bean als seinen persönlichen Nüchternheitssalon benutzte.

Ich hatte am Sonntag, eine Woche vor dem Memorial-Day-Wochenende, ins Büro gehen wollen, da ich ohne Störungen durch Kendall oder das Telefon am Santorelli-Angebot arbeiten wollte. Davor wollte ich mir noch einen Kaffee im Coffeeshop holen und dachte, Sonntagmorgen um sieben wäre ich die einzige Kundin. Falsch gedacht. Henry kam gleichzeitig mit mir an und begrüßte mich mit einer Umarmung und einem fröhlichen »Morgen, Hildy!«.

Wir bestellten unseren Kaffee, und Henry fragte mich, wie es mir ging. Eine schwierige Frage. Er wollte nichts über meine Gesundheit wissen oder mein Geschäft oder mein Enkelkind – Dinge, die mir wichtig waren. Er wollte wissen, ob ich »nüchtern« war. Da ich das ja schließlich war, antwortete ich: »Es geht mir gut, Henry, wirklich gut. Das Geschäft läuft um diese Jahreszeit ein wenig zäh, aber es wird wärmer, dann suchen die Leute auch wieder nach Häusern. Ich habe ein paar interessante Objekte in Aussicht.«

»Ja, ich habe gehört, die Newbolds wollen verkaufen. Was wollen sie denn für das Haus? Direkt am Strand und so. Muss ja ’ne ganze Menge wert sein.«

»Die Newbolds?«, fragte ich überrascht. »Peter und Elise Newbold?«

»Ja, Doc Newbolds Junge.«

»Davon wusste ich gar nichts.«

»Wie bitte? Ich dachte, du bist die Maklerin. Er hat doch seine Praxis in deinem Haus?«

»Du musst dich irren, Henry. Soweit ich weiß, wollen sie nicht verkaufen«, sagte ich.

»Doch, ich bin mir sicher. Hannah Mason hat es mir erzählt, sie putzt bei ihnen. Sie haben Dachboden, Keller und Garage ausgeräumt. Newbolds Frau hat sie die ganze letzte Woche in den Wahnsinn getrieben. Sie versuchen das Haus für Besichtigungen herzurichten. Zumindest hat Hannah mir das erzählt.«

Ich starrte ihn sprachlos an, völlig überrumpelt von diesen Informationen.

»Wenn du öfter zu den Treffen kämst, Hildy, wüsstest du auch alles, was in der Stadt vor sich geht.«

Ich hatte ganz vergessen, dass Hannah auch bei den Anonymen Alkoholikern war. Henry hatte recht. Während der Treffen wurde zwar kein Klatsch ausgetauscht, aber danach, wenn die Leute noch einen Kaffee tranken oder draußen eine Zigarette rauchten. Da erfuhr man alles. Der Junge mit der gepiercten Augenbraue, der das Coffee Bean leitete, reichte mir meinen Kaffee.

»Du bist dir ganz sicher, Henry?«, fragte ich.

»Bin ich«, erwiderte er.

»Danke.« Ich ging nach draußen, setzte mich in mein Auto und fuhr zur Wind Point Road zum Haus der Newbolds, eine Schönheit aus der Federal Era am Ende einer privaten Straße, direkt an einem privaten Strand. Es war seit Generationen im Besitz der Newbolds und Millionen wert. Auf dem Rasen stand kein Maklerschild. Noch nicht. Doch wenn Henry recht hatte, wenn die Newbolds einen Makler beauftragt hatten, dann gab es in dieser Preisklasse außer mir nur noch Wendy Heatherton bei Sotheby's.

Peters Vater war jahrelang unser Hausarzt gewesen. Ich war Peters Vermieterin. Ich hatte ihn schon als Baby gekannt.

Natürlich lag es an der Geschichte mit Rebecca. Ich verstand allerdings nicht, warum Rebecca ein paar Tage nach dem nächtlichen Anruf bei mir im Büro vorbeigekommen war und mir fröhlich erklärt hatte, dass sie und Peter wieder zusammen wären.

Letzte Woche war sie früh am Mittwochmorgen, nachdem sie die Jungen zur Schule gefahren hatte, vorbeikommen, hatte Kendall fröhlich begrüßt und den Kopf durch meine Bürotür gesteckt.

»Hallo, Hildy, hast du kurz Zeit?«

»Äh, natürlich …«

Rebecca setzte sich auf den Besucherstuhl vor meinem Schreibtisch und lächelte ein wenig verlegen.

»Der Anruf letztens mitten in der Nacht tut mir so leid«, sagte sie.

»Kein Problem, Rebecca, vergiss es einfach.«

»Ich wollte dir nur sagen, dass Peter und ich alles zwischen uns geklärt haben. Wir sind wieder zusammen. Wir haben am Tag danach lange miteinander gesprochen. Es tat ihm so leid, er hat sich tausendmal entschuldigt.« Rebecca blickte bei diesen Worten auf ihre Fingernägel.

»Was? Rebecca, das ist ja großartig!«, sagte ich, auch wenn ich von den beiden die Nase gestrichen voll hatte. Einen *Vampir* hatte er mich genannt. Doch da ich nicht zeigen wollte, wie sehr mich das verletzt hatte, sagte ich nur: »Wie geht es den Jungen?«

In diesem Moment trat der UPS-Bote mit einem Paket auf die Seitenveranda, und Rebeccas Kopf zuckte Richtung Fenster.

»Rebecca, Peter ist mittwochs nie hier, das weißt du.«

»Da wäre ich mir nicht so sicher«, sagte sie lächelnd. »Ich glaube, ich konnte ihn überreden, heute herzukommen.«

»Aber ist er mittwochs nicht im Krankenhaus?«

»Normalerweise ja. Er sagte, er wolle sich heute vielleicht freinehmen. Er hat mich während unseres … Missverständnisses vermisst. Ich vermisse ihn unendlich. Gestern Abend habe ich ihn angerufen. Ich glaube, er war ein wenig verärgert.«

»Du hast ihn daheim angerufen? Schon wieder? Nachdem ihr zwischen euch alles geklärt hattet?«

»Äh, ja. Er hat im Krankenhaus so viel zu tun, dass er vergisst, mich zurückzurufen. Manchmal muss ich mit ihm sprechen. Gestern Abend war ich halb panisch, ich hatte das Gefühl … so etwas wie eine Vorsehung, dass ihm etwas passiert ist. Das hatte ich schon einmal, Hildy. Als Kind im Internat bin ich einmal mitten in der Nacht hysterisch aufgewacht. Ich wusste, dass Freshy, meine Hündin, gestorben war. Ich hatte sie, seit ich fünf war, und habe sie über alles geliebt. An diesem Morgen rief meine Mutter gleich nach dem Frühstück an und erzählte mir, dass Freshy gestorben war. Du verstehst also, warum ich Peter unbedingt erreichen musste. Ich dachte, entweder ist ihm etwas Schlimmes zugestoßen, oder es würde noch passieren. Ich musste ihn warnen. Du bist nicht die Einzige mit übernatürlichen Fähigkeiten; ich hatte früher schon Vorahnungen.«

»Ging Elise ans Telefon?«

»Nein, Peter. Er war alles andere als erfreut. Ich habe ihm gesagt, wie besorgt ich war und dass er vorsichtig sein sollte, wegen dieses Gefühls … dass ihm etwas zustoßen könnte.«

»Du solltest ihn trotzdem nicht daheim anrufen«, sagte ich.

»Glaubst du, ich weiß das nicht?«, erwiderte sie verärgert.

»Entschuldige«, meinte ich und richtete meine Aufmerksamkeit auf einige Unterlagen auf meinem Schreibtisch.

»Nein, Hildy, mir tut es leid. Die ganze Angelegenheit stresst mich etwas. Es wird besser werden, wenn alles geklärt ist. Wie wir es Brian und Elise sagen wollen und den Kindern. Wenn das alles geregelt ist, wird es besser werden.«

»Ich weiß«, antwortete ich beruhigend. »Es ist gerade eine harte Zeit. Bald wird es leichter. Was habt ihr für das Wochenende geplant?« Am Montag war Memorial Day.

»Wir müssen nach Nantucket. Brians Geschäftspartner hat dort ein Haus.«

»Das klingt schön«, sagte ich.

»Ich hasse Inseln.«

Wir sprachen noch ein wenig über die Jungen und die Pferde, dann verabschiedete sich Rebecca. Am Abend auf dem Heimweg fuhr ich bei den Newbolds vorbei, und tatsächlich, es brannte Licht. Peter war unter der Woche hergekommen, wie Rebecca es vorausgesagt hatte.

Ich fuhr zurück zum Büro und ging direkt ins obere Stockwerk. Als Hausbesitzerin habe ich natürlich auch Schlüssel zu Peters und Katrinas Büros. Nachdem ich einige Schlüssel an meinem Bund durchprobiert hatte, fand ich den richtigen für Peters Tür. Ich stieß sie auf und erwartete halb, das Büro voller gepackter Kisten zu sehen. Doch es sah aus wie immer, wenn ich hier gewesen war. Vor einigen Jahren war das Dach über Peters Räumen undicht gewesen, und er hatte mich gebeten, es reparieren zu lassen. Ich hatte dafür ein paar von Frankies Jungs angeheuert und ihre Arbeit überprüft, nachdem sie fertig waren.

Das Büro war gemütlich, mit zwei sich gegenüberstehenden Sesseln und einem Ledersofa an der Seite. Ein alter Perserteppich lag auf dem handelsüblichen beigen Teppich, den ich auf seinen Wunsch als Schallschutz hatte verlegen lassen. An der Wand stand ein Bücherregal voll mit Werken über Psychotherapie, Psychoanalyse, Neurosen, Persönlichkeitsstörungen, Depression, Abhängigkeit, Psychosen und Schizophrenie. Peters eigenes Buch über zwischenmenschliche Bindungen. Gerahmte Fotografien vom Mond über dem Meer standen herum, die Peter an seinem Strand aufgenommen hatte. Bilder wie die, die Rebecca für ihre Gemälde verwendete.

Ich ging hinüber zu Peters Schreibtisch. Ich weiß, ich sollte nicht in seinem Büro herumschnüffeln, doch ich nahm das

Recht des Betrogenen für mich in Anspruch. Auf dem Tisch stand ein Foto von Elise, Peter und Sam an ihrem Privatstrand. Vor dem Haus, das meiner Einschätzung nach sicher für fünf Millionen weggehen würde. Neben dem Schreibtisch stand ein Aktenschrank, und ja, ich öffnete ihn. Peter hätte ihn eben abschließen müssen. Er bewahrte alle seine Patientenakten darin auf. Ich fand den Namen meiner Nagelpflegerin, die beste Freundin meiner Tochter aus der Highschool, den Hypothekenbetreuer der Union Bank in Beverly, die nette Brenda aus der Bibliothek. Manny Briggs. Was ich für einen Spaß hätte haben können, wenn ich Bösartigeres im Sinn gehabt hätte. Aber ich suchte nur nach einer Akte und fand sie nicht.

Ich knallte die Schublade zu und verließ das Büro. Nachdem ich abgeschlossen hatte, stürmte ich die Treppe hinunter in mein Büro und loggte mich bei auf der MLS-Seite ein. Nichts. 53 Wind Point Road war noch nicht in der Datenbank, weshalb die Chance bestand, dass noch kein Vertrag unterzeichnet worden war. Es war Sonntagmorgen und noch nicht mal neun Uhr, doch ich suchte Peters Nummern in meinem Rolodex – ja, ich benutze so etwas noch. Als Erstes wählte ich seine Handynummer. Er nahm nach dem zweiten Läuten ab.

»Hallo?«, fragte er atemlos.

»Peter? Hallo, hier spricht Hildy.«

Eine kurze Pause, dann angestrengtes Atmen. »Hey, Hildy, was gibt's?«

»Störe ich gerade?«, fragte ich. Wahrscheinlich beim Sex.

»Ich bin beim Joggen«, antwortete er.

»Bist du in Wendover?«

»Nein, unten in Cambridge, ich jogge am Charles entlang. Was ist los?«

»Das wollte ich dich gerade fragen, Peter. Was ist los?«

Nur sein rasches Atmen war zu hören, das mit der Zeit etwas langsamer wurde.

»Ich habe neulich abends bei euch im Haus Licht gesehen. Und dein Auto.«

»Ich war am Dienstag für ein paar Stunden hier und habe ein paar Sachen geholt.«

»Wie ich höre, wollt ihr vielleicht das Haus verkaufen.«

Langes Schweigen, dann: »Ja, darüber wollte ich noch mit dir sprechen.«

»Oh«, meinte ich und lachte kurz. »Das dachte ich mir schon. Nun, ich würde mich freuen, es für euch zu verkaufen. Wann bist du in der Stadt? Dann bereite ich schon mal den Vertrag vor. Ich hätte da schon einen potenziellen Käufer im Kopf ...«

»Hildy, ich wollte heute Nachmittag nach Wendover fahren und noch ein paar Sachen holen. Kann ich dann bei dir vorbeikommen?«

»Klar, um wie viel Uhr?«

»Ich könnte es bis um drei schaffen.«

»Gut, dann komm um drei ins Büro, ich bin hier.«

»Wunderbar«, antwortete Peter. »Hildy, ich habe noch niemandem von unseren Plänen erzählt. Es wäre nett, wenn du sie für dich behalten könntest, bis ich mit ... jemandem reden konnte.«

»Ich habe nicht vor, in den nächsten Stunden mit *jemandem* zu reden, Peter.«

Ich versuchte, an dem Santorelli-Angebot zu arbeiten, während ich auf Peter wartete, doch ich konnte mich nicht konzentrieren. Ich brauchte diesen Auftrag, um die Santorellis zu überzeugen, dass ich die richtige Maklerin für sie war. Wenn Wendy eines der teuersten Objekte in Essex County hatte, würden sie ihr den Auftrag geben. Warum auch nicht? Ich musste das Newbold-Haus einfach haben, ich brauchte es. Vor allem hatte ich es verdient. Wendy war vor weniger als zehn Jahren in die Gegend gezogen. Sotheby's war eine internationale Maklerkette. Peters Vater hatte an unsere Stadt geglaubt, daran, die örtlichen Geschäfte zu unterstützen. Ich war immer gut zu Peter gewesen, als Nachbarin, als Vermieterin. Ich kannte ihn, seit er ein Baby war.

Vielleicht wollte er mir ja doch den Auftrag geben.

Aber warum wusste ich dann bisher nichts davon?

Diese Gedanken wirbelten immer wieder durch meinen Kopf. Bei Peters Ankunft hatte ich mich richtig hineingesteigert. »Komm rein«, rief ich, als er leise anklopfte. »Es ist offen.«

Peter sah zur Tür herein und sagte: »Hallo, Hildy.«

»Hallo.«

»Macht es dir etwas aus, wenn wir nach oben gehen? Ich möchte nicht, dass … jemand zufällig hereinkommt, während wir uns unterhalten.«

»Nein, gar nicht.«

Als ich ihm zur Treppe folgte, warf ich einen Blick aus dem Fenster und bemerkte, dass nur mein Auto auf dem Parkplatz stand.

»Bist du den ganzen Weg von Cambridge hierhergejoggt?«, fragte ich scherzhaft.

»Wieso?«

»Wo ist denn dein Auto?«

»Oh, ich habe hinter der Kirche geparkt.«

Himmel, Frankie hatte recht gehabt. Peter Newbold benahm sich wie ein nervöses Kaninchen. Wie ein Beutetier auf der Flucht.

In Peters Büro blickte ich mich um, als ob ich schon eine Weile nicht mehr dort gewesen wäre. Als ob ich nicht erst wenige Stunden zuvor darin herumgeschnüffelt hätte. Peter schloss die Tür hinter uns, und ich setzte mich in einen der beiden Sessel. Er öffnete einen kleinen Kühlschrank in der Zimmerecke.

»Möchtest du etwas trinken, Hildy?«, fragte er.

»Nein, danke.«

»Ich sterbe vor Durst. Wahrscheinlich kommt das vom vielen Joggen«, sagte Peter und setzte eine Flasche Wasser an die Lippen, aus der er mit großen, hörbaren Schlucken trank. Als er mich ansah, stutzte er einen Moment.

»Was ist los?«, fragte ich und blickte mich um.

»Nichts«, erwiderte Peter lachend. »Normalerweise sitze ich in diesem Sessel, wenn ich eine Therapiestunde abhalte.«

»Oh, das ist dein Sessel? Sollen wir tauschen?«

»Nein, nein, bleib sitzen«, sagte er und setzte sich mir gegenüber. Ich sah ihn an und wusste es: Er würde Wendy den Auftrag geben.

»Also«, meinte ich und rieb mit den Handflächen über die Lederarmlehnen des Sessels. »Hier wirkst du also deine Magie?«

Peter zwang sich zu einem Lächeln. »Nun, ich würde es nicht Magie nennen ...«

»Stimmt, Wissenschaft passt wohl besser.«

Peter zuckte mit den Schultern.

»Oder ist es eine Kunst?«, fragte ich. »Ich habe letztens im Radio gehört, dass Medizin mehr Kunst als Wissenschaft ist. Ich frage mich, ob das auch auf die Psychiatrie zutrifft.«

Peter schwieg.

»Denkst du das? Glaubst du, deine Tätigkeit ist eine Art Kunst?«, fragte ich.

Peter sah mich an. »Nein«, sagte er schließlich.

Ich blickte mich in seinem Büro um und dann durch das Fenster zu meiner Rechten. Von meinem Platz aus konnte ich in die Kirche nebenan sehen. Der Chor probte, wie so oft am Sonntagnachmittag. Von hier aus konnte ich endlich erkennen, wer mittlerweile den Chor leitete. Lucy Louden, eine Musiklehrerin von der Wendover Academy. Ich beobachtete, wie ihre rechte Hand durch die Luft strich und ihre Lippen übertrieben deutlich den Text mitsangen. Die Chormitglieder sahen beim Singen zu ihr auf und dann wieder nach unten auf ihre Gesangbücher. Ich dachte an die liebe Mrs. Howell und daran, wie sie mir beigebracht hatte, Noten zu halten. Wie sie mir einmal geholfen hatte, indem sie den losen Saum meines Sonntagsrockes genäht hatte, mit Nadel und Faden, die sie in ihrer Schreibtischschublade aufbewahrte. Wie sie manchmal sanft meine Schulter drückte, wenn sie während der Sonntagsschule hinter mir vorbeiging.

»Du ziehst also um«, sagte ich zu Peter.

»Ja.«

»Du willst also das Haus verkaufen, das seit … vier Generationen im Besitz deiner Familie ist?«

»Drei.«

»Oh, erst drei?«

»Ja.«

Ich sah ihn wieder an und nickte. Peter fühlte sich sichtlich unbehaglich. Ich mochte den Abstand zwischen den Sesseln, er eignete sich gut für Lesungen. Meine Tante Peg ließ ihre Kunden (ihre »Klienten«, wie sie sagte) immer einen gewissen Abstand einhalten, nicht zu nahe, aber auch nicht zu weit entfernt. Drei oder dreieinhalb Meter waren optimal. Wenn sie zu nahe saßen, konnten sie sich mitreißen lassen. Meine Tante erzählte, dass sie einem manchmal auf den Schoß kriechen wollten. Die Menschen können sehr emotional werden, räumliche Distanz ist daher wichtig.

»Gibt es Vorgaben, wie die Stühle in der Praxis eines Therapeuten aufgestellt werden sollten?«

»Wie bitte?«

»Ich weiß, dass man früher auf einer Couch lag, vom Therapeuten abgewandt. Jetzt scheint es üblich zu sein, den Patienten anzusehen. Ich frage mich nur, ob es einen empfohlenen räumlichen Abstand zwischen Patient und Therapeut gibt.«

»Den gibt es tatsächlich. Ich kann mich nicht an den genauen Wert erinnern, aber das hier entspricht ihm etwa. Man muss … warum reden wir eigentlich darüber?«

»Weil es mich interessiert.«

»Die Einrichtung einer psychotherapeutischen Praxis ist eine

Wissenschaft für sich. Der Patient soll sich natürlich sicher fühlen. Man darf nicht zu leicht abgelenkt werden. Die Patienten bemerken oft erst nach mehreren Terminen etwas hier im Büro. Dann fällt ihnen allerdings die kleinste Veränderung auf. Wenn ich eine Pflanze auf dem Tisch verstellt habe, zum Beispiel. Der Patient muss das Gefühl haben, hier an einem sicheren Ort zu sein, damit die Therapie Erfolg haben kann.«

»Hm«, sagte ich. »Kanntest du eigentlich meine Tante Peg?«

»Natürlich«, erwiderte Peter. »Die Wahrsagerin. Jeder kannte sie. Ich glaube, meine Mutter ist ein paar Mal zu ihr gegangen, auch wenn sie normalerweise nicht an so was geglaubt hat. Mein Vater hat ihr immer gesagt, das sei Geldverschwendung. Nimm's mir nicht übel, aber er hielt deine Tante für einen ziemlichen Scharlatan.«

»Natürlich, das dachten viele Leute. Aber sie war ganz und gar kein Scharlatan. Sie hat niemanden bewusst hinters Licht geführt, sondern glaubte wirklich, sie besäße übersinnliche Kräfte. Sie hatte aber auch großes Talent für das, was du auf Wendys Party damals angesprochen hast – kalte Deutungen. Die Gedanken anderer erraten. Natürlich waren das Tricks, doch ihr war das nicht bewusst. Ich glaube, das ist der Unterschied. Ein Scharlatan würde die Leute bewusst täuschen.«

»Wahrscheinlich«, sagte Peter.

»Ich weiß, dass du keiner bist. Du glaubst wirklich, dass hier eine Art Wissenschaft praktiziert wird, dass deine umfangreiche Ausbildung dich zu Analyse und Problemlösungen befähigt, doch im Grunde ist es nur eine andere Art von kalten Deutungen. Wahrscheinlich könntest du dieselbe Tatsache einem Dutzend zufällig ausgewählter Menschen erzählen, in Verbindung mit derselben Erklärung, und es würde auf alle zutreffen. Wie ein Horoskop.«

»Du vereinfachst das zu sehr, Hildy. Und du würdigst meine Arbeit herab. Die ganzen Jahre der Ausbildung und Berufserfahrung ermöglichen mir schon ein wenig mehr als nur ein Horoskop.«

Ich nickte. Er glaubte an sich.

»Weißt du«, sagte ich. »Ich habe nie behauptet, irgendwelche besonderen Fähigkeiten oder Kräfte zu besitzen. Ich sage den Leuten immer, ich bin wie ein Bühnenzauberer. Ich habe nie behauptet, hellsehen zu können, oder von den Lesungen profitiert. Es war immer nur zum Vergnügen.«

»Aber manchmal profitierst du durchaus davon. Du bekommst Informationen, die du dir zunutzemachen kannst. Zumindest hast du ein bisschen Spaß. Einen Grund, mit dir selbst zufrieden zu sein.«

»Nun, das sagt der Richtige … wie hast du mich Rebecca gegenüber genannt? Einen Gefühlsvampir?«

»Es tut mir leid, dass Rebecca dir das erzählt hat. Es ist nicht so, wie du denkst, Hildy. Ich war nur wütend, weil sie dir von uns erzählt hatte.«

»Lassen wir es gut sein, reden wir lieber über das Haus«, sagte ich. »Du wirst mir doch den Auftrag geben, nicht wahr?«

»Nein, wir werden Wendy beauftragen, Hildy. Aber das wusstest du ja schon.«

»Warum, Peter? Warum Wendy und nicht ich?«

»Du weißt, warum.«

»Ja, wegen Rebecca.«

Peter blickte mir weiter in die Augen, und ich erkannte, dass ich recht hatte.

»Warum ziehst du mich da hinein? Es ist mir vollkommen egal, was ihr miteinander habt. Entschuldige, dass ich das so sage, aber ich finde eure Affäre eher ermüdend. Den Auftrag könnte ich allerdings wirklich gut gebrauchen, Peter.«

»Es tut mir leid, Hildy. Es erschien mir nur … sauberer, dich da rauszuhalten. Du und Rebecca seid so eng befreundet.«

»Ich kenne Rebecca seit weniger als einem Jahr, dich aber

schon dein ganzes Leben. Ist das fair? Ich bin schließlich die letzte unabhängige Maklerin in Wendover. Deinem Vater waren die Leute hier wichtig, das örtliche Gewerbe. Ich dachte, du würdest genauso empfinden.«

»Natürlich, Hildy, es ist nur …«

»Du bist unvernünftig, Peter. Jeder weiß, dass wir uns schon ein Leben lang kennen. Meinst du nicht, dass es den Leuten auffallen wird, wenn du Wendy den Auftrag gibst?«

»Ich … es tut mir wirklich leid, aber so ist es weniger kompliziert.«

»Weniger kompliziert?« Langsam wurde ich ärgerlich. »Peter, ich verstehe nicht, warum du dich durch die Affäre mit Rebecca gefährdest. Warum das Risiko? Oh, warte, ich weiß es. Du hast sie wirklich geliebt.«

Peter antwortete: »Natürlich habe ich sie geliebt. Vielleicht tue ich das sogar immer noch.«

»Ja«, sagte ich leise. Er tat mir beinahe leid. »Warum kannst du dann nicht mit ihr weggehen, an einen exotischen Ort ziehen?«

»Wegen der Gesetzeslage, Hildy. Es ist gesetzlich verboten, dass Therapeuten eine private Beziehung zu ihren Patienten eingehen, und ich würde meine Zulassung verlieren, wenn die Affäre mit Rebecca herauskäme. Außerdem liebt sie mich nicht, das weiß ich jetzt. Auch wenn sie es noch nicht erkennen kann. Für sie war alles eine Illusion. Sie hat mich als eine Art Vaterfigur in ihrem Leben gesehen, jemanden mit viel Macht. Außerdem hat sie ihre Jungen, ich Sam und Elise. Ich habe das alles mit Rebecca besprochen. Sie weiß, dass es vorbei ist, doch sie kommt noch nicht gut damit zurecht. Ich wollte noch warten, bis ich ihr von dem Umzug erzähle, und dann einen sauberen Schnitt machen.«

»Bis wann warten?«

»Bis sie … sich damit abgefunden hat.«

Er senkte den Blick, rieb sich die Stirn, sah zur Zimmerdecke und dann wieder zu mir.

»Da ist noch etwas«, sagte ich. Ich sah, dass er mir etwas verschwieg. Er war so erschöpft, dass er mich einfach weitermachen ließ.

»Es gibt etwas, auf das du dich freust. Man hat dir irgendwo eine Stelle angeboten? Ist es das?«

Er war so leicht zu lesen.

»Es ist eine bessere Position, im Ausland (eine Vermutung, aber sein Blick nach unten und zur Seite sagte mir mehr). Nein, warte, das nicht, aber auf jeden Fall weit weg. (Ja, da war die Bestätigung in seinem Blick.) An der Westküste. (Wieder richtig.) Ja, in Kalifornien. Du hast dich bereits mit der Verwaltung getroffen. Du warst zweimal in Kalifornien ... nein, warte, drei- oder viermal in den letzten Monaten. In ... L. A. (Mist, falsch). Nein, San Francisco ...«

Peter versuchte, seine Atmung unter Kontrolle zu halten, doch bei der Erwähnung von San Francisco hielt er kurz die Luft an. Bingo.

»Nun?«, fragte ich.

»Hildy, es ist die Stelle, auf die man sein ganzes Berufsleben lang hinarbeitet. Ich wäre der Leiter einer der angesehensten psychiatrischen Kliniken des Landes. In drei Monaten fange ich an. Du hast also recht, deshalb verkaufen wir. Elise freut sich sehr. Ihre Familie stammt von der Westküste, und wir fahren nächste Woche nach San Francisco, um uns Häuser anzusehen.«

»Hast du Wendy schon gesagt, dass sie den Auftrag hat?«

»Ja.«

Ich sah durch das Fenster zur Kirche. Die Chorprobe war beendet. Man konnte durch die beschlagenen Fenster kaum erkennen, wie die Leute ihre Jacken von den Bänken holten und sich voneinander verabschiedeten. Bald wären sie daheim bei ihren Familien. Beneidenswert, während Peter und ich in seinem Büro saßen, über das sich die Dunkelheit legte. Beneidenswert, wie sie alle nach Hause gingen, zu ihren Familien und ihrem ehrlichen Sonntagabendessen.

Peter hatte das Licht im Büro nicht eingeschaltet, wahrscheinlich aus Angst, Rebecca könnte vorbeifahren und es sehen. So saßen wir also in einem kalten, düsteren Zimmer. Ich blickte mich um und bemerkte, dass der Boden so schief war, dass Peter als Ausgleich ein dünnes Taschenbuch unter eines seiner Schreibtischbeine hatte schieben müssen. Es ist ein altes Haus. Im Laufe der Jahre hatte es sich geneigt. Ich dachte an die Menschen – vielleicht sogar einige meiner eigenen Vorfahren –, die bei einem der Pfarrer Rat gesucht hatten, die vor vielen Jahren hier im Pfarrhaus gelebt und gewirkt hatten. Ich fragte mich, ob von diesen Gottesmännern einer seinen Ruf gefährdet, »gesündigt« hatte, so wie Peter. Immer war Liebe die Ursache für Verderben. Ich bemitleidete Peter, er konnte einem wirklich leidtun. Ich versuchte einen anderen Ansatz.

»Ich kann mir Wendover nicht ohne einen Doktor Newbold vorstellen. Du und dein Vater habt euch immer so gut um uns gekümmert. Bist du nicht traurig, hier wegzugehen? Ein bisschen zumindest? Die Stadt und die Menschen zurückzulassen, die du dein Leben lang gekannt hast?«

»Ich wollte schon immer weg, Hildy. Ich lebe im Haus meines Vaters. Ich bin zur selben Schule gegangen wie mein Vater. Ich habe an derselben verdammten Uni Medizin studiert. Ich glaube, das hat mich an Rebecca so fasziniert, ihre … Andersartigkeit. Sie hat in Afrika gelebt, sie spricht fünf Sprachen. Wusstest du das? Sie ist so weltgewandt, so voller Energie. Ich dachte wirklich, dass wir zusammen sein könnten. Keine Ahnung, was ich mir dabei gedacht habe. Sie war meine Patientin. Ich hätte meine Zulassung verlieren können.«

»Peter, ich habe Verständnis für deine Situation, wirklich. Aber ich verstehe immer noch nicht, warum du mir nicht das

Haus geben willst. Mir geht es nur darum bei dieser ganzen Geschichte. Ich könnte den Auftrag wirklich sehr gut gebrauchen. Und, nun ja, ich denke, dein Vater hätte gewollt, dass ich das Haus für euch verkaufe und nicht jemand von Sotheby's, Himmel noch mal. Hast du schon einen Vertrag mit Wendy abgeschlossen?«

»Nein. Ich glaube, sie wollte die Unterlagen zum Haus schicken. Wahrscheinlich sind sie bereits dort. Ich wollte gleich hinüberfahren und sie unterschreiben.«

»Hör mir zu, Peter. Ich bin Rebeccas Freundin. Ich glaube, ich kann dir helfen. Unterschreib Wendys Vertrag nicht.«

»Hildy.« Peter klang so angespannt. »Ich bin in einer ziemlich verzweifelten Lage. Ich war so dumm, das Verhältnis mit Rebecca so außer Kontrolle geraten zu lassen. Ich habe in meinem Leben nie jemanden verletzen wollen. Rebecca und ich sind beide erwachsen. Die Menschen haben dauernd Affären, warum ist meine ein Verbrechen?«

»Ich weiß es nicht, vielleicht weil Therapeuten nicht als Normalsterbliche gesehen werden. Du hast ganz offensichtlich magische Fähigkeiten, keine Ahnung. Ich mache die Gesetze nicht, und ich verurteile auch nicht, was zwischen euch geschehen ist. Aber ich kann dir helfen, glaube ich. Ich kann dir helfen, alles ins Reine zu bringen. Du musst mir nur den Auftrag geben.«

»Nein, Hildy, es tut mir wirklich sehr leid. Elise und ich haben mit Wendy bereits alles abgesprochen, sie hat schon Fotos für die Broschüre gemacht.«

Mein Mitgefühl schwand. Einen *Gefühlsvampir* hatte er mich genannt.

»Wendy Heatherton ist dumm. Sie hätte mit der Broschüre warten sollen, bis du den Vertrag unterschrieben hast. Ich kann dir helfen, Peter, aber du musst mir das Haus geben.«

»Was bist du nur für ein Mensch, Hildy Good«, sagte er verbittert. »Ich konnte in diesem Büro noch nie ehrlich sein, sonst sind immer nur Patienten hier. Aber jetzt kann ich sagen, was ich wirklich denke. Es ist wirklich das Letzte, dass du versuchst, mich auf diese Weise zu erpressen, wo ich am Ende meiner Kräfte bin.«

»Peter, hier geht es nur ums Geschäft. Kleinstadtbusiness mit einem alten Freund. Das ist alles so verworren. Ich habe eine Beziehung zu Rebecca, ich habe eine zu dir. Na und? Hier geht es ums Geschäft, Peter. Meinen Lebensunterhalt. Deine Affäre ist mir egal, und ich werde auch niemandem davon erzählen. Ich weiß nicht, wie du etwas anderes denken kannst. Aber ich muss sagen, dass du meiner Meinung nach falsch mit der ganzen Situation umgegangen bist. Du bist kein guter Menschenkenner. Ich frage mich, was du die ganzen Jahre in deiner Ausbildung gelernt hast.«

»Was meinst du damit?«

»Frankie Getchell hat die Highschool ohne Abschluss verlassen, aber er hat vom ersten Moment an gewusst, dass Rebecca verrückt ist. Du hast geglaubt, sie würde niemandem von eurer Affäre erzählen, dabei weiß ich seit Monaten davon. Peter, hast du überhaupt keine Ahnung von Frauen? Ich hätte gedacht, du hättest in den Sommern, die du mit Allie, Mamie und mir verbracht hast, etwas darüber gelernt, wie Frauen denken. Haben wir dir denn gar nichts über Frauen beigebracht?«

Peter atmete hörbar aus, sein Gesicht entspannte sich. »Ich denke manchmal an Allie Dyer. Ich erinnere mich noch, dass ihre Haare nach Aprikosen rochen. Und dass sie gerne einen gelben Bikini trug. Doch wenn ich sie heute auf der Straße oder in einer Menschenmenge sähe, würde ich sie wahrscheinlich nicht erkennen.«

»Nein, das würdest du tatsächlich nicht. Sie ist vor fünf Jahren an Brustkrebs gestorben.«

»Oh«, meinte Peter und blickte aus dem Fenster. »Wie ihre Haare immer rochen. Wahrscheinlich war es ihr Shampoo. Wenn ich es heute an jemandem rieche, versetzt es mich sofort in meine Kindheit zurück.«

Ich dachte daran, wie Peter damals für zehn Dollar Zeit mit Allie hatte kaufen wollen. Zehn Dollar für ihre Aufmerksamkeit und Zuneigung, für das, was er als Liebe empfand. Jetzt bezahlten ihn die Leute für nahezu dasselbe. Alle bis auf Rebecca. Mit ihr hatte er versucht, nur die Liebe in den Mittelpunkt zu stellen. Und als ihm jetzt alles um die Ohren flog, dachte er an das Shampoo der toten alten Allie Dyer.

»Peter, ich gebe dir mein Wort, ich habe niemandem von Rebecca und dir erzählt, und das werde ich auch nicht. Aber ich möchte den Auftrag von dir. Wir machen das diskret. Ich trage nichts in das MLS ein, und ich werde keine Anzeigen schalten. Ich werde die Information nur an die anderen Makler weitergeben. Du musst nur Wendy anrufen und ihr sagen, dass ihr euch umentschieden hättet. Dass ihr mir den Auftrag gebt. Ich kann dir helfen«, sagte ich.

»Weißt du, dass deine Töchter mich bei deiner Intervention letztes Jahr um Hilfe baten? Sie riefen mich an und baten mich um Hilfe.«

Meine Wangen brannten.

»Und?«, erwiderte ich. »Was dann?«

»Ich habe ihnen gesagt, dass ich nicht an Interventionen glaube. Meiner Meinung nach funktionieren sie nicht. Man kann jemanden nicht dazu bewegen, nicht mehr trinken zu wollen. Das habe ich ihnen gesagt, doch sie haben nicht auf mich gehört. Man kann es einem anderen Menschen nicht abnehmen, seine Verdrängung zu überwinden. Verdrängung und Leugnen sind wie eine Decke, die einen Menschen einhüllt, der darunter fast nackt ist. Man kann sie nicht einfach wegziehen, kann die Menschen nicht einfach der Kälte und Scham aussetzen. Man kann sie nur selbst entfernen, wenn man bereit ist. Wahrscheinlich hatte ich recht, sie hätten auf mich hören sollen.«

»Was meinst du damit? Ich habe seit Monaten keinen Alkohol getrunken.«

»Ich weiß, Rebecca hat es mir erzählt. Es freut mich, dass du letztendlich selbst darauf gekommen bist. Es freut mich wirklich für dich, Hildy. Und …«

»Ja?«

»Ich habe das Gefühl, ich kann dir vertrauen und dir den Auftrag geben.«

Die Wut, die er durch seine Beleidigungen meines Charakters und die Andeutungen, ich sei Alkoholikerin ausgelöst hatte, wurde durch seine plötzliche Ankündigung, mir das Haus zu geben, kein bisschen gemildert. Aber das zeigte ich ihm nicht. Er wusste, welche Knöpfe er drücken musste. Ich wollte ihm nicht die Befriedigung geben zu denken, dass er mich getroffen hatte. Was für ein Beschiss Psychiatrie doch war. Der Schlag ging unter die Gürtellinie, aber ich trug es mit Würde. Ein echter Alkoholiker würde die Fassung verlieren und wütend werden.

Ich lächelte. »Du gibst mir also das Haus?«

»Ja.«

Er unterschrieb den Vertrag an Ort und Stelle.

Am nächsten Morgen rief Wendy schäumend vor Wut an und drohte, mich zu verklagen. Sie schimpfte etwas von »unerlaubter Einflussnahme auf einen bestehenden Vertrag«.

»Was für ein Vertrag?«, fragte ich.

Sie legte auf.

# KAPITEL 18

Am darauffolgenden Freitag traf ich mich mit Vince und Nick Santorelli im *Barnacle,* einem Restaurant neben dem Landesteg am Hafen von Wendover. Es war der Beginn des Memorial-Day-Wochenendes und dementsprechend voll im Lokal. Ich stellte meinen Angebotsentwurf vor, erzählte von meinen Plänen für Luftaufnahmen und Anzeigen im *New York Times Magazine.* Und ich hatte das Newbold-Anwesen in meinem Portfolio – eines der schönsten Grundstücke in Essex County, für einen Preis von fünfeinhalb Millionen Dollar. Ein Rekord für Wendover. Ich sagte ihnen, sie sollten sich Zeit lassen und über meinen Entwurf nachdenken. Vince meinte, das wäre nicht nötig, sie würden mir den Auftrag geben.

»Darauf trinken wir!«, sagte Vince. »Was nehmen Sie, Hildy?«

»Einen Wodka, bitte«, erwiderte ich, bevor ich darüber nachdenken konnte. Seit meinem letzten Drink waren beinahe vier Monate vergangen, doch ich zögerte keinen Moment, als Vince mich nach meinen Wünschen fragte.

»Wodka? Und was dazu?«, fragte Sal.

»Mehr Wodka«, sagte ich. Die Brüder lachten und bestellten drei Stolys auf Eis. Wir stießen auf Grey's Point an.

Nach ein paar Drinks mit den beiden machte ich mich auf den Weg. Ich ging wie auf Wolken und konnte meine Großartigkeit kaum fassen. Ich würde dieses Jahr ein Vermögen machen. Ein Vermögen! Als ich auf Crossing zusteuerte, fuhr ich nicht nach Hause, sondern den Wendover Rise hinauf, an Rebeccas dunklem Haus vorbei zu Frankie. In seinem Haus brannte Licht, Rauch stieg aus dem Schornstein auf. Ich dachte daran, anzuklopfen, doch stattdessen rief ich von meinem Mobiltelefon aus an.

»Ja?«

»Hallo, Frank.«

»Hallo, Hildy.«

»Was machst du gerade?«

Schweigen. »Nicht viel. Wo bist du, Hildy?«

»Vor deinem Haus, in meinem Auto. Ich wollte fragen, ob du Lust hast, zu mir zu kommen.«

»Hast du getrunken, Hildy?«

»Wie bitte? Warum?«

»Ich dachte nur, du hättest aufgehört.«

»Nun, ich habe die Santorelli-Brüder überzeugen können, mir den Auftrag zu geben. Wir bieten es für zehn Millionen Dollar an!« Lachend rief ich die großartigen Neuigkeiten in das Telefon.

Frank schmunzelte. »Komm rein, wenn du magst. Ich will heute, glaube ich, nicht mehr wegfahren.«

Ich dachte darüber nach. Ich war noch nie in Frankies Haus gewesen. Da ich wusste, wie es davor aussah, hatte ich auch nie das Verlangen danach verspürt. Frankie sah in allem einen Wert, und sein Haus war wahrscheinlich bis zur Decke mit seinen geretteten »Schätzen« vollgestellt.

»Was hast du zu trinken da?«, fragte ich.

Schweigen. »Nur Bier.«

»Komm mit zu mir, Frankie, ich habe noch Wein im Keller.«

»Nee, ich bin müde, Hildy. Fahr heim. Geh ins Bett und mach keinen Wein mehr auf. Geh einfach ins Bett.«

»Was willst du damit sagen? Findest du, ich sollte nicht trinken? Wegen dem, was meine Töchter denken? Ich bin die erfolgreichste Maklerin … die erfolgreichste Geschäftsfrau in der ganzen Stadt. Im ganzen verdammten County. Wer bist du, dass du mir sagst, was ich tun soll? Ich bin kein Kind. Ich tue, was ich will. Ich fahre jetzt heim, um zu feiern, du Arschloch.«

»Gute Nacht, Hildy«, sagte Frank. »Fahr vorsichtig.«

»Leck mich.«

Ich fuhr nach Hause und öffnete eine Flasche Wein. Frankie Getchell, der städtische Hausmeister, der Müllmann, bildete sich ein zu wissen, was gut für mich war? Lächerlich. Ich musste wirklich lachen. Ich stürmte die Kellertreppe hinunter, packte eine Flasche und hielt sie wie eine Keule in der Faust, während ich zurück in die Küche stapfte. Ich würde den Wein im Wohnzimmer trinken, nicht im Keller. Ich würde so viel Wein trinken, wie ich wollte. Frank Getchell und dieser Idiot Peter Newbold dachten, sie würden mich besser kennen als ich mich selbst? Wie Peter mich für meine Abstinenz gelobt hatte, als ob ich ein Kind wäre. Unfassbar. Er glaubte, erkennen zu können, ob ich eine Alkoholikerin war, dabei war ich in seiner Gegenwart noch nie betrunken gewesen. Ein toller Arzt. Nun, ich war kein Kind, sondern eine erfolgreiche Geschäftsfrau. Ich würde mit etwas Wein feiern. Nicht mit der ganzen Flasche, nein. Nur mit einem Glas oder zwei. Nur ein bisschen feiern. Im Wohnzimmer, nicht im Keller. Im Wohnzimmer, wie jeder zivilisierte Mensch, mit meinen Hunden neben mir und guter Musik aus der Stereoanlage.

Ich goss Wein in eines meiner Lieblingsgläser und nahm einen Schluck. Dafür, dass ich mit den Santorellis bereits drei Drinks gekippt hatte, war ich erstaunlich nüchtern, doch der Wein schmeckte irgendwie komisch. Wahrscheinlich weil ich mit Wodka angefangen hatte. Er schmeckte nicht so gut, wie ich ihn in Erinnerung hatte. Ich drehte die Musik auf und setzte mich aufs Sofa. Babs und Molly machten es sich neben mir gemütlich. Ich trank meinen Wein und versuchte, die Freude heraufzubeschwören, die ich hätte empfinden sollen – die ich vor kurzem auch noch gespürt hatte. Wer war Frankie Getchell, dass er mir Vorschriften machen wollte? Wenn mein Dad nur hätte miterleben können, dass ich an einem einzigen Tag Hunderttausende Dollar verdient hatte.

Ich erwog, meine Schwester Lisa anzurufen. In Los Angeles war es immer noch früh genug. Aber ich hatte mir geschworen, nie unter Alkoholeinfluss jemanden anzurufen, selbst wenn ich mich kaum betrunken fühlte. Dabei kamen nur Jackpots heraus, und die konnte ich nicht brauchen.

Ich trank das Glas aus. Hatte ich mich so an den Alkohol gewöhnt, dass ich gegen die Wirkung immun geworden war? Ich merkte rein gar nichts. Wahrscheinlich war ich wegen des Deals so aufgedreht, dass ich nicht betrunken wurde. Ich schenkte mir noch ein Glas ein, lehnte mich auf dem Sofa zurück und trank einen Schluck. Da stupste Molly mich mit der Pfote am Arm, wie immer, wenn sie gestreichelt werden will. Wein spritzte auf die Vorderseite meiner neuen Bluse.

»Haut ab!«, brüllte ich und schlug nach den beiden Hunden, bis sie von der Couch sprangen. *Verdammte Köter,* dachte ich. Molly nervte unglaublich, sie war so bedürftig, wie sie mich dauernd anstupste. Und Babs würde mir irgendwann eine Klage einbringen, wenn sie nicht aufhörte, nach Leuten zu schnappen. Ich trank das Glas aus und warf Molly finstere Blicke zu, die sich hin und her drehte und dabei furchterregend die Zähne fletschte.

Die Flasche war beinahe leer; es wäre doch eine Schande, den Rest nicht zu trinken. Ich war nicht mal ein kleines bisschen angeheitert.

»Bewegt euch!«, schrie ich die Hunde an. Ich hielt es nicht aus, wie sie mich anstarrten und wie Molly das Gesicht verzog. »Ab!«, schrie ich und beobachtete befriedigt, wie sie in die Küche rannten.

Die Flasche war immer noch beinahe leer; es wäre wirklich eine Schande, den Rest nicht zu trinken. Ich war nicht mal ein kleines bisschen angeheitert.

Als ich am nächsten Morgen aufwachte, war Frankie bei mir. Ich war im Wohnzimmer eingeschlafen, schief auf einem der Lederclubsessel sitzend. Halb ausgezogen. Als Frankie mich wach rüttelte, trug ich nur BH und Rock.

»Es ist … nicht … so, wie es … aussieht«, sagte ich, als ich mich orientiert hatte, doch er war schon in der Küche und schaltete die Kaffeemaschine ein.

Im Badezimmer sah ich, dass ich mich nicht abgeschminkt hatte. Ich duschte, zog saubere Kleidung an, und als ich nach unten kam, wartete Frank mit einer Kanne heißem Kaffee auf mich.

Wir tranken schweigend. Dann entschuldigte ich mich, dass ich ihn am Abend zuvor so angebrüllt hatte. Er sagte nichts dazu. Ich zitterte ein wenig, selbst nach einigen Schlucken Kaffee. Gestern hatte ich den Alkohol nicht gespürt, jetzt jedoch umso mehr. Bald würde mir vor Scham und Bedauern übel sein. Ich ging zu Frankie, kniete mich neben ihn, legte den Kopf in seinen Schoß und umschlang seine Beine. Frankie streichelte sanft meine Haare, ich lächelte und schniefte ein wenig, bis er plötzlich ohne Vorwarnung meine Haare packte und meinen Kopf zurückzog, so dass ich zu ihm aufblicken musste.

»Was, verdammt noch mal, stimmt nicht mit dir?«, knurrte er. Knurrte wie ein Tier mit zusammengebissenen Zähnen. Seine Augen waren geschwollen, als ob er geweint hätte, und ich sah, dass sein Gesicht schmutzig war.

»Was?«, flüsterte ich.

»Hast du eine Ahnung, was du gestern Nacht angestellt hast?«

»Na ja, also …«

»Nein, hast du nicht, du verdammte Säuferin. Ist dir klar, dass ich die ganze Nacht deine Spuren verwischt habe? Dass, wenn man dich erwischt, ich genauso dran bin? Ich habe dir doch gestern gesagt, dass du nach Hause fahren sollst!«

»Das bin ich doch auch.«

»Und daheim bleiben solltest.«

»Wovon redest du? Ich war doch daheim.« Ich versuchte, in

meinem vernebelten, hämmernden Hirn nach Erinnerungen zu suchen, nach den fehlenden Puzzleteilen, nach den winzigen Überresten zerbrochener Bilder von letzter Nacht. Ich war nach Hause gekommen. Ich hatte eine Flasche Wein geöffnet. Ich hatte Wein verschüttet …

»Ich bin nach Hause gefahren, Frankie, wirklich. Ich erinnere mich an alles. Ich bin irgendwann eingeschlafen.«

»Steh auf. Setz dich auf den Stuhl«, befahl er und mied dabei meinen Blick. Ich rappelte mich mühsam auf, wobei ich mich an seinem Stuhl abstützen musste. Dann setzte ich mich ihm gegenüber an den Tisch.

»Deine Windschutzscheibe ist zersplittert«, sagte Frank.

»Meine Windschutzscheibe?«

»Ja, die Motorhaube ist eingedellt, die Windschutzscheibe voller Sprünge – auf der Beifahrerseite. Sieht aus, als ob etwas von der Vorderseite deines Autos abgeprallt und dann auf der Windschutzscheibe aufgeschlagen wäre.«

»Warte … nein«, sagte ich. »Ich war den ganzen Abend daheim.«

»Ich war gestern Abend noch wegen eines Notrufs unterwegs. Der Dwight-Junge wird vermisst.«

»Oh mein Gott«, sagte ich. »Wie fürchterlich.«

»Ich habe es über Funk gehört. Bin gleich rübergefahren. Sleepy Haskell war der diensthabende Cop und hat mir erzählt, dass der Junge manchmal die Türen öffnet. Wahrscheinlich hat ihn die Unruhe im Haus wegen des bevorstehenden Umzugs angetrieben. Seine Katze ist verschwunden, wahrscheinlich wollte er sie suchen. Seine Mutter ist halb wahnsinnig vor Sorge. Ich habe eine Weile bei der Suche geholfen, dann bin ich hier vorbeigefahren. Habe gesehen, wie dein Auto halb auf dem Gras parkte, der Motor lief noch, Hildy. Die Schweinwerfer leuchteten. Und dann habe ich die Windschutzscheibe gesehen.«

Irgendwie schaffte ich es taumelnd zum Fenster in der Diele, wobei ich mich an der Küchenwand abstützen musste, am Türrahmen und der Empfangszimmerwand. Ich schwankte, ich stand unter Schock. Vollkommen unter Schock.

»Wo ist mein Auto?«, flüsterte ich.

Alles schien wie in Zeitlupe abzulaufen. Einen Moment lang hatte ich das Gefühl zu träumen, wie damals, als ich das erste Mal mit dem Trinken aufgehört hatte. Nach ein paar Monaten Abstinenz träumte ich immer noch manchmal, dass ich mich betrunken zum Narren gemacht oder jemanden verletzt hätte. Doch dann wachte ich auf, und die Erleichterung war überwältigend. Mir ging es gut. Ich hatte nicht getrunken, nicht am Abend zuvor, nicht am Abend davor. Seit Monaten nicht. Vielleicht würde ich wieder aufwachen, mit einem meiner Hazelden-Meditationsbücher neben mir und einem Abzeichen für ein Jahr Abstinenz.

Wie mein Vater immer zu sagen pflegte: »Genau, und der Mond fällt vielleicht vom verdammten Himmel.«

Ich ging zurück in die Küche, und als Frankie sich umdrehte, um mich nicht ansehen zu müssen, begann ich zu weinen. Ich beugte mich über den Küchentresen und vergrub das Gesicht in den Händen.

Ich wiederholte: »Wo ist mein Auto?«

»Ich habe es zu einem Bekannten in Lynn gebracht. Dem ich vertrauen kann. Er wird die Motorhaube ausbeulen, die Windschutzscheibe austauschen und niemandem davon erzählen.«

»Frankie, wirklich, ich würde mich doch daran erinnern, wenn ich das Haus noch einmal verlassen hätte. Und als ich von dir weggefahren bin, habe ich nichts gerammt. Ich war ja nicht mal betrunken. Aber … wo ist Jake? Hat man ihn denn gefunden? Geht es ihm gut?«

»Nein, die ganze Stadt sucht nach ihm.«

»Frankie … du denkst doch nicht, dass ich … bist du verrückt?«

»Was glaubst du, was ich dachte, als ich dein Auto gesehen habe? Was zur Hölle sollte ich da denken? Du hast etwas angefahren. Und du musst ausgestiegen sein, denn auf deiner Bluse war überall Blut.«

Ich konnte kaum atmen.

»Frankie, das war Rotwein. Wo ist die Bluse? Man kann es doch riechen. Ich habe Wein darauf verschüttet …«

»Riechen? Ich habe sie verbrannt.«

Ich fühlte mich einer Ohnmacht nahe, und ich bin garantiert nicht der Typ dafür. Ich bekam nicht genug Luft.

»Hildy, setz dich«, sagte Frankie etwas freundlicher. Irgendwie schaffte ich die paar Schritte zum Tisch zurück und setzte mich neben Frank.

»Vielleicht sollten wir die Polizei informieren«, flüsterte ich.

»Vielleicht solltest du Sleepy anrufen und mich mit ihm sprechen lassen. In so einer Situation ist es am besten, sich zu bekennen.«

»Klar, melde, dass du in derselben Nacht, in der ein behindertes Kind verschwindet, in irgendetwas reingefahren bist, aber nicht mehr weißt, was es war.«

Jetzt weinte ich bitterlich. Frankie stützte den Kopf in die Hände.

»Hildy, vielleicht hast du ein Reh angefahren«, sagte er schließlich. »Ich bin mir sogar recht sicher. Rehe laufen normalerweise weg, wenn sie angefahren werden. Ein Reh oder einen Hund. Den Jungen hätte man mittlerweile gefunden … wenn du ihn verletzt hättest. Er wäre nicht weit gekommen.«

»Hör auf«, bat ich und packte seine Hand.

»Aber wir wissen beide, Hil, dass, selbst wenn du gestern Nacht niemanden verletzt hast, es jederzeit ein nächstes Mal geben könnte. Wenn das hier vorbei und der Junge gefunden ist, dann musst du mit dem Trinken aufhören.«

Frankies Worte ergaben Sinn. Wenn ich Jake angefahren hätte – oh Gott, mein Puls raste allein schon bei dem Gedanken daran –, dann hätte man ihn in der Zwischenzeit gefunden.

»Ich war letzte Nacht nicht mehr unterwegs, ich habe niemanden angefahren. Wie konntest du das nur ernsthaft denken, Frank?«

»Du kannst wieder mit dem Trinken aufhören, Hildy. Endgültig diesmal. Du hast dich so gut geschlagen, ich mochte es wirklich, wie du ohne Alkohol warst. So mochte ich dich viel lieber.«

Ich ließ Franks Hand los. »Wie schön für dich. Hast du mal daran gedacht, dass ich dich lieber mag, wenn ich getrunken habe? Dass ich dich im nüchternen Zustand überhaupt nicht mag? Denkt irgendwer eigentlich mal daran, was ich empfinde?«

Frank sah mich nur an. Mir fiel auf, dass sein altes Hemd ölverschmiert war. Seine Hände waren rauh und rissig und sahen schmutzig aus, wie so oft, vor allem nach der Arbeit.

»Du bist wie meine Töchter, denkst nur an dich. Ich muss mein Verhalten ändern, damit ihr alle mich mehr mögt.«

»Ich denke nicht an mich, sondern an dich, Hildy. Die ganze Nacht über.«

»Damit du mich lieber magst. Nun, wie wäre es mal mit dem, was ich mag und was ich nicht mag? Ich mag mich so, wie ich bin.«

Frankie stand auf und ging zur Haustür, was mich wütend machte.

»Ich mag mich so, wie ich bin, bis auf eine Sache … dieses dumme Arrangement mit dir. Hast du gesehen, dass ich vor zwei Jahren unter den Top fünfzig der erfolgreichsten Geschäftsleute in Massachusetts war?«, brüllte und schluchzte ich gleichzeitig. Wahrscheinlich war ich ein wenig hysterisch. »Und du, der verdammte Stadthausmeister, der Müllmann, glaubt, besser als ich zu wissen, wie ich mein Leben führen soll. Das ist doch unfassbar.«

Frankie blieb stehen und sagte leise, ohne sich zu mir umzudrehen: »Hildy, du bist Alkoholikerin. Wenn ein bisschen Zeit nach dieser Sache vergangen ist, gehst du besser in diese Klinik zurück, in die dich deine Töchter geschickt haben, und bleibst dort für eine ganze Weile.«

»Raus aus meinem Haus! Ich habe nichts mit Jakes Verschwinden zu tun, ich war letzte Nacht daheim. Kümmer dich um deine eigenen Sachen. Und bring mir so schnell wie möglich mein Auto zurück. Ich will zu Cassie fahren.«

Doch Frank war bereits gegangen.

Ich gestehe, ich war wirklich außer mir. Wie konnte Frankie nur solche schrecklichen Dinge sagen? Und wo war Jake? Ich suchte nach meinem Telefon, weil ich Cassie anrufen wollte, doch als ich es endlich auf dem Boden neben dem Kamin fand, erinnerte ich mich dunkel daran, dass ich in der Nacht jemanden angerufen hatte. Frankie. Ich hatte versucht, Frankie zu erreichen, aber er hatte nicht abgenommen.

Ich hatte ihn überzeugen wollen, noch zu mir zu fahren. Wenn ich trinke, werde ich oft furchtbar sentimental, und ich erinnere mich jetzt an den verrückten Drang, unbedingt mit Frank zusammen zu sein, ihm zu sagen, wie sehr ich ihn liebte. Ich musste wirklich stockbesoffen gewesen sein. War das nur ein Traum, oder hatte ich wirklich Lippenstift aufgelegt und mich frisiert und war mitten in der Nacht zu meinem Auto marschiert? Ich meinte, mich daran zu erinnern, dass ich zu Frank fahren wollte.

*Was hatte ich nur getan?*

Scott bewahrte immer eine Packung Marlboro in dem Schrank über dem Kühlschrank auf, und auch wenn ich seit Jahren nicht geraucht hatte, holte ich mir jetzt einen Stuhl und stieg mit schmerzendem Kopf und zitternden Händen hinauf. Tatsächlich fand ich eine zerknüllte Packung mit drei Zigaretten darin. Ich zündete eine an und hustete. Sie schmeckte fürchterlich, alt und schal. Ich nahm noch einen Zug und spürte ein wenig das Nikotin. Hoffentlich half es mir, einen klaren Kopf zu bekommen. Die Hunde bellten ohne Unterlass, und ich brüllte sie an, endlich still zu sein. Bald würde ich einen Drink benötigen, doch ich wartete. Frankie würde mit meinem Auto zurückkommen, und er sollte nicht denken, dass ich nach seinen wilden Anschuldigungen an diesem Morgen gleich weitergetrunken hatte. Ich setzte mich an den Küchentisch, paffte meine Zigarette und weinte wie ein kleines Kind.

Da sah ich eine Bewegung im Wohnzimmer. Jemand war im Haus.

»Rebecca?«, rief ich.

Warum ich ausgerechnet an Rebecca dachte, weiß ich nicht. Irgendwie spürte ich sie. Stattdessen trat Peter Newbold in meine Küche und erschreckte mich zu Tode. Meine Nerven waren zum Zerreißen angespannt.

»Peter, was soll das? Warum hast du nicht geklopft?«

»Das habe ich, Hildy, hast du mich nicht gehört?«

Ich zog erneut an der Zigarette und schüttelte den Kopf. Warum musste Peter ausgerechnet jetzt hier auftauchen? Wahrscheinlich hatte auch er mich wegen Jakes Verschwinden in Verdacht, und als ich ihm ins Gesicht blickte und sah, wie rot seine Augen waren, wusste ich, dass ich recht hatte.

»Peter, was ist los?«

»Bist du allein, Hildy? Ist sonst noch jemand hier?« Er sah sich in meiner Küche um, wahrscheinlich nach Rebecca.

»Nein, außer mir ist niemand hier. Rebecca ist übers Wochenende in Nantucket. Was ist los? Hast du schon die furchtbaren Neuigkeiten von Jake gehört?«

Er ließ sich auf einen Stuhl vor mir sinken und sagte: »Ja, ich war gerade auf dem Weg hierher, und als ich in der Stadt die Polizeiautos gesehen habe, habe ich eine Weile angehalten.«

»Sie haben ihn also noch nicht gefunden?«, flüsterte ich.

»Nein, noch nicht. Ich wollte mit dir über Rebecca reden, Hildy. Doch jetzt erscheint das alles unwichtig. Wenn man die armen Eltern sieht, dann …«

*Dann was?* Warum sah er mich so an? Dachte er etwa, ich wäre irgendwie für Jakes Verschwinden verantwortlich?

»Ich habe keine Ahnung, wo Jake ist, ich war die ganze Nacht daheim. Ich kann mir nicht vorstellen, was ihm zugestoßen sein könnte«, sagte ich und fixierte meine Zigarette. Dann zog ich noch einmal daran und ließ den Stummel in meine Kaffeetasse fallen.

»Ich weiß. Niemand kann sich vorstellen, wo er sein könnte.« Dann sagte er: »Hildy, ich muss sichergehen, dass Elise und Sam nicht verletzt werden. Ich wollte dich fragen, ob ich auf deine Diskretion zählen kann. Kann ich dir vertrauen?«

»Natürlich.«

»Ich meine, egal was passiert, kann ich mich darauf verlassen, dass du niemandem von der Affäre zwischen Rebecca und mir erzählst?«

»Peter, warum fragst du mich das schon wieder? Ich habe wichtigere Dinge im Kopf. Patch und Cassie sind sicher außer sich vor Sorge. Ich würde gern zu ihnen fahren.«

Ich stand auf, um frischen Kaffee zu kochen, doch ich musste mich einen Moment an der Rückenlehne meines Stuhls festhalten, um nicht das Gleichgewicht zu verlieren.

»Ich habe gestern Abend mit Rebecca gesprochen. Sie weiß, dass wir umziehen wollen, und sie … hat gedroht, unsere Affäre publik zu machen. Meine Karriere wäre beendet, meine Familie zerstört. Ich würde keine Anstellung mehr finden, könnte die Schulgebühren meines Sohnes nicht mehr zahlen …«

»Ich habe es ihr nicht gesagt, falls du das denken solltest, Peter.«

»Ich weiß, Hildy. In dieser Stadt ist es nahezu unmöglich, etwas geheim zu halten, doch ich glaube, du kannst das. Ich glaube, du bewahrst Geheimnisse, wenn du musst.«

»Natürlich tue ich das«, sagte ich verärgert.

*Oh, mein Kopf.*

»Versprich es mir. Nicht nur wegen mir, Elise und Sam, sondern auch wegen Rebecca. Warum sollten ihr Mann und die Kinder in diesen Schlamassel hineingezogen werden? Ich weiß, dass sie nichts verraten wird, wenn ich erst einmal weg bin. Je früher ich daher die Stadt verlasse, desto besser. Heute ist mein letzter Tag in Wendover. Ich bin gekommen, um mich zu verabschieden, Hildy, und mich zu vergewissern, dass ich mich auf dich verlassen kann.«

»Peter, ich denke, Rebecca ist es gewohnt, zu bekommen, was sie will. Ich sehe nicht, wie sie dadurch zufriedengestellt werden soll, dass du die Stadt verlässt.«

*Himmel, der Mann konnte doch nicht so dumm sein.* Wie konnte er sich Psychiater nennen und so wenig Ahnung haben? Nun, Peter war schon immer etwas seltsam gewesen. Alle Seelenklempner sollen ja so sein. Wahrscheinlich zieht es sie deshalb in diesen Beruf, das Bedürfnis, Antworten zu finden, die fehlenden Teile für ihre eigene zerstückelte Seele.

Ich musste die Kaffeekanne mit beiden Händen halten, damit das Wasser nicht überschwappte, als ich die Kaffeemaschine füllte. »Wie auch immer. Du kannst auf mich zählen, Peter.«

»Warum zitterst du so, Hildy?«

»Ich zittere nicht.« Ich schaltete die Maschine ein, ging zurück zum Tisch und setzte mich Peter gegenüber. Ich sah ihn an und zuckte zurück. Ich weiß, ich sage immer, dass das alles nur ein Spiel ist, aber ich kann tatsächlich Absichten und manche Gedanken bei anderen lesen. Jeder könnte das, wenn er es so gelernt hätte, wie meine Tante es mir beigebracht hat. Ich habe durch Beobachten gelernt. Sie konnte mit ihrem Blick einen Weg durch die Luft brennen, und wenn der Raum um sie herum in Flammen aufgegangen wäre, hätte sie es nicht bemerkt, so sehr vertiefte sie sich in das Unterbewusstsein des anderen. In einem kurzen Aufflackern des Blicks als Antwort auf eine Frage sah sie die zurückgedrängten Erinnerungen und Sehnsüchte; im Flattern eines Augenlids oder der pulsierenden Ader an einer Schläfe sah sie die Geheimnisse und Phantasien. Gemäßigte Gedanken sind wie ein Flüstern, doch intensive Gefühle wie Liebe, Hass, Freude, Angst – man kann kaum folgen, wenn man sie zu lesen versucht, so schnell und aufbrausend können sie sein. Wenn ein Mensch Böses im Sinn hat, schreit er es mit seinen Gedanken heraus, die seine Worte beinahe übertönen.

»Mir gefällt nur nicht, wie du aussiehst, Hildy«, hörte ich ihn schließlich über dem ganzen Lärm seiner Wut und Verzweiflung. »Du siehst aus, als könntest du etwas … Verrücktes tun.«

Ich las seine Gefühle, die laut und deutlich waren: *Hoffnungslosigkeit und noch etwas. Hass? Nein, Tod. Er hatte Tod im Sinn.* Ich musste den Blick abwenden. Er konnte andere Menschen genauso gut lesen. Er sollte meine Angst nicht sehen.

»Vielleicht solltest du etwas nehmen, Hildy. Ich habe etwas Xanax dabei, ein leichtes Beruhigungsmittel. Ich hole dir etwas Wasser.«

Peter ging zur Küchenzeile und suchte in den Schränken. »Wo bewahrst du deine Gläser auf?«, fragte er. »Ah, hier sind sie ja.«

Ich hörte, wie er ein Glas mit Wasser füllte, dann stellte er es vor mich auf den Tisch. Daneben legte er ein kleines Pillendöschen, das mit kleinen weißen Tabletten gefüllt war.

»Nein danke«, sagte ich. »Ich nehme nicht gern Tabletten. Es geht mir gut.«

»Bitte, Hildy. Ich kann den Alkohol riechen, du musst letzte Nacht ordentlich getrunken haben. Nimm eine. Sie wird den Kater etwas abschwächen. Ich habe auch schon zwei genommen.«

Peter blickte auf mich herab, und ich sah rasch weg.

»Ich habe doch gesagt, dass ich so etwas nicht gern nehme.«

»Manchmal müssen wir aber. Zum Beispiel, wenn der Arzt es verordnet. Hildy? Hast du gehört, was ich gesagt habe?«

Ich griff nach dem Pillendöschen und hielt es an die Brust, damit meine zitternden Hände es nicht zum Klappern brachten.

»Die letzte Nacht war furchtbar, Hildy.«

»Warum?«, fragte ich. »Was hast du getan?«

»Ich dachte, Rebecca könnte herkommen, nachdem ich diesen verrückten Anruf von ihr erhalten hatte. Ich wollte mit ihr reden, mit euch beiden. Als ich hier ankam, sah ich, dass dein Auto nicht vor dem Haus stand. Wo warst du letzte Nacht, Hildy?«

»Ich war mit einigen Geschäftspartnern unterwegs. Warum?« Ich weinte. Meine Augen waren tränenverschleiert, meine Nase lief, mein Taschentuch war ein nasser Klumpen in meiner geballten Faust. Plötzlich huschte einer der Hunde ins Wohnzimmer.

»Lass das!«, schrie ich. »Entschuldige«, an Peter gewandt. Keine Antwort.

»Peter?« Ich sah mich um. Wo war er nur?

Ich setzte mich zurück an den Tisch und begann in meiner Handtasche, die über der Stuhllehne hing, nach Taschentüchern zu suchen. Da spürte ich, wie Peter über mir aufragte.

»Was machst du da?«, wollte ich wissen und zuckte herum. Er starrte auf mich herab, und wieder sah ich den Tod in seinen Augen.

*Stirb. Stirb. Stirb.* Die Gedanken pulsierten in der Luft um mich herum, wurden lauter und stärker, schlugen im Rhythmus meines Herzens.

Ich erinnerte mich an die Art, wie er mir erst vor wenigen Tagen versichert hatte, dass er mir vertraue. Wie er gesagt hatte, er wisse, ich würde nicht trinken. Er wusste genauso gut wie ich, wie man jemandem eine negative Botschaft ans Unterbewusstsein vermittelt. Man muss einem Kind nur sagen, dass man weiß, dass es die Süßigkeit, die man ihm hingelegt hat, nicht essen wird. Man muss einem Menschen nur sagen, er solle nicht an etwas denken – und schon ist er darauf fixiert. Hatte Peter mich dazu gebracht, wieder zu trinken?

Er wollte »sich vergewissern«, dass ich niemandem von ihm und Rebecca erzählte. Wie um alles in der Welt wollte er das bewerkstelligen?

»Hildy, ich finde, du solltest eine Tablette nehmen. Ich mache mir Sorgen um dich. Du wirkst etwas instabil. Bitte. Nimm die Tablette.«

Bei diesen Worten stellten sich die Härchen in meinem Nacken – meine »Federn«, wie meine Tante immer sagte – auf, meine Finger und Zehen wurden taub. Manchmal hatte meine Tante mit sehr wütenden Klienten zu tun (manchmal wirklich total verrückten), und sie sagte, sie wusste immer schon sofort beim Eintreten desjenigen, dass er instabil war, weil ihre »Federn« sich sofort aufstellten.

»Hildy, sieh mich an«, sagte Peter. Ich hatte auf das Wasserglas hinabgeblickt, da ich wusste, dass er Emotionen lesen konnte. Angst erkennt man am leichtesten; sogar leichter als Wut. Ich schniefte und tupfte mir mit dem nassen Taschentuch die Augen ab, dann wühlte ich ein wenig in meiner Handtasche, nur damit ich ihn nicht ansehen musste. Rebecca und ich standen ihm im Weg, konnten seine Zukunft gefährden. Was wollte er mit uns anstellen?

»Entschuldige, Peter«, sagte ich und versuchte, meine Stimme fest klingen zu lassen. »Ich hole mir nur schnell neue Taschentücher aus dem Badezimmer.«

Peter legte seine große Hand um mein Handgelenk. Sie war so kalt. »Nein, bleib, wo du bist«, sagte er. Dann fuhr er etwas freundlicher fort: »Dein Puls ist zu hoch. Bleib einfach ruhig sitzen und trink etwas Wasser. Ich mache mir Sorgen um dich.«

Ich starrte auf den Tisch, während seine große Hand weiter auf meinem Handgelenk lag.

»Du hast einen Schock«, sagte er schließlich. »Dein Körper ist auf Entzug – ein Kater ist nichts anderes –, und du hast einen Schock wegen Jake. Du musst dich ausruhen.«

Vor allem musste ich etwas trinken. Ich fragte mich, wo sich Rebecca aufhielt. Und warum Peter gestern Nacht nach uns gesucht hatte, zwei Frauen mit dem Wissen und der Macht, sein Leben zu zerstören. Er hatte gestern Nacht zwei Hexen gejagt; jetzt lag seine Hand fest um mein Handgelenk. Mein Kopf schien zu zerspringen. *Oh Gott, nur einen Drink …*

»Ich weiß, dass du gerade daran denkst, wie gern du jetzt etwas trinken würdest, Hildy. Aber das ist keine gute Idee. Nimm die Tablette, sie wird dich beruhigen.«

Babs und Molly rutschten plötzlich wieder bellend über den Boden im Nebenzimmer, woraufhin Peter sich abrupt umdrehte. So konnte ich mich von ihm befreien und unsicher aufstehen.

»Was war das denn?«, fragte er.

»Nur die Hunde«, erwiderte ich und zog mich langsam von ihm zurück. »Sie bellen die ganze Zeit so. Peter, sie … machen mich wahnsinnig.«

»Wohin gehst du?«

»Zur Toilette.« Ich wollte ihm nicht den Rücken zuwenden, und jetzt hatte er natürlich meine Angst gesehen.

»Hildy, du siehst aus, als würdest du gleich in Ohnmacht fallen.«

Peter machte einen Schritt auf mich zu.

Ich drehte mich um und rannte davon.

Ich hastete an der Toilette vorbei, durch die alte Vorratskammer und die Stufen hinunter in den Keller, wobei ich die Tür hinter mir zuschlug, bevor ich mich in die Dunkelheit am Fuß der Treppe flüchtete. Dann öffnete Peter die Tür, und ein gelber Lichtstreifen voll tanzender Staubkörner fiel auf die alten Holzstufen. Die Glühbirne in der einzigen Lampe – einer von der Decke baumelnden Fassung – war schon vor Wochen durchgebrannt, und ich hatte immer wieder vergessen, sie auszutauschen. Ich hörte, wie Peter mehrmals den Lichtschalter am Kopf der Treppe betätigte. Auf Knien kroch ich hinter den Wassererhitzer, der zwar recht nahe an der Treppe steht, hinter dem sich aber eine dunkle Ecke befindet, in die ich mich nun hineinzuquetschen versuchte.

»Hildy.« Er sprach sanft und freundlich. »Ich bin's, Peter.«

Mein Herz hämmerte.

»Hildy, ich bin's doch nur, Peter.«

Ich war mucksmäuschenstill.

»Hildy, ich glaube, du bist paranoid, wie immer bei einem Kater, nicht wahr? Du bildest dir Dinge ein, du glaubst, dass die Menschen Schlechtes über dich denken. Das tue ich nicht, Hildy. Ich habe dich immer bewundert. Ich erinnere mich daran, wie du noch ein Teenager warst. Weißt du noch? Du und Allie und Mamie und ich? Ich erinnere mich, wie wir einmal bei eurem Haus vorbeifuhren, um etwas zu holen, und deine Mutter saß auf der Veranda.«

Die Tränen flossen wieder, doch ich durfte keinen Laut von mir geben. Peter tastete sich vorsichtig die Treppenstufen herab, da die Kellertür hinter ihm zugefallen war.

»Sie war so schön, deine Mutter. Ich erinnere mich, dass eine Katze auf ihrem Schoß lag und sie uns anlächelte.«

Diese verdammten Tränen. Ich konnte kaum atmen.

Er war nun im Keller und wanderte langsam durch den dunklen Raum. Ich konnte mich lebhaft daran erinnern, wie wir früher mit ihm Verstecken gespielt hatten, als Allie sein Babysitter war – als ich selbst noch ein Kind war –, und wie Peter es geliebt hatte, wenn wir aus unserem Versteck hervorsprangen und ihn zu Tode erschreckten. Der Jäger wurde zum Gejagten, das war immer sein Lieblingsmoment. Jetzt war ich die Beute, und mir war, als würde mir gleich das Herz aus der Brust springen. Ich fragte mich, wie nahe er mir wohl schon gekommen war, als ich das Klirren von Glas in der Nähe hörte. Er war in die leeren

Flaschen gestolpert, die dort schon den ganzen Winter über lagen. Ich hatte bis zum Frühling warten wollen, um sie dann zur Mülldeponie zu fahren. Frühmorgens, wenn sonst niemand dort wäre.

»Hildy, bitte, lass mich dir helfen. Du kannst wieder gesund werden. Das Leugnen, der Verfolgungswahn, all das ist Teil der Krankheit. Warum versteckst du dich? Ich bin es doch nur. Ich, dein Freund Peter.«

Dann passierte etwas überaus Seltsames. Ich sah mich selbst aus einer anderen Perspektive. Ich sah mich selbst, wie Peter mich gesehen haben musste. Wie wahrscheinlich jeder. Ich sah mich als Säuferin. Als alte, jämmerliche Alkoholikerin. Vielleicht war ich wirklich nicht die dynamische Geschäftsfrau, erfolgreiche Mutter und alles andere, was ich mir gern auf die Fahnen schrieb. Vielleicht war ich wie die Leute bei diesen traurigen Treffen. Vielleicht war ich nur Hildy. Niemand Besonderes – nur eine alte Alkoholikerin. Hildy Good, Alkoholikerin. Eine stinknormale Trinkerin, wie man sie an jeder Straßenecke trifft.

»Hildy, lass dir helfen. Du kannst das schaffen. So viele Menschen um dich herum lieben dich. Deine Töchter, dein Enkel.«

Warum war ich in den Keller gerannt? So etwas Verrücktes. Warum saß ich zitternd hinter dem Wassererhitzer? Ich sah mich von außen, eine panische, süchtige alte Frau, die sich im Keller vor einem Arzt – einem Freund – versteckte, der ihr nur helfen wollte. Einem Mann, den ich schon als Baby gekannt hatte, dessen Vater nach Moms Tod so nett zu uns gewesen war, so nett. Kein irrer Mörder, der es auf mich abgesehen hatte. Was für eine Wahnvorstellung. Es war doch Peter Newbold.

»Ich bin's doch nur, Hildy, Peter.«

»Peter«, flüsterte ich und rappelte mich schließlich auf. »Ich bin hier drüben.«

Ich fühlte seinen Arm um meine Schultern.

»Es ist okay«, sagte er und führte mich zurück zur Treppe. Er musste mir hinaufhelfen, indem er mir den Arm um die Taille legte. Ich war so schwach.

»Atme tief ein, Hildy. Wir sind fast da. Nur noch ein paar Stufen.«

»Okay«, schluchzte ich. »Okay.«

Als wir endlich am Kopf der Treppe ankamen, wollte Peter die Tür aufstoßen, doch in diesem Moment wurde sie aufgerissen. Frank stand vor uns.

Ich fiel ihm in die Arme. »Es tut mir leid«, schluchzte ich, »es tut mir so leid. Ich bin letzte Nacht mit dem Auto weggefahren.«

Frankie hielt mich für einen Moment, dann hob er mein Kinn und sah mir ins Gesicht.

»Nein, bist du nicht, Hildy. Du bist verwirrt.«

»Ich bin gestern Nacht noch weggefahren, Frankie. Ich war betrunken, ich kann mich nicht erinnern. Ich habe etwas angefahren …«

»Sie weiß nicht, was sie da redet«, sagte Frank und zog mich an sich. »Schhh«, flüsterte er.

»Ich habe nichts gesehen«, schluchzte ich an seiner Brust. »Ich kann mich nur an ein lautes Krachen erinnern, dann habe ich mich gefragt, woher das dicke Spinnennetz auf der Windschutzscheibe kommt. Auf dem Nachhauseweg konnte ich kaum etwas sehen und musste durch das Beifahrerfenster hinausschauen.«

»Ruhig, Hildy, das war nur ein Traum. Ich war doch die ganze Nacht hier bei dir. Newbold, was machst du denn hier?«, fragte Frank.

»Ich hatte etwas mit Hildy zu besprechen«, erwiderte Peter. »Ich verlasse heute die Stadt und wollte mich verabschieden.«

»Hildy war die ganze Nacht mit mir zusammen«, sagte Frank. »Sie ist etwas verwirrt.«

»Ich weiß. Hildy, ich lasse die Pillen hier. Sie werden dir helfen. Auf Wiedersehen. Mach's gut, Frank.«

»Wir sehen uns«, grunzte Frank.

Nachdem Peter gegangen war, half mir Frank auf einen Stuhl und setzte sich neben mich. Er legte seine Hände auf meine nassen Wangen und sah mir in die Augen. Er strich Spinnweben oder Kellerstaub aus meinen Haaren und sagte: »Man hat Jake immer noch nicht gefunden, Hil. Aber Skully hat dein Auto gerade von Lynn zurückgefahren, mit einer neuen Windschutzscheibe. Sie haben die Kratzer auf der Motorhaube ausgebessert. Die Mechaniker in der Werkstatt sagen, es sieht aus, als wärst du gegen einen Baum gefahren. Wahrscheinlich hat ein Ast die Windschutzscheibe getroffen, nach den Kratzern zu schließen.«

»Ich erinnere mich, dass ich letzte Nacht noch mit dem Auto weggefahren bin, Frankie. Ich wollte zu dir, ich wollte bei dir sein. Ich habe mich so einsam gefühlt, und ich habe dich vermisst. Ich hätte Jake anfahren können oder jemand anderen, alles. Ich wollte doch nur bei dir sein.«

»Schhh«, versuchte Frankie mich zu beruhigen. »Wasch dir das Gesicht, dann fahre ich dich in die Stadt, damit du bei der Suche nach Jake helfen kannst. Sag niemandem, dass du in der Nacht mit dem Auto unterwegs warst. Du hast einen Baum erwischt, es kann nichts anderes gewesen sein.«

»Ich kann jetzt nicht, Frank«, antwortete ich. »Ich muss mich ausruhen. Vielleicht heute Nachmittag.«

Er nickte. »Gut, leg dich hin, ruh dich aus. Sprich mit niemandem, Hildy. Erzähl niemandem von deinem Auto.«

»Okay«, sagte ich. »Okay. Es tut mir so leid …«

»Schhh, Hildy. Hör auf.«

Ich konnte nicht schlafen, sosehr ich es auch versuchte. Ich rollte mich auf meinem Bett zusammen und versuchte zu schlafen, doch die Träume verfolgten mich. Halbwache Träume. Normalerweise erinnere mich nicht an meine Träume, wenn ich tief schlafe, doch wenn ich nur döse oder mich entspanne, lasse ich mich von einem Fluss traumartiger Gedanken davontragen – Wachträume könnte man das wohl nennen, nicht richtig wach, nicht richtig schlafend. An diesem Nachmittag träumte ich, dass es Nacht war und ich mit dem Auto schnell über sandige Straßen fuhr, auf denen meine Reifen durchdrehten. Etwas Dunkles traf meine Windschutzscheibe, die sofort von einem Netz aus Rissen durchzogen war, doch ich hielt nicht an. Ich fuhr weiter, versuchte, durch die gesprungene Scheibe zu sehen, und erhaschte hier und da einen Blick auf die Straße. In einer Kurve zuckte mein Fuß zur Bremse, was mich abrupt zur Besinnung brachte, gerade als mein Auto im Begriff war, über die Leitplanke zu stürzen.

Ich beobachtete die Schatten, die über meine Zimmerdecke krochen. Eine Fliege summte gegen ein Fenster. Vielleicht war es auch eine Wespe. Dann lag ich auf dem Kellerboden und blickte dort an die Decke, doch der Keller war mit Wasser gefüllt, und ich musste die Luft anhalten. Ich wollte an die Oberfläche schwimmen, zur Decke, ich wollte nach oben schießen, triumphierend auftauchen, die gute Luft über dem Meer in tiefen Zügen einatmen, doch ich tat es nicht, denn über mir schwamm Jake, paddelnd wie ein Hund, sein Kopf gerade über der Oberfläche. Ich wollte ihn nicht erschrecken, weshalb ich auf dem Boden meines Unterwasserkellers liegen blieb, bis er herabblickte. Sein Gesicht war verschwunden, von Krabben und kleinen Fischen verwüstet, und ich erwachte von meinem eigenen Schrei.

Ich stand auf. Der matte Nachmittagshimmel tröstete mich etwas. Es war kurz vor der blauen Stunde. Beinahe Zeit für einen Drink. Ich trinke nie vor fünf, das tun nur Alkoholiker, doch ich erkannte, dass ich diese Grenze heute ein wenig vorverlegen musste. Ich war mit den Nerven am Ende, ich zitterte, mein Kopf brachte mich fast um, und das Bild des schwimmenden Kindes verfolgte mich. Ich fragte mich, ob ich Cassie von meiner Vision erzählen sollte, doch ich konnte ihr noch nicht gegenübertreten. Und welchen Trost würde ihr schon ein seltsamer Wachtraum von ihrem Sohn in tiefem Wasser geben? Ich träume übrigens immer von Wasser. Doch ich sollte Cassie auf jeden Fall anrufen. Ich wollte wenigstens ihre Stimme hören.

Die Frau am anderen Ende der Leitung stellte sich als eine Freundin vor, Karen irgendwas. Cassie war nicht zu Hause, sondern mit einem der Streifenwagen unterwegs.

»Kann ich etwas ausrichten?«, fragte Karen.

»Sagen Sie ihr bitte, dass Hildy Good angerufen hat.«

»In Ordnung.«

»Wissen Sie vielleicht, ob man auch im Meer nach Jake sucht?«

»Äh, ja. Ich glaube, ich habe so etwas gehört. An der Küste kreuzen einige Patrouillenboote, und der Strand wird natürlich auch abgesucht.«

»Ich danke Ihnen«, sagte ich und legte auf.

Mehr konnte ich nicht anbieten. Ich hatte nur von Jake geträumt, wie er im Wasser schwamm, konnte aber nicht sagen, wo er war oder ob er es überhaupt war. Man suchte das Wasser ab, ich musste also meine Vision weder Karen noch Cassie noch sonst irgendjemandem erzählen. Ich konnte nichts tun, um den Dwights zu helfen.

Ich wusch mir das Gesicht, bürstete mir die Haare und ging hinunter in die Küche. Auf der Arbeitsplatte sah ich Franks Red-Sox-Baseballkappe, die er hier vergessen hatte. Ich nahm sie verärgert in die Hand. Wie oft hatte ich ihm schon gesagt, wie widerlich es ist, seine Mütze auf der Arbeitsplatte liegen zu lassen? Ich warf sie auf den Boden und wollte mir gerade ein Weinglas aus dem Schrank holen, als sich die Haustür öffnete und ich Franks Schritte hörte. Ich erkannte den schweren Klang seiner Stiefel. Warum musste er jetzt kommen, wenn jede Faser meines Körpers nach Alkohol schrie?

»Hallo, Hil«, sagte er beim Betreten der Küche.

»Hi.«

Frank brachte mich auf den neuesten Stand. Jeder war auf den Beinen und suchte nach Jake. Mittlerweile wurden auch Hunde und Helikopter eingesetzt.

»Suchen sie auch das Wasser ab, Frank?«

»Ja, Manny, Robbie Brown und ein paar andere Fischer sind mit ihren Booten draußen. Ebenso die Polizeiboote. Taucher können sie jetzt noch nicht einsetzen … hoffen wir, dass sie das auch nicht müssen. Du solltest zu Cassie fahren, Hil, ich weiß, dass sie dich gerne sehen würde.«

»Ich fahre später«, sagte ich. Ich konnte ihr nicht in die Augen sehen. Nicht so stocknüchtern, wie ich im Moment war, nicht mit kaputten Nerven. Frankie hatte mir den furchtbaren Gedanken eingeimpft, ich könnte den Jungen angefahren haben, und ich brauchte etwas Wein, um ihn wegzuspülen.

*Geh jetzt, Frank,* dachte ich.

Ich brauchte ein bisschen Wein, um mich zu beruhigen.

*Tschüs, Frank.*

»Die gute Nachricht ist, dass die Hunde seine Spur gefunden haben. Sie führt zur Schlucht hinter dem Haus, hinunter in den Wald. Er hat sich offensichtlich von der Straße ferngehalten«, sagte Frank und hob seine Kappe vom Boden auf. Nachdem er sie auf seine Halbglatze gesetzt hatte, schenkte er sich den kalten Rest des Morgenkaffees in eine Tasse.

Frank Getchell trinkt immer kalten Kaffee, anstatt ihn zu »verschwenden«, indem er ihn wegschüttet und sich frischen kocht. Das ist doch irgendwie krank, oder? Sparsam zu sein ist eine Sache, aber Frank geht zu weit. Ich hatte mir vorgemacht, dass er nur etwas exzentrisch wäre, ein altmodischer New-England-Yankee mit seinem ganzen »Spare in der Zeit, so hast du in der Not«-Ethos, doch jetzt musste ich mich den Tatsachen stellen: Mit Frank Getchell war irgendetwas ganz und gar nicht in Ordnung.

»Wenn er verletzt wäre, hätte man ihn mittlerweile gefunden, Hil«, sagte Frank, an die Arbeitsplatte gelehnt, während er den kalten Kaffee trank.

Wahrscheinlich sollten seine Worte ein Trost sein, doch sie erinnerten mich nur an seinen verrückten Verdacht und seine hässlichen Worte zu meinem Trinkverhalten heute Morgen. Wie soll man jemandem so einen Verrat verzeihen?

»Ich habe mit Cassies Freundin gesprochen. Sie klang so … überreizt«, sagte ich ruhig. Ich wollte ihn nicht merken lassen, dass er mich verletzt hatte. Die Genugtuung wollte ich ihm nicht geben.

»Jeder ist das. Ich bin selbst ziemlich fertig. Ich dachte, ich bleibe ein bisschen bei dir«, sagte Frankie. »Ich wollte eigentlich nach Hause fahren, aber ich will nicht, dass du allein bist.« Er versuchte mich zu umarmen, doch ich machte mich frei.

»Warum willst du nicht, dass ich allein bin?«

»Was meinst du damit, warum? Ich mache mir nur Sorgen um dich.«

»Sorgen, dass ich mich betrinke? Dass ich wieder herumfahren und Leute umbringen könnte?«

»Hildy …«

»Das war Wein auf meiner Bluse letzte Nacht, Frank, kein Blut … Rotwein.«

»Ist ja gut. Ich habe letzte Nacht nicht geschlafen. Lass uns später darüber reden.«

»Ja, ich weiß, dass du letzte Nacht keinen Schlaf bekommen hast. Danke! Zufrieden? Danke, dass du die ganze Nacht wegen meines Autos aufgeblieben bist. Danke, dass du alles in Ordnung gebracht hast, Herr Hausmeister. Das muss doch teuer gewesen sein, das Auto über Nacht richten zu lassen. Wie viel schulde ich dir?«

»Mach dir darüber jetzt keine Gedanken, Hil.«

»Schreib mir bitte eine Rechnung über deine Zeit.«

»Wofür?«

»Für deine *Zeit.* Für die Zeit, die du gestern Nacht wegen meines Autos für mich aufgewendet hast.«

Ich wollte ihn verletzen, und als er einen Moment zögerte, die Augen schloss, tröstete ich mich mit der Vorstellung, dass er sich erst von einem wohlplazierten und verdienten Schlag erholen musste. So würde jeder normale Mensch reagieren; jeder normale Mensch wäre verletzt, dass ich einen großherzigen Gefallen einfach zu einem Geschäft machte. Doch Frank hatte die Augen geschlossen, weil er *im Stillen die Stunden zusammenrechnete, die er mit meinem Auto zugebracht hatte.* Im Kopf konnte er Zahlen schneller zusammenzählen als jeder Taschenrechner, und dann präsentierte er mir seelenruhig eine Summe, die mich taumeln ließ.

»Bist du vollkommen verrückt geworden?«, sagte ich und lachte verbittert auf. »So viel würde ich nicht zahlen, wenn du eine Woche an meinem Auto gearbeitet hättest.«

»Ich habe dir seit Jahren keine Rechnung gestellt, doch mein Stundensatz ist mittlerweile etwas höher. Außerdem ... Feiertagswochenende, was den doppelten Satz bedeutet, und ich muss auch Skully bezahlen. Er ist mir zur Werkstatt hinterhergefahren und hat mich dann wieder mit zurückgenommen.«

Ich hatte diesen Mann gevögelt. Ich hatte mich in seine Arme geschmiegt, ihm zärtliche Worte ins Ohr geflüstert und seinen Körper mit Küssen bedeckt.

Der Müllmann.

»Ich hoffe, es macht dir nichts aus, wenn ich den Scheck mit der Post schicke. Setz ruhig alles andere auch auf die Rechnung. Ich brauche dich, Frank. Ich weiß, dass der Müll nicht von allein zur Deponie wandert.«

Er nickte bei meinen Worten. Ich suchte nach einem Anzeichen von Schmerz in seinen Augen, doch da ich nichts sehen konnte, fügte ich hinzu: »Ist heute nicht Montag, der Müllabfuhrtag? Solltest du nicht draußen unterwegs sein und den Müll aufsammeln?«

Frank ging zur Haustür, rief dann jedoch über die Schulter zurück: »Immer mit der Ruhe, Hil.«

Immer mit der Ruhe. Das saß. Natürlich wusste er, dass das ein AA-Slogan war. Jeder kennt diese grenzdebilen Stoßstangenaufkleber. Ich zitterte vor Wut. Ich brauchte Wein, doch ich würde kein Risiko eingehen. Was, wenn ich beschloss, nach zu viel Alkohol zu Cassie zu fahren?

Sobald ich hörte, wie sich Franks Truck röhrend entfernte, nahm ich meine Autoschlüssel vom Tisch, wo Frankie sie hingelegt hatte. Ich brauchte einen Drink, doch er hatte mich so verrückt gemacht mit seinem Gerede, was alles passieren könnte, wenn ich betrunken Auto fuhr, dass ich ernsthaft erwog, den Schlüsselbund die Toilette runterzuspülen, bevor ich eine Weinflasche öffnete. Ich wusste keine andere Möglichkeit. Wie sonst sollte man seine Schlüssel vor sich selbst verstecken? Doch damit würde ich auch die Schlüssel zu einigen Objekten verlieren. Also beschloss ich, den Bund aufs Hausdach zu werfen, auf das ich niemals betrunken klettern würde. Ich wusste nicht mal genau, wo sich meine Leiter befand. Bevor ich es mir anders überlegen konnte, ging ich nach draußen und schleuderte den Schlüsselbund aufs Dach. Er rollte zurück, worauf ich zur Seite sprang, damit er mir nicht auf den Kopf fiel, doch dann verhakte er sich in der Regenrinne. Ich merkte mir die genaue Stelle – links von der Haustür. Morgen würde ich ihn holen. Jetzt musste ich nur noch mein wild klopfendes Herz beruhigen und meine zitternden Hände. Ich musste nach unten in den Keller gehen; zurück in meinen Keller unter der Erde, wo es immer so schön warm war.

# KAPITEL 19

Ich möchte, dass meine Töchter anrufen, bevor sie bei mir auftauchen, das ist nur höflich. Ich würde niemals einfach so bei ihnen klingeln – *ihre* Privatsphäre respektiere ich –, doch meine erwachsenen Kinder denken, sie hätten bei mir jedes Recht der Welt. Wie am nächsten Morgen, als Tess misstrauisch und anklagend wissen wollte, was ich auf dem Dach tat. Sie klang tatsächlich ein wenig hysterisch.

»Ich bin nicht auf dem Dach, meine Liebe, sondern stehe auf einer Leiter«, sagte ich ruhig und lächelte zu ihr hinab. Ich würde nicht zu erkennen geben, dass ihr kindisches Herumschnüffeln mich ärgerte. Sie hatte Grady auf dem Arm, der mir zuwinkte. »Hallo, Grady!«, rief ich und winkte zurück.

Eine Stunde zuvor hatte ich eine von Peters Tabletten genommen. Dann noch eine. Ich war mit einem mörderischen Kater aufgewacht, doch die Tabletten hatten meine Nerven beruhigt. Gott schütze den guten Dr. Newbold. Ich winkte Grady noch einmal zu, worauf sich die Leiter ein wenig von der Dachkante neigte.

»Warte!«, sagte Tess und packte eilig das untere Ende der Leiter. Dann rief sie: »Mom! Du hast nichts an unter deinem Nachthemd. Was, wenn jemand vorbeikommt?«

»Wer sollte denn vorbeikommen?«, erwiderte ich lachend und hielt mich an der Regenrinne fest. »Niemand kommt hier unangekündigt vorbei, das wäre schließlich unhöflich.«

Dann fand ich, wonach ich gesucht hatte. Meine Autoschlüssel lagen nur wenige Zentimeter neben meiner Hand. Ich nahm sie unauffällig, während ich so tat, als würde ich das Dach mustern.

»Was machst du eigentlich da oben?«, fragte Tess.

»Auf dem Dachboden ist eine undichte Stelle. Ich wollte nachsehen, ob die Regenrinne verstopft ist. Jetzt geh bitte ein Stück zurück, Liebes, damit ich, falls ich ausrutsche, nicht auf dich und Grady falle.«

Es war nicht leicht, mit den Schlüsseln in der Faust nach unten zu steigen, doch ich schaffte es. Dr. Newbolds Wundertabletten. An diesem Morgen war ich zu allem fähig. Und ich hatte noch ein ganzes Döschen in der Küche, das einige Tage reichen würde, wie Peter mir während seines Besuchs am Abend zuvor versichert hatte. Er würde mir mehr geben. Es wäre genug da.

»Komm rein«, sagte ich und lächelte beim Gedanken daran. Ich gab Grady einen Kuss, und er sagte: »Hi, Gammy!«, worauf Tess in Tränen ausbrach. »Ich habe heute Morgen in den Nachrichten von Jake Dwight gehört. Warum hast du mich gestern nicht angerufen, Mom? Er wird seit über vierundzwanzig Stunden vermisst, und niemand hat mich informiert. Ich war bei Cassie, und dort standen so viele Autos, aber Cassie und Dwight sind mit den anderen unterwegs und suchen …«

»Er wurde gefunden«, sagte ich fröhlich.

»Wirklich? Wann?«, fragte Tess.

»Peter Newbold war gestern Abend kurz hier und hat mir die großartigen Neuigkeiten erzählt.«

Ich war schon halb hinüber gewesen, als er es mir mitgeteilt hatte, doch ich war mir ziemlich sicher, dass das seine Worte waren.

»Nein, Mom, er wird immer noch vermisst, es kommt ständig im Radio, und ich bin auf der Fahrt an Suchtrupps vorbeigekommen.«

Ich wappnete mich gegen eine Woge der Angst, doch … nichts.

»Peter würde so etwas doch nicht erfinden«, meinte ich. *Hatte ich nur geträumt, dass er hier war?*

»Nun, komm erst mal rein«, sagte ich. »Ich mache uns Kaffee.«

Tess folgte mir in die Küche. Dort sagte sie erstaunt: »Was ist mit den anderen Stühlen passiert?«

Ich drehte mich und sah überrascht, dass nur noch zwei Stühle am Küchentisch standen. Normalerweise sind es vier. Vier entzückende kleine alte Stühle mit handgedrehten Beinen und geflochtenen Sitzflächen, die Scott bei irgendeiner Haushaltsauflösung gefunden hat. Jetzt waren es seltsamerweise nur noch zwei.

Dann tauchte eine schemenhafte Erinnerung auf.

Am Abend zuvor hatte ich einen dieser kleinen, leichten Stühle in den Keller hinuntergetragen. Ich musste irgendwo aufrecht sitzen, damit ich nicht wieder auf dem Boden einschlief. Ich stellte den Stuhl in meine Lieblingsecke und war gerade noch einmal in die Küche gegangen, um den Korkenzieher zu holen, als Peter sturzbetrunken eintraf. Keine Ahnung, wo er vorher gewesen war, doch er hatte offensichtlich schon einiges getrunken. Er war recht erfreut, als ich ihn in den Keller auf ein Glas Wein einlud, und nahm für sich einen Stuhl mit.

»Die Sitzflächen müssen erneuert werden. Das Korbgeflecht beginnt sich aufzulösen, alles muss ausgetauscht werden«, erklärte ich Tess, während ich Kaffeepulver in die Maschine füllte. Ich war ja so entspannt. Normalerweise machte sich um diese Zeit am Morgen der Kater bemerkbar, wenn mir Glasscherben den Bauch zerrissen und mein Kopf schier zerspringen wollte. Doch dank Peters Tabletten – Zantax oder Zanaz, wie auch immer die Dinger hießen – war ich ruhig und schmerzfrei. Selbst die widersprüchlichen Nachrichten zu Jake verwirrten mich nicht so, wie sie es sonst getan hätten. Ich wusste, dass Jake sicher war. Ich wusste es. Peter hatte es mir gesagt.

Tess stellte Grady auf den Boden und folgte ihm, als er schwankend von der Küche ins Esszimmer stolperte und dann weiter ins Wohnzimmer.

Ich hatte Peter am Abend zuvor davon erzählt, wie ich auf dem Kellerboden aufgewacht war, und er stimmte mir zu, dass die Stühle eine clevere Lösung waren. Wir setzten uns einander gegenüber. Ich lächelte ihn an. Der liebe Peter Newbold. Wir saßen so nahe beieinander, dass wir uns beinahe berührten.

Peter verstand, warum wir im Keller bleiben mussten. Er wusste, dass ich nicht wollte, dass Frank zurückkam und mich beim Trinken erwischte. Ich wollte nicht, dass jemand herumschnüffelte – die ganze Stadt war wegen Jake gerade extrem aufmerksam. Ich musste nur etwas gegen die vorige Nacht trinken. Peter verstand das. Ich würde wieder aufhören, versicherte mir Peter, und nahm einen großen Schluck aus der Flasche, die ich ihm reichte. Wir hielten uns nicht mit Gläsern auf.

»Ich freue mich so, dass du zurückgekommen bist, Peter«, hatte ich gesagt, während ich eine weitere Flasche Wein öffnete. »Weißt du, dass du der Einzige bist, der je mit mir hier hinuntergekommen ist? Ich trinke nicht gern allein. Darum habe ich so gern mit Rebecca getrunken. Oh, vielleicht sollte ich Rebecca besser nicht erwähnen, Peter. Es … es tut mir so leid.«

»Nein, bitte, Hildy«, sagte Peter, als ich ihm die Flasche gab. »Alles ist in Ordnung.«

»Tatsächlich? Oh, das freut mich so, Peter«, schwärmte ich. »Die Vorstellung, ihr könntet euch hassen, ist furchtbar.«

»Nein, ich habe sie nie gehasst«, sagte er lächelnd und nahm einen ordentlichen Schluck. »Ich liebe sie immer noch.« Wie anders er war im Vergleich zum Tag zuvor. Er wirkte so glücklich.

»Weißt du, ich liebe sie auch«, gestand ich und kicherte schüchtern hinter vorgehaltener Hand.

»Ich weiß«, sagte er und zwinkerte mir zu.

»Glaubst du, sie hat … viel geerbt? Ob der alte J. P. Morgan genug Kohle hatte, um die Nachkommensch… … ach, wie heißt das verdammte Wort … die … ihre Generation immer noch zu finanzieren?«

»Ich denke schon, aber sie würde niemals über Geld sprechen.«

»Nein, Menschen wie sie – altes Geld – reden nie darüber. Sie sind sooo distinguiert. Stehen über allem. Weißt du, es hat mich immer geärgert, dass Rebecca einen Milliardär geheiratet hat. Warum kann man die Milliardäre nicht für ein armes Mädchen wie mich übrig lassen?«

»Du bist nicht arm, Hildy Good. Du hast einiges zu bieten, doch du verlierst das langsam aus dem Blick. Du bist überhaupt nicht arm.« Er reichte mir die Flasche.

»Das wirst du auch nicht sein, Peter, wenn ich erst dein Haus verkauft habe. Du wirst reich sein, reich, reich!«

Peter zuckte mit den Schultern und lächelte. »Sam und Elise werden es sein.«

»Wovon redest du?«, fragte ich und nahm einen Schluck Wein. »Sam und Elise werden dich nicht verlassen. Keine Angst, sie werden es nie erfahren. Und ich werde Rebecca im Auge behalten. Aber warum sprechen wir eigentlich noch darüber. Armer Jake! Armer Jake Dwight. Was ist mit ihm passiert, Peter? Was werden Cassie und Patch machen?«

»Jake geht es gut«, sagte Peter. Er wirkte überrascht, dass ich die Neuigkeiten noch nicht gehört hatte.

»Was?«, rief ich. »Man hat ihn gefunden? Wo ist er? Ist er daheim?«

»Das wird er bald sein«, meinte Peter lächelnd.

Ich weinte vor Freude. »Peter, ich dachte … ich hatte einen kleinen Unfall letzte Nacht, und ich dachte, ich hätte ihn vielleicht aus Versehen angefahren.«

Ich erinnere mich, wie ich seinen Stuhl ansah, der jedoch leer war. Peter musste gegangen sein, doch ich erinnerte mich nicht an einen Abschied. Ich war betrunken; die Zeit verhält sich dann oft seltsam, und ich vergesse viel. Ich hob die Flasche an die Lippen, beugte mich vor und streichelte die Mädchen, die zu meinen Füßen lagen. Meine lieben Mädchen. Meine lieben Vertrauten. Und Jake war in Sicherheit.

*Jake war in Sicherheit.*

Als Tess zurück in die Küche kam, erzählte ich ihr wieder, was Peter mir gesagt hatte.

»Wann hast du ihn denn gesehen?«, fragte sie.

»Gestern Abend. Er kam auf einen Sprung vorbei. Vielleicht wussten es diejenigen, die du gesehen hast, noch nicht.«

»Nein, Mom, ich habe dir doch gesagt, dass es heute Morgen in den Nachrichten kam. Lass uns nachsehen, was sich mittlerweile getan hat. Die Suchtrupps … die Organisatoren sind auf dem Green. Wir nehmen den Kaffee mit. Ich möchte helfen.«

»Okay«, sagte ich, während sie ihre Kaffeetasse füllte. Ich eilte nach unten in den Keller. Vielleicht war es nur ein Traum gewesen. Doch dort standen meine zwei Küchenstühle. Daneben lagen drei leere Weinflaschen. Auf Zehenspitzen ging ich zurück nach oben und schloss die Kellertür sorgfältig hinter mir.

# KAPITEL 20

Beim Anblick des Wendover Greens – der zentralen Rasenfläche des Ortes – an diesem heißen Frühlingsmorgen hätte man denken können, dass dort gerade ein Jahrmarkt stattfand. Überall liefen Menschen umher. Alte, junge, kleine Kinder. Und überall waren Luftballons. Alle trugen bunte Luftballons. Die Congregational Church war zum Hauptquartier für die Suche nach Jake Dwight geworden. Trooper Sprenger stand mit einem Megaphon auf den Stufen der Kirche und brüllte Anweisungen. Er dankte jedem für sein Erscheinen und bat die Anwesenden, seine Handynummer in ihren Telefonen abzuspeichern, damit sie ihn sofort erreichen konnten, falls sie etwas fanden. Flyer mit Jakes Foto wurden verteilt. Sharon Rice gab mir einen, und ich musterte bestürzt einen jungen Jake, der in die Kamera blickte. In dicken Großbuchstaben stand darauf:

*Wenn Sie Jake finden, versuchen Sie bitte nicht, ihn zu berühren. Jake hat große Angst vor Berührungen von fremden Menschen. Sprechen Sie leise seinen Namen und wählen Sie sofort die Notrufnummer.*

Alles war so verwirrend. Ich wusste, dass Peter mir möglicherweise etwas Falsches gesagt oder betrunken etwas durcheinandergebracht hatte. Doch er hatte mir die Vorstellung – nein, die absolute Überzeugung – eingegeben, dass Jake in Sicherheit war.

Sharon Rice' Ehemann Lou hatte auf dem Rasen neben der Kirche einen Tisch aufgebaut und verteilte Wasser an die freiwilligen Helfer. John Althorp, der Manager des Hickory Stick Toy Shop, blies an einem Heliumtank die bunten Ballons auf und überreichte sie den Freiwilligen mit einem Lächeln und einer kleinen Verbeugung, was zu der bizarren Festatmosphäre beitrug, die allein durch die Anwesenheit von Trooper Sprenger, die Flyer und die Hundestaffel getrübt wurde. Tess und ich gingen wie benommen durch diese seltsam fröhliche und gleichzeitig traurige Szenerie, als mich plötzlich jemand am Arm packte und mich fürchterlich erschreckte.

»Hildy?«

Es war Mamie Lang. Über ihrem Kopf schwebte ein dickes Bündel Ballons, und sie versuchte, die Schnüre zu entwirren, die sie sich ums Handgelenk gewunden hatte.

»Was hat es mit den Ballons auf sich?«, fragte Tess.

»Jake liebt sie«, sagte Mamie und gab jedem von uns einen. Grady kicherte und schlug auf den Ballon ein. »Wenn man Jake findet, soll man ihm den Ballon zeigen und hoffen, dass er dann näher kommt.«

Tess stiegen Tränen in die Augen.

»Oh, Liebes, willst du Grady bei mir lassen, damit du und Mamie mit den anderen suchen könnt?«, fragte ich und berührte sie sanft am Arm.

»Nein«, erwiderte sie. »Ich möchte ihn bei mir behalten. Aber, Mom, komm doch mit mir. Wir gehen zusammen. Du siehst etwas angespannt aus. Der Spaziergang wird dir guttun.«

Ich zögerte. Die Angstgefühle kamen zurück. Meine Überzeugung, dass Jake wohlauf war, wurde schwächer. Ich brauchte noch eine Tablette. Vielleicht konnte ich beim Gehen heimlich eine aus meiner Handtasche holen.

»Okay«, stimmte ich schließlich zu.

Tess wollte das Vogelschutzgebiet hinter dem Old Burial Hill absuchen. Das Gebiet lag in der Nähe des Dwight-Hauses, und auch wenn kein Weg durch den Wald hinter dem Haus führte, dachte Tess, dass Jake sowieso nicht auf Wege achten, sondern sich seinen eigenen bahnen würde. Ich blickte während der Fahrt aus dem Beifahrerfenster und starrte ängstlich auf die Wassergräben und das Gebüsch am Wegesrand.

Wir parkten neben der Straße, und ich half Tess, Grady in seinen Tragerucksack zu setzen. Zuerst jammerte er, weil er selbst laufen wollte, doch wir lenkten ihn mit dem Ballon ab. Als wir losgingen, genoss er seinen Aussichtsplatz von Tess' Rücken und klopfte ihr begeistert auf den Kopf.

»Eine großartige Erfindung, diese Tragerucksäcke für Kinder«, sagte ich, als wir auf den kühlen Waldweg traten. »Ich wünschte, das hätte es damals schon gegeben, als ihr Mädchen klein wart.«

»Ich glaube, es gab sie«, sagte Tess. Sie ging mit großen Schritten voran und wich dabei vorsichtig herabhängenden Zweigen aus, damit Grady nicht gekratzt wurde.

»Wirklich? Ich kann mich nicht daran erinnern.«

Tess lachte kurz. »Ich bezweifle, dass du danach gesucht hast.«

Tess' alter Groll – ich habe nicht genug Zeit mit ihnen verbracht, als sie klein waren. Ich habe gearbeitet. Jemand musste die Rechnungen bezahlen. Diese Tatsache schien bis heute nicht die bitteren Kindheitserinnerungen der Mädchen zu durchdringen.

»Ich hätte gern so einen gehabt, um dich als Baby auf Wanderungen wie diese hier mitzunehmen ...«

»Wirklich?«, meinte Tess. »Pass hier auf, Mom, es ist steinig und ein wenig rutschig.«

Wir gingen einen Abhang Richtung Hodge's Pond hinunter, der in der Mitte des Schutzgebietes lag.

»Tess«, sagte ich. »Ich hätte gern mehr Zeit mit euch Kindern verbracht. Ich musste arbeiten. Euer Vater hat nie viel Geld mit den Antiquitäten verdient. Tatsächlich hat er sogar viele Jahre Verlust gemacht.«

»Mom! Ich weiß. Warum fängst du jetzt damit an?«

»Du hast damit angefangen, mit der Bemerkung über den Tragerucksack.«

Wir gingen vorsichtig den steilen Abhang hinunter. Tess tastete sich seitwärts voran, und ich stützte Grady von hinten, falls sie ausrutschen sollte.

Nach einigen Minuten sagte Tess: »Es war ja nicht nur, dass du tagsüber gearbeitet hast. Sondern auch an den Abenden. Du warst so oft unterwegs …«

»Damals musste man die Klienten noch viel mehr bei der Stange halten, Tess.«

»Ich weiß, aber selbst an den Abenden, an denen du daheim warst … warst du eigentlich nicht da. Du warst immer betrunken, sogar schon vor dem Abendessen.«

»Wie bitte?«, sagte ich. »Ich habe erst angefangen so viel zu trinken, als dein Vater uns verlassen hat.«

»Ach, glaub doch, was du willst«, erwiderte sie verbittert. In diesem Moment stolperte sie und musste sich an einem Baumstamm festhalten, während ich Gradys Bein packte, bis sie das Gleichgewicht wiedergefunden hatte. Wir hatten fast den Fuß des Hügels erreicht, doch wir blieben stehen, um ein wenig Atem zu schöpfen. Grady hämmerte seiner Mutter auf den Kopf: »Weiter, Mommy, weiter!«, rief er.

Wir mussten lachen. Tess drehte sich zu mir um. »Es tut mir leid, Mom. Ich kann nicht glauben, dass ich immer noch diesen alten Groll hege, selbst jetzt, nachdem du mit dem Trinken aufgehört hast. Ich sollte zu Al-Anon oder so etwas gehen. Es tut mir leid.« Tess fiel mir in die Arme. »Ich bin stolz auf dich, Mom.«

Der Weg führte weiter durch die ruhigen, schattigen Wälder. Es war herrlich düster. Ich wusste, dass der Weg sich nach kurzer Zeit auf eine Wiese öffnen würde, in deren Mitte der Teich lag, und dass wir wieder der grellen Sonnen ausgesetzt sein würden. Es wäre schön, sich noch länger im schützenden Schatten der riesigen alten Eichen und Hemlocktannen aufzuhalten. Um meinen Kopf ein wenig freizubekommen. Nur ein paar Minuten, damit meine Hände nicht mehr so stark zitterten.

# KAPITEL 21

In den sechzig Jahren, die ich jetzt schon in Wendover lebe, sind immer wieder Menschen ertrunken. Es gibt hier eine starke Strömung in der Nähe des North Beach, aus der manche nicht mehr herauskommen. Jemand aus Boston ist vor ein paar Jahren dort ertrunken; seitdem steht dort ein Schild der Küstenwache mit Schaubildern, was man tun und vermeiden soll, wenn einen die Strömung erwischt. Auf keinen Fall sollte man versuchen, ans Ufer zurückzuschwimmen, auch wenn das der erste und einzige Impuls ist. Da ist der Strand, nur wenige Meter entfernt, doch je mehr man darauf zuzuschwimmen versucht, desto stärker zieht einen die gierige Strömung zurück ins Meer.

Man muss parallel zur Küste schwimmen, sich entspannen, sich nicht von der Angst überwältigen lassen. So kann man aus der Strömung herausschwimmen. Doch die meisten Menschen – vor allem Kinder – geraten in dem Moment in Panik, in dem sie den harten Griff des Meeres spüren und die Kontrolle verlieren. Sie paddeln und treten wie verrückt, und schon bald schlucken sie Salzwasser, das in Magen und Lungen gerät, und dann ist es vorbei.

Ich habe gehört, dass Ertrinken schmerzfrei ist. Wenn die Lungen mehr Wasser als Luft aufnehmen, setzt eine Art Euphorie ein, die Panik verschwindet, und der Körper wird aquatisch.

Vor kurzem bat mich Tess, ein YouTube-Video von einer Frau anzusehen, die eine Nahtoderfahrung hatte, als sie beinahe ertrunken wäre. Ich weiß, dass Tess mich damit beruhigen wollte, damit ich mich angesichts der Ereignisse besser fühlte. Die Frau auf YouTube sagte, sie sei von einer Riesenwelle von einem Felsen geschwemmt worden und hätte bei der rauhen See nicht ans

Ufer zurückschwimmen können. Irgendwann sank sie unter Wasser und hielt dabei so lange wie möglich den Atem an. Doch schließlich musste sie Luft holen.

Das Gefühl beim Einatmen des Meeres beschrieb sie als »exquisit«. Sie hat ein wunderschönes blaues Licht gesehen. Eine Symphonie. Zeitlosigkeit.

Dann wurde sie gerettet.

Ein ertrunkener Mensch sinkt erst ab, doch mit dem Einsetzen der Verwesung durch die dabei entstehenden Gase treibt er wieder an die Oberfläche. Ich habe gehört, dass die Leiche danach wieder sinkt und dann wieder aufsteigt. Erst nachdem sie zum dritten Mal nach oben getrieben ist, kommt sie endgültig auf dem Meeresgrund zu liegen. Vielleicht ist das aber auch nur ein Ammenmärchen. Ich glaube, mein Cousin Eddie hat mir das erzählt, als wir Kinder waren, aber vielleicht hat er die Geschichte auch mit der Wiederauferstehung Christi vermischt.

Wer weiß.

Die Leiche, die am Dienstagmorgen nach dem Memorial-Day-Wochenende vor dem Hafen von Wendover trieb, wurde unglücklicherweise von zwei Jungen aus dem Ort entdeckt, den Hastings-Brüdern, Connor und Luke, dreizehn und vierzehn Jahre alt. Die Hastings waren eine Seglerfamilie. Der Vater der Jungen veranstaltete jedes Jahr die Wendover-Segelrennen-Woche, und alle vier Kinder segelten. An diesem Morgen wollten die Jungen zu Peg's Rock hinausfahren, auch wenn ihr Vater ihnen verboten hatte, den Hafen zu verlassen.

Peg's Rock liegt nicht vollkommen außerhalb des Hafens, dachten sich die Jungen, und dort draußen weht oft ein starker Wind. Sie takelten also ihre 420er Jolle auf und fuhren los. Sie unterhielten sich über das Flattern der Segel und den auffrischenden Wind. Der Törn würde gut werden. Sie näherten sich Peg Sweeney's Rock und horchten wie alle Kinder auf die Schreie des Geistes der armen Peg. Dann segelten sie noch ein Stück weiter, auf die Ausfahrt des Hafens zu. Sie hatten starken Gegenwind und wollten diesen noch ein wenig nutzen. Als das Boot zu krängen begann, lehnten sie sich mit aller Kraft zurück und riefen sich angeberische Bemerkungen zu. Sie flogen. Sie steuerten an den farbenfrohen Bojen vorbei, die Hummerfallen kennzeichnen, und hielten auf Singer's Island zu. Nur ein bisschen weiter wollten sie noch, ein kleines bisschen, und dann umdrehen.

Plötzlich sahen sie direkt vor sich etwas, das wie eine aufgeblasene weiße Plastiktüte aussah, auf dem Wasser. Als sie näher kamen, erkannten sie jedoch, dass es sich um die Schultern und den halben Oberkörper eines auf dem Bauch treibenden menschlichen Körpers handelte. Sie glitten daran vorbei, keuchend und fluchend, vergaßen für einen Moment den Wind, und für einen kurzen Moment hob die Strömung den Körper gegen das Heck des Bootes. Die Jungen schrien und brachten die Jolle beinahe zum Kentern, als sie hektisch zum Hafen hin umdrehten.

Luke, der jüngere der Brüder, brach in Tränen aus, leugnete dies allerdings später, als Connor davon erzählte. Die Jungen sprachen zu diesem Zeitpunkt nicht über Jake Dwight, auch wenn sie beide an ihn dachten. Sie segelten zum Hafen, Connor bediente die Ruderpinne mit zitternden Händen. Vor ihnen verließ der Hummerkutter von Manny Briggs den Hafen. Die Jungen winkten mit den Rudern, bis Manny sie sah und neben sie fuhr. Er zog ihr Segelboot mit einer Stange an die knatternde Mercy heran.

Die Jungen erzählten ihm, was sie gesehen hatten. Manny war in Begleitung des alten Joe Sullivan, und die beiden Männer versuchten, nicht an das Schlimmste zu denken. »Holt schnell die Segel ein und springt zu uns rüber.«

»Wahrscheinlich war es eine tote Robbe. Die Leute halten sie immer für Leichen«, knurrte Manny, nachdem er eine Leine vom Heck der *Mercy* zum Bug der kleinen Jolle gespannt hatte.

Doch er war so angespannt, dass er sich den Rücken zerrte, als er den Arm ausstreckte, um dem jüngeren Bruder an Bord zu helfen. Er fluchte und brüllte den älteren an, er solle sich beeilen und herüberspringen.

»Es war ein Mensch, eine Leiche«, weinte Luke, rannte zum Bug und deutete in die Richtung.

Sie waren bestimmt fünfzehn Meter entfernt, und Manny schimpfte mit den Jungen, dass sie an einem so windigen Tag den Hafen verlassen hatten, als die beiden geradeaus deuteten: »Da ist er!« Vor ihnen trieb etwas im Wasser. Manny hatte bei dem Anblick ein schlechtes Gefühl. Als er noch ein Kind war, war ein Fischerboot bei Gloucester gesunken, und er war gerade mit dem Boot seines Vaters auf dem Wasser, als eine der beiden Leichen vom Meeresgrund aufstieg. Das Gesicht des Mannes würde er niemals vergessen. Manchmal träumte er noch davon. Als sie näher heranfuhren, sahen sie deutlich einen im Wasser treibenden Körper. Die Jungen, die sich in der Gesellschaft der Männer sicherer fühlten, riefen laut:

»Da ist er! Igitt, wie eklig.«

Manny drehte sich um und schnauzte sie an: »Haltet die Klappe und geht nach achtern. Schaut nicht hin, verstanden? Ihr Kinder sollt das nicht sehen.«

»Ja, Sir, ist gut«, erwiderten die Jungen folgsam und verzogen sich ins Heck.

Es war eine Leiche, die mit dem Gesicht nach unten Richtung Küste getrieben wurde. Manny packte einen Arm. Die Haut war schwammig und aufgedunsen, der Körperteil selbst allerdings steif und eiskalt. Die Leiche hatte offensichtlich schon einige Zeit im Wasser verbracht. Manny bemerkte, dass Arme und Beine wie schlaffe Würstchen unter dem Körper hingen, wie Zugleinen oder Ballast, und ihn so daran hinderten, sich zu drehen.

Joe warf Manny schweigend eine Taurolle zu und rief dann über Funk die Hafenpolizei an. Mit einer langen Stange hielt

Manny die Leiche parallel zum Boot und schlang das Tau wie ein Geschirr um ihre Brust, dann um die Schultern. Dabei drehte er sie nicht um, »damit die Kinder das nicht mit ansehen müssen«, erklärte er später. In Wahrheit brachte er es selbst nicht über sich, dem Toten ins Gesicht zu sehen. Er wusste, was die Zähne und Scheren der Unterwasseraasfresser anrichteten, und er konnte einige fehlende Finger und Zehen erkennen. Manny beugte sich also mit schmerzendem Rücken vor und hielt die Leiche an dem Taugeschirr fest, seine Hände bewegten sich vor und zurück wie ein Puppenspieler, der eine lebensgroße Marionette für ein Unterwasserpublikum tanzen ließ.

Rebecca beteiligte sich an diesem Memorial-Day-Wochenende nicht an der Suche nach Jake. Nicht, dass sie nicht hätte helfen wollen – sie wusste ganz einfach nicht, dass er vermisst wurde. Rebecca war nicht so mit der Stadt und ihren Einwohnern verbunden wie wir Einheimischen. Sie stand nicht in regelmäßigem Kontakt mit den anderen Müttern, und sie schaute auch nie die Morgennachrichten. Montagfrüh war sie aus Nantucket zurückgekommen. Die Jungen blieben mit Brian noch einen Tag länger, doch Rebecca war unter einem Vorwand allein zurück nach Wendover gefahren. Sie musste mit Peter sprechen.

Sie fuhr vor der Morgendämmerung am Cape ab und war um neun zurück in Wendover. Sie war über die Nebenstraßen zu ihrem Haus gefahren und hatte gedacht, die Grüppchen am Wegesrand machten den jährlichen Frühjahrsputz auf den Straßen. Rebecca war die ganze Nacht wach gewesen, und nach der Ankunft wollte sie Zeit mit Betty verbringen.

Im Stall hob das Pony seinen grauen Kopf aus dem Heu und stupste Rebecca an, als diese an sie herantrat, dann widmete es sich friedlich kauend wieder seinem Frühstück. Rebecca lehnte sich an die Stute, einen Arm über dem Widerrist, den anderen um den dicken Hals geschlungen. Sie presste ihre feuchten Wangen in die dichte Mähne. Der wunderbare Moschusgeruch des

Pferdes erfüllte sie, wie sie mir später erzählte, nicht wie üblich mit Freude, sondern mit Sehnsucht und Traurigkeit. Peter plante, ihr alle Freude zu nehmen. Er hatte es schon getan. Sie konnte nicht einmal mehr bei ihrer geliebten Betty Glück finden.

Als das Pony das letzte Heu gefressen hatte, striegelte Rebecca es rasch, legte ihm Zaumzeug an und führte es hinaus in die Einfahrt neben den Zaun, auf den sie stieg, ehe sie sich von dort aus auf den breiten Rücken des Tieres schwang. Dann ritten sie los.

Ihr Weg führte sie den Wendover Rise hinab. Die Straße war auf dem Gipfel recht steil, und Rebecca lehnte sich zurück, damit das Gewicht besser verteilt war. Das trittsichere Pony trottete fröhlich voran Richtung Strand, es wusste, dass es bald durch das kalte Wasser planschen durfte.

Ein kleiner Abschnitt des Marschlandes am Fuß des Hügels ist bewaldet und heißt Steer Swamp. Von dort führt ein Pfad zum Hart's Beach. Rebecca nahm immer die Abkürzung über den Pfad um den Sumpf herum, um die belebte Küstenstraße zu meiden. An diesem Morgen bog Betty von allein auf den Pfad ein, sie kannte den Weg. Rebecca dachte an Peter und dass sie nicht zulassen konnte, dass er sie verließ. Es war einfach nicht richtig – für ihn nicht, für sie nicht. Für niemanden. Einige Tage zuvor hatte sie kurz mit ihm gesprochen, doch jetzt ging er nicht mehr an sein Handy. Sein Ton war fast schon drohend gewesen, dachte sie im Nachhinein, was ungewöhnlich für ihn war. Er hatte sie gewarnt, sie solle sich gut überlegen, was sie tue, und ihr immer wieder gesagt, wie verzweifelt er sei.

Sie hatte ihn angeschrien. »Du *bist verzweifelt? Was ist mit mir? Du kannst mich nicht einfach verlassen. Ich werde dich nicht gehen lassen, Peter. Wenn du das tust, zeige ich dich bei der Verwaltung deines neuen Krankenhauses an. Ich weiß, du glaubst nicht, dass ich das tun könnte, aber das werde ich.*«

»Rebecca, sei vorsichtig«, hatte er sie wieder gewarnt. »Pass auf, was du tust.«

»Was wirst du tun?«, hatte sie geschnaubt. »Mich umbringen?«

Jetzt bereute sie es, ihn verspottet zu haben. So würde er nicht einlenken. Sie würde ihn nach ihrer Rückkehr anrufen und dabei einsichtiger sein. Dadurch würde sie ihn überzeugen können, ebenfalls vernünftiger zu sein. San Francisco war furchtbar. War ihm bewusst, wie viel es dort regnete?

Plötzlich scheute das Pferd und brach aus. Rebecca stürzte beinahe.

»Whoa, Betty, ganz ruhig!«

Betty schnaubte und drehte sich um die eigene Achse. Rebecca, die ohne Sattel in Shorts und Turnschuhen ritt, hielt sich nur auf dem Pferderücken, indem sie sich mit den Beinen festklammerte und die Hände in der Pferdemähne verkrallte.

»Ruhig, Betty!«

Das Pferd stand wie erstarrt da, hielt den Atem an wie ein Reh, das gerade den Jäger entdeckt hat und glaubt, nicht gesehen zu werden, wenn es stillhält. Rebecca hielt ebenfalls den Atem an. Dann hörte sie ein Rascheln im Gebüsch, bei dem sich die Stute wieder im Kreis zu drehen begann. Rebecca rutschte von ihrem Rücken, landete auf den Füßen und klammerte sich an die Zügel in ihrer Hand, während das Pony versuchte, sich zu befreien.

»Betty, ruhig! Wer ist da? Betty!«, rief Rebecca. Dann sah sie es – eine dunkle Gestalt, die sich durch das dichte Sumpfgras auf sie zubewegte.

»Wer ist da?«, rief sie immer wieder ängstlich.

Da hörte sie ein Platschen, gefolgt von einem seltsamen Heulen.

Rebecca ging nach vorne, Betty, vor Angst schnaubend, hinter ihr. Der Schlamm um ihre Hufe gab bei jedem Schritt saugende Geräusche von sich.

Rebecca bahnte sich ihren Weg durch das Sumpfgras, bis sie

ihn sah. Ein Junge. Cassie Dwights Sohn Jake. Er war schmutzig und entfernte sich stolpernd von ihr über den sumpfigen Untergrund, sah dabei immer wieder über die Schulter, stürzte, rappelte sich auf und stürzte wieder.

Der Junge war vollkommen durchnässt und zitterte. In seinem Gesicht leuchteten blutige Kratzer.

»Jake«, rief Rebecca. Der Junge lief weiter. »Nein, Jake, komm zurück.« Die Panik in Rebeccas Stimme brachte das Pferd weiter auf, so dass es ängstlich schnaubte und dann laut wieherte. Jake blieb wie angewurzelt stehen.

Rebecca bewegte sich nicht. Es war so ruhig hier draußen im Marschland. Rebecca erzählte mir später, dass sie sich gefragt hatte, warum es so still war. Man hörte nicht einmal Vögel oder Frösche. Kein Geräusch, nicht einmal ein leiser Windhauch.

Betty sog die Luft ein, und als sie erkannte, dass Jake ein Mensch war, kein Bär, sondern ein Menschenkind, seufzte sie und begann seelenruhig zu grasen.

Jake drehte sich um und beobachtete die Stute. Das Gras war lang, mit buschigen Quasten, die das Maul des Pferdes kitzelten, worauf es laut prustete. Rebecca wollte den Jungen noch einmal beim Namen rufen – er zitterte so sehr, und sie konnte seine aufgerissenen, spröden Lippen erkennen. Er sah so mitgenommen aus, dass sie verzweifelt wegen ihm zu weinen begann. Doch sie wollte ihn nicht wieder verängstigen, weshalb sie mit tränennassen Wangen still neben Betty stehen blieb.

*Nein, Jake, nein. Lauf nicht weg, komm zu mir,* dachte sie, doch sie schwieg, und nach einigen langen Minuten kam der Junge langsam auf sie zu, den Kopf leicht zur Seite geneigt, den Blick auf den Kopf des Pferdes gerichtet.

»Sneakahs. Ich will Sneakahs«, sagte er. »Sneakahs, bitte.«

Rebecca blickte auf die bloßen Füße des Jungen und dachte, dass er um Schuhe bat. Sie wusste nicht, dass er seine geliebte Katze rief. Betty hob den Kopf, die Ohren gespitzt und auf den

Jungen gerichtet, und kaute bedächtig das Gras. Dann senkte sie den Kopf wieder. Jake lief platschend durch den sumpfigen Abschnitt und blieb nahe bei der Frau und dem Pferd stehen. Seine Füße sanken in den kalten Schlamm ein. »Sneakahs«, stöhnte er. Betty hob die Nase und beschnüffelte den Jungen. Sie hatte Rebeccas Söhne immer gern gemocht – nur Männer hasste sie –, es bestand also keine Gefahr, dass sie Jake beißen könnte. Betty schnupperte die Luft um den Jungen herum und wollte gerade das nächste Grasbüschel abrupfen, als der Junge ein lautes, schnurrendes Geräusch von sich gab. Betty drehte den Kopf wieder zu Jake und machte einen Schritt auf ihn zu. Der Laut hatte ihre Neugier geweckt.

Jake hob die Hand und berührte das weiche Pferdemaul. Er schnurrte dabei weiter, und die Vibrationen des Lautes übertrugen sich auf Betty. Diese fühlte sich offensichtlich sehr wohl dabei, denn sie stand ruhig da und ließ den Jungen gewähren. Jake schnurrte und lächelte breit.

Nach einer Weile zog Rebecca sanft an den Zügeln und deutete mit dem Kopf in Richtung Straße. Dann drehte sie dem Jungen und dem Pferd den Rücken zu und begann langsam zu gehen. Pferde folgen einem nicht gern, wenn man sie anstarrt, und Rebecca dachte, dass der Junge vielleicht genauso empfand. Daher ging sie langsam voraus, und Betty trottete gehorsam hinterher. Als Rebecca über die Schulter nach hinten blickte, sah sie, dass die Hand des Jungen immer noch auf den Pferdenüstern lag und er schnurrend neben Betty herlief. Rebecca fürchtete, das Tier könnte mit seinen beschlagenen Hufen auf Jakes nackte Füße treten, doch es hatte den Kopf zur Seite geneigt und hielt den Jungen damit so weit auf Abstand, dass seine Füße nicht in Gefahr waren. Betty liebte die Berührung und das Gefühl, ein kleines Lebewesen an ihrer Seite zu haben, ein kleines, bedürftiges Wesen, das ihr folgte. Dabei stieg eine vage Erinnerung an den Geruch nach Geburt und Milch in ihr auf, und Freude durchflutete sie. Ich bin Mutter, ich weiß, wie sie sich gefühlt haben muss. Ich kann mir das Kitzeln in ihren Zitzen vorstellen, als sie ihr Maul tiefer in die Hand des Jungen drückte.

Der Weg war voller Steine und Wurzeln, sie kamen nur langsam voran. Rebecca versuchte, sie um die unzugänglichsten Stellen herumzuführen, aus Rücksicht auf Jakes blutige und zerschrammte Füße. Schließlich erreichten sie die Straße. Rebecca führte Pferd und Jungen an den Wegesrand und versuchte gerade eine Lösung zu finden, wie sie den steilen Hügel zu ihrem Haus hinaufkommen sollten, als plötzlich ein Pick-up auftauchte. Frank. Der Truck kam quietschend zum Stehen, worauf Jake mit den Händen zu wedeln begann und das schrille Geräusch imitierte. Betty erschrak und sprang zur Seite.

»Nein … Betty!«, rief Rebecca flehend.

Frank sprang aus dem Wagen und kam auf sie zu, worauf Betty angriffslustig die Ohren anlegte, ihren Körper zu Frank drehte und drohend eines ihrer Hinterbeine hob.

»Frank, bleiben Sie zurück«, bat Rebecca.

Jake ging auf den Wald zu, mit flatternden Händen und immer noch das Geräusch der Truckbremsen nachahmend.

Niemand bewegte sich, dann senkte Betty den Kopf und widmete sich dem leuchtend grünen Gras am Straßenrand. Rebecca imitierte den prustenden Laut, den das Pferd immer machte, worauf Jake abrupt stehen blieb und Betty anstarrte. Dann begann er wieder zu schnurren und humpelte zu ihr zurück. Frank rief, an Rebecca gewandt: »Passen Sie auf das Tier auf!«, doch sie antwortete: »Keine Angst, sie tut ihm nichts. Können Sie Jakes Mutter anrufen, Frank, und ihr sagen, wo wir sind?«

Die Tränen liefen ihr ungehindert über das Gesicht. »Er braucht dringend seine Mutter. Bitte rufen Sie Cassie an, Frank.«

Frank hatte kein Handy, doch er konnte das Feuerwehrsprechgerät im Truck benutzen, über das er Sleepy Haskell informierte, der gerade bei den Dwights war.

»Wir haben Jake gefunden, es geht ihm gut. Wir sind am Fuß des Rise, genau vor dem Pfad in den Sumpf. Keine Lichter oder Sirenen, Sleepy. Und bringt niemanden mit. Nur du und Cassie, alles ruhig und unauffällig«, sagte Frank, da er wusste, dass jeder Ersthelfer im County an den Funkgeräten und Scannern zuhörte und dass man eine Warnung aus seinem Mund ernst nehmen würde.

Als Sleepy mit Cassie und Patch eintraf, rannte Jake auf seine Mutter zu und warf sich in ihre Arme. Patch und Cassie weinten beide und konnten Rebecca gar nicht genug danken, nachdem sie ihnen kurz erzählt hatte, wie sie und die Stute Jake gefunden hatten. Dann verfrachteten sie ihren Jungen in den Streifenwagen und fuhren mit ihm zum Arzt.

Frankie blieb allein mit Rebecca zurück. Sie schwiegen. Er beobachtete, wie Rebecca versuchte, sich auf den Rücken des Pferdes zu ziehen. Sie war schweißnass und schlug ununterbrochen die aufdringlichen Eintagsfliegen weg, die sie und das Tier umschwärmten. Sie weinte und fluchte, versuchte, die Stute zu einem Felsen zu führen, doch diese machte immer einen Schritt zur Seite, bevor Rebecca aufsteigen konnte.

Frank kam näher und wollte ihr helfen, doch sie sagte: »Passen Sie auf, Frank, Sie wissen, dass Betty ausschlagen wird.«

Doch Frank knurrte das Tier nur an: »Reiß dich zusammen, Mama, ganz ruhig.« Er ignorierte die angelegten Ohren und das wütende Stampfen und trat neben Rebecca, verschränkte die Hände, damit sie hineinsteigen konnte und hob sie so auf den Pferderücken. Dann beobachtete er, wie Rebecca Betty umdrehen ließ und die Straße zu ihrem Haus entlangritt, zurück zum alten Barlow-Anwesen auf dem Gipfel des Rise.

# KAPITEL 22

Tess und ich wussten, dass man Jake gefunden hatte, noch bevor wir mein Auto beim Büro parkten. Das Wendover Green war immer noch voller Menschen, doch jetzt umarmten sich die Leute und wischten sich lächelnd Tränen aus den Augen. Als wir hinübergingen, hörten wir die Neuigkeiten. Man sagte uns, Mrs. McAllister habe ihn gefunden. Die Menge hatte bereits – kollektiv und unterbewusst – eine Legende erschaffen, wie Gemeinschaften das in solchen Situationen häufig tun. Um die wenigen Informationen über Jakes Rettung – irgendetwas über Rebecca McAllister, ihr Pferd und den Jungen – hatten sie eine Geschichte gesponnen, um alles wirklicher erscheinen zu lassen. Rebecca hatte sich zu Pferd auf die Suche nach Jake gemacht und war seinen Spuren bis zum Steer Swamp gefolgt. Dort hatte sie ihn schlafend vorgefunden, ihn aufgeweckt und ihn irgendwie auf den Pferderücken gehievt. Dann war sie hinter ihm aufgestiegen und mit ihm aus dem Sumpf geritten, wo sie dann auf Frank und Sleepy wartete. Für mich passte das alles nicht zusammen, aber wen kümmerte es? Jake war wieder da, und es ging ihm gut.

Tess unterhielt sich mit einigen alten Freunden. Grady hatte sie aus seinem Rucksack genommen, und er jagte lachend hinter einem anderen kleinen Jungen her. Ich war erschöpft, die Wirkung von Peters Tablette ließ nach. Ich brauchte eine neue oder noch besser ein nettes Glas Wein. Nur eins. Ich erklärte Tess, dass ich heimfahren und mich um einige geschäftliche Dinge kümmern musste. »Einer deiner Freunde kann dich vielleicht später bei mir absetzen, dein Auto steht ja noch bei mir.«

»Nein, ich muss auch nach Hause und Abendessen machen«,

sagte sie. Nachdem sie sich von ihren Freunden verabschiedet hatte, setzten wir Grady ins Auto.

Eine halbe Stunde später stand ich in meiner Auffahrt und winkte Tess und Grady nach. Noch bevor sie außer Sichtweite waren, schluckte ich eine von Peters Tabletten. Warum nicht noch ein Glas Wein dazu? Es gab schließlich etwas zu feiern, warum sollte man sich da nicht richtig gut fühlen dürfen?

Zum Glück hatte ich die Tablette genommen, denn binnen einer Stunde kam Frank und erzählte mir von Peter. Als ich seinen Truck in der Auffahrt hörte, dachte ich, er käme, um sich zu entschuldigen. Peters Medikament und ein bisschen Wein hatten mich milde gestimmt, und ich umarmte ihn lächelnd an der Haustür. »Ich bin so froh, dass Jake in Sicherheit ist«, sagte ich.

»Lass uns reingehen, Hil«, antwortete Frank.

Manny hatte Frank nach dem Anlegen sofort angerufen und ihm erzählt, wie sie Peters Leiche aus dem Meer gefischt hatten. Frank wollte es mir persönlich erzählen, bevor ich es in den Nachrichten hörte.

»Er muss schwimmen gewesen und von der Strömung erfasst worden sein. Da oben am North Beach ist es ganz schön gefährlich«, sagte Frank, auch wenn wir beide wussten, dass Peter – in Wendover geboren – selbst der stärksten Strömung entkommen konnte und nicht in Panik geraten würde.

»Konnte man ihn wiederbeleben?«, rief ich. »Geht es ihm gut?«

»Nein, Hil«, sagte Frank. »Der Leichenbeschauer meint, dass er schon mindestens einen Tag tot ist.«

»Der Leichenbeschauer hat unrecht. Peter war gestern Abend hier bei mir.«

»Wann?«

»Ich weiß nicht mehr genau, um Mitternacht, vielleicht auch etwas später. Er wollte nach mir sehen.« Den Teil mit dem Keller und den gemeinsam geleerten Weinflaschen verschwieg ich.

»Nein, Hildy, sein Auto steht seit gestern Morgen auf dem Parkplatz am North Beach. Sleepy sagte mir, er hätte ihm einen Strafzettel verpasst, auch wenn er das Auto erkannte, doch er war zu sehr mit der Suche nach Jake beschäftigt. Er konnte sich nicht erklären, warum Peter dort geparkt hatte. Er ist gestern bestimmt ein halbes Dutzend Mal daran vorbeigefahren. Heute Morgen stand es immer noch da. Nachdem man ihn gefunden hatte.«

»Aber das ist unmöglich. Vielleicht ist er gestern mit einem anderen Auto gefahren. Oder … was auch immer.«

Frank musterte mich aufmerksam. Wir wussten beide nicht, was wir sagen sollten.

»Er war hier.« Ich weinte leise.

Frank zog mich an sich.

»Seine Kleidung war im Auto, Hildy. Dieselbe Kleidung, die er anhatte, als er gestern Morgen von hier weggefahren ist. Die Leute haben sein Auto gestern schon auf dem Parkplatz bemerkt, kurz nachdem er sich von dir verabschiedet hatte. Er muss direkt zum Strand gefahren und in Boxershorts schwimmen gegangen sein. Wahrscheinlich kannte er die Strömung dort nicht so gut wie die Verhältnisse an seinem Strand. Es geht bereits das Gerücht, dass es Selbstmord war, aber das habe ich den Leuten ausgetrieben. Die Strömung ist wirklich stark da unten am North Beach. Selbst als Weltklasseschwimmer könnte man sich nicht immer daraus retten.«

»Er war gestern Nacht hier«, beharrte ich.

»Du stehst unter Stress, Hildy. Du hast sicher nur geträumt, dass du ihn gesehen hast.«

In meiner Zeit in Hazelden arbeitete dort ein Dr. Will. Genau, wir nannten die Ärzte beim Vornamen, doch natürlich in Verbindung mit dem Doktortitel, wegen ihres Egos, und Dr. Will war für die »Alkoholerziehung« zuständig. Er erklärte uns, dass Filmrisse nicht normal waren, dass das Verlangen nach Alkohol jeden Tag zu einer bestimmten Zeit ein Zeichen für eine Alkoholabhängigkeit war, sowie einige andere »Tatsachen«, die ich sehr ärgerlich fand, da ich diese Dinge auch erlebt hatte, obwohl ich doch gar keine Alkoholikerin war. Ich hasse die Gehirnwäsche an solchen Orten. Er hatte auch von sogenannten Alkoholpsychosen gesprochen. Einige Alkoholiker beginnen im fortgeschrittenen Stadium ihrer »Krankheit« zu halluzinieren, was mich beruhigte, denn das hatte ich noch nie erlebt. Doch jetzt, in Frankies Beisein, musste ich an die Worte des Arztes denken. Hatte ich mir nur eingebildet, dass Peter mit mir im Keller saß? Das zumindest war kein Traum – ich hatte die Stühle nach Tess' Verabschiedung wieder nach oben getragen. Doch war Peter wirklich da gewesen?

Frank blieb die ganze Nacht bei mir. Ich ertrug es nicht, allein zu sein. Wir sprachen nicht direkt darüber, wir saßen zusammen und tranken Wein – nicht zu viel, aber auch nicht zu wenig – und dachten von Zeit zu Zeit laut darüber nach, was wir wohl anders gemacht hätten, hätten wir gewusst, dass Peter vielleicht etwas Endgültiges plante.

»Er hat es nicht *geplant*«, korrigierte ich Frank und mich immer wieder, wenn unsere Überlegungen in diese Richtung gingen. »Es war ein Unfall.«

»Nun, immerhin ist er ohne Schmerzen gestorben, so viel ist sicher«, überlegte Frank und goss sich Wein nach. »Das Wasser ist eigentlich noch zu kalt zum Schwimmen, er muss sehr schnell verwirrt gewesen sein. Das Blut sammelt sich dann im Körper, um die lebenswichtigen Organe zu schützen, weißt du …«

»Ja«, antwortete ich, als er mir den Wein reichte. »Er ist schwimmen gegangen, und die Kälte hat ihn dann verwirrt.« Dann sagte ich: »Glaubst du, ich habe gestern Nacht seinen … Geist gesehen?«

»Ach was, Hildy, einen Geist? Du hast geträumt.«

»Meine Tante hat mir immer erzählt, dass sie Besuch von …

du weißt schon … Geistern bekam. Von kürzlich Verstorbenen.«

»Deine verrückte Tante Peg? Komm schon, Hildy, denk nicht weiter darüber nach.«

Frank schlief in Emilys Zimmer. Danach sah ich ihn eine Weile nicht. Ich hatte gerade genug Tabletten, um mich die nächsten Tage auf ein vernünftiges Maß an Alkoholkonsum zurückzubringen, so wie vor meinem Entschluss, nichts mehr zu trinken. Es war gesünder, moderat zu trinken, als komplett damit aufzuhören und dann wieder so abzustürzen wie in der letzten Zeit. Der Schlüssel war Mäßigung.

Doch nüchtern und bei Tag war es schwer, Frank anzusehen, und ihm ging es umgekehrt wohl auch so, da wir einige Zeit nichts voneinander hörten. Ich hatte mich für die ganze Mühe wegen meines Autos bedankt, doch er wusste, dass ich verletzt war. Verletzt, dass er gedacht hatte, ich könnte Jake umgebracht haben. Verletzt, dass er mich Alkoholikerin und Säuferin genannt hatte. Alles, was er zu mir gesagt hatte. Er hatte sich nicht entschuldigt, was er wirklich hätte tun sollen, jetzt da sich herausgestellt hatte, wie absurd seine Anschuldigungen gewesen waren.

Doch wir sind mittlerweile in einem Alter, in dem man den Dingen ihren Lauf lassen muss. Wir hatten uns im letzten Jahr aneinander gewöhnt. Jetzt hielten wir Abstand, bis wir uns an einem Nachmittag Ende Juni zufällig in Crossing begegneten und ich ihn fragte, was er so getrieben hatte.

Das Übliche.

Ich sagte ihm, er könne am Abend zum Essen kommen, wenn er wolle.

Er kam.

Es war nur ein normales Abendessen. Ich konnte mir nicht vorstellen, wie ich jemals mit ihm hatte intim werden können. Ich überlegte, an diesem ersten Abend nichts zu trinken, doch das wäre wie ein Eingeständnis gewesen. Das Eingeständnis, dass er recht gehabt hatte, was meinen Alkoholkonsum betraf. Ich hatte im Griff, wie viel ich trank. Es war ganz leicht. Und ich würde es Frank beweisen. Ich würde weiterhin jeden Tag etwas Wein genießen, aber ich würde vorsichtiger sein. Mäßigung. Mäßigung war der Schlüssel. Frankie sagte kein Wort mehr zu meinem Alkoholkonsum. Manchmal spürte ich, dass er beobachtete, wie viel ich trank, aber vielleicht bildete ich mir das auch nur ein. So ein Entzug macht einem das Trinken völlig kaputt. Selbst wenn man kein Alkoholiker ist, stellt man danach sein ganzes Leben lang seine Trinkgewohnheiten in Frage.

Elise Newbold versuchte kurz nach Peters Beerdigung, mir den Auftrag für ihr Haus zu entziehen – sie hatte ihn von Anfang an Wendy geben wollen, doch wir hatten einen Vertrag, weshalb sie machtlos war. Ein paar Wochen später verkaufte ich das Haus an ein Ehepaar aus New York. Der Mann war Filmschauspieler, und sie hatten drei kleine Kinder. Als ich sie zur Wind Point Road fuhr, fragte ich sie, was sie nach Wendover gebracht hatte. Die Frau sagte, sie hatte schon immer in einer Kleinstadt in New England wohnen wollen. Als Kind war sie oft umgezogen und wollte, dass ihre Kinder in einer normalen Stadt aufwuchsen, nicht in New York oder Hollywood.

»Wir wollen, dass die Kinder in einer richtigen Gemeinschaft leben, wo sie Wurzeln ausbilden können«, sagte sie, als ob das so einfach wäre. Sie fragte mich, wie lange ich schon hier wohnte.

»Mein ganzes Leben«, antwortete ich. »Meine Eltern haben auch schon in Wendover gelebt, alle meine Vorfahren stammen hier aus der Gegend. Ich bin eine direkte Nachfahrin von Sarah Good – eine der Hexen, die in Salem hingerichtet wurden.«

»Sie machen Witze, das ist ja unglaublich!«, rief der Schauspieler.

»Sie wurde dann wohl Goody Good genannt«, sagte die Frau

lachend. »Die arme Frau. Kein Wunder, dass sie eine Hexe wurde.«

»Ja.« Ich stimmte in das Lachen ein.

Beim Newbold-Anwesen angekommen, bewunderten die beiden seine Schönheit. »Schaut mal, Kinder, direkt am Strand«, sagte der Schauspieler. Wir stiegen aus dem Wagen. Die Kinder blieben am Strand, während die Eltern mit mir zur Haustür gingen.

»Ich liebe alte Häuser«, schwärmte die Frau, als wir hineingingen. »Man spürt einfach die lange Geschichte.«

»Ja, es ist wirklich entzückend«, stimmte ich zu und versuchte, das Echo des Kindergelächters zu ignorieren, das von den Wänden widerhallte, das Versteckspiel, das um uns herumsprang, während wir von einem kalten, leeren Zimmer ins nächste gingen. Ich hatte am Tag zuvor eine kleine Party für mich gegeben, und manchmal, nur zweimal in den letzten zwei Wochen, bildete ich mir ein, etwas zu sehen oder zu hören, wenn ich einen Kater hatte. Manchmal war etwas gar nicht da. Es lag an meinen Nerven.

»Spukt es hier?«, fragte die Frau atemlos.

Sie wussten nichts von Peters Selbstmord, und ich durfte es ihnen auch nicht sagen. Viele Leute stellen diese Frage bei so einem alten Haus, und manchmal ist es schwer, abzuschätzen, was der Interessent gerne hören würde. Manche Menschen wollen um keinen Preis in einem Haus leben, in dem es angeblich spukt. Andere hoffen genau darauf – auf einen herrlich lästigen Geist im Haus, von dem man seinen Gästen beim Abendessen erzählen kann. Die Frage der Ehefrau erschreckte mich diesmal allerdings noch mehr, weil im Haus so viel Lärm herrschte, die fröhlichen Rufe von Allie und Peter, und als ich nur einen Moment zuvor kurz aus einem Schlafzimmerfenster gesehen hatte, hatte ich eine andere Art Geist erblickt. Sie stand am Strand, neben ihr ein Schäferhund, und schaute aufs Meer. Mein Herz raste bei ihrem Anblick, und ich wirbelte herum, um zu sehen, ob die Interessenten sie auch bemerkten. Der Schauspieler überprüfte die Zimmerdecke auf Anzeichen für Wasserschäden, die Frau sah in einen Schrank. Als ich wieder aus dem Fenster blickte, erkannte ich, dass mein Geist ein Haufen Treibholz gewesen war.

Nach Peters Tod sah ich Rebecca nur noch einmal. Sie kam eines Nachmittags bei mir im Büro vorbei. Sie sah verändert aus. Eine gewisse Ruhe umgab sie; sie wanderte nicht mehr auf und ab, sah nicht aus dem Fenster, ob Peter vorbeiging, oder zur Decke, ob er in seiner Praxis war. Sie war recht gefasst. Zu diesem Zeitpunkt hatte sie bereits einen neuen Therapeuten gefunden, eine Frau, die sie darin bestärkt hatte, Brian von ihrer Affäre mit Peter zu erzählen. Es sollte helfen, die Trauer zu bewältigen, erzählte Rebecca. Mir ist allerdings nicht klar, wie ihr das langfristig helfen soll, denn Brian präsentierte ihr die Scheidungspapiere, einen Tag nachdem sie es ihm gebeichtet hatte. Meine letzte Information ist, dass Rebecca in das Haus ihrer Mutter nach Virginia gezogen ist. Doch sie und Brian hielten sich bedeckt, die Affäre und der dazugehörige Skandal wurden nie publik, und ich sprach natürlich auch mit niemandem außer Frank darüber. Peters Tod wurde vom Gerichtsmediziner als Unfall deklariert, so dass Elise und Sam die Lebensversicherung bekamen, die durchaus üppig war, wie ich gehört hatte.

»Ich will nur sichergehen, dass für Elise und Sam gesorgt ist«, hatte er an diesem einen Morgen in meiner Küche gesagt, bevor er aus unserer Stadt ins Meer verschwunden war.

*Erstens, niemandem schaden,* richtig? *Bloß niemandem schaden.* Lautet so nicht der hippokratische Eid?

Ich habe Rebecca nie verziehen. Wahrscheinlich werde ich das auch nie. Ich gebe ihr die Schuld an Peters Tod. Peter, der keiner Menschenseele je etwas zuleide getan, der in seinen letzten Stunden noch Vorsorge für seine Familie getroffen hatte, für

Rebecca, sogar für mich durch das Beruhigungsmittel und die freundlichen Worte an diesem verrückten Morgen. Wie jeder gute Arzt schloss er seine Fälle ab, bevor er in Ruhestand ging. Peter wollte, dass nach seinem Tod für alle gesorgt war.

Nein, ich werde Rebecca nie vergeben, doch Frank scheint keinen Groll zu hegen. Wenn wir über sie sprechen, was selten geschieht, klingt er, als beziehe er sich auf eine Art Naturkatastrophe, unausweichlich wie ein zerstörerischer Sturm, der durch unsere Stadt gefegt ist und nur Verwüstung hinterließ.

»Das war im Rebecca-Winter«, pflegt er zu sagen, wenn er von etwas spricht, das in dieser Zeit passiert ist. »Das war während Rebecca.«

Cassie Dwight hat den Kontakt zu ihr gehalten. Sie schreibt ihr gelegentlich und legt immer ein Foto von Jake bei – in seinem neuen Haus in Newton, in seiner neuen Schule. Sie hat mir kürzlich auch ein Foto geschickt, in einem reizenden kleinen Perlmuttbilderrahmen, den ich auf meinen Nachttisch gestellt habe. Jake hält seine große orangefarbene Katze im Arm und lächelt.

Neulich bewunderte eine junge Frau namens Elizabeth das Foto und fragte, ob er mein Sohn sei. Ich fühlte mich ein wenig geschmeichelt, dass Elizabeth mich für jung genug hielt, aber sie kommt auch gerade erst von Crystal Meth runter, hat nur noch wenige Zähne und nicht immer den vollen Überblick. Dennoch fühlte es sich gut an. Ich erzählte ihr ein wenig von Jake und meinen eigenen Töchtern und dem kleinen Grady.

Elizabeth wohnt zwei Zimmer weiter. Ich bin zurück in Hazelden. Ende August habe ich mich selbst eingewiesen. Nichts war passiert, wirklich. Man hat mich nicht betrunken am Steuer erwischt. Ich habe Grady nicht fallen lassen oder meine Kinder in eine peinliche Situation gebracht oder sonst etwas. Ich bin nicht zurückgekommen wegen der Sachen, die Frankie zu mir gesagt hat oder weil ich mich Tess gegenüber so schlecht gefühlt habe, als wir Jake suchten. Meine Erinnerungen an diese ganzen kleinen Tode, diese kleinen Kreuzigungen, all diese Ereignisse während meines Trinkerlebens, waren so mächtig und so voller Scham und Elend, dass sie mich jeden Abend schneller in den Keller schickten, nachdem Frank gegangen war. Wo hätte ich auch sonst hingehen sollen, ganz ehrlich? Was hätte ich sonst tun sollen?

Doch schließlich ging ich nach Hazelden zurück. Drei Monate nach Peters Tod verkaufte ich das Anwesen am Grey's Point, dann rief ich an. Die Beraterin, eine trockene Alkoholikerin namens Fran, erinnerte sich an mich.

»Was ist passiert, Hildy?«, fragte sie.

»Nichts«, antwortete ich. »Ich bin nur bereit zurückzukommen, das ist alles.«

Doch es war etwas geschehen, nur eine Kleinigkeit. Eigentlich eine Winzigkeit im Verhältnis zu meiner ganzen Geschichte.

Am Abend vor Abschluss des Grey's-Point-Deals war Frankie unangemeldet bei mir aufgetaucht. Ich trank ein wenig Wein auf der hinteren Veranda und machte eine sarkastische Bemerkung über sein Aussehen. Er kommt oft direkt von der Arbeit, schmutzig und mit Farbe bespritzt, was mich ärgert.

»Du könntest dir ein wenig Mühe geben«, sagte ich. Er meinte nur, ich solle mit ihm kommen, er wolle mir etwas zeigen.

»Nimm den Wein mit«, sagte er, als ich zögerte.

»Ich *muss* den Wein nicht mitnehmen«, erwiderte ich. Es machte mir etwas aus, dass er dachte, ich *bräuchte* ihn.

Ich zog mir ein altes Paar Sandalen an. Die Nacht war heiß, und ich trug Shorts und ein T-Shirt statt der üblichen Bluse mit einem Rock. Ich dachte, Frankie würde mir ein Haus zeigen, das er kaufen wollte.

Das war nämlich Frankies neuestes Hobby: Immobilien. Er war es übrigens auch gewesen, der das Dwight-Haus erworben hatte, nicht die Clarksons, wie ich kurz nach dem Umzug der

Dwights erfuhr. Er wollte es renovieren und dann für gutes Geld weiterverkaufen, hatte er mir erzählt. Im Moment wohnte Skully White darin. Skully war zu alt, um Müll durch die Gegend zu wuchten, und Frank ließ ihn kostenlos dort wohnen, wenn er einige Reparaturen erledigte. Wahrscheinlich hatte Frank endlich erkannt, dass es klug war, etwas von seinen Einkünften zu investieren und es nicht nur auf der Bank liegen zu lassen (oder in einer Matratze, ihm war alles zuzutrauen). Daher freute ich mich sehr, mit ihm zusammen ein Grundstück zu besichtigen.

Wir fuhren zu Getchell's Cove. Es war Abend, die Zeit im Sommer, in der das Wasser ruhig wie Glas ist und die Sonne hinter den Horizont sinkt und den Himmel wunderschön färbt, hauchzart rosa und blau als eine Art Tribut an den sterbenden Tag. Frankie parkte den Truck, und als wir ausstiegen, sah ich sie. Eine Widgeon, wie die *Sarah Good*, mein altes Segelboot, die mit frisch gestrichenem Rumpf auf dem Sand ruhte. Die Segel, neu und strahlend weiß vor dem dunkler werdenden Himmel, waren gesetzt und flatterten träge in der warmen Brise. Ich ging hinüber und betrachtete die alte abgegriffene Holzpinne und die von der Sonne ausgebleichten Holzsitze.

Es war die *Sarah Good*. Man konnte immer noch die Stelle im Rumpf sehen, die Frankie vor so vielen Jahren geflickt hatte.

»Wo hast du sie gefunden?«, fragte ich schließlich. Ich konnte die Worte kaum aussprechen, konnte es kaum fassen. »Sie stand jahrelang in meinem Schuppen. Dein Dad hatte wohl irgendwann genug von ihr in eurem Garten und hat sie auf die Mülldeponie gefahren. Dort habe ich sie vor Jahren gefunden und heimgebracht. Und irgendwann auch repariert.«

»Du hast sie also gerettet, weil du wusstest, dass ich sie irgendwann zurückhaben wollen würde?«, fragte ich.

»Nein, du weißt doch, dass ich es nicht mit ansehen kann, wenn etwas weggeworfen wird, Hil. Ich hatte gar keine Pläne damit. Ich konnte sie dort nur nicht lassen, sie war doch noch vollkommen in Ordnung.«

Ich bin kein nostalgischer Mensch und verstehe nicht, wie Leute so viele Gefühle mit *Dingen* verbinden können. Geschichte und alte Dinge sind mir nicht wichtig, deshalb weiß ich nicht, warum meine Knie plötzlich ganz weich wurden, als wir sie in die Brandung schoben. Es war nur ein altes Boot, doch als ich an Bord kletterte, musste ich mich abwenden, damit Frankie meine Tränen nicht sah, und ich knurrte irgendetwas von wegen, er solle sich beeilen.

»Wir haben sonst kein Licht mehr«, grummelte ich.

»Wir haben genügend Licht«, erwiderte Frank lachend. »Wir haben genügend Zeit.« Er schob uns mit ein paar langen Schritten an, sprang dann auch an Bord, ich lehnte mich gegen seinen Oberschenkel, und wir segelten los.

Frankie hatte recht gehabt, das alte Boot zu retten. Er hatte recht – sie war noch vollkommen in Ordnung. Warum waren mir Tränen in die Augen gestiegen bei diesen Worten, *vollkommen in Ordnung*? Wahrscheinlich hatte ich da zum ersten Mal daran gedacht, hierher zurückzukommen. Doch ich erwähnte es Frank gegenüber nicht. Ich lehnte nur meine feuchte Wange einen Moment gegen seinen Schenkel, und als ich seine rauhe Handfläche auf meiner Stirn fühlte, hob ich den Kopf, so dass ich meine Lippen dagegendrücken konnte. Dann drehte ich das Gesicht wieder zurück zu seinem Schenkel. Die verrückten Tränen waren mir immer noch peinlich, doch ich lächelte.

Frank trimmte die Segel, bis das kleine Boot sich in den Wind lehnte, und dann nahm es wirklich Fahrt auf. Es war die goldene Stunde. Wir segelten geradeaus, aus der Bucht hinaus in die ruhigen Gewässer dahinter. Wir segelten, bis wir die Lichter der Häuser von Wendover sahen, an der Küste und den Rise hinauf. Als Frankie endlich beidrehte, luvten die Segel, wir standen still, doch wir warteten einfach ab. Wir wussten, irgendwann würde

eine frische Brise aus Westen kommen. Und das tat sie auch und füllte unsere Segel mit einer plötzlichen beschwingenden Bö, die uns zurück zu den schattigen Strömungen brachte, über die schwarzen Untiefen hinweg, über die Reihen weicher weißer Schaumkronen, bis wir endlich an der vertrauten steinigen Kus-
te von Getchell's Cove anlegten.

# DANKSAGUNG

Ich möchte meiner Agentin und Freundin Maria Massie danken, die diesen Roman in verschiedenen Stadien der Entstehung las und mich immerzu ermutigte und unschätzbar wertvolle Anmerkungen machte.

Tief empfundener Dank geht auch an meine Lektorin, die wundervolle und brillante Brenda Copeland, sowie an die anderen großartigen Menschen bei St. Martin's Press: Laura Chasen, Sally Richardson, George Witte, Meg Drislane, Carol Edwards, Steve Snider, Stephanie Hargadon und Laura Clark.

Vielen Dank auch an die folgenden Freunde und Familienmitglieder – sie wissen, warum: David Albert, Candace Bushnell, Jen Carolan, Marcia DeSanctis, Alice Hoffman, Judy Howe, Heather King, Julie Klam, Meg Seminara, Jane Risley, Carla und Antonio Sersale, Sherrie Westin und Laura Zigman.

Und natürlich auch meine immerwährende Liebe und Dankbarkeit an meine über alles geliebte Familie: Devin, Jack und Denis Leary.

Judith W. Taschler

# bleiben

**Roman**

Es ist eine kurze, zufällige Begegnung auf der Reise nach Italien. Vier junge Leute, voller Träume für die Zukunft, treffen im Nachtzug nach Rom aufeinander. Juliane und Paul werden heiraten, Max und Felix sich auf eine Weltreise begeben.

Zwanzig Jahre später trifft Juliane Felix wieder, und die beiden beginnen eine leidenschaftliche Affäre, die er jedoch ohne jede Erklärung abbricht. Monate später erfährt Juliane den Grund. Die Wahrheit ist furchtbar und lässt das Leben aller eine dramatische Wendung nehmen.

Eine zutiefst aufwühlende Geschichte über die Zufälligkeit einer Begegnung und deren erschütternde Folgen für das Leben von vier Menschen. Von Bestsellerautorin Judith W. Taschler raffiniert und virtuos erzählt.

DROEMER